pulp master

AF287248

Rick DeMarinis, geboren 1934 in New York, lehrte über mehrere Dekaden an der University of Texas in El Paso, bevor es ihn nach Missoula, Montana verschlug. Er ist Autor von nunmehr acht Romanen und sechs Short-Story-Sammlungen und wurde 1999 mit dem Independent Book Publishers Award ausgezeichnet. Auch wenn ihm der große Durchbruch bislang nicht gelingen konnte, wird er doch von Kennern der US-Literaturszene als einer der wichtigsten zeitgenössischen Erzähler geschätzt.

RICK DeMARINIS

Kaputt in El Paso

pulp master

pulp master
Band 23

Erschienen bei PULP MASTER, Berlin

Deutsche Erstausgabe
Erste Auflage 2007

Titel der amerikanischen Originalausgabe:
Sky Full of Sand
Copyright © 2003 by Rick DeMarinis
Deutsche Übersetzung © Frank Nowatzki / PULP MASTER 2007
Alle Rechte vorbehalten

Herausgegeben von Frank Nowatzki
Übersetzt aus dem Amerikanischen
von Frank Nowatzki und Angelika Müller
Redaktion: Ute Nowatzki und
Heinz Scheffelmeier
Cover: 4000
Umschlaggestaltung und Layout: MM-Grafomat
Druck und Verarbeitung: NØRHAVEN, DK-Viborg

ISBN 978-3-927734-36-4

Bibliografische Information der Deutschen Bibliothek.
Die Deutsche Bibliothek verzeichnet diese Publikation in der Deutschen
Nationalbibliografie; detaillierte bibliografische Daten sind im Internet
über http://dnb.ddb.de abrufbar.

www.pulpmaster.de

EINS

Eine Horde Schnüffler, die sich in 7-A eingenistet hatte, versaute mir den Nachmittag. Sie hatten die Tür mit einer Brechstange aufgebrochen und sich klammheimlich häuslich niedergelassen. Eine Woche lang, bis der Asthmatiker in 9-A sich bei mir über den ätzenden Geruch beschwerte, der durch die Wände drang. Ich warf einen Blick in meine Unterlagen: 7-A stand seit dem 14. Februar leer, seit der Auseinandersetzung zwischen dem Pärchen, das darin gewohnt hatte. Er war mit Pralinen nach Hause gekommen, hatte aber nach Puff gerochen. Deshalb hatte sie ihm den Kiefer mit einer gusseisernen Pfanne brechen müssen. Valentinstag – ein schwarzer Tag für Liebende.

Im Apartment stank es nach Lösemitteln, Farbspray und Körperausscheidungen. Mit Pfefferspray und Stabtaschenlampe bewaffnet, trat ich ein. Schnüffler sind in der Regel weich in der Birne und leisten keinen Widerstand, doch ein haariger Hüne in Latzhosen fühlte sich wohl auf den Schlips getreten. Er warf mir alles Mögliche an den Kopf. Mit ›Handlanger des Vermieters‹ zum Beispiel lag er gar nicht mal so falsch. Der Schädel des Hünen war groß wie ein Basketball, sein Blick unstet, auf der Suche nach einem festen Punkt. Der Typ brabbelte etwas von Menschenrechten und steuerte auf mich zu, ein Stück galvanisiertes Rohr in der Hand. Aus knapp zwei Metern Entfernung verpasste ich ihm eine Ladung Pfefferspray, die er lediglich mit einem Niesen quittierte.

»In deinem Fall ist der Begriff Menschenrechte ein Oxymoron«, sagte ich. Daran hatte der Hüne erst einmal zu knabbern. Sein massiger Schädel war knochig, über seinen Augenbrauen saßen Knorpel, dick wie Batteriekabel, und seine wilde Mähne sah aus wie frisch geteert.

»Oxy... was? Willst du mich verarschen?«, rief er mit sichtlich wachsender Empörung. Er setzte sich erneut in Bewegung. Ich machte einen Schritt zur Seite, wich so seinem Angriff aus und versetzte ihm dabei mit der Taschenlampe einen Schlag auf seine ohnehin schon platte Nase. Anscheinend war er sich der Verletzung nicht bewusst. Zwar schossen ihm Blut und Rotz aus der Nase, doch das störte ihn nicht. Es lenkte ihn eher ab. Das Stück Rohr ausgestreckt, als handele es sich um einen Zauberstab, der mich in einen Kürbis verwandeln sollte, und gleichzeitig verwirrt, dass nichts dergleichen geschah, stand er vor mir. Ich trat zu, traf sein Knie und er ging mit einem Jaulen zu Boden. Seine Kniescheibe war herausgesprungen. Er tastete seinen Unterschenkel ab und ich schlug ein zweites Mal zu; diesmal zog meine Taschenlampe den Kürzeren. Der Reflektorkopf brach entzwei und die Batterien flogen durch die Luft. Der Hüne verdrehte die Augen und verzog die mit silberner Sprayfarbe verfärbten Lippen zu einem entrückten Lächeln. Das Silberlächeln fror ein und er sah aus, als hätte er einen Engel geküsst.

Das Problem des Hünen war für die anderen Schnüffler nicht existent. Plastiktüten vor den Gesichtern, inhalierten sie Dämpfe. Ich nahm den Geruch von Toluol wahr, einem Lösemittel, das den Zellen der Großhirnrinde und den Lackierungen von Holzoberflächen gleichermaßen effizient den Garaus macht.

Bei den anderen handelte es sich um vier Männer und drei Frauen, allerdings war die Frage nach dem jeweiligen Geschlecht eine rein akademische, so wie die drauf waren. Ich trieb sie hinaus auf den Parkplatz und rief mit meinem Mobiltelefon die Cops. Damit mir die Schnüffelnasen nicht nervös wurden, ließ ich ihnen die Plastiktüten. Die Cops waren ziemlich angepisst. Mit dem Bodensatz unserer Gesellschaft wollten sie im Grunde nichts zu tun haben. Es war nun mal kein Staat mit der Festnahme von Schnüfflern zu machen. Obendrein verpesteten sie die Streifenwagen.

Mitleid mit den Cops kam bei mir nicht auf. 7-A sah aus wie ein Schweinestall und das Saubermachen war mein Job. Schließlich bin ich Manager, Hausmeister, Sicherheitskraft und Ratgeber für die vollends Konfusen in einem. Es kostete mich zwei Stunden, alles wieder in Ordnung zu bringen. Einer von den Schnüfflern hatte in die Badewanne geschissen. Ich fühlte mich regelrecht kontaminiert, stellte mich lange unter die heiße Dusche und malte mir aus, wie Wasser und Seife nicht nur Fliegen, Läuse, Pilze und Sackratten wegwuschen, sondern auch den Gestank von Fäkalien und Chemie. Nun hatte ich mir eine Margarita verdient, wenn nicht sogar zwei.

Ich warf eine Hand voll Vitaminpillen ein, zog mich an und ging hinüber auf die andere Seite der Mesa Street, ins DMZ. Abgesehen von einem betuchten Pärchen war die Bar leer. Es waren Abenteurer der feineren Art, die über die trüben Gewässer meiner Nachbarschaft kreuzten. Die Frau sah aus wie erstarrtes Wachs, der feiste Typ auf dem Barhocker neben ihr hingegen wie Wachs in einem frühen Schmelzintervall. Drahtig, zierlich, war sie Form und Farbe in einer Konzentration, die die Augäpfel schmirgelte wie sonst nur Wüstensand. Der schwammige Knabe in ihrer Begleitung trug einen dunklen Zweireiher mit Nadelstreifen – Bankerkluft, aber er war kein Banker. Der rote Iro, der seinen weißen Schädel zweiteilte und in einem Pferdeschwanz mündete, ließ diesbezüglich keinen Zweifel aufkommen. Dennoch, er hatte Geld. Aufgefächert lagen sie vor ihm auf dem Tresen, die Zehner und Zwanziger. Das feuchte, weiche Fleisch seines Halses quoll über seinen Kragen und seinen Single Malt Whisky schlürfte er durch einen Strohhalm. An seinem kleinen Finger blitzte ein Ring mit einem Diamanten, so groß wie eine Erdnuss. Er keuchte leise, das Keuchen großer Männer mit großem Appetit, die über die Mittel verfügen, ihn zu befriedigen, und keinen Grund sehen, es nicht zu tun. Gedankenverloren langte er in seinen Schritt und kratzte sich.

Die Frau warf mir einen Blick zu und sah wieder weg. »Spielst du gerne, Honey?«, fragte sie. Doch sie hatte mich nicht aus den Augen gelassen, sie hatte nur den Blickwinkel verändert: Sie sprach zu meinem Konterfei im Spiegel hinter der Bar. Sie saß drei Barhocker weiter und trank etwas Mintgrünes. Ihre Duftranken – der elektrisierende Geruch von Geld und Moschus – nahmen mich gefangen.

Das DMZ, eine dunkle, absolut schäbige Bar, gehörte einem Professor für Englisch, den man geschasst hatte. Es war ein ziemlich kleiner, eher friedlicher Laden, dennoch stand *DMZ* nicht für *Demilitarisierte Zone*, es stand für *Dangling Modifier Zoo*, was ich für mich mit Stilblüten-Zoo übersetzte. Hier verbrachten meine Frau und ich für gewöhnlich unsere Nachmittage, selbst als wir zwei Meilen entfernt gewohnt hatten. Jetzt kam ich allein her. Ein Blick auf die abendliche Stammkundschaft genügte, um einen Bezug zum Zoo herzustellen, aber was der Rest bedeutete, wusste keiner. Alkohol beeinflusst das Denk- und Sprachvermögen und so könnte man einige, die hier ihre Zeit verbrachten, durchaus als wandelnde Stilblüten bezeichnen. Ich vermutete, das könnte in etwa eine Er- klärung sein. Überall hingen Zettel mit rätselhaften Auf- schriften. Diese zum Beispiel, am Spiegel, hinter den Gin- flaschen:

In Butter getunkt,
kann man das köstliche Aroma
des Hummers so recht genießen.

Güero Odonaju, der Besitzer, grinst häufig; der Spruch war ein Witz für Eingeweihte, ein Witz, der ein Grinsen hervorrufen sollte. Ich hatte ihn nie verstanden. Niemand hatte ihn verstanden.

Ich liebte diese alte Bar, eine intime kleine Höhle inmit- ten der Stadtmauern, wo sich selbst im Winter die feuchte Wärme menschlicher Körper hielt. Der alte Holzboden gab nach und die Mörtelwände, ölig-braun durch eine Million gerauchter Zigaretten, waren voller Einschuss- löcher, die aussehen wie Pockennarben. John Wesley Hardin, so die Legende, soll an dieser Stelle einen Mann erschossen haben. Die rotierenden Flügel der Deckenven- tilatoren bewegten sich mit einer Gemächlichkeit, dass fette Schmeißfliegen ungestört darauf schlafen konnten.

Ich hatte meine zwei Margaritas intus und wollte eigent- lich nach Hause, um *Jeopardy!* zu sehen. Wäre die Lady weniger knackig und ich nicht so einsam und gelangweilt gewesen, hätte ich sie ignoriert. Doch die beiden Margar- itas hatten nicht ausgereicht, um mich wieder aufzu- bauen, also brauchte ich ein Erfolgserlebnis.

»Wie ... spielen?«, fragte ich.

»Einfach spielen. Du weißt schon. Herumalbern. Manche Leute haben fürs Spielen gar nichts übrig, andere würden dafür sterben. Auf welcher Seite stehst du?«

»Ich steh außerhalb des Spielplatzes«, sagte ich. Sie musterte mich mit neugierigem Blick. »Ich hab 'ne Scheidung zu verarbeiten«, erklärte ich.

Sie drehte sich auf ihrem Barhocker in meine Richtung, wobei ihre festen Brüste den limonengrünen Stoff ihrer Bluse einer Belastungsprobe unterzogen. Die Lady war um die vierzig und wusste genau, dass sie Bilder von Dauer in die Gehirne der Männer ritzen konnte. Die mit Collagen aufgepolsterten Lippen waren zu einem Zeig's-mir-Schmollmund fixiert. Ihre großen, meergrünen Augen nahmen einen in Beschlag, während die kräftigen Brauen darüber einen permanenten Bogen des Zweifels formten, als könne sie die nackte Wahrheit unter jeder noch so schillernden Oberfläche erkennen. Meine Nackenhaare richteten sich auf. Ich wandte mich wieder zum Tresen und setzte mein leeres Glas an die Lippen, um Zeit zu schinden.

Mein Apartmenthaus heißt The Baron Arms. Es wird aber auch schon mal *The Barren Arms* genannt (tote Hose, denn in Sachen Liebe passiert hier nicht allzu viel) oder *The Bearing Arms* (alle Bewohner besitzen Schusswaffen), die meisten kennen es als *Familiengericht*. In den Vierzigern und Fünfzigern war es das beste Motel am alten Highway, der zur Grenze führte, aber in den Sechzigern durch die Interstate entlastet wurde. An jeder Ausfahrt der I-10 schossen luxuriöse Motels wie Pilze aus dem Boden. Diese neuen Motels saugten die Reisenden von der Interstate und die Roadhouses entlang des alten Highways machten entweder dicht oder mussten die Preise derart senken, dass sie nur noch Gesindel und obdachlose Bargeldschnorrer anzogen. Einige wurden zu Stundenhotels. Der Besitzer des Baron Arms hatte beschlossen, das Motel in möblierte Apartments umzuwandeln. Gut ein Drittel der Bewohner sind Männer mittleren Alters, deren Frauen sich aus dem Staub gemacht haben – Männer auf dem absteigenden Ast, voller Reue, Selbstmitleid und mit Paranoia. Den Rest könnte man bestenfalls als Bürger aus gesellschaftlichen Randgruppen bezeichnen. Polizeisirenen und Blinklichter gehören zum Alltag, sind Teil der Szenerie. Ich für meinen Teil sehe ab und an fern, lese und gehe dreimal die Woche ins *Y* zum Training.

Ich zog hierher, nachdem Gert abgehauen war. Ich hatte einen guten Job, musste ihn aber aufgeben. Die Scheidungsvereinbarung sprach Gert dreißig Prozent meiner Einkünfte zu, und ich schuftete doch nicht ein Drittel des Tages für sie und ihren Lover, einen NASCAR-Fahrer namens Trey Stovekiss. Um nichts in der Welt würde ich ihre hochtourige Oktan-Romanze finanzieren. Die achttausend Dollar, die ich auf der hohen Kante hatte, würden eine Weile reichen. Danach könnte ich unter anderem Namen einen Job als Lagerarbeiter annehmen. In der Zwischenzeit managte ich das Baron Arms und musste – als Gegenleistung für kleine Handwerksarbeiten – keine Miete bezahlen. Meine Situation war also gar nicht mal so übel. Ich betrachtete mich immer noch als einen Mann mit Zukunft.

Das mit dem neuen Namen reizte mich. Abgesehen von der einen oder anderen Glückssträhne war das

Leben unter meinem richtigen Namen eine einzige Pleite gewesen. Vielleicht würde ein Name, der nach Erfolg klang, meinem Leben eine Wendung geben. Ein Name wie Strobe zum Beispiel. Strobe Champion III.

Die Lady konnte Gedanken lesen. »Wie heißt du, Honey?«

Ich machte sogleich die Probe aufs Exempel. »Strobe Champion III.«, erwiderte ich.

»Klingt gut. Ich bin Mona Farnsworth. Das ist Jerry, mein Mann. Na komm schon, wie heißt du wirklich, Strobe?«

»Kannst du Gedanken lesen?«

Sie sah mich von der Seite an und zwinkerte mir zu. Dann rutschte sie von ihrem Barhocker und setzte sich neben mich. Ich spürte einen harten Nippel meinen Arm entlangfahren. Schweiß kitzelte meine Achselhöhle und ich gab auf. »Walkinghorse«, sagte ich, »Uriah Walking-horse.«

»Ist nicht wahr!«, rief sie unter Lachen aus. Es war ein nettes Lachen, ein kleiner, explosiver Schrei. Augenblicklich fand ich mich in einem flüchtigen, erotischen Tagtraum wieder, der sich um diesen Schrei drehte, den *ich* provoziert hatte.

»Würde ich mir so einen Namen ausdenken?«, fragte ich.

Sie wandte sich ihrem Mann zu. »Würde er, Jerry? Würdest *du* dir einen Namen ausdenken wie ... « Sie sah mich wieder an. »Wie war das noch mal?«

»Uriah Walkinghorse.«

»Du hast nicht mehr von einem Indianer als ich«, sagte sie.

Ich zuckte mit den Achseln. »Ich wurde von einem

Pfarrer adoptiert, dessen Vorfahren Sioux waren«, erklärte ich. »Seine Frau konnte keine Kinder bekommen. Er hat uns allen biblische Namen verpasst. Meine Schwester heißt Zipporah, meine drei Brüder heißen Moses, Jesaja und Zacharias. Wir stammen alle aus dem Waisenhaus.«

Die Lady lachte wieder. »Uriah, um Gottes willen. Ist das nicht auch der Name von so einem Versager bei Dickens?«

Jetzt ergriff Speck-Jerry das Wort. »Wen juckt es schon, wie er sich nennt? Namen sind Schall und Rauch. Was man macht, darauf kommt es an. Kann doch gut sein, dass irgendein Idict von Strobe Champion sich den ganzen Tag die Eier schaukelt und sich Soaps reinzieht, während seine Frau Klos sauber macht, und ein Typ, der Uriah heißt, hat dagegen richtig was am Laufen, stimmt's, Uriah?«

Ich nickte. Das Nicken war eine Lüge. »Ihr könnt mich Uri nennen«, sagte ich.

»Und was machst du so, Uri?«, wollte Mona Farnsworth wissen und berührte meinen Arm. Ich spannte den Bizeps an. Ihre Hand zuckte zurück, als hätte sie 220 Volt berührt.

»Gabelstaplerfahrer«, sagte ich. »Momentan arbeitsloser Gabelstaplerfahrer.«

Nachdem mir die Folgen der Scheidung klar geworden waren, hatte ich meinen Job bei Munk & Weismer Steel an den Nagel gehängt. Als Gabelstaplerfahrer hatte ich achtzehn Dollar die Stunde verdient, aber drei Stunden am Tag hätte ich quasi für Gert und ihren Stockcar-Geschwindigkeitsfanatiker arbeiten müssen. Den Job hatte ich höchst ungern aufgegeben, immerhin war es

seinerzeit reine Glückssache gewesen, dass ich ihn überhaupt bekommen hatte. Wäre nicht Bedarf gewesen,
weil der bisherige Gabelstaplerfahrer einen Herzinfarkt
erlitten hatte, hätten die mich gar nicht eingestellt. Ich
hatte noch nie einen Gabelstapler gefahren, aber ich
lerne schnell und man braucht keine Intelligenzbestie zu
sein, um so ein Ding durch ein Hochregallager zu
steuern. Solange man keine Palette mit Stahlblechen auf
die Schutzhelme anderer fallen ließ, war alles okay.

Zuvor hatte ich am Community College halbtags
Förderunterricht in Mathematik erteilt. Von der freien
Stelle bei Munk & Weismer hatte ich durch einen meiner
Studenten erfahren, der dort gejobbt hatte. Ich hatte es so
satt, Jugendlichen, die nicht mal einen Scheck ausstellen
können, Mathe einzubläuen. Ich hatte es satt, derart mies
bezahlt zu werden. Als Gabelstaplerfahrer verdiente ich
in zehn Tagen mehr als in einem Monat am College.

»Faszinierend«, meinte Mona. Sie spitzte den Mund, als
dächte sie über irgendetwas nach. Ihre Lippen sahen jetzt
aus wie die Knospe einer dunkelroten Blume. Dann
öffneten sie sich leicht und ich starrte in die vermeintliche
Dunkelheit ihres Mundes.

»Du stemmst Eisen, Mr. Walkinghorse, nicht wahr?«,
fragte sie. »Unter diesem Hemd stecken astreine Anabo-
lika-Muskeln. Wie alt bist du?« Letzteres hauchte sie mir
zu. Ich konnte ihren Atem riechen – feucht und warm,
verschnitten mit der Minze ihres grünen Drinks.

»Fünfunddreißig«, log ich. »Und ich setze keine Anabo-
lika ein.« Das war nicht ganz gelogen. Ich hatte Oxandrin
mit Anadrol gespritzt, allerdings vor Jahren.

Vor kurzem bin ich zweiundvierzig geworden. Mein
Haar ist mit Grau durchsetzt, rund um meine Augen

bilden sich Knitterfältchen und aus meinen Ohren sprießen Härchen. Auf der Bank kann ich immer noch hundertachtzig drücken, zweihundertsiebzig aus der Kniebeuge und auf dem Laufband schaffe ich eine gute Stunde. Dank Haferflocken und salzfreier Margaritas ist mein Blutdruck konstant bei 120/80. Ich fühle mich wie fünfunddreißig. Zum Teufel, ich fühle mich wie *fünfundzwanzig.*

»Suchst du einen Job?«, wollte Jerry wissen.

Ich sah ihn an. Sein Iro stand aufrecht wie ein Hahnenkamm, sein rosiger Teint glich dem eines Babys und die Linie seines Kinns verschwand unter Speckfalten. Er schob die Geldscheine auf dem Tresen zusammen, legte sie bündig übereinander wie Spielkarten, um sie anschließend wie einen Fächer auszubreiten.

»So leicht hast du noch nie zweihundert Dollar verdient«, sagte Mona, öffnete ihre Handtasche, kramte kurz darin herum und reichte mir eine Visitenkarte. Ich las sie.

Die Farnsworths residierten unter einer feudalen Adresse. Der Wert der billigen Häuser dort lag im mittleren sechsstelligen Bereich, das obere Ende der Spannweite umfasste siebenstellige Beträge. Die Straße hieß El Cielito, in Heaven's Gate Estates oben in den Franklin Mountains. Früher war dort meine Laufstrecke. In dieser Gegend ist die Luft besser, Kriminalität ein Fremdwort und das Bargeld kann man förmlich riechen.

»Was muss ich machen?«, fragte ich.

»Das erkläre ich dir, wenn du da bist. Im Grunde musst du gar nicht viel tun. Vielleicht kannst du dabei sogar noch etwas lernen.« Sie warf mir einen durchtriebenen, viel sagenden Blick zu und legte ihre Hand wieder auf meinen Arm. Ihre Fingerspitzen bearbeiteten meinen

Bizeps, als suchten sie dort nach Fettablagerungen. Aber da waren keine. Ich spannte wieder an.

Ausdruck meiner Eitelkeit. Eine Frau berührt meinen Arm, ich lass es zucken. Diesmal zog sie ihre Hand nicht weg.

»Big guy«, sagte sie und ihre amüsiert dreinblickenden Augen suchten meine.

»Big, in der Tat, aber ist er auch b-b-b-b-bad?«, fragte Jerry.

»Bad to the bone«, vervollständigte ich seinen Retro-Rock-Witz.

»Sechs Uhr heute Abend«, sagte sie, plötzlich durch und durch Geschäftsfrau. »Sei pünktlich.«

ZWEI

Im Laufe der letzten vierzig Jahre war aus der U.S. 80 ›The Strip‹ geworden – Gebrauchtwagenhändler, *taquerias,* Tabledance-Bars, Massagesalons, *casas de cambio*, wo man Pesos gegen Dollar oder Dollar gegen Pesos tauschen konnte, und die Rein-Raus-Quickie-Motels. Niemand spricht mehr von der U.S. 80. Es gibt jetzt einen Namen: Mesa Street. Vom DMZ, also von der anderen Seite der Mesa aus betrachtet, wirkt das Baron Arms wie eine Sandburg mit Hanglage. Der Architekt, der es in den Fünfzigern entworfen hatte, musste ein Mann mit Gespür gewesen sein. Das Gebäude fügt sich perfekt in die Umgebung El Pasos ein – es sieht aus wie ein natürlicher Ausläufer der terrakottafarbenen Berge. Genauso gut hätte es auch tausend Jahre zuvor von den Anasazi erbaut werden können. Folglich ist es gar nicht mal so abwegig, sich die Mieter als Höhlenbewohner vorzustellen. Ich hatte die Anasazi schon immer für ein überaus wachsames, fast schon paranoides Volk gehalten, das sich in seinen auf hohen Felsvorsprüngen gelegenen, zugemauerten Halbhöhlen vor einem realen oder imaginären Feind verborgen gehalten hatte. Das Gleiche könnte man auch von vielen Bewohnern des Baron Arms behaupten. Auch sie versuchen, einer realen oder imaginären Bedrohung zu entkommen. In den meisten Fällen jedoch ist die Bedrohung real. Schmierige Anwälte, Privatdetektive auf der Suche nach Untergetauchten, Schuldeneintreiber, eifersüchtige Verflossene und vor sich hin murmelnde Psychotiker drücken sich in den Fluren, Laubengängen und auf Treppenabsätzen herum.

Vom Balkon meines im dritten Stock gelegenen Apartments hat man einen Blick über die unendliche Wüste, mit einem Horizont, so weit entfernt, dass man glauben könnte, die Welt sei eine Scheibe. Über die weite Ebene hinweg kann man beobachten, wie sich Sandstürme entwickeln und den Himmel entlangschrammen. In der vor Hitze flirrenden Luft sieht das ferne Gebiet von El Malpais geriffelt aus, als wäre es auf dünnes Blech gemalt. Schon der reine Anblick dieses sich scheinbar endlos erstreckenden Ödlandes macht durstig. Weht dann noch ab und an heißer Wind den Sand herüber, möchte man fast für Regen beten.

Ich hatte sechs Nachrichten auf dem AB, alle von Rosie Hildebrand. Es war immer die gleiche Botschaft: »Hey, Mister Manager, mit meiner verfluchten Terrine stimmt was nicht.« Terrine, so nannte sie ihre Toilette.

Wahrscheinlich wieder mal verstopft, dachte ich. Allein die fünfundsiebzig Toiletten des Apartment-Komplexes garantieren mir mietfreies Wohnen. Die Leute zahlen

Miete, also nehmen sie auch das Recht für sich in Anspruch, alles Mögliche in die Toilette zu stopfen. Letzte Weihnacht versuchte eine Zwanzigjährige einen vielleicht 16 Wochen alten Fötus hinunterzuspülen. Diesbezüglich nahm sie auch kein Blatt vor den Mund: »Bringen Sie Ihre Spirale her, Walkinghorse. Meine verdammte Toilette läuft nicht ab. Ich musste pinkeln und dann hatte ich diesen fiesen Krampf. Haben Sie mich nicht schreien hören? ›Oh fuck! Oh SCHEIßE!‹ Richtig laut. Mann, war ich am Abjammern. Dann rutscht mir auch noch mein Baby raus. Ich hab mein Baby verloren! Was für eine Tragik, das vergess ich nie. Hoffentlich hat mich bloß keiner gehört. Ich glaube nämlich, die beiden Schwulen nebenan sind Jesus-Typen oder so.« Als ich bei ihr eintraf, hatte sie bereits geduscht, trug abgeschnittene Levi's und keinen BH unter ihrem Nashville-Pussy-T-Shirt. Sie war hübsch, wirkte jedoch für ihre zwanzig Jahre schon reichlich verbraucht. Eine Zwanzigjährige, die direkt auf die vierzig zuging.

Sie sah alles andere als traurig aus. Vielmehr schien sie das Ganze bereits vergessen zu haben und sich darauf vorzubereiten, hinaus in die Welt zu gehen und sich in die nächste Katastrophe zu stürzen. Um mich abzusichern, rief ich die Cops, und die brachten Leute von der Gerichtsmedizin mit. Die von der Spurensicherung zogen den blutigen Klumpen aus dem Abflussrohr. »Frohe Weihnachten, Tiny Tim«, begrüßte Ted Lopez von der Spurensicherung den dunklen Winzling, der eher aussah wie ein überfahrenes Nagetier und nicht wie etwas, was eines Tages sprechen und laufen kann und möchte, dass seine Meinung ernst genommen wird. Die Frage war nun: Hatte sie ein Frühchen getötet oder war der Fötus bereits bei Ankunft tot gewesen? Es gab jedoch weder ein Ergebnis noch kam es zu einer Strafanzeige.

Ich war Ted Lopez und seinen Leuten von der Crime Scene Unit sehr dankbar. Dankbar, dass sie sich an meiner statt die verstopfte Toilette vornahmen. Ich kenne die Jungs gut. Letzten Monat hatten wir einen Mord/Selbstmord, den Monat zuvor eine Art Geiselnahme. Mit den Leuten von der Spurensicherung war ich inzwischen per Du.

Bill und Rosie Hildebrand bewohnen ein Dreizimmerapartment – eine Suite, wie man die Räume in Zeiten, als noch von einem Motel des gehobenen Standards gesprochen werden konnte, bezeichnet hatte. Die Hildebrands sorgen regelmäßig für eine Verstopfung ihrer Toilette. Die Woche zuvor hatte ich ein völlig aufgeweichtes Taschenbuch zutage gefördert. Einige Wochen früher gestrickte Zierdeckchen. Also machte ich mich auf den Weg zu 24-D, Spirale, Rohrfräse, Gummisauger, ein rotes Bandanna und Chemikalien gegen Scheiße in meiner Werkzeugkiste, bereit, die Herausforderung anzunehmen.

Die Hildebrands sind Säufer aus Überzeugung. Rosie ist um die siebzig, Bill nicht mal sechzig, dennoch sieht er älter aus als sie. Äußerlich ähneln sie einander sehr – farblose, unbedeutende Menschen mit leblosen Gesichtern. Sie haben sechs fette Katzen – vier mehr, als vom Vermieter erlaubt – und ein Aquarium. Der Vermieter lebt in Austin, sechshundert Meilen östlich von hier, demzufolge obliegt es mir, auf die Einhaltung der Hausordnung zu drängen, und ich bin eher nachgiebig, um ein gutes Auskommen mit den Mietern bemüht.

Überall im Apartment lagen fette Katzen. Leguane im Fellkleid. Ich ersparte mir das »Hallo«, denn Bill und Rosie sahen *Jeopardy!*, einen Krug Gallo Vin Rose zwischen sich auf dem Tisch. Rosie trug Kittel, Pantoffeln und Nylonkniestrümpfe, die bis zu den Knöcheln heruntergerollt waren. Ihre Beine sahen aus wie in Folie eingeschweißte Knochen. Mitten auf dem Kopf, kreisrund und so groß wie ein Silberdollar, sah man eine kahle Stelle, die sie als »meine Kippah« zu bezeichnen pflegt. Bill steckte wie immer in diesem 70er-Jahre-Anzug – bohnengrün, mit breiten Revers. Die käseweißen Füße waren nackt, die rissigen, gangränösen Fußnägel blau verfärbt. Er zeigte Richtung Badezimmer. Der Gestank schnürte mir die Kehle zu. Ich leide sehr schnell unter Brechreiz, beim Klempnern ein echtes Manko. Also band ich mir das Bandanna vor Mund und Nase und ging hinein.

In der Toilettenschüssel stand das dunkle Wasser bis zum Rand. Ich versuchte, der Brühe mit dem Gummisauger beizukommen. Ohne Ergebnis. Ich nahm das Bandanna ab und ging zurück ins Wohnzimmer. »Sag mal, Rosie, hast du etwa Katzenstreu ins Klo gekippt?«

Sichtlich verärgert über die Störung, riss sich Rosie von *Jeopardy! los.* »Na klar«, sagte sie mit säuerlicher Miene, »ich war extra draußen, hab fünf Tüten Katzenstreu gekauft und in die Terrine geschüttet. So was mach ich manchmal, nur so aus Spaß.« Ihr Teint sah aus wie Haferbrei und an der Nase blühte ein zehncentstückgroßes schorfiges Krebsgeschwür.

Ich schöpfte das Wasser aus der Kloschüssel, zog die Toilette komplett vom Abflussrohr ab und führte die Fräse direkt in das offene Rohr. Zwar kamen jede Menge

organischer Partikel zum Vorschein, doch die Verstopfung blieb. Jetzt hatte die Spirale ihren Einsatz. Ich schob
sie ungefähr zweieinhalb Meter ins Rohr. Als ich sie
wieder rauszog, sah ich, dass ich einen Fisch aufgespießt
hatte. Einen monströsen Piranha. Ich ging damit ins
Wohnzimmer.

»Das könnte Carlotta sein«, meinte Bill Hildebrand
und zeigte auf den Fisch. Er stand auf und nahm mich
beiseite, so dass Rosie uns nicht hören konnte. »Rosie
war ziemlich wütend auf Carlotta, weil sie die anderen
kleinen Kerle aufgefressen hat«, flüsterte er.

Unsere Blicke wanderten zu Rosie. Die hatte nur Augen
und Ohren für *Jeopardy!* »Was ist der Pawlow'sche
Hund?«, rief sie und versuchte, der ratlosen Gemeinde auf
der Mattscheibe mit der richtigen Frage weiterzuhelfen.
»Kommt schon, ihr trüben Tassen: Was ist der
Pawlow'sche Hund?«

»Rosie könnte richtig abräumen, wenn die sie in die
Show lassen würden.« Bill kicherte stolz.

»Warum hat sie Carlotta eigentlich zu den anderen
gelassen?«, fragte ich.

Mit zittrigen Fingern griff Bill mein Handgelenk und
kam ganz dicht heran. Sein Atem roch faulig. »Es ging um
die kleinen Exoten. Rosie war ihrer überdrüssig, weil sie
nie auch nur die Spur von Dankbarkeit gezeigt haben.
›Jetzt gehst du da rein, Carlotta, und zeigst diesen Fächer-
schwänzen und Neontetras mal, wie man sich benimmt.‹
Das waren ihre Worte.«

»Ich glaube kaum, dass Fische Dankbarkeit zeigen
können«, sagte ich.

»Genau das hab ich ihr auch gesagt. Aber das ist nun
mal ihr Naturell. Wenn sie das Gefühl hat, man nutzt sie

aus, kann sie ganz schön zickig werden.«

»Fische wirft man nicht ins Klo, Rosie«, sagte ich und betrachtete das Aquarium. Bis auf einige vom Filter erzeugte Blasen war es leer. Ich zog kurz in Erwägung, ihr mit der 2-Katzen-Obergrenze zu drohen. Aber warum? Schließlich zahlte sie immer pünktlich ihre Miete.

»Was ist Excelsior?, ihr Saftheinis«, sagte Rosie, zog ihren Sessel näher an die Mattscheibe und strafte mich so mit Missachtung.

Ich mag diesen Wie-muss-die-Frage-lauten-Ansatz bei *Jeopardy!*, komme mir aber manchmal reichlich ungebildet vor, obwohl ich mein Mathestudium erst kurz vor dem Magisterexamen abgebrochen habe. (›In früheren Zeiten hießen die politischen Führer dieses modernen Staates Zipa in Bacatá und Zaque in Tunja.‹ Wie muss die Frage lauten? Viel Glück.)

»Du solltest dir den Krebs an der Nase entfernen lassen, Rosie«, sagte ich. »Es könnte ein schlimmes Ende nehmen.«

Ihre wässrigen Augen sahen mich gelassen an und sie sagte: »Wenn ich medizinischen Rat brauche, rufe ich einen Arzt, keinen Klempner.«

Ich montierte die Toilette, brachte Carlotta, den Piranha, zum Müllcontainer, ging zurück in mein Apartment und stellte mich unter die Dusche, um die diversen Hildebrand'schen Gerüche wegzuspülen. Anschließend mixte ich einen Shake aus Joghurt, drei Eiweiß und einer Hand voll getrockneter Leber, verteilte etwas Tofu auf Seetang- und Sonnenblumenkern-Crackern – mein Abendessen.

Ich trete nicht mehr bei Wettkämpfen an, dennoch möchte ich meinen Körperfettanteil unter fünf Prozent halten. Es sieht einfach besser aus, wenn das Zusammenspiel von Muskeln und Venen unter der Faszie nicht von einem halben Zentimeter Fett verdeckt wird. Das ist ein reines Ego-Ding. Aber was nicht? 1983 war ich Mr. Westside. Für die großen nationalen Wettkämpfe waren meine Proportionen nicht stimmig genug. Rumpf und Arme sind zu lang, Beine und Hals zu kurz. Nichts Unästhetisches, aber im Schwergewicht wollen sie nun mal Schwarzeneggers Perfektion.

Ich maß meinen Blutdruck – 124/79 – und legte mir einige B-12er unter die Zunge. Was auch immer die Farnsworths vorhatten, ich war bereit.

Nachdem ich mich angezogen hatte, stellte ich die Zeitschaltuhr für das Licht auf sieben Uhr, um Einbrecher zu foppen, um sie glauben zu machen, jemand sei im Apartment. Ich wusste, das war Quatsch. In dieser Stadt narrt man Einbrecher nur mit einem dunklen Apartment, dessen Fenster sperrangelweit offen stehen. Das verunsichert sie. Sie müssten damit rechnen, dass jemand im Dunkeln hockt, eine Flinte Kaliber 12 im Schoß.

Ich nahm den Fahrstuhl, der zum Parkplatz führte, befreite meine Windschutzscheibe von Flyern eines Ladens, der sich weiter unten an der Straße befindet, sich *Die heilende Hexe* nennt und neben Kräutern und Vitaminen auch *bruja*-Fetische verkauft, die eine die Libido anregende Wirkung garantieren. Dann machte ich mich auf den Weg nach Heaven's Gate Estates zu meinen schnell verdienten zweihundert Dollar und der wie auch immer gearteten Nachhilfe, die Mona Farnsworth glaubte mir erteilen zu müssen.

DREI

Offenbar hatten die Farnsworths nichts zu verbergen. Ihr Haus lag am Hang und war vollständig verglast. Es zeigte nach Westen und die tief stehende, mandarinenfarbene Sonne spiegelte sich dutzendmal in den riesigen Fenstern. Die gewundene Straße hatte eine Steigung von gut 9% und so musste ich meinen 88er Ford Escort den ganzen Weg im kleinen Gang fahren. Als ich oben ankam, ging der Temperaturanzeiger gerade in den roten Bereich.

Ich steuerte in die kreisförmige Auffahrt, parkte hinter einem neuen Lexus, stieg aus und reckte mich, ließ dabei die saubere Luft tief in meine Lungen. Dann stieg ich die breiten, gefliesten Stufen hinauf zur Eingangstür und suchte die Klingel. Es gab keine. Mein Zeigefinger, mit dem ich die Klingel hatte drücken wollen, war noch ausgestreckt, da öffnete auch schon eine hochgewachsene, kräftige Frau im Abendkleid die Tür.

»Sensoren«, erklärte sie sogleich. »Man wird elektronisch angemeldet.« Sie warf einen Blick auf ihre Armbanduhr. »Du bist zwanzig Minuten überfällig.« Ihre tiefe Stimme passte zu ihrer Erscheinung.

»Überfällig ... wofür?«, fragte ich.

Sie fuchtelte mit der Hand, als wolle sie Rauch vertreiben. »Komm rein, Strobe. Wir müssen dich noch umziehen.«

»Uri«, sagte ich. »Nicht Strobe.«

»Heute Abend bist du Strobe.«

Langsam dämmerte es mir. »Jerry?«

Sein Abendkleid aus Goldlamé schimmerte im Licht der untergehenden Sonne. Er trug eine Perücke, einen

Bausch aus Haaren à la Jackie Kennedy, und lange, künstliche, perlmuttfarben lackierte Fingernägel. Sein Make-up hingegen war mehr als nachlässig. Die Menge an kegelförmigem Schaumstoff in seinem BH reichte aus, um die Oberweite einer Walküre vorzutäuschen, Brüste, die für eine Frau seiner Statur durchaus angemessen waren. Seine Lacklederpumps waren groß genug, um Ziegelsteine darin aufzubewahren. Ein Tuch im Paisleymuster kaschierte den fleischigen Hals. Erstaunlich graziös vollzog Jerry Farnsworth eine komplette Drehung, verlagerte sein Gewicht dabei auf den rechten Fußballen. Das Lamékleid wirbelte herum und erzeugte regenbogenfarbene Späne im Licht.

»Gefällt's dir?«, fragte er.

Ich räusperte mich. »Du siehst scharf aus«, sagte ich schließlich. Er grinste.

Der Raum hinter Jerry war riesig – mein Apartment hätte viermal hineingepasst und der eine oder andere begehbare Schrank noch dazu. Das Mobiliar war einerseits hochwertig, andererseits nicht außergewöhnlich – solider dänischer Kram eben. Weiße Wände, weißer Teppich, auf Hochglanz gebrachtes Ebenholz für die Möbel. Der Teppich reichte bis zu einem großzügigen, gefliesten Flur, der in den hinteren Teil des Hauses führte. An den Wänden hingen Bilder. Reproduktionen von Miró. Grundfarben, einfache Formen. Woher ich das wusste? *Jeopardy!* (›Leuchtende Farben und schlichte Formen charakterisieren die Arbeiten dieses spanischen Künstlers.‹) Trivialwissen klebt an meinem Hirn wie statisch aufgeladener Staub.

Ich nahm das Klappern hoher Absätze auf Fliesenboden wahr. Mona Farnsworth eilte den Flur entlang. Sie trug ein Tweedkostüm, eine Brille aus Schildpatt und ihre Frisur bestach durch wetterfeste Wellen. Ihr Teint wirkte straff und ebenmäßig. »Du kommst zu spät«, schalt sie mich. June Cleaver, wenn sie ihre Tage hat.

»Tut mir leid«, sagte ich.

»Komm mit. Wir müssen dich noch umziehen.«

»Ich ziehe auf keinen Fall Frauensachen an«, sagte ich mit Blick auf Jerry.

Zwei Kinder kamen herein, ein pausbäckiger kleiner Junge von vielleicht fünf Jahren und eine etwa zwölfjährige Gruftie-Göre mit großen Augen. »Wer ist denn dieser Muskelberg?«, wollte das Mädchen wissen. Sie hatte kurzes, schwarzes Haar, gelockte Ponysträhnen, gepiercte Augenbrauen und einen Nasenring. Ihre Lippen waren schwarz geschminkt und auf ihren Nägeln schimmerte schwarzer Nagellack. Sie trug Rock und Bluse, ebenfalls in Schwarz. Ihr kalkweißes Gesicht reflektierte das Licht, als wäre die Haut mit einem Lacküberzug versehen. Das Mädchen taxierte mich mit übertrieben dunkel geschminkten Augen, die ihr das Aussehen einer Schwindsüchtigen verliehen. Sie stand einfach nur da, die Hüfte eingeknickt und die Arme unterhalb ihrer drolligen, teetassengroßen Brüste verschränkt. Ihre Nasenflügel bebten, während sie mich musterte, ein Vampir, der die Witterung aufgenommen hatte. Sie war niedlich und unheimlich zugleich, unschuldig und verdorben. Letzteres mit Vorsatz. Wenn sie eine Seele hatte, dann war die älter als Staub.

»Das sind unsere Kinder, Strobe Champion«, sagte Jerry. »Harry und Babs. Babs, Liebling, würdest du Mr. Champion eine Cola holen? Möchtest du 'ne Cola, Strobe?«

»Nein«, sagte ich.

»Du siehst umwerfend aus, Vater«, bemerkte das Mädchen.

»Danke, Prinzessin«, erwiderte Jerry mit einem Augenaufschlag und drehte sich ein weiteres Mal um die eigene Achse. »Bist du mit den Hausaufgaben fertig, meine Süße?«

»Seit Urzeiten. Ich sitze gerade über einer Buchbesprechung für meine Sozialkundeklasse. Meine Wahl ist auf Mutters Krafft-Ebing gefallen. Ich habe es zweimal gelesen und liebe das Kapitel über Körperfehler als Fetisch. Und Cantaranos Studie von 1895 über das Zehenlutschen ist total aktuell, werter Vater.« Ihr affektiertes Gebaren stand im krassen Gegensatz zu ihrem unbewegten Gesicht.

Jerry strahlte vor Stolz. »Sie will sich im Geschäft engagieren – auf die eine oder andere Art. Ich aber möchte, dass sie Wirtschaftsrecht studiert und dann die Finanzen in die Hand nimmt.«

»Für einen Small Talk haben wir jetzt keine Zeit«, sagte Mona und nahm mich bei der Hand. »Unten wartet ein Kunde. Übrigens hat keiner was von Frauenkleidern gesagt, Strobe.«

»Uri«, sagte ich. »Ich heiße Uri.«

»Nicht heute Abend. Heute Abend bist du Strobe.«

Sie führte mich zu einem Zimmer am Ende des Flurs. »Das ist unsere Garderobe«, erklärte sie. »Welche Bundweite hast du?«

»Einunddreißig«, erwiderte ich.

Sie strich über meine Bauchmuskeln. »Die wollen wir auf keinen Fall verstecken.«

Sie zog die Schublade einer Kommode auf, wühlte

darin herum und holte ein Paar schwarze Leggings und ein Suspensorium aus schwarzer Seide hervor. »Probier das mal«, sagte sie. »Und beeil dich.« Während ich mich umzog, wartete sie draußen.

Nachdem ich mich ausgezogen und das Suspensorium und die Leggings angezogen hatte, schlüpfte ich in meine Schuhe. Mona kam wieder herein und betrachtete eingehend meine Erscheinung. »Zum Anbeißen«, sagte sie schließlich, doch es war ein emotionsloser Kommentar, eine sachliche Feststellung eben.

»Die Schuhe passen nicht«, sagte sie. »Du musst barfuß gehen. Hast du was dagegen, wenn ich dich mit Babyöl einreibe?« Meine Neugier erwachte, aber die Vorstellung, dass June Cleaver mich mit Babyöl einrieb, erstickte jede meiner Fragen im Keim.

»Tu dir keinen Zwang an«, sagte ich.

Ihre Hände waren warm und ihre Finger sehr geübt. Sie trug das Öl auf Schultern und Rücken auf, konzentrierte sich dabei auf den großen Rückenmuskel, den Deltamuskel und Trizeps. Als sie über Brust- und Bauchmuskulatur fuhr, wurde es peinlich für mich. Das konnte auch das seidene Suspensorium nicht verhindern.

»Ertappt«, brachte ich zu meiner Entschuldigung hervor.

»Sag deinem elften Finger, er wird nicht gebraucht, Strobe. Ich bin nicht deine Freundin. Hier geht's ums Geschäft.« Das Eis in ihrer Stimme kühlte mich wieder ab.

Sie fuhr fort, massierte das Öl in meine Ober- und Unterarme, dann trat sie zurück. Einen Finger an der Wange, begutachtete sie ihre Arbeit.

»Warum bist du nicht tätowiert?«, fragte sie. »Ich habe

immer gedacht, große, böse Jungs wie du stehen auf Macho-Körperschmuck.«

»Ich hab früher an Wettkämpfen teilgenommen.«

Sie sah mich verständnislos an.

Ich nahm für sie eine Pose an, den Schwarzenegger-Spezial – die Bizeps beider Oberarme angespannt, dann in einer einzigen, flüssigen Bewegung hinunter aufs Knie, eine Drehung in eine dreiviertel Rückenschau. Aus dieser Position wieder nach vorn mit angespannten Brustmuskeln, dann eine Drehung, die großen Rückenmuskeln angespannt und zum Schluss die Trizeps. Dank meines niedrigen Körperfettgehalts bin ich noch immer gut definiert und kann Eindruck schinden: fünfzig Zentimeter Arm- und hundertdreißig Brustumfang. Dazu Oberschenkel wie aus Kalkstein gemeißelt und mit dem Umfang kleiner Fässer. Ich entspannte wieder und ließ meine Brustmuskeln auf- und abhüpfen, so dass es aussah, als zappelten Katzen in einem Sack. Ich hörte, wie Mona der Atem stockte. »Einen solchen Körper verunstaltet man doch nicht mit schlechten Bildern«, sagte ich.

»Sehr schön«, sagte sie. »Aber das nächste Mal – sofern es ein nächstes Mal gibt – werde ich dich mit ein paar Knast-Tattoos ausstatten. Wir werden Henna nehmen, das kannst du wieder abwaschen. Du wirst aussehen, als hättest du 'n paar harte Jahre Huntsville hinter dir.«

Meine Neugier meldete sich zurück. »Wozu das?«, fragte ich.

»Dann wirkst du noch einschüchternder.«

»Wen soll ich denn einschüchtern?«

»Das wirst du gleich herausfinden.«

Sie kramte wieder in der Schublade und zog etwas aus

Leder heraus. »Streif das über, es gibt dem Ganzen den letzten Schliff.«

Es sah aus wie eine Sturmhaube aus Leder, eins von den Dingern, die von Scharfrichtern getragen wurden, als das Köpfen noch en vogue war. Ich streifte sie über. Mona zerrte hinten an einem Lederriemen, befestigte ihn und schon saß die Maske fest an meinem Gesicht.

»Na bitte«, meinte sie, »jetzt siehst du richtig fies aus. Eine wahre Schreckgestalt.« Der Blick ihrer Augen hinter der Brille aus Fensterglas war konzentriert. Sie bereitete sich auf etwas vor.

»Danke«, sagte ich. »Und was passiert jetzt?«

»Was passiert, das passiert«, lautete ihre Antwort. »Ich glaube, es könnte dir gefallen. Falls nicht, denk immer daran: Es ist nur ein Spiel. Du musst nichts Schlimmes machen. Eigentlich musst du gar nichts machen.«

Sie nahm meine Hand und führte mich den Flur entlang.

VIER

Der große, nackte Mann hatte Haltung angenommen. June Cleaver – die dunkle Seite von June Cleaver – schlug ihm heftig ins Gesicht. Er hatte ein ausdrucksvolles, nahezu edles Gesicht, ein Gesicht, dem sogar Selbstherrlichkeit gut stünde, aber jetzt, nach der dritten Ohrfeige, fing er an zu schluchzen. June Cleaver griff sich unter den Rock, zog ihr Höschen herunter und stieg heraus. Ein delikater Akt, der mich ein wenig erregte. Ich atmete tief durch und zwang mich, an andere Dinge zu denken.

Mit der einen Hand hielt sie dem Mann die Nase zu, und während er nach Luft rang, stopfte sie ihm mit der anderen Hand das Höschen in den Mund. Dann legte sie ihm ein Hundehalsband um, befestigte eine Hundeleine daran und sagte: »Bei Fuß!« Der Mann hockte sich hin, hockte auf allen vieren, und fing an, wie ein Hund an ihren Füßen zu schnuppern. Sie versetzte ihm einen Tritt und er jaulte auf wie ein geschlagener Köter. Sie zog ihren Rock hoch, setzte sich rittlings auf ihn und zerrte dabei fest an der Leine. Dann langte sie nach hinten und versetzte ihm einen Schlag auf die blassen Arschbacken. »Auf geht's!«, befahl sie, und der Mann kroch durch den Raum, das rosafarbene Höschen im Mund. Er war grauhaarig, um die fünfzig und fett, und offenkundig war er eingeschüchtert. Ich konnte mir die Aufregung vorstellen, die seinen Herzschlag beschleunigte bei dem Gefühl von einem nackten, feuchtwarmen Hinterteil geritten zu werden.

Irgendwo da draußen, in einem Park, unter einem unschuldigen blauen Himmel, spielten Kinder, warfen munteren kleinen Hunden Frisbees zu, während ihre normalen Mütter und Väter sie beobachteten. Etwas in mir wollte das glauben; etwas in mir wusste es besser. Frei nach einem dieser abgedroschenen Witze: ›Normal‹ ist eine Einstellung an der Waschmaschine. Und ›unschuldig‹ ist ein Begriff, der vor Gericht gebräuchlich ist.

Die Ausstattung des Kellers sollte an einen Kerker erinnern. Rundum standen oder lagen Folterinstrumente – eiserne Jungfrauen, Stühle mit Daumenschrauben, Peitschen, Ketten, Käfige. Genau wie ich war alles nur Staffage, um eine Atmosphäre der Einschüchterung zu schaffen. An der Wand neben mir lehnte ein Henkersbeil.

Auf dem Weg hinunter zum Kerker hatte Mona mir erklärt, worum es bei ›Mind Me!‹, so der Name ihres

Unternehmens, ging. Sie war eine Domina mit über hundert wohlhabenden Kunden, die bereit waren, bis zu tausend Dollar pro Sitzung zu zahlen, um von ihr erniedrigt zu werden. ›Mind me!‹ bewegte sich völlig im Rahmen der Legalität. Sie zahlte sogar Gewerbesteuer an die Stadt. Als ihr vor fünf Jahren die Idee zu ›Mind Me!‹ gekommen war, hatte sie sich vom City Attorney beraten lassen. Der habe gemeint, sie könne jegliche Art von Dienstleistung anbieten. Wenn es Männer gebe, die dafür bezahlen, erniedrigt zu werden, dann habe auch die Stadtverwaltung keine Einwände. Allerdings unter einer Bedingung: Keine Penetration. Penetration würde den Geschäftszweck neu definieren und ein Bordell könne die Stadt nicht billigen.

Sie betrieb eine Website, eine 0190-Nummer und schaltete Anzeigen im hiesigen Blätterwald. Die Anzeigen in den Tageszeitungen waren diskret und verschlüsselt, so dass nur Eingeweihte sie verstanden. In anderen Publikationen hingegen waren die Anzeigen eindeutig zweideutig:

> Bad Boys! Was Ihr jetzt braucht, ist echte Disziplin! Ihr wisst doch, wer Ihr seid, oder? Ihr wisst, was Ihr getan habt! Ihr müsst bestraft werden, und zwar sofort. Ihr sehnt Euch danach! Ein Leben ohne Bestrafung ist nichts als Täuschung! Hört auf, die Unschuldigen zu spielen! Kommt zu mir, meine Lieben, Mama kennt Praktiken, die Euch zum Quieken bringen!

Mein Job, erklärte sie mir, bestehe darin, im Hintergrund zu stehen, das Henkersbeil locker in den Händen. Auf ein Zeichen ihrerseits sollte ich das Beil in die Höhe heben und einen Schritt auf den Kunden zugehen. »Versuche, angespannt zu bleiben«, sagte sie. »Ich will, dass diese Muskeln aussehen wie Folterinstrumente.« Ich machte fünfzig Liegestütze und ein paar isometrische Übungen, um den Effekt zu erzielen, den sie wollte. Ich denke, ich sah ziemlich gut aus. Zur Hölle, vielleicht könnte ich bei einem Bodybuildertreffen der Senioren noch was reißen. Vielleicht langt es sogar zu einem Mister Irgendwer.

Nach zehn Minuten begann Monas Programm mich zu langweilen. Anfangs war es noch interessant, aber nach einer Weile lebte das Ganze nur noch von Wiederholungen. Ich träumte vor mich hin und verpasste prompt ihr Signal. Also musste sie auf sich aufmerksam machen. »Strobe!«, schrie sie, und ich war voll da. »Strobe, heb dein Beil! Zeig ihm, dass wir nicht spaßen!«

Ich hob das Beil in die Höhe und ging auf den Kunden zu. Er fing an zu schreien: »Mein Gott, bitte nicht!« Ich schwang das Beil über meinem Kopf und er zuckte zusammen. Mona sah ihn drohend an. Ich knurrte, er wimmerte. Wir alle agierten in dieser perversen kleinen Farce. Es widerte mich an.

Dann aber ging es mit mir durch. Ich war niemals so reich gewesen wie dieser Idiot, der seinen Reichtum einsetzte, damit ihm in einem Pseudo-Folterkeller einer abging. »Du Fettarsch von einem Hurensohn«, stieß ich hervor und ging mit dem Beil auf ihn los. Ich holte aus, das Beil sauste an seinem Kopf vorbei und landete in der Wand dahinter, hatte seinen Schädel nur um wenige Zentimeter verfehlt. Putz bröckelte von der Wand. »Stirb, Motherfucker!«, schrie ich. Er krabbelte weg von mir und zitterte vor Angst. Mona sah mich mit weit aufgerissenen Augen an, eine perfekte Imitation echter Furcht. »Strobe!«, sagte sie. »Um Gottes willen, beherrsche dich!«

Der Kunde begriff, dass das nicht Teil des Spiels war, und wollte aufstehen. Doch Mona ohrfeigte ihn und befahl ihn wieder hinunter auf den Boden, vielleicht zu seiner eigenen Sicherheit. »Und du reißt dich jetzt zusammen«, zischte sie mir zu. »Sonst war es das für dich, Mister!« Sie stopfte dem Kunden den Slip zurück in den Mund und ich verzog mich ans andere Ende des Kellers. Mir schlug das Herz bis zum Halse. Ich nutzte diesen Moment, um in mich zu gehen. Mein Gott, ich hätte diesem reichen Wichser tatsächlich am liebsten den Kopf abgeschlagen. Hatte Mona das gemeint, als sie gesagt hatte, ich könne vielleicht noch etwas lernen?

Das Schmierentheater ging weiter: Sie ritt ihn, schlug ihn, ließ ihn den Boden lecken. Während sie ihm Hintern und Beine mit seinem eigenen Gürtel versohlte, ließ sie ihn eine Jig tanzen und dabei *Love is A Many Splendored Thing* singen. Ab und an warf sie mir einen nervösen Blick zu, um sich zu vergewissern, dass ich die Fassung behielt. Ich zuckte nicht einmal mit der Wimper, diese Genugtuung gab ich ihr nicht. So wie ich das Henkersbeil hielt, verkörperte ich mehr als nur Gleichgültigkeit.

Das arme Schwein war vor Anstrengung ganz rot im Gesicht. Er keuchte vor Erschöpfung und Erregung und sah überhaupt nicht gut aus. Unter der Haut seines geröteten Halses sah man das Pochen in der Halsschlagader. »Herrin, dürfte ich Euer göttliches Wasser anbeten?«, bettelte er. Eine Gefühlsaufwallung, die aus dem tiefsten Innern an die Oberfläche strebte. Sie verlieh seinem Mienenspiel zwei widerstreitende Züge: den des zu Unrecht bestraften Kindes und den des erwachsenen Mannes, der dem Paradies entgegensieht. Er kniete vor Mona. Sie platzierte einen ihrer spitzen Absätze auf seiner Schulter und stieß ihn auf den Rücken. Anschließend zog sie den Rock hoch und hockte sich dicht über sein Gesicht. »Sag *bitte*, du unwürdiges Schwein.« Er tat es. Sie bedachte ihn mit einem Golden Shower. Er kam.

Das Spiel war zu Ende. Erschöpft wankte der Kunde in das angrenzende Badezimmer, um sich zu säubern und anzuziehen. Mona und ich gingen nach oben. Irgendwie stand ich ein wenig neben mir. Ich zog mir die Henkersmaske vom Kopf. Das Material war nicht unbedingt atmungsaktiv und mein Haar somit schweißnass. Es sah aus, als hätte ich meinen Kopf unter einen Wasserhahn gehalten. Mona schob mich in das Badezimmer, das neben der Garderobe lag. Meine Sachen hingen bereits an der Tür. Ich duschte, zog mich an und fand mich anschließend in der Küche ein, wo die gesamte Familie Farnsworth saß und Jerry – noch immer in seinem Fummel – einen Imbiss für Harry und Babs zubereitete. In Speck gerollte Hot Dogs und Pommes frites. Mona nippte an einem Eistee.

»Was ist da unten eigentlich in dich gefahren?«, fragte sie.

Ich zuckte die Achseln. »Ich hab nur meine Rolle gespielt.«

»Das kannst du wohl laut sagen. Du hast den Kunden richtig in Panik versetzt. Ich habe mich schon gefragt, ob ich mit dir den größten Fehler meiner Karriere begangen habe. Für mich hat es so ausgesehen, als wolltest du ihn wirklich umbringen.«

Ich lachte. »Offenbar bin ich ein ganz guter Schauspieler, wenn selbst ein Profi mir auf den Leim geht.«

»Das war kein Schauspielern.«

»Wir schauspielern alle. Vierundzwanzig Stunden am Tag, sieben Tage die Woche, meinst du nicht?«

Sie sah mich lange an, dann wechselte sie das Thema. »Willst du was essen, Killer?«

»Nicht diesen Junk.« Ich setzte mich zu ihnen.

Jerry brachte mir ein großes Glas Eistee. »Zucker?«, fragte er.

»Süßstoff, wenn ihr habt.«

»Haben wir.«

Ich konnte nicht anders, ich musste ihn fragen. »Warum trägst du diesen Fummel, Jerry? Gehört das zum Geschäft?«

»Er wechselt gern mal die Seiten«, sagte Mona. »Das ist sein Hobby. Jeder sollte ein Hobby haben.«

»Hat nichts mit dem Geschäft zu tun«, erklärte Jerry. »Es ist einfach mein Ding, verstehst du.« Mein Blick blieb kurz an Harry hängen. Jerry bemerkte es. »Die Kinder kommen damit klar, Uri. Hey, du bist doch nicht etwa einer von diesen bescheuerten Moralaposteln?«

»Kann ich noch einen Hot Dog haben?«, fragte Harry. Er war ganz der Vater, ein pummeliger Optimist ohne jegliches Schuldgefühl. Babs hingegen ähnelte Mona. Sie hatte die Hab-ich-alles-schon-gesehen-Augen ihrer Mutter. War sie erst einmal erwachsen, würde sie begehrenswert und furchteinflößend zugleich sein.

Jerry versorgte Harry mit einem weiteren in Speck eingewickelten und unter einer Velveeta-Käsetunke begrabenen Hot Dog. Offensichtlich hatten diese Leute noch nie etwas von Nitraten und gesättigten Fettsäuren gehört oder es war ihnen total egal. Hatten sie wirklich keine Ahnung, was sie ihren Kindern antaten, indem sie ihnen so einen Mist vorsetzten? Ich wollte sie gerade daran erinnern, dass Hot Dogs aus Abfällen hergestellt werden, die man in Schlachthäusern vom Boden fegt, und dass Velveeta alles andere ist, nur kein richtiger Käse, doch ich besann mich eines Besseren. Wie miserabel die Ernährung ihrer Kinder auch war, es blieb ihre Sache.

Mona – noch immer in June-Cleaver-Kostümierung – sah auf ihre Uhr. »Mr. Renseller lässt sich heute aber Zeit«, sagte sie. »Vielleicht sollten wir mal nach ihm sehen.«

Laut Mona war Clive Renseller ein stadtbekannter Banker. Seinerzeit war er einer ihrer ersten zahlungskräftigen Kunden gewesen und inzwischen Stammkunde. Für die wöchentliche Sitzung berappte er tausend Dollar. Renseller war ein hochangesehener Bürger, ein führendes Mitglied der Gemeinde. Er war mit dem Gouverneur befreundet und hatte mit dem Präsidenten Golf gespielt. In diversen Zeitschriften waren Features über ihn erschienen. »Clive Renseller und die Zukunft im Zeichen des Optimismus« lautete der Titel eines Interviews, das im *Money Magazine* veröffentlicht worden war.

Renseller bevorzugte die Sitzungen um sechs Uhr abends, am Ende von Monas Arbeitstag. Sollte er nämlich mal den Wunsch verspüren, eingefahrene Gleise zu verlassen, konnte die Sitzung ruhig eine halbe Stunde länger dauern, ohne dass spätere Termine dadurch verzögert wurden. Mona war es egal, zumal die Überzeit – ob nun zehn Minuten oder eine volle Stunde – weitere tausend Dollar einbrachte. Sie arbeitete grob geschätzt acht Stunden am Tag. Ich überschlug das kurz: Mal angenommen, sie arbeitete fünf Tage die Woche und es handelte sich ausschließlich um 1000-Dollar-Kunden, dann kam sie auf mindestens hundertsechzigtausend im Monat. Selbst wenn ein paar Sitzungen à fünfhundert Dollar darunter waren, würde sich ihr monatliches Einkommen immer noch im sechsstelligen Bereich bewegen. Und die 0190-Nummer und Dienstleistungen, die sie über ihre Website anbot, waren in dieser Rechnung nicht mal enthalten.

Mona ging hinunter in den Keller. Kurz darauf kam sie zurück und sagte: »Wir haben ein Problem.«

FÜNF

Clive Renseller saß auf dem Boden der Duschkabine und starrte ins Leere. Das mittlerweile kalte Wasser der Brause prasselte auf ihn herab und seine Haut – nicht mehr ganz so rosig – schien bereits leicht schrumpelig. Von der Mitte seines Kopfes zeigten die klatschnassen Haarsträhnen in alle Richtungen, wie Vektoren. Es sah aus, als meditiere er – ein Mönch aus dem 12. Jahrhundert, der gerade ein metaphysisches Rätsel zu entschlüsseln versuchte.

»Kannst du erste Hilfe?«, fragte Mona mit bangem Unterton.

Ich stellte das Wasser ab und fühlte an seinem Hals nach dem Puls, wohl wissend, dass da nichts war. Ebenso gut hätte es sich auch um ein neues Spiel handeln können, das er sich ausgedacht hatte: Sklave täuscht Ohnmachtsanfall in Dusche vor, Herrin peitscht ihn so

lange aus, bis er wieder zu sich kommt und um göttliches Wasser bettelt. Aber dem war nicht so. Clive
Renseller, Banker und Stütze der Gesellschaft, war tot.

»Mein Gott«, sagte Mona, »das hat mir gerade noch
gefehlt.«

»Ruf 911 an«, sagte ich, »es sieht aus, als ob Clive
einen Herzinfarkt hatte.«

»Nein. Zuerst rufe ich seine Frau an. Das ist eine höchst
unangenehme Situation.«

Wir gingen wieder hoch und Mona telefonierte. »Jillian Renseller ist gleich hier«, erklärte sie. »Ich hab sie
auf ihrem Mobiltelefon erwischt – sie war gerade unterwegs, irgendwo zum Abendessen. Die Arme hat darum
gebeten, vorerst niemanden zu benachrichtigen. Ich
respektiere das.«

»So was kann man doch nicht respektieren«, widersprach ich. »Das Gesetz – «

»Jetzt hör mal gut zu«, sagte Mona, »hier steht einiges
auf dem Spiel. Wenn das publik wird, ist mein Geschäft
ruiniert. Die meisten meiner Kunden sind namhafte
Bürger. Die wollen ihr Privatleben nicht unter dem
Mikroskop ausbreiten. Das kannst du doch nachvollziehen, oder? Bekommt die Presse erst mal Wind davon,
werden sie wochenlang unsern Rasen belagern. Meine
Kunden werden sich fern halten müssen. Das kann ich
mir nicht leisten. Jillian hat ebenfalls viel zu verlieren. Im
Grunde haben alle was zu verlieren. Bitte, Uri, funk mir
jetzt nicht dazwischen.«

Mitgefühl gehörte nicht unbedingt zu Monas offen-
sichtlichen Qualitäten. Das war das eine, aber Rensellers
Tod nicht zu melden war illegal und ich sollte dabei mitmachen. Vor einiger Zeit war ein hoher Verwaltungs-

angestellter unserer Universität im Apartment seiner Geliebten im Baron Arms zusammengebrochen und gestorben. Ich hatte den Notruf alarmiert und bereits am folgenden Tage beschäftigte der Skandal alle Tageszeitungen. Er lieferte der Boulevardpresse wochenlang Futter für ihre Schlagzeilen. Für die Familie des Toten ein Desaster. Ein derartiges Nachspiel lässt sich nicht immer vermeiden. Wenn ein Mann nicht in der Lage ist, Ruf und Familie durch angemessenes Verhalten zu schützen, warum sollten es dann andere tun?

»Auf mich kannst du dabei nicht zählen«, erklärte ich und wollte zur Tür.

»Moment mal, Uri«, sagte Mona und hielt mich am Arm fest. Diesmal spannte ich nicht an. »Du könntest in diesen hässlichen Skandal hineingezogen werden. Mir ist klar, dass du nicht viel zu verlieren hast, aber bedenke, dass in allen Zeitungen Fotos von dir auftauchen könnten. Fotos mit dir als Henker, der mit einem Beil auf Mr. Renseller losgeht. Die Maske wird dich nicht schützen, dein Name kommt ans Tageslicht. Kannst du mit so was umgehen?«

»Welche Fotos?«, fragte ich. Aber ich verspürte bereits dieses flaue Gefühl in der Magengegend, wenn einem bewusst wird, was man sowieso weiß: Der Anschiss lauert immer und überall.

»Es wird alles auf Video festgehalten, was wir da unten machen. In den Wänden befinden sich vier Kameras, zwei sind in der Decke. Das muss sein, schon zu unserem eigenen Schutz. Wir brauchen Beweise, das alles im beiderseitigen Einvernehmen geschieht. Sollte ein Kunde aus welchen Gründen auch immer behaupten, er sei gegen seinen Willen von uns misshandelt worden, werden die

Bänder das Gegenteil beweisen.«

»Du willst mich erpressen, damit ich kooperiere.«

»Nein, will ich nicht. Aber wenn die Polizei Rensellers Tod untersucht, wird sie vermutlich auch das mit den Bändern herausfinden. Ich habe keine Möglichkeit, darauf Einfluss zu nehmen.«

»Letzten Endes werden die Behörden von Rensellers Tod erfahren.«

»Richtig. Doch was sie letzten Endes erfahren, kann doch ein wenig ... korrigiert werden.«

Ich hörte das Quietschen von Reifen.

»Das muss Jillian sein«, bemerkte Mona.

Mona ging, um die Tür zu öffnen, und führte Jillian anschließend in die Küche. Jillian war eine zierliche Frau um die dreißig. Ihr schwarzes Haar war kurz geschnitten und mit blonden Strähnchen durchzogen. Sie hatte ein fein geschnittenes Gesicht, irgendwie mediterran, mit einer prägnanten Nase, olivfarbener Haut und dunklen, schimmernden Augen. Ihr Mund war schmallippig und zu einer scharfen Linie verzogen. Sie trug verwaschene Jeans, Sweatshirt und Tennisschuhe. »Wo ist dieser verdammte Narr?«, fragte sie mit einem Zittern in der Stimme.

»Unten, in der Dusche«, sagte ich. »Dieser verdammte Narr hatte einen Herzinfarkt.« Es hatte nicht den Anschein, als würde Rensellers Ableben irgendjemanden in abgrundtiefe Verzweiflung stürzen.

»Wer sind Sie?«, fragte Jillian Renseller und nahm erst jetzt Notiz von mir.

»Ich bin Strobe, das lebende Requisit. Ich habe mitgeholfen, ihn zu Tode zu erschrecken.«

Sie musterte mich recht lange und wandte sich dann

zu Mona. »Okay, er ist also tot. Aber hier kann er nicht bleiben. Ich muss ihn irgendwie nach Hause kriegen.«

»Du wirst uns helfen müssen, Strobe«, meinte Mona daraufhin.

»Sicher«, erwiderte ich. »Ich steh drauf, grundlos eingelocht zu werden. Das ist nämlich mein Hobby. Wie hast du doch so schön gesagt, Mona? Jeder sollte ein Hobby haben.«

»Er ist eines natürlichen Todes gestorben.« Mona ging es jetzt sanfter an und kam näher. Sie berührte meinen Arm. »Wo ist das Problem, wenn wir ihn nach Hause bringen?«

»Eines natürlichen Todes?«, sagte ich. »Seine Beine sind voller blauer Flecke und seine Arschbacken voller Striemen. Seine Lippen haben geblutet und er hat ein Veilchen. In seiner Stirnhöhle plätschert wahrscheinlich noch etwas von deinem göttlichen Wasser. Ich glaube kaum, dass der Leichenbeschauer Clives Tod als natürlich bezeichnen wird.«

Jillian Renseller schlug die Hände vors Gesicht und geriet ins Taumeln. Jerry Farnsworth fing sie auf und setzte sie auf einen Stuhl.

»Oh mein Gott«, stammelte sie. »Alles, wofür wir gearbeitet haben, ist zerstört!« Sie fing an zu schluchzen, in kleinen hysterischen Hicksern. Mona brachte ihr ein Päckchen Taschentücher. Jillian putzte sich kräftig die Nase. Diese Fanfarenklänge wollten so gar nicht zu ihrer kleinen, zarten Erscheinung passen.

Sie bekam sich wieder in den Griff und sah sich in der Küche um, als begreife sie erst jetzt, wo sie sich befand. Jerry brachte ihr ein Glas Wasser. Voller Dankbarkeit für sein aufmerksames Verhalten blickte Jillian zu ihm hoch.

»Oh, entschuldige, Jerry«, sagte sie, »aber das ist ein so wunderbares Kleid. Woher hast du es? Ich will auch so eins.«

»Das hab ich vor zehn Jahren in San Francisco gekauft«, sagte er.

»Frag bloß nicht, wie viel er dafür bezahlt hat«, meinte Mona und verdrehte ein wenig die Augen. Wäre sie angesichts der Situation nicht so makaber gewesen, hätte diese an sich normale Reaktion etwas Ergreifendes gehabt. Ich wollte gerade was dazu sagen, als der kleine Harry in die Küche kam.

»Ich habe immer noch Hunger, Da«, sagte er. Er trug einen Bunny-Pyjama und war bereits bettfertig. *Da,* die irische Variante von Dad, hörte sich irgendwie niedlich an. Diese Familie hatte Stil.

»Hey, Leute, ich werd für die Großen jetzt Pizza bestellen«, warf Jerry ein. »Dann setzen wir uns alle hin, essen einen Happen und werden ganz entspannt überlegen, was als Nächstes zu tun ist. Haben wir erst mal was Anständiges im Magen, können wir ganz anders an die Sache rangehen, getreu meinem Motto: Mit leerem Magen entscheiden heißt schlecht entscheiden.« Er hatte inzwischen seine Perücke abgesetzt. Sein roter Iro klebte flach an seinem Kopf wie ein Stück Fell.

»Du warst nun mal beteiligt«, sagte Mona zu mir und verkörperte wieder June Cleavers dunkle Seite. Hinter den Brillengläsern hatte das Grün ihrer Augen eine Tendenz hin zum Grau. Zum unverwüstlichen Grau von Tresoren. Mit einem Mal wurde mir klar, dass sie ihre Arbeit genoss. Ich lächelte – über mich. Ich Idiot! Schließlich war ich kein grüner Junge mehr und trotzdem hatte ich mich von etwas überrumpeln lassen, was selbst für eine Nonne zu durchschauen gewesen wäre. Es machte Mona Farnsworth einen Höllenspaß, Männer windelweich zu schlagen. Dass sie dafür auch noch dick bezahlt wurde, versüßte das Ganze obendrein. Man lernt nie aus. Auch so eine hohle Phrase, die mitunter ins Gewicht fällt.

»Wenn Clives Tod irgendwelche Fragen aufwirft, hängst du mit drin«, sagte Mona und packte entschlossen meinen Arm. Ich ließ den Muskel entspannt. »Bedenke deine Situation, Uri. Du solltest keine Sekunde zögern, uns dabei zu helfen, den Mist in Ordnung zu bringen.«

Ihre Fingernägel gruben sich in meinen Bizeps. Ich saß, sie stand. Sie beugte sich zu mir hinunter, ihr Gesicht ganz dicht an meinem, ihren Mund leicht geöffnet. Jetzt will sie mich auch noch beißen, dachte ich.

SECHS

Maskiert oder nicht, auf keinen Fall wollte ich mein Bild in der Zeitung sehen. Und ich wollte nicht mit Clive Rensellers ›natürlichem‹ Tod in Verbindung gebracht werden. Mona und Jillian versicherten mir, dass es kein Nachspiel gebe, wenn ich ihnen helfen würde, Clive nach Hause zu schaffen. Jillian hatte vor, am nächsten Morgen ihren Hausarzt anzurufen und ihm aufzutischen, sie habe Clive in seinem Schlafzimmer tot aufgefunden. Clive nahm drei verschiedene Medikamente – einen Beta-blocker gegen hohen Blutdruck, Digoxin gegen Herz-rhythmusstörungen, Nitroglycerin für die Herzkranz-gefäße. Der plötzliche Tod eines Mannes in seinem Alter und mit seiner körperlichen Verfassung dürfte eigentlich niemanden überraschen, meinte sie.

Für die Prellungen, für die Beulen und aufgeschlagenen

Lippen allerdings müsse sie, Jillian, die Verantwortung übernehmen. Unter Tränen wolle sie dem Arzt beichten, dass Clive nur im Zusammenhang mit abartigen Sexpraktiken zu einer Erektion und zum Erguss habe kommen können und dass sie ihm dementsprechend nachgegeben habe. Dann und wann, so wollte Jillian erklären, habe sie ihn hart rannehmen müssen, um ihn in Fahrt zu bringen, und letzte Nacht sei es ein wenig wilder als gewöhnlich zugegangen. Brutalen Sex habe sein angeschlagenes Herz jedoch nicht verkraften können. Für den Arzt, einen alten Freund der Familie und Weggefährten, sei ihr Wunsch nach Diskretion nachvollziehbar. Er werde mehr als einverstanden sein, den Totenschein auszustellen, ohne Clives Liebeslaster zu erwähnen. Dessen war sich Jillian sicher.

Der Plan klang durchaus vernünftig. Er klang noch vernünftiger, als Jillian fünfhundert Dollar in Aussicht stellte, wenn ich bei der Sache mitmachte. Schwierig war nur, Clive aus der Duschkabine herauszubekommen. Die Leichenstarre hatte noch nicht eingesetzt. Ihn jetzt hochzuheben war, als hebe man einen Sack aus Gummi hoch, der mit hundert Liter Wasser gefüllt war. Ich kann ordentlich viel Gewicht stemmen – Eisenscheiben, die am Ende einer Stange fixiert sind –, doch Clive bedeutete Gewicht ohne festen Schwerpunkt. Ich zog ihn an den Armen aus der Kabine und brachte ihn in eine sitzende Position. Jerry half mir, ihn aufrecht zu stellen. Als wir ihn halbwegs in der Vertikalen hatten, drückte ich meine Schulter in seinen Bauch und hob ihn hoch. Clive wog mehr als hundert Kilo, vielleicht um die hundertzehn.

Ich spürte einen stechenden Schmerz im unteren Rücken, eine Art Ermahnung: Vor einigen Jahren hatte ich mir einen Bandscheibenvorfall zugezogen, und zwar bei dem Versuch, im Rahmen einer Kraftprobe mit meinem Trainingspartner Ray Fuentes im Y gute 200 Kilo stoßen zu wollen. Die Stange hatte sich ungefähr auf Höhe meiner Brust befunden, als ich die Bandscheibe hatte knacken hören. Ein Knacken wie bei brennendem Holz. Mein unterer Rücken hatte sich sofort verkrampft, als ein glühend heißer Schmerz, einem Schraubstock gleich, ihn in die Zange genommen hatte. Die Hantel war meinen Händen entglitten und ich brüllend zu Boden gefallen, Fuentes' grinsendes Gesicht über mir. »Du schuldest mir zehn Dollar, Kumpel!« Soweit sein Kommentar. Wir sind sehr gute Freunde.

Nachdem ich Clive endlich auf dem Rücksitz des Mercedes untergebracht hatte, war mein Rücken im Arsch. Mit äußerster Vorsicht setzte ich mich auf den Beifahrersitz. Ich atmete tief durch, hielt die Luft an und biss dabei die Zähne zusammen. Gut möglich, dass ich sogar leicht aufstöhnte. Clive vom Auto in sein Haus zu schaffen würde kein Vergnügen werden. Fünfhundert waren dafür nicht annähernd genug.

»Was haben Sie?«, fragte Jillian, während sie rückwärts die Auffahrt hinunterfuhr.

»Rückenprobleme«, sagte ich.

»Sie? Ein Muskelmann wie Sie hat Probleme mit dem Rücken?«

»Als wir von den Bäumen gehüpft sind, waren unsere Körper dafür noch gar nicht ausgelegt. Der Rücken hatte nicht genug Zeit, um sich anzupassen. Das Gleiche gilt für die Knie. Ohne eine Phase dazwischen wurde aus uns der Homo erectus. Eigentlich sollten wir immer noch Bananen essen, uns gegenseitig Nissen aus dem Fell holen und eine aufrechte Haltung nur dann annehmen, wenn es um ein Wettpissen geht.«

»Sie sind ein witziger Kerl«, bemerkte sie mit verkrampftem Lächeln. Verkrampft oder nicht, es wirkte sympathisch, hellte ihre Miene auf.

Die Rensellers wohnten in einer Gegend, die auch Motiv für die Umschlaggestaltung eines Märchenbuches hätte sein können. Dieses Gelände gehörte nicht in die Wüste. Eine Felsbank von zwanzig Morgen, herausgehauen aus einem öden Sandsteinhügel, der sich mitten in der Wüste erhob. Man hatte die Felsbank mit Mutterboden aufgefüllt, um einen kleinen Wald anzulegen, Nadelhölzer aus dem Nordwesten und Laubbäume. Durch großzügige Rasenflächen und Strauchwerk erschien das Ganze üppig wie ein vom Regen bevorzugtes Gebiet.

Der Zugang zum Grundstück erfolgte über ein großes Tor aus Schmiedeeisen, das Jillian per Knopfdruck, vom Armaturenbrett ihres Mercedes aus, öffnen konnte. Bis wir das Haus erreicht hatten, vergingen nochmals mehrere Minuten. Verglichen mit diesem Haus wirkte das der Farnsworths wie ein Geräteschuppen. Es war im Stil viktorianischer Landhäuser gebaut, dreigeschossig, mit mehreren Giebeln. Ich zählte vier Kamine. Rund um das Gebäude standen Schatten spendende Ulmen und Eichen. Die Rensellers mussten über eine eigene Wasserleitung zum Colorado River verfügen, um ihren Besitz in diesem Zustand zu erhalten. Er wollte sich so gar nicht in das Bild südwestlicher Wüstenfauna und -flora einfügen. Im Grunde schien das Anwesen der Rensellers nur geschaffen worden zu sein, um jegliche Verbindung mit der trostlosen Realität, die es umgab, zu leugnen. Ich fragte mich, wie sie mit Klapperschlangen, Skorpionen und den gelegentlichen Sandstürmen fertig wurden.

»Nette Gegend«, bemerkte ich.

»Ich weiß, was Sie denken«, sagte sie. »Sie betrachten es als anmaßend, als ignorant, etwas Derartiges mitten in die Wüste zu setzen.«

Ich erwiderte nichts darauf.

Sie wusste mein Schweigen richtig zu interpretieren. »Nun, Sie haben Recht. Vor fünf Jahren bin ich nur widerwillig von Oregon hierher gezogen. Also haben wir ein Stück Umgebung von Portland geschaffen, nur für uns. Clive nannte es Oak Grove am Rio Grande. Inzwischen schäme ich mich fast ein wenig dafür. Vermutlich verbrauchen wir Tag für Tag mehr Wasser als halb Juárez.«

»Der Grundwasserspiegel sinkt.«

»Dank Leuten wie uns.« Ich schielte nach hinten, um nach der anderen Hälfte von ›uns‹ zu sehen. Clive machte nicht den Eindruck, als interessiere er sich noch ernsthaft für Wüstenökologie.

Jillian fing an zu weinen. Doch ihre Tränen galten wohl kaum dem sinkenden Grundwasserspiegel. Ihre Tränen galten ihr.

»Wenn guten Menschen Böses widerfährt«, sagte ich. Sie sah mich kurz von der Seite an, um zu sehen, ob ich den Klugscheißer raushängen ließ. Einerseits tat ich es, andererseits nicht. Redewendungen enthalten immer eine Portion Wahrheit. Und Jillian war mir nicht unsympathisch, sah man vom Dissens in Sachen Ökologie mal ab. Sie hielt unter einer Porte Cochère. Die erschaffene Illusion vom nördlichen Landhausstil des 19. Jahrhunderts in all seiner Opulenz war beeindruckend. Beim Aussteigen erwartete ich geradezu die feucht-kalte Luft des Nordwestens, doch der heiße Wüstenwind war kräftig genug, um unsanft durch die nach Wasser dürstenden Ulmen zu fahren. Ein aufkommender Sandsturm lag buchstäblich in der Luft.

Ich öffnete die hintere Wagentür. Clive Renseller sah aus, als hätte er eine lange, ermüdende Fahrt hinter sich und döse jetzt. Der Sicherheitsgurt hielt ihn im Sitz. Jerry und ich hatten versucht, ihm Hemd und Hose anzuziehen, es dann aber aufgegeben. Niemand bekäme ihn unterwegs zu sehen und zu Hause müssten Jillian und ich ihn irgendwie in den Schlafanzug stecken. Jillian hatte den Mercedes in die Garage der Farnsworths gefahren, während ich Clive durch die Küchentür hinausgetragen hatte, um ihn anschließend auf den Rücksitz zu verfrachten und anzuschnallen. Doch jetzt, unter der Porte Cochère, waren wir völlig ungestört. Wir wären auch ungestört gewesen, wenn ich ihn vom Tor hinauf zum Hauseingang getragen hätte, doch von hier aus waren es nur wenige Schritte bis zum Hauseingang.

Jillian stand neben mir. Wir blickten hinunter auf Clive. Erstaunlich, wie gelassen er wirkte. Tot sah er besser aus als lebendig. Nicht mehr so gerötet, nicht mehr so angestrengt, aus jeglicher sexuellen Verstrickung gelöst. Ein solider Blutdruck von 0/0, keine Herzrhythmusstörungen, keine Angst. Wir blickten hinunter auf ihn, unfähig oder nicht bereit, etwas zu sagen. Schweigen schien angemessen.

»Armes Schwein«, entfuhr es mir schließlich.

Jillian berührte meinen Arm. »Danke«, sagte sie. »Das werden vermutlich die einzigen ehrlichen Worte sein, die man über ihn fallen lassen wird.« Ihre Stimme klang ziemlich emotionslos. In ihrer Ehe – da legte ich mich ganz einfach fest – waren die Gefühle seit geraumer Zeit erkaltet. Das kam mir absolut bekannt vor.

Ich beugte mich in den Wagen, löste den Sicherheitsgurt und hockte mich dann vor die offene Tür. Als ich Clives Arm packte, kippte der Körper in meine Richtung. Ich veränderte die Position seiner Beine, so dass sie aus dem Wagen hingen. Dann lud ich Clive auf meine Schulter, verlagerte mein Gewicht auf die Füße und drückte mich aus der Hocke hoch, Oberschenkel angespannt, den Rücken kerzengerade.

Jillian ging voran, Richtung Haus. »Wir bringen ihn gleich in sein Schlafzimmer«, sagte sie. »Es ist im zweiten Stock. Keine Bange, wir haben einen Fahrstuhl.«

Vom Haus bekam ich nicht allzu viel mit. Ich hielt meinen Blick auf den Boden gerichtet. Nur ein Stolpern und ich hätte Clive nicht mehr auf die Schulter bekommen. Ich sah Perserteppiche, eine Menge davon, dann den Boden des Fahrstuhls. Oben angekommen, ging es über noch mehr Perserteppiche in Clives Schlafzimmer.

Nachdem ich ihn auf sein Himmelbett hatte fallen lassen, fühlte ich mich irgendwie schwerelos. Ich hatte das Gefühl, gen Decke schweben zu können wie ein Luftballon. Um mein Gleichgewicht zu halten, griff ich nach Jillians Schulter. Damit hatte Jillian nicht gerechnet. Ihre Knie gaben nach und sie geriet ins Schwanken.

»Entschuldigung«, sagte ich, »aber ich war gerade etwas unsicher auf den Beinen.«

Sie lächelte. Diesmal spontan. »Ich mach Ihnen gleich einen Drink«, sagte sie, »doch zuerst ziehen wir Clive den Pyjama an und legen ihn ins Bett.«

Als das erledigt war, gingen wir wieder hinunter. Jillian führte mich in einen holzgetäfelten Raum mit Ledermöbeln. Der Teppichboden war so dick, dass man darauf hätte schlafen können, ohne mit schmerzendem Rücken aufzuwachen. An einer Wand befand sich ein Kamin, der aussah, als wäre er noch nie benutzt worden. Über dem Kaminsims hing das Porträt eines älteren Mannes. Auf mich machte er den Eindruck eines wohlhabenden, einflussreichen Mannes, der zu allem fähig war. Jillian öffnete einen Barschrank aus Teakholz, der sogar über ein kleines Spülbecken verfügte. »Was möchten Sie trinken?«, fragte sie.

»Tequila.«

»Igitt! Terpentin. Obwohl ... Clive mochte das auch. Wir haben ein paar Flaschen da. Brauchen Sie etwas zum Runterspülen? Farbverdünner, vielleicht?«

»Nur ein, zwei Kurze, ohne alles, bitte.«

Für mich ist Tequila Medizin. Vor allem für den Rücken. Im Gegensatz zu anderen Spirituosen hat Tequila eine muskelentspannende Wirkung. Als ich mich von meiner Rückenoperation erholte, brachte mir Ray Fuentes einen Liter Herradura vorbei, einen guten Tequila, der aus der blauen Agave gemacht wird. »Nichts wirkt besser gegen Rückenschmerzen«, sagte er, »nicht mal Demerol. Aber du musst richtig zuschlagen, dir 'nen ordentlichen Rausch antrinken. Wenn du morgen ohne Schmerzen aufwachst, wirst du zur Kirche pilgern und eine Kerze für die Schutzpatronin der Blauen Agave anzünden wollen.« Ray hatte Recht. Und der Kater war relativ harmlos.

»Sie fragen sich bestimmt, warum Clive und ich getrennte Schlafzimmer hatten«, sagte Jillian. Ich fragte mich das überhaupt nicht. Irgendjemand hat mal gesagt, Reiche seien anders. Ja, sie haben mehr Geld, lautet die bekannte Antwort. Aber vielleicht zwingt einen das Geld, anders zu sein. Es eröffnet Möglichkeiten. Und Reiche haben Möglichkeiten, von denen Arme nicht mal zu träumen wagen. Arme Ehepaare, ob glücklich oder nicht, müssen in einem Raum schlafen; Reiche schlafen, wo sie wollen, wie Katzen.

Sie hatte mir ein Schnapsglas in die Hand gedrückt und eine Flasche Tequila. Die Marke sagte mir nichts. Ich studierte das Etikett, um zu sehen, ob der Tequila aus der Agave azul hergestellt war. Er war es. Ich goss mir einen ein, kippte ihn hinunter und füllte nach.

»Wir hatten schon seit Jahren keine richtige Beziehung mehr«, sagte sie, während sie sich einen Whiskey Sour machte. Dann setzte sie sich zu mir. Wir saßen in Ohrensesseln, einen kleinen Beistelltisch mit Lederplatte zwischen uns.

»Clive war nicht gut im Bett«, fuhr sie fort. »Er bekam ihn nur hoch, wenn ich ihn knebelte, fesselte oder ihm Gewalt androhte. Es ist nicht leicht, so jemanden zu lieben. Man empfindet Mitleid, aber keine Liebe.«

Ich versenkte meinen Kurzen und schickte einen weiteren hinterher. Die therapeutische Wärme des Tequilas strahlte von meinem Magen aus in die Gliedmaßen.

»Die SM-Spielchen machten ihn an, mich stießen sie ab. Deshalb hatte ich nichts dagegen, dass er zu Mona ging. Es machte ihn glücklich.«

»Was macht Sie glücklich?«, konnte ich mir nicht verkneifen zu fragen.

Sie sah mich lange an, versuchte, meine Beweggründe zu erraten, und sagte dann: »Nicht viel. Glücklichsein wird gemeinhin überschätzt.«

Vielleicht ist es das, dachte ich, vielleicht macht das die Reichen anders. Arme müssen an Glück glauben. Hart arbeiten, sparen, anhäufen, dann ist auch das Glück nicht weit. Reiche haben diesen Vorteil nicht.

Sie schilderte mir Clives Kindheit. Er entstammte keiner wohlhabenden Familie. Leonore, seine Mutter, hatte an einer Psychose gelitten, sein Vater war Alkoholiker gewesen. Seine Mutter hatte in jeder dunklen Ecke ihres Lebens nach dem Übel gesucht und geglaubt, es im kleinen Clive im Überfluss gefunden zu haben. Sie hatte ihn geschlagen, mit dem Gürtel, mit dem Stock, mit ihren Fäusten. Sie hatte so lange auf ihn eingeprügelt, bis er geblutet hatte. Einmal hatte sie ihn sogar mit einem Jochbeinbruch ins Krankenhaus gebracht. Kinderschutz, wie wir ihn heute kennen, hatte es damals noch nicht gegeben, also hatte auch niemand die Misshandlungen unterbunden.

Doch Leonore Renseller war nicht so krank gewesen, um keine Reue empfinden zu können. Nachdem sie ihn verprügelt hatte, tröstete sie den kleinen Clive, setzte ihn sich auf den Schoß, kuschelte stundenlang mit ihm, weinte, bat ihn um Verzeihung und versprach ihm das Blaue vom Himmel. Clive begann, Prügel mit Zuneigung zu assoziieren. Schwere körperliche Misshandlungen wurden zu einer Art Vorbedingung für Liebe. Zwangsläufig konnte sich sein Sexualleben nicht normal entwickeln.

»Er war ein erfolgreicher Mensch, doch im Grunde wollte er nur glücklich sein«, sagte Jillian. »Glück war für den Regenmacher gleichbedeutend mit Mona Farnsworth, wenn sie sich auf sein Gesicht hockte.«

»Regenmacher?«, fragte ich.

»So nennt man ihn in Finanzkreisen. Den Regenmacher. Clive brauchte nur mit den Armen zu wedeln, sozusagen eine Regenzeremonie abzuhalten und schon fielen Anleger und lukrative Investmentgeschäfte vom Himmel wie Mona Farnsworth' göttliches Wasser – ja, mir ist bekannt, welchen Begriff er bei ihr benutzen musste. Es war Clive, der die Leute von Helmstrom Enterprises an Land gezogen hatte.« Ich war verblüfft. »Die Leute, die den Themenpark im Upper Valley errichten wollen. Es soll der größte östlich von Phoenix und westlich von Houston werden. Clive ist zu ihnen gegangen, hat seine Show abgezogen und sie haben ihm aus der Hand gefressen. Seine Firma, Cibola Savings and Loan, wird die Hälfte finanzieren, für die andere Hälfte konnten sie – gegen eine hübsche Vermittlungsprovision – eine mexikanische Bank gewinnen. So richtig verstehe ich das nicht, muss ich aber auch nicht.«

Sie bemerkte, dass ich das Porträt des alten Mannes betrachtete. Er sah aus wie ein gewissenloser Kapitalist aus dem neunzehnten Jahrhundert. In seinen dunklen Augen brannten Gier und Skrupellosigkeit. »Es ist nur Staffage«, sagte sie. »Clive wollte eine Abstammung, die sich bis in die Zeit des ungezügelten Ausbeuterkapitalismus zurückverfolgen lässt. Unseren Gästen tischte er immer auf, dass der Mann auf dem Bild sein Großonkel Clayton Renseller sei, der Eigentümer der Astoria Shipping Company. Meiner Meinung nach ist es ein Porträt des Waffenschmieds von Teddy Roosevelt.«

Ich hob mein Glas und trank den vierten Tequila auf das Wohl des Waffenschmieds von Teddy Roosevelt. »Ich sollte mich jetzt auf den Weg machen«, sagte ich.

Sie stand auf. »Ich fahre Sie zu Mona zurück. Ich werde die Nacht nicht hier verbringen, nicht solange Clive oben in seinem Schlafzimmer ist.«

»Das kann Ihnen keiner verübeln.«

»Es ist nicht das, was Sie jetzt denken«, sagte sie. »Sie werden vermutlich niemanden treffen, der weniger abergläubisch ist als ich. Ich glaube nicht an Geister, aber ich glaube an Gott. Nicht an den Gott der Christen. Mein Gott ist mehr ein aztekischer Gott oder der Gott der Massai in Afrika. Der alte cholerische Gott der Hebräer kommt meinem nahe. Es ist ein Gott, der die Leute gern verarscht. Er glaubt auch nicht an das Glücklichsein. Er glaubt an Ironie, an den Aufruhr. Er sorgt dafür, dass Ungerechtigkeit herrscht. Erst macht er's uns in der Hölle gemütlich, dann lässt er die Möbel abholen und wirft uns aus dem Haus. Momentan bin ich die Zielscheibe seines Spotts. Verstehen Sie, würde ich heute Nacht hier schlafen, wäre es genauso wie in all den Nächten der letzten fünf Jahre. Clive liegt drüben in seinem Bett und nimmt mich überhaupt nicht wahr. Alles ginge weiter, wie gewohnt, und das ist es, was mich umtreibt. Nein, ich werde die Nacht über bei den Farnsworths bleiben. Das sind gute, zuverlässige Menschen. Das Salz der Erde.«

Sie war dabei, einen Scheck für mich auszustellen, blätterte dann in den Kontoauszügen und klappte das Scheckbuch zu. »Mist, das Konto ist überzogen. Ich werde Ihnen Bargeld geben.« Sie wühlte in ihrer Tasche und dabei kam alles Mögliche zum Vorschein, nur kein Geld. »So ein Mist, ich habe kein Bargeld mehr. Ich werde Ihnen die fünfhundert Dollar schicken müssen. Es macht Ihnen doch nichts aus, ein paar Tage zu warten, oder?«

Ich zuckte die Achseln. »Ich habe wohl keine andere Wahl.« Ich gab ihr meine Adresse und sagte: »Ihr Gott *hat* einen Hang zur Ironie.«

Sie sah mich wieder an, mit diesem langen, forschenden Blick, und kam zu dem Schluss, dass Lachen okay sei. Ich musste ebenfalls lachen, dachte aber an ihre Bemerkung, die sie überflüssigerweise noch betont hatte: Clive liegt drüben in seinem Bett und nimmt mich überhaupt nicht wahr. War das etwa eine Botschaft für mich? Brauchte sie jemanden? Ich sah ihr in die Augen und suchte nach Hinweisen, aber die Stahlgitter dahinter waren schon heruntergelassen.

Wir verließen das Haus durch die Hintertür. »Ich wollte Ihnen noch etwas zeigen«, sagte sie und betätigte einen Schalter an der Wand. Hinter einem Labyrinth aus Hecken wurde ein Swimming-Pool von der Größe eines kleinen Sees in Licht getaucht. Er hatte eine ungewöhnliche Form und fasste mehr Wasser als zwei olympiataugliche Schwimmbecken. Rund um den Pool waren Bärengras und Christophskraut gepflanzt und gaben dem Ganzen das Flair eines Bergsees. Fische, auf der Jagd nach Insekten fürs Abendessen, sprangen in die Luft und brachten Bewegung in die Wasseroberfläche. Ein Märchensee.

»Sein Forellenbecken«, sagte sie. »Er ließ den Pool für eine Fischaufzucht umbauen. Ich glaube, das war das Einzige, was er wirklich geliebt hat. Jeden Morgen konnte er hier zum Fliegenfischen herausgehen. Seine geliebten Cutthroat-Forellen. Hier hatte er das Gefühl, wieder im Nordwesten zu sein, dort, wo das Leben einfacher war.« Wir starrten auf die klare Wasseroberfläche, als bekämen wir so Einblick in die verletzliche Seele des Regenmachers.

»Ich werde diese Brühe abfließen und die Fische entfernen lassen«, sagte sie.

SIEBEN

Am nächsten Tag brachte die Tageszeitung die Todesmeldung auf der ersten Seite:

FÜHRENDES MITGLIED DER GESELLSCHAFT MIT 51 VERSTORBEN

Es waren zwei Spalten Lobpreisung für Clive Renseller, für den Mann, der maßgeblichen Anteil am jüngsten wirtschaftlichen Wachstumsschub der Stadt hatte. Man lobte seine Tugenden als Geschäftsmann und als Bürger, zählte die Wohltätigkeitsveranstaltungen auf, die er mitgetragen hatte, erwähnte sein Engagement im Schulausschuss und seine enge Verbundenheit mit der Kirche. Mitten im Text der beiden Spalten sah man ein Foto, das schmeichelhafte Porträt eines jüngeren Rensellers mit dunklen Haaren und einer festen Kinnpartie. Er sah eigenwillig aus und entschlossen, ein Mann, auf den man zählen konnte, wäre da nicht dieses kaum wahrnehmbare schiefe Lächeln gewesen, das seine Mundwinkel nach unten zog und so den Eindruck etwas relativierte. Vielleicht interpretierte ich, der ich eine weniger heroische Seite dieses Mannes kennen gelernt hatte, auch zu viel hinein. Das Bild in meinem Kopf zeigte einen wesentlich älteren Mann – den Regenmacher –, der auf dem kalten Boden eines Kerkers auf dem Rücken lag, hilflos, aber auch außer sich, während Mona Farnsworth über ihm hockte.

Es gab zudem eine Erklärung des Hausarztes der Rensellers, dass Clive eines natürlichen Todes gestorben sei. Kein Wort über seine sexuellen Ausschweifungen, kein Wort über eine Autopsie oder Mona Farnsworth, nichts über polizeiliche Ermittlungen.

Ein Sprecher der Cibola Savings and Loan versicherte Kunden und Aktionären gleichermaßen, dass das Unternehmen gut aufgestellt sei und dass die Türen für einen Tag der Trauer zwar geschlossen blieben, danach das Tagesgeschäft aber wie gewohnt wieder aufgenommen werde. »Wir haben eine starke, dauerhafte Bindung zu unseren Aktionären und zur Stadt«, erklärte der Sprecher weiter, »und unsere Aktiva wachsen mit einer Geschwindigkeit, die die unserer unmittelbaren Wettbewerber in den Schatten stellt. Die Zukunft, die sich momentan durch den Verlust unseres Direktors Clive Renseller etwas verdunkelt hat, wird bald, und das versichere ich Ihnen, sehr, sehr hell leuchten.«

Der Gouverneur drückte nicht nur der Familie Renseller (soweit ich wusste, gab es nur Jillian) sein tiefes Beileid aus, sondern auch der gesamten Gemeinde für ihren »schmerzhaften Verlust eines derart herausragenden Vorbilds für unsere Jugend. Clive Renseller«, schwärmte der Gouverneur, »war ein Paradebeispiel dafür, dass harte Arbeit, Hingabe und die grundlegenden Werte von Familie immer einen Gewinner hervorbringen. Clive Renseller war einer der Männer, die Amerika zu dem gemacht haben, was es heute ist.«

Ferner war noch zu lesen, dass die Bestattung dem Beerdigungsinstitut Stockbridge, Wilts and Morena übertragen und die Öffentlichkeit gebeten wurde, anstelle von Blumenspenden einen Betrag in den Hilfsfonds für misshandelte Kinder einzuzahlen. Jillians geheimes Wissen um die Misshandlung Clives in der Kindheit und seine späteren sexuellen Neigungen, die letztendlich zu seinem frühen Tod geführt hatten, musste Hintergrund dieser Bitte sein. Ich rechnete ihr das hoch an.

Ich legte die Zeitung weg und holte meine Hanteln unter dem Bett hervor. Vor dem Frühstück stehen immer Übungen für meine Bizeps und Deltamuskeln an. Ich belud die beiden Hanteln mit jeweils dreißig Kilo und trainierte etwa zehn Minuten. Dann rollte ich meine Thomas-Inch-Hanteln hervor – Replikate des Entwurfs von Thomas Inch, dem berühmten englischen Gewichtheber der frühen Zwanzigerjahre. Diese schwarzen Monster wiegen jeweils sechzig Kilo und bestehen aus zwei gusseisernen Kugeln, verbunden mit einer Stange von fast fünf Zentimeter Durchmesser und somit kaum zu greifen. Ich hob sie hoch, bearbeitete ein paar Mal die Trizeps, dann machte ich mich ans Frühstück: Rührei aus sechs Eiern – nur das Eiweiß –, Vollkorntoast und eine Schüssel Haferflocken, das Ganze abgerundet mit fettreduziertem Hüttenkäse und Leinöl.

Nachdem ich mich angezogen hatte, ging ich hinaus auf den Balkon. Der Himmel sah aus, als wäre ein in rote Farbe getunkter Quast darübergefahren – einer dieser spektakulären Sonnenaufgänge in der Wüste, die selbst Atheisten zweifeln lassen. Zarte Zirruswolken, die an Fischskelette erinnerten, bildeten ein geriffeltes Muster bis hin zum unendlich weiten Horizont. Das leuchtende Himmelszelt spannte sich über Stadt und Wüste wie das Gewölbe einer zartrosafarbenen Kathedrale. Sogar der Verkehr auf der Mesa Street floss langsamer als gewöhnlich, als hätten die Fahrer kollektiv beschlossen, dass Geschwindigkeit und Ungeduld Formen der Blasphemie seien.

Ich machte einen Rundgang, um nach dem Rechten zu sehen. Ab und an hinterlassen Sprayer ihre Tags an den Außenwänden. Manchmal rücken auch Vandalen dem alten Motel zu Leibe, mit Steinen oder Schrot, in mindestens zwei Fällen waren es sogar Geschosse gewesen. Mitunter kommen die Vandalen aus den Reihen der Bewohner. Es ist ein Dauerproblem, aber ich habe bereits vor langem beschlossen, mich nicht mehr darüber zu ärgern. Vandalismus hat mit der Umgebung zu tun. Entweder man lebt damit oder man zieht hoch nach Maine und versenkt sich in den Anblick seiner Kartoffelfelder.

Es war wieder einmal in den Waschraum eingebrochen worden. Jemand hatte die Münzkästen an den Maschinen abgerissen und mit einem Stemmeisen aufgehebelt, jemand, der sich einen Haufen Arbeit gemacht hatte, um am Ende mit zehn oder zwanzig Dollar das Weite zu suchen. Ich nahm mein Mobiltelefon vom Gürtel und machte meinen eher lustlosen Routineanruf bei der Polizei. Das Desinteresse des Cops, während er mir die Standardfragen stellte, war förmlich zu hören. Straftaten, begangen an und in Gebäuden, sind derart weit verbreitet, dass die Polizei sie fast schon nicht mehr als Straftaten betrachtet. Es ist sozusagen Teil der Gegend. Andererseits haben Gewaltverbrechen – gemessen an der Größe der Stadt – eher Seltenheitswert. Eine bemerkenswerte Untersuchung meinte, die Ursache im Grundwasser entdeckt zu haben, aus dem das Trinkwasser für El Paso gewonnen wird. Das Reservoir im Hueco Bolson verfügt über ein natürliches Vorkommen an Lithiumsalz, das angeblich Schwankungen zwischen den beiden Extrempolen im Normalzustand hält, mit anderen Worten: Niemand rastet zu sehr aus, niemand fällt in ein allzu tiefes Loch. Natürlich gibt es Ausnahmen. Diese Ausnahmen neigen dazu, sich an Orten wie dem Baron Arms zu versammeln. Die niedrigen Mieten machen diese Apartmentkomplexe zu Auffangbecken für die Instabilen, die vor dem normalen Leben Reißaus nehmen.

Ich rief den Konzessionär an, der die Maschinen im Waschraum betrieb, und teilte ihm die schlechte Nachricht mit, dann ging ich zurück in mein Apartment. Der Himmel hatte sich verändert. Die Sonne, diese Linse der Atmosphäre, stand inzwischen so hoch, dass sie ihr Kupferrot nicht mehr streuen musste. Die zarten Wolken waren weitergezogen und der Westwind hatte Sand in den Himmel geblasen. Der Verkehr auf der Mesa hatte zu seiner adrenalingesteuerten, von Hupkonzerten untermalten Hysterie zurückgefunden.

Auf meinem Küchentisch saß ein Skorpion von der Größe einer Maus. Als er mich bemerkte, brachte er seinen Schwanz in Angriffsposition. Ich verpasste ihm eins mit der neusten Ausgabe von *Men's Health*. Der braune Saft klebte dick wie Sirup an der Resopal-Oberfläche. Ich beseitigte den Dreck und verbrachte den Rest des Vormittags mit der Suche nach dem zweiten Skorpion. Wo einer ist, ist immer auch ein zweiter.

ACHT

Drei Tage später, am Freitag, traf Jillians Scheck ein. In der nächsten Woche kam ein zweiter Scheck über die gleiche Summe. Ein dritter Scheck folgte die Woche darauf. Als der vierte Scheck eintraf, hatte ich ihn bereits erwartet. Alle diese Schecks waren auf fünfhundert Dollar ausgestellt und alle kamen freitags, man konnte die Uhr danach stellen.

Zuerst glaubte ich an eine Panne, maschinell ausgestellte

Schecks, die eine hirnlose, unbemerkt gebliebene Computerschleife ausspuckte, als handelte es sich um Münzen eines selbstmörderischen Spielautomaten. Aber nein, alle Schecks trugen Jillian Rensellers Unterschrift und sollten ihr Privatkonto belasten. Auf den Schecks war keine Telefonnummer angegeben und die Rensellers standen nicht im Telefonbuch. Ich hätte die Farnsworths anrufen und um Jillians Nummer bitten können, aber mir stand nicht der Sinn nach engerem Umgang mit ihnen. Zudem hatten sie mir keinen weiteren Kerker-Auftritt angeboten, also durfte ich davon ausgehen, dass meine Vorstellung ziemlich dilettantisch gewesen sein musste. Nun, jeder hat seinen Stolz, auch maskierte Henkersknechte.

Als der zweite Scheck eintraf, hatte ich nicht einmal den ersten eingelöst. Der zweite Scheck machte mich zögern. Beim vierten dann hielt ich es für ratsam, mit Jillian zu sprechen, bevor ich überhaupt einen einlöste. Geld ist zwar ganz nett, aber so bitter nötig hatte ich es nun auch wieder nicht. Meine Situation im Baron Arms war durchaus vorteilhaft und meine Ansprüche sind gering. Das alte Motel war mein Bollwerk gegen eine Welt, die jedes Jahr verrückter und störanfälliger wurde. Der Wahnsinn im kleinen Stil, der etliche meiner Bewohner im Griff hatte, war nichts, verglichen mit dem alltäglichen Irrsinn, den die Welt als normal zu akzeptieren begonnen hatte.

Es war ein schöner Freitag im Südwesten Anfang Mai, so wunderschön, dass es fast schmerzte. Böiger Westwind brachte Kühle, aber bislang noch keinen Wüstensand. Im Wetterkanal wurde berichtet, dass es überall stürmisch und für die Jahreszeit zu kühl sei, und zwar nördlich von Albuquerque und östlich von Reno. Das gab mir ein Gefühl von Selbstgefälligkeit.

Dieser wunderschöne Nachmittag voller Selbstgefälligkeit entschädigte für die vergangene Nacht, in der dieses Gefühl so gar nicht hatte aufkommen wollen. Gegen zwei Uhr morgens hatte ich einen Anruf von einem wütenden Mieter aus dem zweiten Stock erhalten. Irgendjemand klopfe seit Mitternacht an die Tür seines Nachbarn. Er brauche seinen Schlaf. Er wolle, dass etwas dagegen unternommen werde. Ich hatte mich angezogen, das Mobiltelefon an den Gürtel gehängt, mich mit meiner neuen Stabtaschenlampe bewaffnet und war zum Balkon im zweiten Stock marschiert. Unsere Balkone sind allen zugänglich, alle Türen einer Etage gehen auf denselben langen Betongang hinaus. Ein Eisengeländer verhindert, dass man – je nach Stockwerk – drei bis dreißig Meter hinunter auf den Parkplatz stürzt. Der Prospekt des Baron Arms bezeichnet diese Betongänge als Balkone. Aber ›Balkon‹ suggeriert eine architektonische Raffinesse, eine Besonderheit, über die ein Apartmenthaus des gehobenen Standards verfügt. Hier ist es lediglich ein Flur im Freien. Wir haben Innenflure und wir haben Außenflure.

Ein Mann im Mantel und mit einer Astros-Baseballkappe lehnte sich gegen die Tür von 36-C. Die Stirn gegen den linken Arm gestützt, schlug er mit dem Handballen der rechten Faust gegen die Tür. Er wirkte ziemlich abgekämpft.

»Hören Sie auf damit«, sagte ich. »Die Leute wollen schlafen.«

»Sie ist da drin«, sagte er. »Erzählen Sie mir nicht, dass sie nicht da drin ist.«

»Mir ist egal, wer da drin ist. Wenn die ihre Tür nicht aufmachen wollen, ist das deren Sache. Also hauen Sie ab.«

»Sie ist bei Caldwell, diesem Hurensohn. Ich weiß genau, dass er hier wohnt. Sie erwarten von mir, dass ich einfach zusehe, wie dieser Hurensohn sich mit meiner Frau vergnügt?«

»Ich erwarte von Ihnen, dass Sie meine Mieter nicht länger stören.«

»Ihre Mieter sind mir egal. Hier geht's um was Persönliches.«

»Genau wie bei meinen Mietern. Die brauchen nämlich ihren Schlaf. Wahrscheinlich muss Caldwell früh aufstehen, um zur Arbeit zu gehen.« Ich nahm mein Mobiltelefon vom Gürtel. »Ich ruf jetzt die Cops, Kumpel. Du hast fünf Sekunden, um zu verschwinden. Andernfalls verbringst du die Nacht in der Ausnüchterungszelle.«

»Was würden Sie machen, wenn Caldwell mit Ihrer Frau da drinnen wär? Würden Sie dann nicht an die Tür klopfen?«

»Ich bin nicht seine gottverdammte Frau«, schrie eine Frau hinter der Tür. »Ich hab mich vor einem Jahr von diesem Mistkerl scheiden lassen! Holen Sie die Bullen! Er verstößt gerade gegen die einstweilige Verfügung, sich von mir fern zu halten!«

»Fick dich, Verna!«, schrie der Mann zurück. »Fick dich tot! Das meine ich wörtlich, Verna! Fick dich und diesen Schweinehund Caldwell tot!«

»Wir arbeiten dran!«, gab Caldwell vergnügt zurück.

Der Mann riss sich die Baseballkappe vom Kopf und warf sie auf den Boden des Balkons, dann trat er sie durch die Gitterstäbe des Geländers. Langsam trudelte sie hinunter Richtung Parkplatz. Vermutlich stellte der Typ sich vor, sie wäre Verna oder Caldwell. Er war um die vierzig, in seinen Augen standen Verbitterung und Hass. Ich nahm ihn beim Arm und führte ihn zum Treppenabsatz neben dem Fahrstuhl »Geh nach Hause«, sagte ich. »Sie ist Geschichte, Mann. Gewöhn dich dran.«

Er holte aus. Das Egal-wer-mir-jetzt-über-den-Weg-läuft-Syndrom. Ich fing seine Hand ab und quetschte sie, bis sich seine Handknochen berührten.

»Was für ein Zuhause?«, stammelte er und heulte vor Schmerzen. »Es gibt nur mich und Vernas Mutter! Das nennen Sie ein Zuhause? Die Alte in ihrem verdammten Rollstuhl! Ich soll ihre Windeln wechseln und sie mit Brei füttern, während Verna da drinnen mit Lonnie Caldwell poppt? Meinen Sie etwa, man kann das einem Mann wie mir zumuten?«

»Wenn guten Menschen Böses widerfährt«, sagte ich und musste an Jillian Rensellers Gott denken, der dafür sorgte, dass Ungerechtigkeit immer Oberwasser hatte.

Plötzlich riss sich der Typ los und wollte zurück zu 36-C. Ich packte ihn, nahm ihn in den Schwitzkasten, drückte zu, bis seine Beine nachgaben. Dann zerrte ich ihn zum Fahrstuhl, hielt ihn im Schwitzkasten, bis das alte, knarrende Ding in der zweiten Etage war. Ich ließ den Mann los und schubste ihn in den Lift. »Geh nach Hause«, sagte ich. »Sollte ich dich hier noch einmal sehen, kannst du mit dem Teil Bekanntschaft machen.« Ich vollführte eine Bewegung mit der Taschenlampe, als hätte ich immer noch das Henkersbeil in der Hand und Clive Renseller vor mir. Obwohl der Typ nur halb so groß war wie ich, zeigte er sich keineswegs beeindruckt. Manchmal wirken Drohgebärden. Geht es jedoch um Leben oder Tod, verfehlen sie ihre Wirkung eher. Mit einer Verna, die sich von Lonnie Caldwell knallen ließ, ging es bei diesem Kerl definitiv um Leben oder Tod. Klar, dass ich ihn wiedersähe.

Ich ging auf die andere Straßenseite – Zeit für Margaritas. Güero Odonaju, der Eigentümer des DMZ, war da. Gelegentlich kam er freitags um sicherzugehen, dass seine erbärmliche Kundschaft die Bar nicht niederbrannte. Güero ist Mexikaner irischer Abstammung. Sein Ururgroßvater, ein irischer Dockarbeiter aus Boston, kämpfte im Mexikanischen Krieg von 1846/48 auf Seiten der Mexikaner. Seine Haltung zu diesem Krieg – Amerikas schäbigem Unternehmen in Sachen Imperialismus – hatte nichts mit der politischen Überzeugung eines Thoreaus gemein. Als Katholik war der Krieg für ihn nur eine Gelegenheit gewesen, brandschatzend, mit Plünderungen und Vergewaltigungen gegen Protestanten vorzugehen. Er hatte Boston verlassen, sich dem Bataillon der *los patricios* – dem St. Patrick's Batallion – angeschlossen und für Mexiko gekämpft. *Patricio*, nach dem irischen Heiligen, war eine Ehrenbezeichnung für irische Soldaten gewesen, die die mexikanische Sache zu ihrer gemacht hatten. Er hatte zwei Verwundungen erlitten, eine in Vera Cruz und eine in der Schlacht von Reseca de la Palma. Nach dem Krieg hatte er sich in Monterrey niedergelassen, die Schreibweise seines Namens ›O'Donahue‹ dem Spanischen angepasst und sich sich fortan ›Odonaju‹ genannt. Über mehrere Generationen hatte Güeros Familie in Monterrey gelebt, bis Güeros Eltern nach seiner Geburt nach Texas auswanderten. Er wuchs in San Antonio auf und ging in Austin aufs College, wo er schließlich an der University of Texas in englischer Literatur promovierte. Fünf Jahre unterrichtete er an unserer Uni, bis man ihn feuerte, weil er einen Kollegen während einer Ausschuss-Sitzung außer Gefecht gesetzt hatte. Dieser Kollege hatte Dinge gesagt, die für jemanden mit mexikanisch geprägtem Ehrgefühl unerträglich waren. Der Mann hatte geglaubt, seine Kollegen so ohne weiteres beleidigen zu können, weil in dieser Atmosphäre der Bildung die Wahrscheinlichkeit, körperlich zur Rechenschaft gezogen zu werden, genauso gering war, wie die Wahrscheinlichkeit, in der Hölle eine Limonade serviert zu bekommen. Diesen Mann nun hatte Güero mit einem Schlag niedergestreckt. Güero selbst hatte nur eine Assistenzprofessur innegehabt, keine Anstellung auf Lebenszeit. Der andere hingegen war ordentlicher Professor und aussichtsreicher Kandidat für das Dekanat. Ungleiche Wettbewerbsbedingungen also. Niemand hatte Güero unterstützt, obwohl die Professoren, die an der Sitzung teilgenommen hatten, sich hinter vorgehaltener Hand beifällig geäußert hatten. Der Mistkerl habe es verdient, hatten sie gemeint. Doch als die Universität eine Untersuchung des Vorfalls eingeleitet hatte, waren Güeros Unterstützer bereits verstummt. Ein Gerichtsverfahren stand ihm noch ins Haus.

»*Qué tal, viejo*«, sagte er. Spanisch war Güeros Muttersprache, seine Liebe gehörte jedoch dem Englischen. Er konnte alle Monologe aus den Dramen Shakespeares auswendig.

»*Viejo* dich selbst«, antwortete ich. Er war jünger als ich, aber nicht wesentlich.

Ich setzte mich zu ihm an den Tisch. Güero prüfte gerade die Kassenbücher, um sich davon zu überzeugen, dass seine Angestellten ihn nicht allzu sehr übers Ohr hauten. Er gab dem Barkeeper ein Zeichen und kurz darauf stand meine salzfreie Margarita vor mir. Güero trank Pellegrino mit einem Spritzer Limone.

»*Salud*«, sagte er.

Ich hob mein Glas. »*Salud.*«

»Du siehst aus wie ein aufgewärmter Haufen Scheiße«, sagte er. »Was hast du getrieben? Bis spät in die Nacht Bücher gelesen? Ist Reality-TV inzwischen zu anspruchsvoll für dich?«

»Ich bin lange auf gewesen und musste mich um einen unerwarteten Gast kümmern.«

»Eine Frau? Mein Gott, Uri, hat dich endlich mal eine rumgekriegt? Und ich habe gedacht, du hängst immer noch an der ... wie hieß sie noch mal? Diese Nazibraut.«

»Gert. Nein, keine Frau.«

»Gertrude mit den Wanderschuhen, ich erinnere mich. Gertrude mit dem blonden Pferdeschwanz und Beinen bis hierher.« Er fuhr sich über die Kehle. »Ein Paradebeispiel für Hitlers arische Zuchtstätte. Wohnt sie noch hier in der Gegend? Ich würde sie gern mal besuchen.« Er zwinkerte mir zu.

Güero hat den Körper eines Mittelgewichtsboxers, der mit den Jahren ins Schwergewicht aufgestiegen ist. Sein welliges Haar ist rostrot wie Jod und seine leuchtend blauen Augen sehen einen nicht nur an, sie durchbohren ihr Gegenüber förmlich. Während der spanischen Inquisition hätte er zur ersten Garnitur der Inquisitoren gehört.

»Sie ist schon lange weg«, sagte ich und hob mein Glas.

»Du hörst dich an wie ein todunglücklicher Mensch. Wenn sie dir so fehlt, dann hol sie zurück.«

»Sie fehlt mir nicht. Wir sind nicht miteinander klargekommen.«

Er starrte mich an und zuckte dann mit den Achseln. »Hör mal, hier kommt der Neueste«, sagte er. »Diesmal von PBS, über den Typen, der auf dem Mount Everest gestorben ist: ›An Unterkühlung leidend, überwand ihn der Berg.‹ *Que la chingada,* niemand beherrscht mehr diese verdammte englische Sprache.« Er bedachte mich mit seinem wohl bekannten Grinsen.

Ich zuckte nur mit den Schultern. Grammatikfehler ließen mich kalt, erst recht, wenn ich nicht wusste, wo der Fehler überhaupt lag.

Güeros forschender Blick ruhte auf mir. »Du bist ein trauriger Kerl, Uri«, sagte er. »Das liegt an deinem Namen. Hinter jedem Namen steckt eine Geschichte. Und diese Geschichte beeinflusst uns. Weißt du, welche Geschichte dein Name im Gepäck hat?«

Ich schüttelte den Kopf. Doch ich wusste Bescheid. Jeden Abend hatte unser Vater, Sam Walkinghorse, uns Kindern aus der Bibel vorgelesen. Oft war ich beim tiefen Klang seiner Stimme eingedöst, doch kaum war mein Name gefallen, der Name Uria, war ich wieder munter und hörte mir die ganze verdammte Geschichte von David, Uria und Bathseba an. Aber das hatte ich immer für mich behalten, keine Ahnung, warum. Vielleicht aus Angst, dass mich eines Tages Urias Schicksal ereilen könnte, was, in einem gewissen Maße und mit einigen Abweichungen, auch eintraf. Doch im Grunde war dieses Sich-dumm-Stellen nur Ausdruck meines Unmutes – all die Jahre nur Bibelgeschichten anstelle von Fernsehen hatte bei mir eine Ignoranz gegenüber der Bibel gefördert. Zwar war ich bestens über die Stämme Israels informiert, von meiner eigenen Kultur jedoch hatte ich keine Ahnung. Dafür entschädige ich mich jetzt hinreichend. Ich habe einen Sony mit achtziger Bildröhre, dazu einen Videorecorder mit vier Video-köpfen und einen DVD-Player. Per Kabel kann ich im

Baron Arms 105 Kanäle kostenfrei empfangen. Auf *Nick at Nite* verfolge ich all die Sitcoms, die ich als Kind verpasst habe. Am liebsten mag ich *Lucy, Leave it to the Beaver* und *Ozzie and Harriet* – sozusagen Frühgeschichte in Sachen verwirrter Ehemänner und Ehefrauen.

»Uria war einer der besten Krieger König Davids«, fuhr Güero fort, wieder ganz Professor. Ich ließ ihn machen. »Er war mit Bathseba verheiratet. König David schickte Uria in den Krieg, dorthin, wo er auf jeden Fall geschlachtet werden würde. Uria, ein ergebener Untertan, wurde von seinem eigenen König in die Falle gelockt, weil der Bathsebas kleine *chichis* unter der Bettdecke massieren wollte. Dabei hatte Bathseba bereits mit David gevögelt und war schwanger von ihm. Doch dass er Uria geradewegs in einen Speer der Ammoniter laufen ließ, wusste sie nicht. Diese *puta* war dem König sehr dankbar, dass er Urias eheliche Pflichten jetzt übernahm. Eine überaus traurige Geschichte, wenn nicht sogar die traurigste schlechthin.«

»Ich bin nicht traurig.«

»Deine Traurigkeit ist dein Erbe. Deine Eltern haben das gespürt, als sie dich so nannten. Wir bekommen immer die richtigen Namen, Namen, die wir verdienen, egal, ob die Leute, die uns die Namen geben, etwas darüber wissen oder nicht. Deshalb haben die Schwarzen sich ihre Namen ausgedacht. Es ist ein Versuch, der Geschichte zu entfliehen.«

»Mein Bruder heißt Moses, und er ist ein Junkie, ein aussichtsloser Fall.«

»Er könnte den Beweis noch erbringen. *Mantenga la fe*, Mann. Gib Moses nicht verloren. Vielleicht führt er eines Tages einige Fixer hinaus aus der Wüste.«

Ich fragte mich, was für eine Geschichte sich wohl hinter dem Namen Clive verbarg. Es musste sich um eine ganz schön kitzlige Affäre handeln.

Ein Trupp von sechs Leuten platzte ins DMZ, als wollten sie sich vor den stürmischen Böen draußen in Sicherheit bringen. Die Stammgäste am Tresen blinzelten in das grelle Licht, das durch die offene Tür fiel, durch die sich drei schillernde Pärchen zwängten. Die sechs setzten sich an einen Tisch und riefen dem Barkeeper ihre Wünsche zu. Es waren Mexikaner, reiche Mexikaner. Die Frauen steckten in Lederjacken, weich wie Babyhaut und mit Silberfuchs und Hermelin verbrämt. Die Männer trugen Kamelhaarmäntel und darunter Armani-Anzüge. Bevor sie sich aus ihren 1000-Dollar-Mäntel schälten, warfen sie ihre Mobiltelefone auf den Tisch. Kaum dass die Männer saßen, fingen die Dinger auch schon an zu klingeln. Die Kerle stoben also wieder auseinander, deckten ihre Telefone mit der Hand ab und sprachen leise auf Spanisch hinein. Ich sah Güero an.

»Aha, sich mal wieder unters Volk mischen«, lautete sein Kommentar. »Die sind aus Campestre, der Stadt in der Stadt, auf der anderen Seite vom Rio.«

»Woher weißt du das?«

»Weil da das Geld zu Hause ist. Massenhaft.«

»Nichts für ungut, aber was haben die hier in dieser Bruchbude zu suchen?«

Güero zuckte mit den Achseln. »Wie ich bereits gesagt habe, woll'n sich wieder mal unters Volk mischen.«

In ihrer Lederkluft und den Stilettos machten die Frauen einen auf sexuell-dynamisch. Die pelzbesetzten Jacken unterstrichen das Sich-zur-Schau-Stellen, andererseits waren sie auch von praktischem Nutzen, wenn man bedachte, dass es noch Frühling und das Wetter somit unberechenbar war. Mit nahezu majestätischer Überheblichkeit blickten sich die Frauen in der Bar um. Die Stammgäste beugten sich wieder über ihre Drinks, als könnten sie auf diese Weise ihr missliches Dasein vor den verwöhnten Augen dieser Ladys verbergen. Etwas Unwirkliches umgab diese Mexikaner – als stammten Glanz und Auftreten aus einem Drehbuch. Ich fing den Blick einer Frau auf. Sie sah nicht weg, verzog jedoch den Mund und ließ die Nasenflügel beben, als nähme sie einen unangenehmen Geruch wahr. Sie stupste den Mann neben sich an, der mich daraufhin ebenfalls musterte.

Ich schlug meinen Blick nicht ehrerbietig zu Boden. Ich war stocksauer, betrachtet zu werden, als wäre ich Dreck auf ihrer Terrasse. Ich hob mein Glas und prostete ihnen zu. »*Salud*, ihr Arschgesichter«, murmelte ich leise vor mich hin.

»Bleib ruhig, Cowboy«, sagte Güero. »In dir schlummert ein Vulkan. Du willst dich doch nicht mit der herrschenden Kaste anlegen, oder?«

Ich sah ihn an. »Was soll das heißen?«

»Was soll *was* heißen?«

»Das mit dem Vulkan.«

»Nun, in dir schlummert einer, compa. Du siehst das anders? Das macht dich noch mehr zur Gefahr. Vor allem für dich selbst, meine ich. Diese Leute haben Verbindungen, wenn du verstehst.«

»Du willst damit sagen, das sind *narcotraficantes*.«

»Oder *familia*. Wahrscheinlich eher die Familie. Sie sehen ein wenig zu verhätschelt aus, um zu den Schwergewichten zu gehören.«

Die Frau und ihr Begleiter starrten mich wieder an.

Der Mann stand auf und kam herüber. Er hatte einen seidig glänzenden, gepflegten schwarzen Bart. »Sind Sie in irgendeiner Form an uns interessiert, *Señor*?« Seine Wortwahl war höflich, doch seine gesamte Haltung kam einem Affront gleich.

Ich sah Güero an. Er schüttelte nur sacht den Kopf. Ich verstand den Hinweis. »Nein. Ich bin nur *turista*. Wissen Sie, mich interessiert eben alles.« Meine Stimme war sanft, doch meine Augen sagten: »Dich könnte ich problemlos in zwei Teile zerlegen, du Wichser.« Er ging zurück an seinen Tisch und sagte etwas zu den anderen.

Daraufhin brachen alle in Gelächter aus.

NEUN

»Ich bräuchte mal deinen Rat«, sagte ich in dem Gefühl, mein Herz ausschütten zu müssen. »Vor einigen Wochen habe ich hier zwei Leute kennen gelernt, 'ne richtig heiße Braut und einen dicken Typ mit Iro. Der Iro hatte 'nen Stapel Scheine dabei.«

»Ach du Scheiße, sag bloß, du hast dich mit diesen Widerlingen eingelassen«, rief Güero aus.

»Du kennst die beiden?«

»Die sind ein paarmal hier gewesen, haben nach Leuten Ausschau gehalten, die für sie in Frage kommen könnten – Paradiesvögel, Einfaltspinsel, was auch immer. Sie haben dich angeheuert, *verdad*?« Allein die Vorstellung ließ ihn laut loswiehern. »Und du bist mitgegangen?!« Er schlug auf den Tisch und brüllte vor Lachen. »Das gibt's doch nicht, Mann! Unterschätze nie die Macht der Einsamkeit. Was solltest du denn machen? Irgendeinen Versager würgen, bis er kurz vorm Atemstillstand einen Orgasmus bekommt, während die Schlampe ihren Absatz in seinen Arsch treibt?«

Ich bereute schon, überhaupt etwas gesagt zu haben. Schuld daran war nur die zweite Margarita. Ich mag Güero, aber für meinen Geschmack amüsiert er sich immer einen Tick zu viel über die Fehler anderer.

»Paradiesvögel und Einfaltspinsel«, sagte ich leicht niedergeschlagen.

»Du gehörst eher zu den Einfaltspinseln. Haben sie dich wenigstens anständig bezahlt?«

»Zweihundert.«

»Nicht gerade angemessen für diese Art von Arbeit, *ese*. Nächstes Mal schlag fünfhundert raus. Ist der Mindestlohn für Einfaltspinsel.« Er fing wieder an zu lachen.

Ich musste diese Unterhaltung beenden, bevor ich Güero noch mehr einweihte. »Danke«, sagte ich, »das wollte ich nur wissen.«

Er sah mich skeptisch an. »Deshalb wolltest du meinen Rat, ja? Du wolltest wissen, was man als Einfaltspinsel verdient?«

»Genau.«

Güero wusste, dass das Quatsch war, aber er ließ es dabei bewenden.

Ich ging zurück in mein Apartment. Auf dem Anrufbeantworter waren zwei Nachrichten. Eine war von Jillian. »Warum haben Sie die Schecks noch nicht eingelöst, Mr. Walkinghorse? Ist Ihnen mein Geld nicht gut genug? Rufen Sie mich an. Eventuell brauche ich Sie noch mal.« Ihre zuckersüße Stimme, die Art, wie sie ›brauche‹ sagte, klang sehr verlockend und beflügelte für einen kurzen Augenblick meine Phantasie.

Meine Libido griff nach jedem Strohhalm.

Die zweite Nachricht war von meiner Schwester Zipporah. »Mom braucht uns. Daddy wird immer unberechenbarer. Wir wissen jetzt, was los ist – es sieht nicht gut aus – aber er will nichts dagegen unternehmen. Ruf mich zurück.«

Brauchen schien die Losung des Tages zu sein. Ich hoffte, dass Jillians Bedürfnis rein körperlicher Natur war. Doch zuerst rief ich Zipporah an.

»Wir treffen uns um fünf im Haus, okay?«, sagte sie. »Dad macht Mutter wahnsinnig.«

Im Haus ... damit meinte sie das Haus, in dem wir alle aufgewachsen waren, das Haus von Sam und Maggie Walkinghorse im Osten der Stadt – ein Haus der Anbauten, Verbesserungen und nachträglichen Einfälle, über einen Zeitraum von fünfzig Jahren errichtet von Sam Walkinghorse. Sam war zu einem Achtel Indianer und stolz darauf. Er hasste seinen Vater, einen brutalen Säufer, und hatte den Namen seines Urgroßvaters väterlicherseits angenommen, eines Kriegers und Schamanen vom Stamm der Minneconjou, der als alter Mann am Wounded Knee getötet worden war. Das ursprüngliche Haus mit seinem simplen Grundriss, aus dem nach und nach alle Trakte und Anbauten gesprossen waren, war lang und schmal. Nachdem sie 45 aus dem Krieg im Pazifik heimgekehrt waren, hatten Sam und zwei seiner Freunde es auf einem halben Morgen kargen Wüstenlandes erbaut. Als die Walkinghorses zahlenmäßig zunahmen, zimmerte Sam die Anbauten, wobei sein Augenmerk der Zweckmäßigkeit galt und weniger den Stilfragen. Aus der Luft betrachtet, muss das Haus wie ein entgleister Zug wirken – längliche Kisten, die in rechten und weniger rechten

Winkeln gegeneinander stießen. Sam hatte dabei immer nur eines im Sinn gehabt: seiner wachsenden Familie ein Dach über dem Kopf zu verschaffen und nicht etwa dem Landkreis zu einer Sehenswürdigkeit zu verhelfen. In ihrem Bestreben, das Ganze zu verschönern, hatte Maggie jeden Anbau in einer anderen Farbe gestrichen, je leuchtender, desto besser, bis alle Kästen orange, grün, lila und gelb strahlten wie ein Regenbogen aus Holz und Putz, der eine Bruchlandung hingelegt hatte. Inmitten der alltäglichen, vernünftigen Häuser, die über die Jahrzehnte hinweg nach und nach die Wüste gefüllt hatten, wirkt dieses Haus wie ein gestalteter Nervenzusammenbruch. Die Nachbarn bezeichnen das Walkinghorse-Haus als ›Nigtmare on East San Pablo Street‹.

»Ich komme hin, Zip«, sagte ich.

»Nur wir beide werden da sein, Uri. Jesaja wird seinen UPS-Wagen nicht vor sechs los. Vielleicht kommt er danach vorbei. Und Zack ist geschäftlich in Brüssel.« Moses, der downtown in einer Junkie-Bude haust, wurde von ihr nicht erwähnt. Moses würde sowieso nicht auftauchen, und wenn er es täte, würde Sam ihn gar nicht sehen wollen.

Zipporah ist schwarz, genau wie Jesaja. Zacharias ist Koreaner. Bei Moses und mir ist das weniger eindeutig. Wenn ich in den Spiegel schaue, denke ich: Italiener? Sephardim? ein dunkler Ire? Slawe? Ich kann mich da nie festlegen. Moses denkt, er sei Ire, meiner Meinung nach sieht er aus wie eine Mischung aus einem französischen Trapper und einem Indianer, wären da nicht seine hellen Augen, die auf deutschen Einfluss hindeuten. Natürlich spielt das alles keine Rolle. Wir sind samt und sonders Walkinghorses, Sams und Maggies Kinder, und diese unauslöschliche Tatsache macht die Fragen nach Ethnien irrelevant.

Als Nächstes rief ich Jillian an. Ein Mann war am Telefon. Ich sah noch mal auf die Nummer, die ich mir aufgeschrieben hatte. »Ist Jillian Renseller da?«, fragte ich.

»Warum wollen Sie das wissen?«, lautete die Gegenfrage.

»Ich soll sie zurückrufen«, erwiderte ich.

»Verstehe. Und mit wem spreche ich?«

Er war einer dieser Und-mit-wem-spreche-ich-Typen. Ein Kopfgesteuerter oder ein Butler oder einfach nur ein Arschloch.

»Walkinghorse«, sagte ich und wollte eigentlich keinen Atem mehr an diesen Kerl verschwenden.

Er sagte etwas, es war kaum zu verstehen, vermutlich hielt er den Hörer zu. Als er ihn an Jillian weiterreichte, hörte ich auch wieder die Hintergrundgeräusche – leise Musik, Geigen und Flöten. »Uri?«, fragte Jillian.

»Ich habe zweitausend Dollar von Ihnen«, sagte ich.

»Lösen Sie die Schecks ein, Süßer«, sagte sie. »Das Geld gehört Ihnen.«

»Wir hatten nur fünfhundert vereinbart.«

»Nein, wir haben fünfhundert die Woche vereinbart.«

»Für immer? Ich denke nicht.«

Sie hielt den Hörer zu und sagte etwas zu dem Und-mit-wem-spreche-ich-Kerl, dann: »Warum kommen Sie nicht vorbei? Dann klären wir das Arrangement im Detail. Ich glaube, Sie haben mich missverstanden.«

»Was meinen Sie mit: Sie brauchen mich eventuell noch mal?«, fragte ich. »Gibt es noch einen toten Ehemann durch die Gegend zu kutschieren?«

»Machen Sie sich nicht lustig, Uri. Ich bin eine trauernde Witwe.« Sie klang wie Imelda Marcos, die sich um ein Paar abhanden gekommener Pumps grämte. »Können Sie gleich herkommen? Bitte sagen Sie ja. Wir müssen uns unterhalten.«

Die zuckersüße Verlockung in ihrer Stimme zielte direkt auf meine Bedürfnisse. »Nein«, sagte ich. »Ich muss jetzt zu meinen Verwandten. Vielleicht am späten Abend.«

»Dann komme ich zu Ihnen. Es ist das alte Motel am anderen Ende der Mesa, nicht wahr?«

»Das Baron Arms. Apartment 41-A. Ich müsste gegen zehn zu Hause sein.«

Ich parkte vor dem alten Haus. Zipporah kam heraus, um mich zu begrüßen. »Das reinste Irrenhaus, Uri«, sagte sie. »Mom weiß nicht, wo ihr der Kopf steht. Daddy quatscht in der Küche mit Jesus.«

Zipporah ist groß, schmal und sehr dunkel. Sie war in Jeans und Sandalen und trug ein T-Shirt, das ihre langen, drahtigen Arme zeigte. Ihr krauses, ultrakurz geschnittenes Haar wurde von einer gezackten, weißen Strähne durchzogen, die von der Stirn bis in den Nacken verlief. Ich hatte Zip mehrere Monate nicht mehr gesehen. Wir umarmten uns, dann machte sie einen Schritt zurück und musterte mich. »Mein kleiner Bruder sieht ziemlich fertig aus. Hängt wieder mal der Haussegen schief?«

»Gert hat mich verlassen, Zip. Sie ist mit einem Rennfahrer durchgebrannt. Aber das ist es nicht. Unser Verhältnis war schon seit langem gespannt.«

»Oh, mein Schatz, das tut mir leid. Obwohl ... um die Wahrheit zu sagen, ich habe sie nie gemocht. Sie war immer irgendwie zickig, hochnäsig, weißt du, was ich meine? Hat immer diese Fick-mich-Stiefel über ihre dürren, weißen Beine gezogen und so getan, als müsse sie sich nie die Scheiße von der Rosette wischen.« Sie drückte meinen Bizeps. »Bereitest dich immer noch auf den Knast vor, wie ich sehe.«

Ich stand auf Zipporahs Gossensprache. Während unserer Kindheit und Jugend hatte keiner von uns einen Slang gesprochen, aber Zipporah war die Leiterin einer Problem-Schule in der mit Straßengangs reich gesegneten East Side und hatte das Gefühl, mit den Kids gleichziehen zu müssen. Ein hoffnungsloses Unterfangen.

Wir gingen ins Haus. Maggie stand mitten im vorderen Zimmer, ein Paar Hausschuhe in der Hand. Mit ihren Gedanken ganz woanders, umarmte sie mich nur flüchtig. Maggie ist fünfundsiebzig und sah diesmal genauso aus. Das war ungewöhnlich, denn sie hatte immer mindestens zehn Jahre jünger gewirkt. Sie war mollig, doch ihr Gesicht sah verhärmt aus und ihr weißes Haar war strähnig, als habe sie wochenlang das Bett hüten müssen. »Die sind für Jesus«, sagte sie und hielt die Pantoffeln hoch. »Er ist gerade in der Küche. Daddy meint, unser Linoleumboden ist zu kalt für seine verletzten Füße. Jesus ist in sein Leichentuch gehüllt und ihn friert, weil er doch geradewegs aus seinem feuchten, kalten Grab kommt.« Ich sah Zipporah an. Die verdrehte die Augen, aber so, dass Maggie es nicht mitbekam.

»Wenn wir ihn nicht ins Krankenhaus bringen, hat er nur noch einen Monat zu leben«, erklärte mir Zipporah.

»Kannst du versuchen, mit ihm zu reden?«, fragte Maggie. »Er benimmt sich, als wäre ich gar nicht vorhanden. Ich weiß nicht mehr, was ich machen soll.« Sie schluchzte auf und ihre trüben blauen Augen schwammen in Tränen.

»Wir kümmern uns darum, Mama«, sagte Zipporah.

»Ja? Wirklich, Liebling? Gott sei Dank! Ich schaff das einfach nicht mehr.«

»Was stimmt denn nicht mit ihm, Mom?«, wollte ich wissen. Ich hatte seit geraumer Zeit keinen Kontakt mehr mit Sam und Maggie. Jedes Mal, wenn ich nach Hause gekommen war, hatte Sam das Thema auf meinen Lebensstil gebracht, den er als ziellos, sinnlos und gottlos betrachtete. Sam hatte nie einen Hehl aus seiner Enttäuschung gemacht, seiner Enttäuschung darüber, was aus mir geworden war. Meine einzige Auszeichnung, der Mr.-Westside-Pokal von 1983, hatte ihn nie beeindruckt. Egal wann ich auftauchte, immer war er mir mit seinen Predigten gekommen. Also zog ich es vor, mich vom alten Walkinghorse-Haus fern zu halten.

Sams Lieblinge waren Jesaja und Zipporah. Sie hatten Familie, führten ein normales Leben und gingen in die Kirche. Maggie hatte nicht angerufen, um mich über Sams Zustand zu informieren, was bedeuten konnte, dass sie mich ebenfalls abgeschrieben hatte. Ich war durch mangelnde Leistung zum Außenseiter geworden.

»Hirntumor«, sagte Zipporah, »ein großer, bösartiger Tumor in der rechten Gehirnhälfte. Sie denken, dass Bestrahlungen helfen könnten. Aber dafür müsste er sofort ins Krankenhaus, nicht erst in einem Monat.«

Ich nahm Maggie die Pantoffeln aus der Hand und ging voran. Ein vom Wrasen verschmierter Globus an der Decke diente als Beleuchtung für die fensterlose Küche. Er spendete gerade mal genügend Licht, damit man sich die Gabel nicht ins Auge stieß; wollte man hingegen Zeitung lesen, hätte man eine Grubenlampe gebraucht.

Auf der Resopal-Platte des langen Tisches, an dem wir sieben immer unsere Mahlzeiten eingenommen hatten, stand eine Flasche Wein. Vor Sam stand ein Glas, ein zweites Glas stand ihm gegenüber, auf der anderen Seite des Tisches. Beide waren gefüllt, doch weder Sam noch Jesus tranken. Es waren Maggies beste Gläser, die aus Kristall, und der Wein diente lediglich der Zeremonie.

»Hi, Daddy«, sagte Zipporah. »Was machst du da?«

Sam Walkinghorse sah immer noch eindrucksvoll genug aus, um selbst ein biblischer Charakter zu sein oder ein Ehrfurcht gebietender Sioux. Er sah Zipporah finster an und schwieg. Er war groß und hager und obwohl Sam krank war, hatte sein strenger Blick die Macht, jeden Widerspruch im Keim zu ersticken.

Er hatte viel Gewicht verloren. Unter seinem zerschlissenen Bademantel zeichneten sich die Knochen ab. Sein weißes Haar war seit Wochen nicht mehr geschnitten worden und seine buschigen Augenbrauen sahen aus wie Grasbüschel, die sich an die knochigen Klippen über seinen eingesunkenen Augen klammerten.

»Meine Kinder«, sagte er und stellte uns seiner Halluzination vor. »Sie sind alle von unterschiedlicher Rasse.«

Ob ich wollte oder nicht, ich wartete darauf, ob sich auf der anderen Seite des Tisches etwas tat. »Hier sind die Hausschuhe, Pa.«

»Stell sie da unter den Stuhl«, sagte er und zeigte über den Tisch. »Die Füße des Sohn Gottes sind noch immer kalt und bluten.«

»Wir bringen dich ins Providence Memorial.«

»Ich habe hier alles, was ich brauche, Zipporah«, sagte er. »Ich muss nirgendwohin gehen.«

Zipporah ließ nicht locker: »Du hast einen Gehirntumor von der Größe einer Walnuss, Daddy.«

»Ich weiß, was ich habe. Ich bin kein Narr.«

»Wenn du dich nicht behandeln lässt, wirst du sterben«, erklärte Zipporah.

»Wir alle schulden Gott einen Tod«, sagte er. »Seit Iwo Jima lebe ich mit geborgter Zeit. Ich bin zweiundachtzig Jahre alt. Wie viel Zeit braucht ein Mensch?«

Ich versuchte es mit einer anderen Taktik: »Du bist verdammt selbstsüchtig, Pa. Denk an uns, denk an Mutter.«

Er warf mir einen Blick zu, als wäre ich nicht sein Sohn, sondern ein unerwünschter Eindringling.

»Die Türen sind offen für mich«, sagte er. »Sie wurden weit aufgestoßen. Ich kann Ihn sehen und weil ich Ihn sehe, sehe ich auch die Wiese des Himmels. Du kannst es Tumor nennen, wenn du möchtest, aber es ist ein Geschenk, keine Krankheit. Wenn du nur sehen könntest, was ich sehe.«

»Wie auch immer, Daddy, du wirst ins Krankenhaus gehen«, sagte Zipporah. Sie wirkte ungeheuer bestimmt.

Der alte Mann schüttelte traurig den Kopf. »Siehst du«, sagte er zu dem leeren Stuhl, »da nimmt man unerwünschte Kinder bei sich auf, rettet sie aus einer ausweglosen Situation und dann wollen sie Dir die Tür weisen. Sie behandeln Dich wie ein Symptom, das man beseitigen muss. Aber achte nicht auf sie. Bevor wir unterbrochen wurden, Herr, warst Du gerade dabei, mir zu sagen, weshalb Deine Wunden in den zweitausend Jahren nicht heilen konnten.«

Beinahe erwartungsvoll blickten Zipporah und ich hinüber zu dem leeren Stuhl.

»Ich geh mal kurz raus«, flüsterte ich Zipporah zu.

Ich ging zurück ins Vorderzimmer. Maggie saß auf der

Couch. Der Fernseher lief, doch sie sah nicht hin. Ich setzte mich neben sie. Es war *Jeopardy!*-Zeit. Ich schnappte mir die Fernbedienung und schaltete auf Channel 4.

»Hast du Jesus die Hausschuhe gebracht, mein Junge?«, fragte sie.

»Da drinnen ist kein Jesus, Mom.« Ich legte meinen Arm um sie. Außenseiter hin oder her, ich liebe sie, sie ist die netteste Person, die ich kenne.

Sie sah mich fassungslos an. »Das weiß ich doch«, sagte sie. »Natürlich sitzt Jesus nicht in unserer Küche.«

»Das klingt aber nicht sehr überzeugt.«

»Nein, nein. Ich weiß, dass es der Tumor in seinem Kopf ist. Darum redet er die ganze Zeit von Jesus und den Wiesen des Himmels. Ich weiß das.« Es war ganz offensichtlich, dass sie gegen Sams Überzeugungskraft ankämpfte.

Über den Bildschirm flimmerten wellenförmige Linien. »Was ist mit dem Fernseher los, Mom?«

»Das hat gerade erst angefangen«, sagte sie und blickte hinüber zur Küchentür. Ich wusste, was ihr durch den Kopf ging: War eine durch einen Tumor verursachte Halluzination in der Lage, Zebrastreifen auf dem Bildschirm zu erzeugen?

»Sonnenflecken«, sagte ich und gab ihr damit eine rationale Erklärung, an die sie sich halten konnte. »Der Wetterfritze hat schon davor gewarnt. Passiert wohl alle zehn Jahre oder so und lässt die Satelliten verrückt spielen.«

Ich zappte mich durch die Kanäle. Überall die gleiche schwarze Schraffur. Vielleicht hasste dieser Tumor-Jesus das Fernsehen und nahm Einfluss auf die Sonne. Trotz der Wellenlinien sah ich mir *Jeopardy!* an.

Als ich wieder aufstehen wollte, legte sie ihre Hand auf

meine. »Uriah, geh doch mal zu Moses. Ich mache mir solche Sorgen um ihn.«

»Moses ist längst passé, Mom.«

Ihre Augen füllten sich mit Tränen und es tat mir leid, dass ich es gesagt hatte. »Das glaube ich nicht«, widersprach sie. »Geh zu ihm und sprich mit ihm. Sag ihm, er soll nach Hause kommen. Ich kümmer mich um ihn, bis es ihm wieder besser geht.« Für sie war Heroinsucht etwas, was man sich einfängt wie eine Grippe.

Ich versprach, zu ihm zu gehen.

ZEHN

Ich saß auf den Verandastufen, als Jesaja auf den Hof fuhr. Er quälte sich buchstäblich aus dem Wagen, einem alten VW-Käfer. Jesaja wiegt mindestens 140 Kilo und ist knapp zwei Meter groß. Man könnte ihn durchaus für einen ehemaligen Linebacker aus der NFL halten. Tatsächlich war er Offensive Tackle in unserem Uni-Team gewesen, bis es eines Tages in seinem Knie gekracht hatte. Nicht nur das Auto, auch seine Kleidung schien zu klein für ihn zu sein. Er platzte schier aus den Nähten seiner UPS-Uniform. Seine Hosen sahen aus, als steckten Fässer darin.

Früher hatten Jesaja und ich uns ein Zimmer geteilt, dennoch gingen und gehen wir immer recht förmlich miteinander um. Er unterbrach fast den Blutzufluss in meiner Hand, als er sie mit seinen zigarrendicken Fingern drückte. »Was ist mit dem alten Herrn los, Uriah?«, fragte er.

»Sam will nicht ins Krankenhaus und hat sich Jesus als Verstärkung geholt.«

Jesajas Augen verengten sich zu Schlitzen. Er musterte mich. Als religiöser Mensch fand er höhnische Bemerkungen von Unwissenden gar nicht komisch.

»Es ist die Geschwulst«, sagte ich. »Deshalb halluziniert er ständig. Zipporah meint, dass ihm noch ein Monat bleibt, wenn er sich nicht behandeln lässt.«

»Und was sollen wir jetzt machen? Ihn gegen seinen Willen ins Krankenhaus bringen? Niemand bringt Sam Walkinghorse dazu, etwas zu tun, was er nicht will.« Er nahm seine Mütze ab, fuhr sich mit seinem dicken Unterarm über die schweißnasse, ebenholzfarbene Stirn und stieß einen tiefen Seufzer aus.

Jesajas leibliche Mutter war eine obdachlose Straßendirne gewesen. Im achten Monat schwanger, war sie in der Notaufnahme verstorben. Ihr Zuhälter hatte ihr mit einem Baseballschläger den Schädel eingeschlagen, weil sie in die eigene Tasche gewirtschaftet hatte. Der Schock, Crack und venenerweiterndes Marihuana hatten ihren Blutdruck in den einstelligen Bereich sinken lassen. Den Notärzten war es nur knapp gelungen, Jesaja per Kaiserschnitt auf die Welt zu holen, bevor das Ableben seiner Mutter seinen Tod nach sich ziehen konnte. Das alles hatte Jesaja aus eigenem Antrieb herausgefunden. Er hatte genau wissen wollen, wie sein Handicap war, bevor er das Spiel des Lebens so richtig in Angriff nahm. Mich hatte mein Handicap nie interessiert. Als Kind hatte ich mir romantische Geschichten ausgedacht, um mir zu erklären, weshalb meine Eltern mich im Stich gelassen hatten. Diesen Geschichten zufolge waren meine Fabel-Eltern edle Menschen, die mich aus berechtigten Gründen zur Adoption freigeben mussten. Mir war klar, dass die Wahrheit – sofern ich jemals darauf stoßen sollte –

alles andere als begeisternd wäre. Musste man sich das geben? Jesaja schon. Er hatte seine Wurzeln finden wollen, um, auf welchen Trümmern auch immer, sein Leben aufbauen zu können.

Jedes Mal, wenn ich daran denke, berührt es mich aufs Neue, was für ein moralisch aufrechter und gutherziger Riese er geworden ist, trotz seiner düsteren Anfänge. Jesaja ist Diakon in seiner Kirche, ehrenamtlich in seiner Gemeinde tätig, ein treuer Ehemann und geduldiger Vater von sechs Kindern. Es musste mit den Genen zusammenhängen. Irgendwo in seiner biologischen Geschichte musste es afrikanischen Adel gegeben haben, einen Stammeshäuptling oder einen hochrangigen Krieger. Durch das DNS-Roulette musste dieses starke Gen in seine Architektur eingebracht worden sein, eine besondere Zuwendung seitens der Natur. Jesaja ist zwei Jahr jünger als ich, dennoch fühle ich mich immer als jüngerer Bruder, und zwar nicht nur wegen seiner Maße.

»Maggie braucht unsere Hilfe«, sagte ich. »Sie kommt mit der Situation nicht klar.«

»Ich werde mit ihm sprechen, aber wenn er zu Hause sterben möchte, werde ich ihm das nicht ausreden.«

Jesaja ging ins Haus. Kurz darauf kam Zipporah hinaus. Sie zündete sich eine Zigarette an.

»Du riskierst das Fegefeuer, Schwester«, sagte ich. Sam würde der Schlag treffen, würde er sie beim Rauchen erwischen. Obwohl wir alle längst erwachsen sind, werden wir – mit Ausnahme von Jesaja – in Sams Nähe zu sündigen Teenagern. Maggie übt den gleichen Einfluss auf uns aus, wenn auch aus anderen Gründen. Sie ist zu weichherzig und verletzlich, man legt sich nicht mit ihr an. Ihr zuliebe verhalten wir uns immer angemessen.

Doch im Moment war sie zu sehr abgelenkt, um Zippo-rahs kurze Rauchpause zu bemerken.

»Ich kann von diesen verdammten Dingern nicht lassen«, sagte Zipporah. »Erst recht nicht in solchen beschissenen Situationen. Da sind die Sargnägel einfach 'ne Hilfe.«

Aber sie zog nur ein paarmal an der Zigarette und trat sie dann aus. Nachdem er vielleicht zehn Minuten bei Sam verbracht hatte, kam Jesaja wieder heraus. »Er spricht über Moses und dich«, sagte er. »Er versucht, Jesus zu überzeugen, euch zu vergeben, indem er die Schuld für euer missratenes Leben auf sich nimmt.«

»Wie nett«, sagte ich. »Er wirft mich und Moses, unseren geliebten Junkie, in einen Topf.«

»Er betet für dich, Uriah«, sagte Jesaja und legte mir seine gewaltige Pranke auf die Schulter. »Der alte Mann meint es nur gut.«

»Hoffentlich macht Jesus sich Notizen«, bemerkte ich.

»Bleib locker, Bruder«, sagte Jesaja. »Vielleicht wird es durch den Tumor hervorgerufen, aber genau weiß man das nie. Es gibt noch genug Rätsel auf der Welt, um Experten zu verblüffen.«

»Um Gottes willen«, sagte ich. »Maggie und du, ihr benehmt euch wie Kinder in einem Geisterhaus. Was ist mit dir, Zip? Glaubst du auch an die Metaphysik von Sams Hirntumor?«

Sie versuchte, dem Thema auszuweichen, indem sie sich eine neue Zigarette anzündete.

»Du tust so, als hättest du alles im Griff, Uri«, sagte Jesaja. »Aber wenn es drauf ankommt, woran glaubst du dann? An alles? Ein Mensch muss doch eine Vorstellung von seiner Bestimmung haben.«

»Ich glaube an Äußerlichkeiten«, sagte ich. »Nicht an Bestimmung.«

Jesaja nahm die Hand von meiner Schulter. »Mit solchen respektlosen Antworten erreichst du gar nichts.«

»Es gibt nichts zu erreichen.«

Er schüttelte den großen Kopf und gestattete sich ein Grinsen. »Wenn ich an diesen Quatsch glauben würde, hätte ich mir schon längst eine .44er an die Schläfe gehalten.«

»Äußerlichkeiten können sehr interessant sein, Jesaja«, sagte ich.

»Aber sie sind vergänglich.«

»Ist das so schlimm?«

Wir blickten beide weg, keiner von uns wollte diese sinnlose Diskussion über Glaubenssysteme weiterführen. Jesajas ist starr, meines hingegen flexibel, von keiner Überzeugung getragen, aber wenn wir auf diese Frage zu sprechen kommen, schaffen wir es immer wieder, uns gegenseitig zu verärgern.

»Zack ist also in Brüssel«, sagte ich, um das Thema zu wechseln.

»›Nach Golde drängt, am Golde hängt doch alles‹«, sagte Zipporah. »Das ist aus dem Ersten Buch Mose, glaube ich.«

»Nein«, widersprach ich, »das ist aus Faust.«

Wir mussten alle lachen. Zack ist Firmenanwalt, und zwar ein hochkarätiger, hat mit multinationalen Konzernen zu tun und verbringt die Hälfte seiner Zeit in Flugzeugen. Es war Sam nicht leicht gefallen, Zacks am Mammon orientiertes Leben zu akzeptieren, doch bisher hatte er nicht einen der Schecks verweigert, die Monat für Monat von Zacks Bank in San Francisco eintreffen. Außer den

Schecks von der Sozialversicherung verfügen Sam und
Maggie über kein weiteres Einkommen. Mit Zacks monat-
lichen Zuwendungen können sie sich über Wasser halten.

ELF

Auf dem Nachhauseweg machte ich bei H&H Carwash
Halt und genehmigte mir ein Abendessen. Der Auto-
waschanlage ist ein kleines Café angeschlossen. Die
Autowäsche wird hier erledigt wie in den Fünfziger-
jahren, also nicht durch Maschinen, sondern von Männern mit Hochdruckreinigern, Schwämmen und Leder-
lappen. Das Café bietet die besten *huevos rancheros* der
Welt an. Selbst Julia Child war anlässlich ihres einzigen
Besuches in El Paso voll des Lobes. Und während man
isst, kann man sich für zehn Dollar den Wagen außen
und innen reinigen lassen. Normalerweise mache ich um
fettes, kalorienreiches mexikanisches Essen einen großen
Bogen, aber diese *huevos rancheros* sind leicht wie Luft. Die
papierdünnen Tortillas zergehen auf der Zunge. Dem
Gericht fehlen die typische Lava aus geschmolzenem
Cheddarkäse und die in Fett gebratenen Bohnen. Die
Kartoffelecken werden in leichtem Öl frittiert und die
Salsa ist eine genießbare Variante von Napalm. Ab und
an esse ich hier, wenn ich der Ansicht bin, etwas Gutes
verdient zu haben, oder wenn ich mal wieder richtig ins
Schwitzen kommen muss. Der Nachmittag bei Sam und
Maggie hatte die Voraussetzungen für beides geschaffen.

Anschließend sah ich im DMZ vorbei, hoffte, Güero
anzutreffen, und wollte seine Meinung zu Sams Wahn-
vorstellungen und Jesajas Haltung, den Dingen ihren
Lauf zu lassen, einholen, doch er war nicht da und auch

sonst kaum jemand. Dennoch bestellte ich eine Margarita – ein weiteres redlich verdientes Vergnügen – und fuhr dann hinüber zum Baron Arms.

Jillian Rensellers Mercedes stand auf dem Parkplatz. Ich parkte daneben und stieg aus. Die beiden Vordertüren des Mercedes öffneten sich. Jillian kletterte auf der Beifahrerseite heraus, eine halslose Masse Muskeln in einem zerknitterten Walmart-Anzug zwängte sich hinter dem Lenkrad hervor.

Jillian trug schwarze Leggings, Sandaletten mit zehn Zentimeter hohen Absätzen und einen Cardigan aus rotem Kaschmir, der, zur Hälfte aufgeknöpft, viel von ihrem Dekolleté zeigte. »Sie sind spät dran«, begrüßte sie mich. »Gehen wir gleich hoch in Ihr Apartment. Wir haben einiges zu regeln.« Ihre Aufmachung war heiß, sie selbst gab sich geschäftsmäßig.

Ihr Fahrer war an die zwei Meter groß und hatte die Ausmaße eines Kühlschranks. Sein langer, rechteckiger Schädel war übersät mit Warzen. Sollte der Kerl Kumpel haben, nannten die ihn hinter vorgehaltener Hand mit Sicherheit Kartoffelkopf. Er lehnte an der Motorhaube des Mercedes und spannte derart die Muskeln an, dass sich sein billiger Anzug wie ein Heißluftballon aufblähte. Er sah in mir wohl einen gleich gesinnten Muskelprotz und wollte mich beeindrucken. Ich war alles andere als beeindruckt. Er hatten von allem zu viel – zu viel Bauch, ein Zuviel an tierischem Fett auf dem Ernährungsplan, ein Zuviel an Dummheit in den Augen. Und dann die Frisur, frisch aus dem Salon: oben Bürste, die Seiten lang und mit Gel zurückgekämmt, keine Koteletten. Am Hinterkopf dann kam es richtig dick: ein Keil. Weißblond gefärbt und steif von Haarspray, hingen die Haare über seinem Kragen wie eine geschlossene Heckklappe. Sein Friseur hatte Humor. Jillian machte uns nicht miteinander bekannt, also musste er irgendein Handlanger sein.

»Welche Rolle spielt der?«, fragte ich.

Mr. Kartoffelkopf unternahm den Versuch, mir mit seinen ausdruckslosen, eng beieinander stehenden Augen Löcher in den Schädel zu brennen. Er war größer als ich und hatte mehr Gewicht, aber er war in miserabler Form. Ich konnte buchstäblich sehen, wie die Fettränder unzähliger Steaks seine Hauptschlagader verklebten. Sein Atem ging schwer, als bereite sich der Typ auf eine körperliche Anstrengung vor. Ich sah auf seine Hände. Sie wirkten gewaltig, doch eher durch die walnussgroßen Knöchel, die aussahen, als wären sie mehrmals gebrochen worden.

»Forbes ist mein Fahrer«, erwiderte Jillian. »Ich fahr ungern allein in diesen Teil der Stadt, vor allem am Wochenende. Der Mercedes ist zu auffällig.«

Forbes? Ein angeheuerter Gehilfe mit dem Namen eines der fünfhundert reichsten Männer. Ich nickte Forbes zu. Er erwiderte das Nicken nicht, statt dessen verhärtete sich seine Kiefermuskulatur.

Wir fuhren mit dem Fahrstuhl nach oben. Ich schloss die Tür auf und bat Jillian herein.

Sie sah sich in meinen vier Wänden um, sah den kleinen Herd, den kleinen Kühlschrank, den großen Fernseher, der die Kommode, auf der er steht, winzig aussehen lässt. Sie betrachtete die Motel-Kunst an der Wand hinter dem Bett: Möwen über mit Schaumkronen besetzten grünen Brechern, zirka 1950. Ein gutes Jahr für Vulgär-Impressionismus. Niemandem war es bisher eingefallen, es abzuhängen. Dann fiel ihr Blick auf mein Schwarzenegger-Poster – ein Foto vom jungen Arnold am Muscle Beach, eine nackte Blondine auf den Schultern und die riesigen Hände um ihre Schenkel gelegt. Jillian schmunzelte. »Nett haben Sie's hier«, meinte sie.

»Mir gefällt's«, sagte ich.

»Kein Grund, gleich in die Defensive zu gehen.«

»Wenn jemand deine Wohnung als nett bezeichnet, gehst du automatisch in die Defensive.«

»Aber es ist nun mal nett hier. Die kleine Küche, die Kunststoffmöbel, die herrlich geschmacklosen Bilder. Das hat was. Manchmal wünschte ich, ich könnte in dieser Einfachheit leben, ohne diesen prahlerischen Luxus.«

»Nichts leichter als das«, sagte ich. »Spenden Sie Ihr ganzes Geld der Wohlfahrt. Ohne prahlerischen Luxus zu leben ist ein Vorzug der Armut.«

Sie legte die Hand auf meinen Arm. Ich spannte an. »Nur ist das nicht so leicht, wie Sie denken«, sagte sie.

»Was? Einfach zu leben oder das Geld weggeben?« Ihre Nägel gruben sich jetzt in meinen Arm, fest genug, um ein Kribbeln zu erzeugen.

»Geld ist eine Leine. Je mehr man hat, desto kürzer wird sie. Sie glauben nicht, wie sehr große Vermögen ihre Besitzer beherrschen.«

Das alles war eine Art Ouvertüre für irgendetwas. Doch ich hatte es nicht eilig, die Sache auf den Punkt zu bringen. Jillian verschränkte die Arme und besichtigte meinen knapp 28 qm großen Palast. Sie öffnete den kleinen Kühlschrank und musterte meine Auswahl an Raps-, Oliven- und Leinöl. Sie begutachtete den Tofu, die Gemüsebratlinge und die Freilandeier.

»Was ist das für ein Zeug?«, fragte sie, die Flasche mit dem Noni-Saft in der Hand.

»Das ist aus Hawaii. Ein Heilmittel.«

»Ein Heilmittel? Sind Sie unpässlich, mein Lieber?«

»Reine Vorbeugung. Das hält einen gesund und munter.«

»Sie machen einen absolut gesunden und munteren Eindruck«, sagte sie.

Sie betrachtete die Lebensmittel auf den Regalen, schaute in den offenen Kleiderschrank, testete mit der flachen Hand das Bett. »Oh, das Bett ist schrecklich«, sagte sie. »Sicher haben Sie ständig Rückenschmerzen.«

»Wenn ich's mir leisten könnte, würde ich mir eine Posturepedic kaufen.«

»Sie können es sich leisten, mein Lieber«, erwiderte sie. »Sie haben zweitausend Dollar und es kommt noch was hinzu.«

»Genau darüber sollten wir uns unterhalten, nicht wahr?«

»Nein, sollten wir nicht. Lösen Sie einfach die Schecks ein. Das Geld gehört Ihnen, so wie wir es vereinbart hatten.«

»So hatten wir es nicht vereinbart.«

»Ich bin mir ziemlich sicher, dass wir uns auf fünfhundert die Woche verständigt haben.«

»Ich bin mir ziemlich sicher, dass dem nicht so war.«

Sie setzte sich aufs Bett. »Okay, nehmen wir mal an, dem war nicht so. Wo liegt für Sie das Problem, Geld anzunehmen, für das Sie nicht gearbeitet haben?«

»Man muss immer arbeiten, um Geld zu bekommen.«

»Ich habe Sie nicht gebeten, etwas dafür zu tun. Was mich betrifft, ist dieser Teil der Abmachung erledigt.«

Sie nahm meine Hand und zog mich zu sich hinunter. Ich wartete auf keine weitere Einladung, sondern küsste sie. Es war ein gieriger Kuss.

»Zieh mich aus«, flüsterte sie.

Ich tat es, mit zitternden Händen.

»Bist du normal veranlagt – ich meine, sexuell gese-hen?«, fragte sie. Dabei zog sie den Reißverschluss meiner Hose auf und langte hinein.

»Was ist schon normal«, erwiderte ich.

Später, in der Dusche, sagte sie: »Neben dir komme ich mir richtig winzig vor.«

Meine Duschkabine ist größer als meine Küche. Die geräumigen Duschen mit den eingebauten Sitzen waren eine Besonderheit des alten Motels, die mehr Gäste anlocken sollte. Einst hatte man sie auf einem heute nicht mehr vorhandenen Schirmdach als ›Römische Bäder‹ bezeichnet. Die Bäder waren groß genug, um fidele Motelgäste zu einem, wenn auch beschränkten Handballspiel unter der Dusche zu animieren.

Ich fühlte mich wie ein fideler Motelgast, schnappte mir Jillian und setzte sie mir auf die Schultern wie das Mädchen auf dem Arnold-Poster. »Huch!«, sagte sie, als ihr Kopf die Decke streifte.

Dann fickten wir noch mal, dieses Mal im Comanche-Style – wie Pferde – unter fließendem Wasser. Beim Comanche-Style gibt es keinerlei Zärtlichkeit oder Romantik, kein Von-Angesicht-zu-Angesicht verwandter Seelen. Es ist Ficken wie im Steinzeitalter, zwei namen-lose, hormongetriebene Körper, gefangen im Auftrag des Fleisches. Sie kam heftig.

Ich fühlte ihre pulsierende Cervix. Jillian schrie auf, der Schrei wurde zu einem Keuchen, und als wir schließlich auf den Bodenfliesen zusammenbrachen, war das Wasser bereits kalt und unsere Knie bluteten.

»Du bist brutal«, sagte sie.

»Tut mit leid. Das war nicht meine Absicht.«

»Nein ... ich meine, ich hab mich ja drauf eingelassen. Du hast mich überrascht.«

»Ich bin selbst überrascht von mir«, sagte ich und dachte an ihr Keuchen, das stoßweise gekommen war, und wie es meine erstickten Laute überdeckt hatte. Ich hatte so lange darauf verzichten müssen.

»Du bist ein leidenschaftlicher Mann, Walkinghorse«, sagte sie.

Ich zuckte mit den Achseln. Man wird von anderen charakterisiert. Wenn es Zeit ist, in die Grube zu fahren, ist man ein Bündel angesammelter Urteile. Die nackte Wahrheit wird mit einem begraben.

Ich machte uns einen Kaffee und wir setzten uns an den kleinen Tisch, der vor dem einzigen Fenster des Apartments stand. Ich konnte Mr. Kartoffelkopf auf dem Parkplatz sehen, sah, wie er vor dem Mercedes auf- und abging. Die Nacht war frisch und er blies sich in die Hände, starrte immer wieder hoch zu meinem Fenster und dachte sicher, wie gern er jetzt hier oben wäre, um meinen Kopf gegen den Boden zu schlagen.

Ich winkte ihm zu. Es war ein freundliches Winken. Ich fühlte mich ausgeglichen, nahezu sanftmütig, jetzt, da ich das einzig wirksame Gegenmittel für eine Testosteron-Vergiftung verabreicht bekommen hatte.

»Dann reichst du also die Schecks ein, Liebling?«, fragte Jillian.

Dieses ›Liebling‹ klopfte mich weich, dieses Echo vertrauter Zuneigung. »Ich versteh zwar nicht, warum das so wichtig für dich ist«, sagte ich, »aber ja, okay, ich werde sie einreichen.« Zu diesem Zeitpunkt hätte ich einen ganzen Koffer voller Geld von ihr akzeptiert.

Ich fühlte mich gekauft.

Doch in meiner momentanen Verfassung war es alles in allem kein unangenehmes Gefühl.

Sie nahm meine Hand und sagte: »Wunderbar«, und ihre Augen waren voller wunderbarer Versprechen, von denen ich hoffte, dass sie sie auch einhielte.

ZWÖLF

Moses wohnt im Regency, einem halb leerstehenden, heruntergekommenen Apartmentkomplex. Der millionenschwere Eigentümer dieses Elendsquartiers lebt unter seinesgleichen in einem Ort nahe der roten Felsen bei Sedona, Arizona. Das Regency befindet sich am Nordufer des Rio Grande, im ältesten Bezirk der Stadt, der wegen seiner drogenabhängigen Einwohner oft als Junktown bezeichnet wird. Das Regency hatte durchaus bessere Tage gesehen. Gebaut im Stil Edward VII., war es vor Urzeiten der herrschaftliche Wohnsitz einer Familie gewesen, bis es um 1940 in Wohnungen für Angehörige der Arbeiterklasse umgewandelt wurde. In den Sechzigerjahren begann der Prozess des Verfalls, der zu dem jetzigen, nicht mehr sanierungsfähigen Zustand führte. Inzwischen hatte die Bienenwabenstruktur von zwanzig Einzimmerapartments das alte Gefüge abgelöst. Die Mieter der wenigen noch bewohnten Apartments gehören der gesellschaftlichen Randgruppe kaum noch Leistungsfähiger an: Junkies, Crackheads, Schnüffler, die Zombies unter den Bürgern unserer anständigen Stadt. Nach und nach wurden die leerstehenden Apartments ihrer gesamten Ausstattung beraubt – Türen zum Beispiel gibt es nur noch in bewohnten Apartments –, Graffiti überziehen die kahlen Wände, die an manchen Stellen eher einer Kraterlandschaft ähneln, Spuren gelegentlicher Tobsuchtsanfälle der Zombies auf Entzug. Schon vor Jahren hatte es Auflagen wegen dieses Zustandes gegeben, doch mit seiner vagen Zusage, das Gebäude als historische Sehenswürdigkeit wieder instandzusetzen, hatte der Eigentümer den Stadtvätern einen unbefristeten Aufschub abtrotzen können.

Ich klopfte einmal an Moses' Tür, dann klopfte ich weiter.

Nach ein paar Minuten sagte eine bizarr klingende, mir wohlbekannte Stimme: »Verpiss dich! *Vete a la chingada!*«

»Mose? Ich bin's, Uri.«

Es tat sich nichts, während er darüber sann, weshalb ich vor seiner Tür stand.

Ich hörte, wie Riegel zurückgeschoben wurden, dann das Klappern einer Kette, schließlich ging die Tür mit einem Knarren auf. Moses stand in Unterhosen vor mir. Seine blassen Arme und Beine waren dünn wie Dübel. Das schulterlange, an einigen Stellen von der Sonne gelblich gesträhnte, graue Haar war so speckig, dass es von allein stand. In der Hand hielt er einen abgesägten Baseballschläger, einen Louisville Slugger, ungefähr einen halben Meter helle Esche, den Griff mit Isolierband umwickelt, damit er besser in der Hand lag. Moses ist älter als ich, so um die fünfzig, doch er sah aus wie siebzig.

»Ich dachte schon, du bist dieser Kath kauende Turbanwichser, der unter mir wohnt. Dem hätte ich hiermit den Schädel eingeschlagen.« Er lehnte die vermeintliche Waffe an den Türrahmen. »Wer hat dich denn hergeschickt? Der alte Herr?«

»Sam wird wahrscheinlich sterben«, sagte ich. »Maggie hat mich gebeten, mal vorbeizuschauen.«

»Sam will sich seine Belohnung abholen, was? Hat hart dafür gearbeitet. Die geben ihm da oben sicherlich eine I a Unterkunft.«

»Maggie macht sich wahnsinnige Sorgen um dich, du Idiot.«

»Nett dich wiederzusehen, *mi hermano*.«

Er trat beiseite und ich ging hinein. Die Einrichtung war spartanisch, Junkie-Ausstattung eben: ein Tisch, zwei Stühle, auf dem Küchentresen, nahe einer rostigen Spüle, eine Kochplatte. Auf dem Küchentresen dann das notwendige Zubehör: medizinische Schläuche, Löffel, ein kleiner Butan-Gas-Bunsenbrenner. Vor dem einzigen Fenster des Apartments hing eine graue Armeedecke. Ein Klappbett aus Metall nahm eine ganze Wand ein. Darin lag eine Frau. Bewusstlos.

»Deine Freundin?«, fragte ich.

»Das ist Maria. Meine Partnerin.«

»Sie sieht beschissen aus.«

Meine Bemerkung entlockte ihm ein Lächeln, dann fing er an zu husten. »Scheiße, wir sehen alle beschissen aus. So ist nun mal der Kompromiss. Sich gut fühlen, aber beschissen aussehen.«

»Du siehst nicht gerade so aus, als würdest du dich gut fühlen. Du siehst eher aus wie Braunbier mit Spucke.«

»Das ist deine Sicht der Dinge, lieber Bruder. Die meiste Zeit klopfe ich ans Himmelstor, wie man so schön sagt.«

Auf dem Tisch stand ein Laptop. Es war angeschaltet. Ich setzte mich davor. »Was ist das, Mose? Ein Chatroom für Junkies?«

»Da liegst du gar nicht mal so falsch, Bruder.«

Die Seite verkündete: Nur allerbestes Konfekt. Darunter konnte man über ein Menü verschiedene Sorten Süßkram auswählen: Kandis, Toffee, Fruchtpralinen, Orangenstäbchen, Mandelkrokant, Minzschokolade.

»Die ganze Seite – alles nur Tarnung«, sagte Moses. »Natürlich kodiert. Nur allerbeste Connections wäre wohl etwas kühn gewesen.«

»Das kann man machen? Ich meine, Drogen online verkaufen?«

»Man kann alles online verkaufen, Bruder, angefangen von Babys bis hin zu Senatoren, liest du keine Zeitung?«

Mein Seufzer war wohl kaum zu überhören.

»Seit wann siehst du das so eng, Mann? Weißt du nicht mehr, wie wir früher abgegangen sind? Wir haben *grifa* geraucht und wenn mich meine Erinnerung nicht trügt, sogar LSD geschluckt. Sechshundert Mikrogramm, schon vergessen?«

»Ich hab einmal Acid genommen, Mose. Es war der schlimmste Tag meines Lebens. Ich dachte, mein Hirn würde sich auflösen.«

»Ich habe das Zeug geliebt. Bin durch eine andere Welt gereist, Mann. Es war der Garten Eden.«

Ich stand auf und ging hinüber zum Metallbett. Maria lag auf dem Rücken. Eine Armeedecke – die gleiche, die vor dem Fenster hing – war bis zu ihrem Kinn hochgezogen. Die Augen waren zu Schlitzen verengt und dahinter sah man lebloses Schwarz. Die Atmung war derart flach, dass sich die Decke weder hob noch senkte. Ich berührte das Gesicht. Es war kalt.

»Mein Gott, Mose. Das Mädchen ist tot.«

»Wir sind alle tot, Mann. Das Leben ist ein Schattenspiel. Bevor wir geboren werden, sind wir tot, wir sind tot, wenn wir gestorben sind, und in der Phase dazwischen kriechen wir der großen Illusion auf den Leim. Der Tod ist das Gesetz und Thanatos ist König.«

»Hör auf mit dem Scheiß, Mose. Maria ist tot.«

Ich zog ihr die Decke vom Körper. Maria trug nur ein T-Shirt und darauf stand:

Wine me

Dine me

69 me

Ein Spruch für Spaßvögel. Doch dieses Mädchen machte nicht den Eindruck, als hätte sie jemals in ihrem Leben Spaß gehabt. Ihre dürren Beine waren eiskalt. Unterhalb ihrer Hüfte war das Bettzeug feucht. Bei dem Gestank drehte sich mir der Magen um.

»Kann nicht sein«, sagte Moses schwach.

»Glaub's mir, Bruder. Sie ist hinüber.«

Er stand zu abrupt auf, fiel auf den Hintern und rollte sich auf den Rücken. Er gab ein paar leise Töne von sich. Ich hätte nicht zu sagen vermocht, ob es nun ein Schluchzen oder Lachen war. Ich entschied mich für das Lachen.

Er mühte sich in eine sitzende Position. »Jetzt zieht sie diese Scheiße mit mir ab«, sagte er, »und ich soll damit klarkommen. Hier das Neuste, Maria Guadalupe – ich komm überhaupt nicht klar damit, dass du mich auf diese Weise hängen lässt.«

Die Welt der Junkies ist einfach. Die Nadel und ich. Alles andere ist Einmischung oder Hilfe. Er sah hoch zu mir und in seinen Augen stand die Bitte um Hilfe. »Bring sie in ein leeres Apartment, Uri«, sagte er völlig ruhig. »Kannst du das für mich machen? Zurzeit bin ich zum Pinkeln zu schwach, irgendwie außer Form.«

Tote zu transportieren schien meine neue Lebensaufgabe zu werden. Ich musste unwillkürlich grinsen. »Okay, Mose.«

»Die Cops kümmern sich einen Scheiß um tote Junkies. Keiner wird hier auftauchen, Türen eintreten und Fragen stellen.«

»Ich habe okay gesagt. Ich bring sie weg.«

Ich hob sie vom Bett hoch. Sie konnte nicht mehr als fünfundvierzig Kilo wiegen. Aus der Nähe betrachtet, sah sie alles andere als mädchenhaft aus, eher wie eine verwitterte Vierzigjährige. Wenn nicht sogar älter. Das lange, seidige schwarze Haar trog. Die trockene Haut um Augen und Mund war schrundig, die Lippen waren zudem voller Bläschen. Sie erinnerte mich an eine Mumie – Pergamenthaut und Staub. Ich brachte sie in ein Apartment am Ende des Flurs und legte sie vorsichtig hin. Tote verdienen Respekt, gleichgültig, wie sinnlos ihr Leben verlaufen ist.

Das leere Apartment war einst eines der besten im Regency gewesen. Von einem Erkerfenster aus hatte man einen wunderbaren Blick auf Juárez am anderen Ufer des Rio Grande. 1911 hätte ein Bewohner von hier aus Pancho Villas Geschütze dabei beobachten können, wie sie die Regierungstruppen hinter ihren Barrikaden unter Beschuss nahmen. Während der Revolution wurden diese alten, nach Süden zeigenden Gebäude durch verirrte Geschosse in Mitleidenschaft gezogen – das Kriegstreiben von der neutralen Grenzseite aus zu verfolgen war also nicht ganz ohne Risiko gewesen, was das Spektakel umso aufregender gemacht hatte.

Ich ging zurück in Moses' Apartment. Er hockte am Tisch und bearbeitete sein Laptop, als wäre nichts passiert.

»Ich brauch unbedingt 'ne neue Partnerin«, sagte er. Sein Verlust war ein rein praktischer, kein emotionaler. »Allein krieg ich nicht genügend Schotter zusammen. Maria Guadalupe war richtig gut. Eigentlich hieß sie ja Rusty Odegaard, ein Mädchen vom Lande, aus Idaho. Ihre Leute haben ihr die Zustimmung für eine Abtreibung verweigert, also ist sie hierher gekommen, um eine machen zu lassen, weil man hier, was das betrifft, nicht hinterm Mond lebt. Anschließend ist sie an zwielichtige Typen geraten.« Er feixte ein wenig. »Ich hab sie überredet, sich die Haare schwarz zu färben, damit sie als Mexikanerin durchgeht.« Er beugte sich hinunter, wühlte unter dem Tisch in einem Stapel Pappen, kam wieder hoch und zeigte mir ein Schild:

> Meine Niños haben Hunger
> Können Sie uns helfen?
> Gott Ihnen möge einen
> Platz im Himmel geben

»An den Abfahrten der Freeways hat sie zwei-, dreihundert am Tag gemacht«, sagte Moses. »Die von außerhalb denken, sie sind in der Dritten Welt und reichen schnell mal 'ne Hand voll Dollar rüber, um ihr Gewissen zu beruhigen.«

Er zog noch eine Pappe aus dem Stapel. »Das ist meins.«

> Obdachloser Kriegsveteran
> Und Kriegsversehrter
> Sucht Arbeit gegen Essen
> Gott schütze Sie

»Es ist inzwischen reichlich abgelutscht«, räumte er ein.

»Da draußen müssen hunderte von Typen in meinem Alter unterwegs sein, die diese abgefuckte Veteranen-Nummer abziehen. Mal bin ich Vietnam, dann wieder Desert Storm. Einmal hab ich's mit Panama versucht. Hängt davon ab, wie ich drauf bin. Manchmal bin ich mit einem Stock unterwegs, manchmal mit 'ner Krücke. Einmal hab ich mir 'nen Rollstuhl besorgt und mich wie ein Querschnittsgelähmter reingelegt. Hab unglaublich abkassiert, Mann.«

Moses ist natürlich kein Veteran. Er ist nicht mal bei den Pfadfindern gewesen.

»Ich krieg dich wieder clean, Mose. Und wenn du dabei draufgehen solltest.«

»Spar dir die Mühe, Bruder. Ich liebe meine Art zu leben.«

»Ich würde es nicht für dich tun, Arschloch, sondern für Maggie.«

Er wandte den Blick vom Laptop ab und sah mich lange an. »Und du meinst, das hat einen Sinn?«, fragte er schließlich.

»Ja, das meine ich.«

Die Tür ging auf. Maria Guadalupe alias Rusty Odegaard taumelte in das Apartment. »Was für 'ne Scheiß-übung führst'n du hier durch?«, fragte das sichtlich angepisste Gespenst. »Willst du mich loswerden? Wer hat mich in diesen verdammten Verschlag gebracht?«

Sie steuerte geradewegs die Spüle an, nahm ein Stück Schlauch vom Tresen, band sich damit den Oberarm ab, entzündete den Bunsenbrenner, tauchte einen Suppenlöffel in ein Heroinpäckchen, gab ein paar Tropfen Mineralwasser dazu, hielt den Löffel über die blaue Flamme, zog den flüssigen schwarzen Teer auf eine Spritze und injizierte sich den Dreck in die mittlere Ellbogenvene, besser gesagt, in das, was davon übrig war. Dieses Programm spulte sie in weniger als einer Minute ab, effizient wie eine Chefsekretärin. Rusty Odegaard, eine untote Landpomeranze aus Idaho war wiederauferstanden, um einen weiteren Tag in der Hölle zu verbringen. Nach dem Schock machte sich Betretenheit in mir breit und ich stieß ein »Allmächtiger« aus.

Moses sah das ganz locker. »Entspann dich, Uri«, sagte er, »es ist nicht deine Schuld. Sie sieht fast immer aus wie der Tod auf Latschen. Außerdem verzeiht Maria Guadalupe alles, wenn sie gedrückt hat.«

Gelassen, beinahe gesund aussehend, kam sie zu uns herüber und fragte: »Was gibt's Neues auf der Homepage, Mose?«

»Morgen um sechs müssen wir auf dem Parkplatz nördlich der Santa Fe Bridge sein. Ein Spaßvogel, der sich *subcomandante* Sam Houston nennt, will mit 'nem Viertel da sein. *Mierda primera.*«

Moses klappte das Laptop zu und stand auf. »Zieh dich an, Rusty«, sagte er. »Wir müssen zur Arbeit. Meinst du, du schaffst heute die I-10 Ausfahrt an der Mesa Street? Ich nehm den Bus zur East Side und arbeite vor der Mall.«

»Das kapier ich einfach nicht«, sagte ich.

»Er kapiert's nicht«, sagte Rusty Odegaard. Sie lächelte und dieses Lächeln brachte Leben in ihr Gesicht. Sah man mal ab von ihrer pusteligen, schorfigen Haut und gewissen Zeichen des Verfalls, war sie beinahe schön, diese Frau, die darüber lächelte, wie sie in den Schatten des Todes treten konnte und auch wieder hinaus.

»Was kapierst du nicht, Bruder?«, fragte Moses.

»Wenn du deine Kontakte übers Internet machst,

haben die von der Drogenfahndung doch Zugriff darauf, oder? Die sind doch kompetent genug, um euren lächerlichen Code zu knacken.«

»Oh Mann«, stöhnte Moses. »Er kapiert's wirklich nicht.«

Maria Guadalupe lächelte immer noch und sagte: »*Ai chingao, que estúpido.*«

»Es ist ein Riesengeschäft, Uri«, erklärte Mose. »Blaue Anzüge an Mahagonitischen handeln Margen und Vertriebswege aus. Die Nummer eins – angeblich soll er nach einer Gesichtsoperation gestorben sein, na, wer's glaubt – hat in einem Jahr mehr Gewinn erzielt als General Motors. Dem mexikanischen Präsidenten hat er erklärt: ›Halt mir den Rücken frei oder ich verschwinde aus Mexiko‹. Sein Argument: Die mexikanische Wirtschaft bricht ohne den Drogenhandel zusammen. Das kannst du im *Time Magazine* nachlesen. Wenn so viel Geld im Spiel ist, werden die Leute korrupt. Die Wachhunde auf beiden Seiten des Flusses kämpfen darum, auf die Lohnliste zu kommen. Die DEA braucht den Drogenschmuggel. Je mehr geschmuggelt wird, desto mehr Geld können sie für ihren Beamtenapparat einsacken. Beamtenapparate sind reiner Selbstzweck, welche idiotische Rechtfertigung auch immer für ihre Existenz herhalten muss. Hast du das nicht gewusst? Glaubst du im Ernst, nur Mexiko ist korrupt?«

Ich zuckte mit den Achseln und ignorierte sein Lächeln, das Überlegenheit ausdrücken sollte. Ich hasste es, den Einfältigen zu spielen. Güero hätte mich wahrscheinlich ausgelacht.

»Es geht nicht nur um Heroin, Koks und Marihuana, verstehst du. Die großen Pharmakonzerne schicken ganze Lastwagenladungen von Amphetaminen und Tranquilizern in kleine mexikanische Grenzstädte. Haben sie sich jemals gefragt, warum ein Einzelhändler mit vielleicht zwei- oder dreitausend Kunden zwanzig Millionen Amphetamin-Kapseln bestellt, die bei uns als illegale Drogen der Klasse 2 gelten? Scheiße, nein, haben sie nicht. Denn sie wissen, warum. Das Zeug kommt wieder nach Hause, auf unsere Straßen, zu entsprechenden Preisen. Meine Güte, Uri, vor hundert Jahren hat Bayer das Heroin erfunden. Was glaubst du wohl, warum das FBI kleine Hinterzimmer-Laboratorien aushebt? – weil die Pharmariesen keine Konkurrenz aus dem Amateurlager dulden. Kapierst du jetzt? Wach auf, Bruder. Es geht um Medikamente und die bringen einen Riesenprofit und Profit regiert die Welt. Freunde dich mit dem Gedanken an.«

Die Rechtfertigung eines Süchtigen. Wenn die Welt derart verkommen ist, kann man sich nur noch zuballern. »Hört sich an, als würde Ralph Nader für die Verbraucherrechte von Junkies eintreten«, sagte ich, doch Moses erwiderte nichts darauf. Er bereitete sich für die Straße vor. Ich versuchte es anders. »Schreib das doch alles mal auf und schick es Maggie. Wird sie sicherlich davon überzeugen, dass es ein heldenhafter Kampf gegen das Establishment ist, wenn du dein Leben ruinierst.«

Er lachte, dann musste er husten. »Wie geht's dir denn so, Bruder? Drückst du immer noch Steroide? Hast du deine erste Million bereits im Sack? Oder einen Bombenjob mit Gratifikation und Pläne für die Altersvorsorge?«

»Leck mich am Arsch, Mose.«

»Ich liebe dich auch, *carnalito.*«

Sie stiegen in ihre Klamotten – Rusty zog eine Folklore-Bluse an, einen langen mexikanischen Rock und schlüpfte in abgetragene Sandalen. Anschließend wickelte sie eine

Puppe in eine Decke, hielt sie eng an ihre flache, vertrocknete Brust, als wolle sie die Puppe stillen, und verwandelte sich flugs in Maria Guadalupe, die Mutter hungernder Kinder.

Moses zog Hosen in Tarnfarbe an und streifte ein Sweatshirt über. Dann schnürte er seine Springerstiefel zu. Er sah aus wie ein Veteran, der im Krieg zu viel gesehen hatte, um in Friedenszeiten überleben zu können. Sein verwüstetes Gesicht passte dazu wie die Faust aufs Auge.

An der Tür machte er Halt und sah zurück. »Wenn du Maggie das nächste Mal siehst – ich weiß, das wird 'ne Weile dauern, denn schließlich betrachtet sie dich genauso wenig als ihren Kronensohn, nun, wenn du sie siehst, sag ihr, ich bin glücklich wie eine Muschel im warmen Schlamm. Sag ihr, das alles hat nichts mit ihr zu tun oder mit Sam. Ich hab lebenstechnisch gesehen nun mal die Arschkarte gezogen. Alles klar?«

Ich nickte.

»Pass auf dich auf, *carnalito*«, sagte er. »Und mach die Tür richtig zu, wenn du gehst.«

DREIZEHN

In der Hoffnung, Jillian würde mal wieder vorbeikommen, um mich zu was Bestimmten zu überreden, löste ich die Schecks nicht ein, auch nicht den, der am nächsten Freitag kam. Die Sorte Überredungskunst, der sich Jillian bediente, barg eindeutig Suchtgefahr.

Samstagvormittag stieß ich im *Y* auf meinen Trainingspartner Ray Fuentes. »Du wirst langsam korpulent, Alter«, feixte Ray, als er mich in meinen Trainingsklamotten sah.

»Knapp ein Kilo. Das macht einen nicht gleich korpulent.«

Tatsächlich hatte ich in den letzten Monaten gut fünf Kilo zugelegt und wog jetzt einhundertsieben, mein persönlicher Rekord. Aber ich konnte nicht erkennen, wo die fünf Kilo saßen.

Ray entging nicht, dass ich mich in einem Wandspiegel betrachtete. »Es ist dein Arsch«, sagte er. »Du hast den *nalgas* eines russischen Gewichthebers. Nimmst du wieder Steroide?«

»Leck mich, Ray«, sagte ich, schnappte mir eine mit hundert Kilo beladene Langhantel und machte zehn Curls, um Form vorzutäuschen.

Ich hatte Steroide genommen, vor Jahren, als ich noch Wettkämpfe bestritten hatte. Nachdem der Umfang meines Oberarms nicht über fünfundvierzig Zentimeter hinausgekommen war, hatten ihn Steroide innerhalb weniger Monate auf über fünfzig Zentimeter aufgepumpt. Mit einem Bizepsumfang von über fünfzig wurde aus mir ein Konkurrent. Ich hatte das Zeug so lange genommen, bis Lyle Alzedo, der Footballspieler, an einem bösartigen, vermutlich durch Steroide induzierten Hirntumor erkrankte. Eine rote Karte reichte mir.

»Machst du jetzt Masse, Uri?«, fragte Ray. »Keinen Bock mehr auf Schwerstarbeit?«

Fuentes hatte irgendwann den Titel des Mister West Texas gewonnen. Mit seinen neunzig Kilo, verteilt auf 1,80 Meter, könnte er auch das marmorne Kunstwerk eines alten Griechen sein. Ich bezweifle, dass er auf mehr als drei Prozent Körperfett kommt. Auf der Bank kann er das Doppelte seines Körpergewichtes drücken. Einmal habe ich ihn beobachtet, wie er mit hundertachtzig Kilo zehn Wiederholungen schaffte und dabei nicht mal die Zähne zusammenbiss.

Ich machte hundert Sit-ups, dann trainierte ich eine Stunde an der Kraftstation. Nachdem ich mein Pensum absolviert hatte, verspürte ich Appetit auf *huevos rancheros* im H&H, doch das verkniff ich mir. Ich musste diese fünf Kilo loswerden. Eitelkeit regiert.

Als ich nach Hause kam, stand Jillians Mercedes auf meinem Parkplatz. Ich nahm drei Stufen auf einmal, doch leider war es nicht Jillian, die vor meinem Apartment wartete, sondern Mr. Kartoffelkopf samt Freund.

Sie saßen auf Klappstühlen aus Segeltuch, die sie vom Rand des nicht mehr genutzten Swimming-Pools mitgebracht hatten. Seit 1973 war kein Wasser mehr im Becken und den Mietern bleibt nur noch ein Sonnenbad auf der Betonumrandung. Als Forbes und sein Kumpel mich kommen sahen, erhoben sie sich. Ich holte meinen Schlüssel hervor, öffnete die Tür und bat sie herein.

»Eigentlich bist du ganz schön dämlich«, sagte Forbes.

»Weil ich euch reinlasse?«, fragte ich.

»Auch.« Er trug denselben Walmart-Anzug, allerdings mit ein paar Knitterfalten mehr und einem Senfspritzer auf dem Ärmel. Sein Schmerbauch erlaubte es ihm nicht, das Jackett zuzuknöpfen. Aus einem Meter Entfernung konnte ich seinen abgestandenen Atem riechen: gestern Nacht Bourbon, heute Pastrami-Sandwich mit Zwiebeln. Seine Stimme überraschte mich; sie war ziemlich hoch, ein sandiger, kraftloser Knabenalt. Sein dicker Hals ließ den Stimmbändern nicht genügend Platz. Sie produzierten lediglich ein hohes, trockenes Quietschen.

Sein Freund war eine ganze Nummer kleiner, dafür aber umso zäher. Er stemmte keine Gewichte, doch ich schätzte, er gehörte zu den Schlägern, die nicht viel Muskeln benötigen, um einen richtig aufzumischen. Er war klein, drahtig und sah man von der platten Nase ab, die mehr als einmal gebrochen worden sein musste, hatte er ein fein geschnittenes, hohlwangiges Gesicht. Eine schmale, eng anliegende Sonnenbrille gestattete keinen Blick in die Augen, auf die mit kleinen Narben durchzogenen Brauen hingegen schon. Seine Oberlippe wirkte dunkel durch den seidigen Schnurrbart. Auf dem Kopf saß ein flacher, runder Filzhut à la Frank Sinatra, dazu trug er ein Hawaiihemd, das bei Sonnenschein die Augen bis zur Schmerzgrenze belasten konnte, und Oxfords mit Stahlkappen. Seine weiten Hosen mit den großen Taschen stellten eine Verbeugung vor den glorreichen Zoot-Suit-Tagen dar. Während meiner Armeezeit hatte sich einer meiner Kameraden mit einem Schläger dieses Kalibers eingelassen und es mit einem gebrochenen Schlüsselbein, zertrümmerten Wangenknochen und dem Verlust von vier Zähnen bezahlt. Eine Woche lang hatte er Blut gepisst. Klein bedeutet nicht zwangsläufig schwächlich.

»Das ist ein fetter *maricón*, Forbes. Ich werde mit seinem Kopf erst mal einen *chingazo* veranstalten, um den Tanz zu eröffnen«, sagte er und grinste. Seine kurzen Zähne sahen aus wie gehämmertes Zinn. Er gab dem Namen Forbes einen spanischen Klang, indem er ihn ›For-bäs‹ aussprach.

»Piss dir nicht auf die Schuhe, Victor«, sagte Forbes. »Wir sollten dem Pflaumenlutscher die Chance geben, zu kooperieren. Wir wollen ihn nicht verletzen, wenn's nicht nötig ist.«

»Doch, das wollen wir, Mann«, sagte Victor. »*El jefe* hätte keine *problemas*, seinen *chorizito* zusammen mit dem

Rest von seinem Körper in *el desierto* verschwinden zu lassen.« Er fuhr sich tastend über die Hosentasche. Dann fügte er sachlich wie ein Nachrichtensprecher hinzu: »*La vida en la frontera* – es war niemals billiger zu haben.« Allerdings hätte es sich bei dieser Meldung um eine Ente gehandelt: An der Grenze war ein Menschenleben schon immer wenig wert gewesen.

Victor war bereit. Das kleine Vorgeplänkel hatte ihn in Stimmung versetzt. Er war der geborene Schläger und hatte das hinreichend ausgelebt, und zwar mit Passion. Die weißen Narben, die wie schmale Schneisen seine Brauen durchzogen, sprachen Bände: Er war ein ehemaliger Boxer. Ein Weltergewicht, das jetzt Spaß daran hatte, die großen Jungs umzuhauen. Bislang hatte er sich weder bewegt noch Drohgebärden gezeigt, dennoch hob Forbes eine Hand hoch, als müsse er ihn zurückhalten. Victor bereitete mir mehr Kopfzerbrechen als Forbes. Forbes war ein angeheuerter Dummkopf, der den Job der guten Bezahlung und der günstigen Arbeitsbedingungen wegen machte. Victor dagegen hätte diese Art Arbeit auch für eine Fahrkarte mit dem Güterzug erledigt.

»Sie hat die Beine für dich breit gemacht, Mann«, sagte Forbes. »Hast du gar kein Ehrgefühl? Sie hat dich gefickt, damit du die Schecks einreichst. Begreifst du das nicht? 'ne erstklassige Pussy, Geld, und zwar beides für lau – damit hast du ein Problem?« Er grinste, als wäre ihm etwas Amüsantes in den Sinn gekommen. »Hey, du glaubst tatsächlich, deine Scheiße wäre für sie was Besonderes, stimmt's? Was ist los mit dir, Mann? Tickst du nicht richtig?«

»Ich dachte, sie hat mich gefickt, weil sie geil war«, sagte ich. »Ihr Alter konnte es ihr nicht besorgen. Er zog es vor, ausgepeitscht statt flachgelegt zu werden.«

Mit drohendem Blick machte Forbes einen Schritt auf mich zu. Ein dicker Finger schnellte aus seiner zur Faust geballten Hand hervor und zielte auf mein Gesicht. »Pass auf!«, quakte er und schraubte seine Stimme noch höher.

»Über Tote lästern – genau dieses dumme Gewäsch macht dich zum Versager. Versager quatschen dumm rum, weil sie meinen, den Durchblick zu haben. Aber einen Scheiß haben sie. Deshalb sind sie auch Versager. Wie bei Catch 22. Je mehr sie zu wissen glauben, desto dämlicher sind sie.« Er mühte sich ab mit dieser Übung in Sachen Logik, dabei erzeugte die schwerfällig arbeitende Maschine in seinem Kopf Falten auf seiner Stirn.

»Da hat aber jemand meinen Lebenslauf gelesen«, sagte ich.

Ich gab mich cool, war es aber nicht. Mein Herzschlag nahm Fahrt auf und meine Hände fingen an zu schwitzen. »Euer *jefe* ist also stocksauer, weil ich das Geld von Mrs. Renseller nicht angenommen habe, und du willst mir erzählen, warum?«

»Finde es selbst raus«, erwiderte Forbes. »Du bist doch hier der Schlaumeier. Dürfte einem Genie wie dir nicht schwer fallen, dahinterzukommen.«

Ich bewegte mich auf das Bett zu, stellte mich so hin, dass es zwischen mir und den beiden stand. Jillian war nicht ihr Boss, ihr *jefe*. Es handelte sich um eine andere Person, eine Person, die etwas zu verlieren hatte, wenn ich Jillians Schecks nicht einlöste – was keinen Sinn ergab.

»Ich bin nicht scharf darauf, Anweisungen zu befolgen«, sagte ich. »Vier Jahre Armee und ich hab's nicht mal bis zum Unteroffizier geschafft. Zweimal wurde ich wegen Insubordination eingelocht, also zweimal innerhalb eines

Jahres nach Artikel 15 vors Militärgericht gestellt. Scheint, als hätte ich ein Problem mit meiner Einstellung – es ergeht ein Befehl, ich mach das Gegenteil.«

»Danke für die Erläuterungen«, sagte Forbes, »aber ich glaube kaum, dass jemand eine Serie zur Hauptsendezeit produzieren will, die sich um dein Fehlverhalten dreht.« Er grinste. Er hatte einen Lauf und war sichtlich stolz, wie spontan ihm der Witz über die Lippen kam.

Victor zog das von ihm fortwährend liebkoste Ding aus der Hosentasche, das Geheimnis seines selbstsicheren Grinsens – einen Schlagring. »Dieser *pendejo* nimmt das Maul ganz schön voll«, sagte er. »Würd ihm das gern austreiben, For-bäs.« Über dem kleinen Finger war der Schlagring mit einer kleinen, sichelförmigen Klinge versehen. Schlagen und Schlitzen. Erst die Knochen im Gesicht brechen, dann das Gesicht aufschlitzen und alles in einer einzigen Bewegung. Forbes war im Begriff gewesen, um das Bett herum zu gehen, blieb jetzt aber wie angewurzelt stehen. »Verdammt noch mal, Victor, ich heiße Forbes. Nicht For-bäs. Meine Güte!«

»*No importa*«, sagte Victor. »Du bist so verdammt verspannt, Mann. Mach dich locker. Solltest mal Urlaub in *mejico* machen, *camerones* in Guymas essen, *tampiqueña* in Guadalajara, *panochita* in Puebla. For-bäs klingt viel cooler als Forbes. Forbes, das klingt, als würde ein Hund kotzen. Foh-orbs.« Er würgte das englische O hervor, wieder und wieder. »Foh-orbs, Foh-orbs, Foh-orbs.«

Sein zündender Witz ließ Forbes im Stich. »Sehr komisch, Melado«, sagte er. »Wie wär's denn, wenn ich deinen Namen anglomäßig aussprechen würde? Mela-du. Klingt viel besser als dieses beschissene May-yah-doe.«

Während sie sich darum stritten, wie man den Namen

des anderen aussprechen sollte, bückte ich mich, zog eine Thomas-Inch-Hantel unter dem Bett hervor und warf sie, einem dicken, fetten Dartpfeil gleich, Victor Mellado an den Kopf. Die Wucht von rund sechzig Kilo gusseiserner Masse trieb seinen Schädel gegen die Wand. Der Aufprall hörte sich an wie eine kleine Detonation und Victor sackte zu Boden wie ein Dummy.

Sein Abgang beschäftigte Forbes lange genug, um mir Zeit zu geben, nach der zweiten Hantel zu greifen. Ich zielte auf Forbes' Kopf, doch der Wurf misslang. Ein Hantelende traf Forbes an der Brust, das zweite traf seinen Magen und presste ihm die Luft aus den Lungen. Er rang nach Atem und fiel auf die Knie. Ich schnappte mir eine Hantelstange und wartete darauf, dass er wieder hochkam, doch er blieb unten. In seinen Augen tanzte die Panik. Er wollte etwas aus seiner Jackentasche holen, doch ich wusste das zu verhindern und versetzte ihm einen Tritt. Er fiel um, seine Lippen formten Worte, doch sein Mund blieb stumm. Ich holte mit der Hantelstange aus und hielt inne. Forbes war außer Gefecht gesetzt, das genügte, außerdem konnte ich eine Leiche in meinem Apartment nicht gebrauchen.

Ich griff in Forbes' Jackentasche und nahm ihm die Waffe ab – einen billigen Taschenrevolver Kaliber 32 –, öffnete die Trommel und schüttelte die Patronen heraus, dann warf ich die Waffe aufs Bett. Alles mit zitternden Händen.

»Scheiße, du hast mir das Brustbein gebrochen«, stieß Forbes flüsternd hervor.

»Hätte schlimmer kommen können«, erwiderte ich mit einer Stimme, zittrig wie meine Hände. Vielleicht hatte Güero Recht, was mich betraf. Ich hatte den Drang verspürt, Mr. Kartoffelkopfs Hirn auf dem Boden zu verteilen, und hätte es auch beinahe gemacht.

Victor war noch immer ohnmächtig. Es sah nach einer schweren Gehirnerschütterung aus. Ich streifte den Schlagring von seiner Hand und warf ihn in den Müll.

Dann kümmerte ich mich um Forbes und half ihm auf die Füße. »Kannst du fahren?«, fragte ich.

Er nickte, gab sich kleinlaut wie ein getretener Hund. Ich legte mir Victor über die Schulter, dann gingen wir hinunter zum Mercedes. Während ich Victor auf die Rückbank verfrachtete, zwängte sich Forbes hinter das Steuer, die Hand auf der Herzgegend, als wolle er den Treueschwur gegenüber der Fahne leisten. »Kannst schon mal deine Beerdigung vorbereiten, du Scheißkerl«, flüsterte er. »Du bist so gut wie erledigt.«

»Reg dich ab«, sagte ich. »Wenn du Victor ins Krankenhaus gebracht hast, erzähl deinem *jefe*, ihr hättet mich überzeugt. Ich werde die Schecks einlösen, am Montag. Ihr habt euren Job hervorragend erledigt. Wer auch immer dein Boss sein mag, sag ihm, ihr habt mir so richtig die Eier poliert. Zwar habt ihr dabei selbst ein paar *chingazos* hinnehmen müssen, doch am Ende habt ihr es geschafft, dass ich den Schwanz einziehe. Begreifst du, was ich sage, For-bäs? Du kannst auf meine Kosten eine gute Figur machen.«

Er starrte mich an, doch der Effekt verpuffte, so sehr war der Ausdruck in seinen Augen von akuten Schmerzen geprägt. Er ließ den Motor an und irgendwie gelang es ihm, den Wagen vom Parkplatz zu steuern.

Ich ging hoch in mein Apartment. Meine Hände zitterten immer noch – zu viel Adrenalin. Ich nahm die Thomas-Inch-Hanteln und machte so lange Bizeps-Curls, bis meine Arme brannten und meine Hände wieder ruhig waren.

Auf dem Anrufbeantworter waren zwei Nachrichten. Die erste war von Rosie Hildebrand. »Meine Terrine ist schon wieder dicht, du Spezialist. Das Wasser läuft über den Rand. Wie sollen wir das Ding benutzen, wenn das Wasser über den Rand läuft? Vielleicht ist dir ja nach 'ner fetten Klage. Ich hab einen Cousin zweiten Grades, der ist Anwalt, hier in der Stadt. Er heißt Eldon Gary Lofton. Schlag mal die Gelben Seiten auf und du wirst sehen, dass ich keine Witze mache.«

Ich stellte mir vor, wie ich Rosie in ihrer Toilettenschüssel ertränkte, ihren Kopf in die stinkende Brühe drückte, bis ihr Körper aufhörte zu zucken. Ich stellte mir Bill Hildebrand vor, wie er mich zum Dank zu einem Glas Vin Rose einlud.

Die zweite Nachricht war von Jillian. »Bleib heute nicht zu Hause. Es tut mir leid, Liebling, aber sie werden dir sonst was antun. Bitte, bitte, bitte reich die Schecks ein. Ich versuche, sie aufzuhalten.«

Vielen Danke auch, Schlampe, dachte ich.

Ich beruhigte mich wieder ein wenig. Zumindest hatte sie versucht, mich zu warnen.

Vielleicht dachte sie wirklich, meine Scheiße sei was Besonderes.

Vielleicht liebte sie mich.

Mit dieser Vorstellung konnte ich eine Weile leben.

VIERZEHN

Ich betrat das DMZ und ließ einen lebhaften Wind auf der Mesa zurück, der Sandsturm-Potential hatte. Güero hielt gerade ein paar Säufern einen Vortrag, die mit hängenden Schultern um einen Tisch herum saßen. Er war der geborene Lehrer. Selbst der Verlust seines Jobs an der Universität konnte ihn nicht vom Dozieren abhalten.

»Was den Menschen betrifft, ist Abhängigkeit ein natürlicher Zustand«, erklärte er. »Jeder ist von irgendetwas abhängig. Ihr habt den Alkohol gewählt, *hombres*, weil es euch nicht gelungen ist, ein Suchtverhalten anzunehmen, das von der Gesellschaft belohnt wird.«

Die Trinker nickten. Augenblicklich machte sich in ihren Köpfen dieser befreiende Gedanke breit. »Diese Scheißgesellschaft schmeißt einem immer Knüppel zwischen die Beine«, meinte einer der Trinker verbittert.

»Darauf kommt es letztlich gar nicht an«, fuhr Güero fort. »Es ist bedeutungslos. Wie Demokrit vor gut zweitausendfünfhundert Jahren sagte, existiert nichts, nur Atome und das Leere, alles andere ist eine Frage der Auffassung.«

»Ja, aber die Auffassung packt dich nun mal bei den Eiern«, sagte ein anderer Trinker. Alle nickten trotzig oder murmelten wenig Schmeichelhaftes über die gesellschaftliche Ordnung, die für ihre Situation verantwortlich war.

»Betrachtet es mal so: Die Vergangenheit, so sie denn Vergangenheit ist, ist in Stein gemeißelt. Die Zukunft, die aus der in Stein gemeißelten Vergangenheit heranwächst, wird wieder Vergangenheit, wird also auch in Stein gemeißelt werden. Der Zusammenhang ist ziemlich offensichtlich, oder? Was sollen Auffassungen da für eine Rolle spielen? Der Verlauf ist von jeher festgelegt.«

»Vielleicht ist die Vergangenheit ein Sprungbrett in verschiedene Formen der Zukunft«, sagte ich. »Man lernt aus den Fehlern der Vergangenheit und korrigiert sie. Indem man sich mit den Meinungen anderer beschäftigt, bildet man sich doch seinen eigenen Standpunkt. Das scheint mir wesentlich einleuchtender zu sein.«

Güero sah mich an und grinste. »Der große Gringo klopft mächtig auf den Busch«, sagte er. »Zwar kann er weder Frau noch Job festhalten, aber seine Eitelkeit nimmt dadurch keinen Schaden. Was machst du hier um diese Uhrzeit, *ése*?«

»Wollte mir nur dein Gelaber anhören. Um nichts in der Welt möchte ich das verpassen.«

»Wiederhol noch mal die Sache mit dem Sprungbrett«, sagte einer der Trinker und mühte sich, seine Stirn in Falten zu legen.

»Es ist der Unterschied zwischen der kapitalistischen Philosophie der Gringos«, erklärte Güero, »und der älteren, wirklichkeitsnahen mexikanischen Art, die Welt zu verstehen. Setzt auf die mexikanische Denkweise, Freunde, und schon laufen die Dinge einfacher für euch.«

Ich zog mir einen Stuhl heran. »Deshalb ist Mexiko auch in einem so hervorragenden Zustand«, sagte ich.

»*Sí*, wir haben kein Disney World, kein Weltraumprogramm, keine ICBMs und wir haben keinen Frederick Winslow Taylor hervorgebracht. Dennoch sind wir ein fröhliches Volk. Im Amerika der Gringos ist von Frohsinn wenig zu spüren. Wir dagegen wissen, wie man feiert, wir wissen, wie man eine höllisch gute *pachanga* vom Stapel lässt. Wir stehen ganz oben auf der Liste Party Animals.«

»Wer ist denn dieser Winslow?«, wollte einer am Tisch

wissen. »Ist das der Serienkiller, der Babyschänder, der letzte Woche geschnappt wurde?«

»Es ist der Gringo, der die Arbeits- und Zeitstudien erfunden hat«, sagte Güero. »Er war der erste Effizienz-experte, ein *pendejo*, der dich beim Arbeiten an der Maschine mit der Stoppuhr überwacht. Erwischt er dich dabei, wie du dir fünf Sekunden die Eier kratzt, notiert er es. Du müsstest mal pissen? – kannst du vergessen. Bevor du dich versiehst, wirst du durch Kriecher ersetzt, die nie schwitzen oder sich kratzen müssen und dann hängst du auf der Straße rum und trinkst mit all den anderen arbeitslosen Eierkratzern billigen Wein.«

Einer der Säufer machte aus dem Eierkratzen eine sorgfältig ausgeführte Showeinlage. »Ich liebe mexikani-sche Frauen«, sagte er. Seine rotgeränderten Augen strahlten in einem Anflug von Nostalgie. »In Chihuahua City bin ich das erste Mal so richtig auf den Geschmack ge-kommen.«

»Wahrscheinlich auch zum letzten Mal«, kommentierte ein anderer.

Im Nu entbrannte in der Säuferrunde eine Diskussion über die Vorzüge mexikanischer Frauen gegenüber Frauen aus Amerika, also zogen Güero und ich uns an die Bar zurück, wo meine Margarita ohne Salz bereits auf mich wartete. Es war noch zu früh dafür, aber ich brauchte das jetzt.

»Du hast irgendwas auf dem Herzen«, sagte Güero.

Ich erzählte ihm von Forbes und Victor. Güero pfiff durch die Zähne. »Weißt du, für wen diese Typen arbeiten?«, fragte er.

Ich schüttelte den Kopf. »Sie haben nur von *el jefe* gesprochen.«

»Der Boss. Könnte jeder sein. Wen hast du in letzter Zeit beleidigt?«

»Außer dir niemanden.«

Ich konnte ihm unmöglich von Jillian Renseller und ihrem toten Ehemann berichten. Selbst wenn, hätte das kein Licht ins Dunkel gebracht. Jillian hatte mir Forbes und Victor nicht auf den Hals gehetzt, dessen war ich mir sicher. Aber wer dann? Und warum war das Einreichen von Jillians Schecks denen so wichtig?

»Geht es um Geld?«, fragte Güero, als könne er Gedanken lesen. »Hast du Schulden?«

Ich unterhalte mich gern mit Güero. Es ist ideal, ihn bei einem Streit zur Seite zu haben, nur war diese ganze Geschichte leider mehr als ein simpler Streit. Ich wusste, Güero hatte mein Vertrauen verdient, dennoch konnte ich ihn nicht einweihen. Ich musste das Thema wechseln.

»Dann ist da noch die Sache mit meinem Bruder«, sagte ich.

»Der UPS-Mann, der reiche Anwalt oder der Junkie?«

»Moses. Ich muss ihn in ein Entzugsprogramm stecken, aus dem er nicht abhauen kann. Fällt dir da was ein?«

»Will er denn clean werden?«

»Zum Teufel, nein, natürlich nicht.«

»Dann verschwende deine Zeit nicht damit, *ese*. Er lebt so, wie er leben will. Dagegen kannst du gar nichts machen. Es war mir Ernst mit dem, was ich vorhin gesagt habe, Sucht ist ein natürlicher Zustand. Meine Güte, es gibt Bergziegen, die nach halluzinogenen Flechten süchtig sind, die in dreitausend Meter Höhe auf Felsen wachsen. Sie ruinieren sich ihre Zähne, weil sie darauf herumkauen, und laufen Gefahr zu verhungern, weil sie kein normales Grünzeug mehr abnagen können. Aber

Nahrungsaufnahme genießt nicht mehr oberste Priorität. Was im Kopf abgeht ist wichtiger als die Folgen kaputter Schneidezähne.«

»Wahrscheinlich hast du Recht, aber ich werde es Maggie zuliebe machen.«

»Auf die Art wirst du ihn umbringen, Maggie zuliebe.« Güero starrte mich mit seinem durchdringenden Blick an, dann sagte er: »Da gibt es etwas, ungefähr achtzig Meilen von hier, in den Black Mountains. Die Einrichtung wird mit Alcatraz verglichen. Sie befindet sich mitten in der Wildnis, ziemlich schwierig, von dort abzuhauen. Sie heißt La Xanadu.«

»Klingt aztekisch. Gefällt mir.«

»Stammt aus einem Gedicht von Coleridge. Englischer Poet und Junkie, den man heute in der High School liest. Ein Laudanum-Junkie.«

»Kann ich Moses ohne seine Einwilligung da abliefern?«

»Es geht dort schon ein wenig exotisch zu. Man bewegt sich gerade mal so im Rahmen der Gesetze. Aber die Behörden drücken ein Auge zu. Manche lassen ihre durchgeknallten Familienmitglieder für Jahre in La Xanadu. Ein Gerücht besagt, dass irgendein hohes Tier aus der Politik seinen Sohn dort hingebracht und ihm so das Leben gerettet habe. Deshalb hat niemand so recht Interesse, sich mit den Methoden dort ernsthaft auseinander zu setzen. Anders gesagt, Einwilligung ist ein dehnbarer Begriff bei denen.«

Einer der Säufer torkelte an die Bar. Um sich bemerkbar zu machen, schlug er mir mit seiner kraftlosen Faust auf den Arm. »Horch mal, Kumpel«, sagte er, »wenn die Vergangenheit aus Stein ist, wie kann sie dann ein Sprungbrett sein? Erklär mir das mal. Wie zum Teufel kann ein Sprungbrett aus Stein sein, verdammt noch mal?«

»Du hast Recht«, sagte ich. »Das geht nicht. Du bist wirklich am Arsch. Dich kann nichts mehr ändern.«

Der Blick seiner glasigen Augen war unstet. »Ha! Dachte ich's mir doch. Beinahe hättest du mich reingelegt, aber ich bin klüger, als ich aussehe.«

Ich bedankte mich bei Güero für den Tipp mit La Xanadu und wollte Richtung Tür. »Warte mal«, sagte er. »Ich habe einen für dich. Einen echt guten.« Er zog einen Zeitungsausschnitt aus der Tasche seines Hemds. »Hör zu. Es geht um den Geistesgestörten, den sie in Huntsville hingerichtet haben. ›Obwohl er geistig zurückgeblieben ist, hat der Gouverneur die Aussetzung der Hinrichtung verweigert.‹ Ein Klassiker. Ausgeschnitten aus der *Dallas Morning News*. Das kommt sofort zu den anderen an die Wand.«

Die Wand war mit diesen grammatikalischen Ausrutschern nahezu tapeziert. Die meisten Gäste ignorierten die Sprüche und die, die sie lasen, hielten sie zumeist für Rätsel. Nur Güero hatte Spaß daran. Den Letzten hatte ich auch nicht kapiert. »Ich glaube nicht, dass Grammatikfehler in Stein gemeißelt werden«, sagte ich, um das nicht zugeben zu müssen.

»Alles wird in Stein gemeißelt. Aber Grammatik ist nicht wie Geschichte«, sagte er. »Es ist das Mittel, das uns hilft, Geschichte zu begreifen – Vergangenheit, Gegenwart, Zukunft. Ohne Kenntnis der Grammatik ist das nicht möglich. Sie deformieren die Sprache immer mehr und wir landen wieder in der Höhle, und zwar ganz schnell.«

Ich fragte mich, ob es auf der Welt überhaupt noch

jemanden gebe, der klar bei Verstand sei, und kam zu dem Schluss, dass dem nicht so war. Wahnsinn ist der Preis, den man für die Gabe des Bewusstseins zu bezahlen hat. Ich bedankte mich noch mal und verließ das DMZ.

Die Welt außerhalb der Bar war düster geworden. Der lebhafte Wind hatte sich zu einem orkanartigen Sturm entwickelt, der von der Wüste New Mexicos herüberschrie. Fein wie Bimsstein hing der Sand in der Luft. Vom Parkplatz des DMZ aus konnte ich nicht mal auf die andere Straßenseite, hinüber zum Baron Arms, sehen. Ich flüchtete ins Auto und kurbelte die Fensterscheiben hoch. Es knirschte zwischen meinen Zähnen, meine Augen schmerzten. Ich musste sogar ein paarmal niesen. Nachdem ich den Motor angelassen hatte, schaltete ich die Scheinwerfer an, kroch über die Mesa und hoffte inständig, dass mich kein Bus rammte.

Durch die offenen Flure, Luftschächte und Treppenhäuser des alten Motels pfiff der Wind, stöhnte wie eine Vielzahl von Stimmen, die man aus der Hölle herbeigerufen hatte. Auf dem Weg zu meinem Apartment kämpfte ich gegen ihn an, blieb mit den Wänden auf Tuchfühlung, um nicht von einer heftigen Böe erfasst und über das Geländer des Laubengangs geweht zu werden. Ein Windstoß riss mir die Tür aus der Hand, schlug sie gegen die Wand, wo sie ein Loch im Rigips hinterließ. Um die Tür schließen zu können, musste ich mit der Schulter dagegen drücken. Auf meinem Gesicht spürte ich den feinen, stechenden Sand, der zwischen Tür und Türrahmen hindurchfegte.

Da war eine Nachricht auf dem Anrufbeantworter, aber ich hatte keine Lust, mir das anzuhören. Ich hatte keine Lust, mich um voll geschissene Toiletten zu kümmern, um

Myriaden von Kakerlaken oder das Schiedsgericht im hauseigenen Chaos zu spielen.

Auf meinem Bett lagen immer noch Forbes' Waffe und die Patronen. Ich klaubte alles zusammen und warf es in die Schublade mit meiner Unterwäsche. Dort, wo Victor die Wand heruntergerutscht war, entdeckte ich eine Blutspur. Mit Seifenwasser und Papiertüchern wischte ich alles weg. Arnold, die nackte Blondine auf den Schultern, schien mich auszulachen. *Hey, Scheißkopf,* rief er mir zu, *mach endlich was aus deinem Leben!* Die Blonde stimmte ihm zu und presste den heißen Scheitelpunkt ihrer Schenkel in seinen Nacken, während ihre Augen vor Übermut blitzten.

Ich machte mir einen Kaffee und setzte mich an den Tisch vor dem Fenster. Auf der Fensterbank hatte sich eine akkurate Linie Sand gebildet. Das Fenster war absolut dicht, doch die Wüste fand immer einen Weg, ihre Vorherrschaft unter Beweis zu stellen. Ich sah hinunter auf den Parkplatz. In der sandgeschwängerten Atmosphäre sahen die Autos aus wie pastellfarbene Geisterwagen, unscharfe Silhouetten auf einem Asphalt, der durch die Sandmuster wie ausradiert wirkte.

Ginge es nach Güero, war es um meine Zukunft schlecht bestellt. Ich dagegen wollte an eine rosige Zukunft glauben. Ich kramte unter dem Tisch in einem Karton mit Lehrbüchern und entschied mich für eine schmale Monographie über Algebra. Seit fünf Jahren habe ich keinen Mathematikunterricht mehr gegeben. Mir bleiben noch zwei Jahre, bevor meine Lehrerlaubnis abläuft, danach müsste ich eine neue Zulassung beantragen.

Ich blieb bei der Galois-Theorie der Gleichungen hängen: *Zu jeder dieser Untergruppen gehört genau ein Zwi-*

schenkörper und umgekehrt. Darüber hinaus können aus den Eigenschaften jeder dieser Untergruppen auch entscheidende Eigenschaften des zugehörigen Zwischenkörpers abgelesen werden. Ich war nicht in der Lage, genügend angesammeltes Wissen abzurufen, um zu verstehen, was das bedeutete. Die folgenden Absätze und Seiten waren auch nicht aufschlussreicher. Ich hatte übelst nachgelassen. Ich schnappte mir ein Buch über die Geschichte der Mathematik und las ein Essay über Muhammed Ibn Musa al-Khwarizmi, den Mann, der um 825 die Algebra erfunden hatte. Es war fast tröstlich – der Sturm im Hintergrund, der gegen die Wände meines Apartments drückte, und die Lektüre, die von einem Mann handelte, der vor zwölf Jahrhunderten unter einem ähnlichen Himmel voller Sand einen brillanten Beitrag zur Entwicklung der Zivilisation geleistet hatte. Al-Khwarizmi hatte eine Zukunft in einer Zeit, in der es wenig Anlass gab, den Blick nach vorn zu richten.

Warum er, warum nicht ich? *Die* Frage überhaupt.

Ich drückte die Wiedergabetaste des Anrufbeantworters. Es war kein Mieter, der sich beschweren wollte. Es war Gert. Gert! Von der ich nichts mehr gehört hatte, seit sie stiften gegangen war. »Um Gottes willen, Uri, du bist so was von im Verzug! Richter Whitsall hat gesagt, dass du mir ein Drittel deines Einkommens schicken musst. Hast du den Zettel mit meiner Postfachnummer in Lauderdale verschlampt? Komm, Schatz, erledige das jetzt, okay? Ich hoffe, du bist nicht mehr stocksauer. Es war besser so, das weißt du. Du bist 'ne ganze Ecke schlauer als ich, Mister! Auf Dauer hätte das nicht funktioniert, das siehst du doch ein, oder? Ich würde nicht so drängeln, ich weiß, dass man sich auf dich verlassen kann. Aber Treys Mechaniker ist abgehauen, und wir brauchen das Geld für einen neuen Mann, den Trey schon im Visier hat. Ich glaube, du schuldest mir um die neuntausend, plus/minus einhundert. Ich hab's nicht so genau nachgerechnet. Schick mir neuntausend und wir sind quitt. Ich will niemanden auf die ausstehenden Unterhaltszahlungen stoßen müssen. Bitte zwing mich nicht dazu, Schatz. Okay? Keiner hat was davon, wenn du ins Gefängnis wanderst. Ach ja, du musst unbedingt auf den roten Camaro achten, bei der Gatorade 125 auf ESPN. Das ist Trey seiner. Und weißt du, was sein Motto ist? ›Platz da oder es kracht!‹ Total draufgängerisch! Aber ohne den neuen Mechaniker schafft er es nicht ins Feld. Tu dein Bestes, Schatz. Wirklich, wir brauchen das Geld. Ich liebe dich noch.«

Ich rief die Nummer in Lauderdale an, die sie hinterlassen hatte. Ihr Anrufbeantworter war dran. »Ich arbeite nicht, Gert«, sagte ich. »Nicht mehr, seit du abgehauen bist. Du bekommst ein Drittel von Null, Schatz. Okay?«

Ich ging duschen.

Um mir Gert aus dem Kopf zu spülen, stellte ich mir Jillian vor, kniend, unter der Dusche. Ihren Blick über die Schulter. Ihr Lächeln. Den herzförmigen Hintern in die Höhe gereckt, bereit. Wasserperlen an den Ringellocken.

Gert war vergessen.

Ich zog mich an und ging hinaus in den fürchterlichen Sturm. Inzwischen war die Sicht noch schlechter geworden. Dank der ausgeleierten Stoßdämpfer rüttelte der Wind meinen kleinen Ford Escort derart durch, dass man den Eindruck gewinnen konnte, ein schwergewichtiges Paar rammelte sich auf dem Rücksitz um den Verstand.

Ich stieg in den Wagen, startete ihn, schaltete die

Scheinwerfer an und fuhr auf der Mesa nach Norden, dem märchenhaften Anwesen der Rensellers entgegen. Ich brauchte ein paar Antworten.

FÜNFZEHN

Das Tor war nicht nur unverschlossen, es stand sogar weit offen. Ich fuhr den steilen Slalom hinauf zum Haus. Im Zwielicht wirkte das Haus mit seinen diversen Giebeln riesig und unheimlich, als hätte sich die märchenhafte Atmosphäre in etwas Unheilvolles verwandelt. Oben, kurz vor der Porte Cochère, standen zwei Mercedes, ein Chevrolet und ein Lincoln, genauer gesagt, Jillians schwarzer Mercedes, ein 300SL Gullwing Coupé, der klobige Chevrolet Suburban und ein neuer Lincoln Town Car. Der große Lincoln hatte mexikanische Nummernschilder, D.F.-Nummernschilder – *Distrito Federal* –, was bedeutete, dass er in Mexico City zugelassen war. Jillian veranstaltete wohl ein Treffen, was das offen stehende Tor erklären würde. Ich klingelte sechsmal, bevor die Tür geöffnet wurde.

»Uri, was für eine Überraschung«, sagte sie. Sie trug eine Art Hausanzug aus Seide, war barfuß und hielt einen Martini in der Hand.

»Wer ist da, Jilly?«, rief eine Männerstimme von drinnen.

»Uriah Walkinghorse«, verkündete sie, dabei betonte sie die einzelnen Silben und zog das Ganze so ins Lächerliche.

Eine Böe erfasste die Tür und warf sie gegen den Türstopper. Jillians seidener Hausanzug fing an wie wahnsinnig zu flattern, wie eine Fahne im Hurrikan. Ich betrat das Haus und drückte die Tür mit meiner Schulter zu, derweil der Wind an der Tür zerrte wie ein Betrunkener, der vorhatte, die Party zu sprengen.

»Komm, tritt näher«, sagte sie unbekümmert. Ihr Atem roch nach Wermut. Sie lächelte auf eine lockere, leicht benebelte Art und ihre Augen waren glasig. »Ich gebe eine kleine Party.« Sie nahm mich beim Arm und zog mich in die Halle. Ich musste mich ihren kleinen, unsicheren Schritten anpassen.

Wir gingen ins Wohnzimmer. Zwei Männer und eine Frau saßen um einen Glastisch herum. Einer der Männer – Silberhaar, gebräunt – sah aus wie ein *GQ*-Model, das als Tennisprofi posiert. Der andere war ein vornehm wirkender Mexikaner mittleren Alters. Er trug das Haar nach hinten gekämmt und zum Zopf gebunden, zum Zopf eines Matadors. Seine Haltung war freundlich und distanziert zugleich, als zöge er die Rolle des Beobachters der des Akteurs vor.

Der Tennisprofi trug ein gelbes Sportsakko aus einem sanft schimmernden Stoff, darunter ein schwarzes T-Shirt. Das Kristallglas seiner 1000-Dollar-Uhr reflektierte das Licht, als er auf dem Glastisch Kokain mit Hilfe eines vergoldeten Taschenmessers fachmännisch zerhackte.

Die Frau zog die Line durch einen eng zusammengerollten Geldschein. »Ich liebe es, mir das Zeug direkt vor Ben Franklins Nase reinzuziehen«, sagte sie. Sie rollte den Geldschein auseinander und leckte die Überreste von Ben Franklins Gesicht. »Ich mag die Vorstellung, dass der versaute, alte Weiberheld davon einen Ständer kriegt. Deshalb nehme ich nur Hunderter.« Sie musste über ihren eigenen Witz lachen. Sie war groß, kräftig und trug ein blaues Sweatshirt und Laufschuhe. Ihr weißblondes

Haar hatte einen maskulinen Schnitt und ihre Bräune war ähnlich intensiv wie die des Tennisprofis, nur machte sie einen verbrannten Eindruck, als sei sie Ergebnis einer Behandlung mit einer Lötlampe.

Den Männern rang der Witz ein Lächeln ab, wenn auch ein leicht gedankenverlorenes: Sie taxierten mich.

»Fernie«, sagte Jillian zu dem Mexikaner, »das ist mein Freund Uri Walkinghorse. Er ist *muy fuerte*, wie Hulk Hogan.« Zum Beweis hielt sie meinen Arm hoch. Was für ein peinlicher Moment, ich fühlte mich wie bei einer Fleischbeschau.

Fernie stand auf und streckte mir die Hand entgegen. Wie die meisten Mexikaner vermied er es, seine Hand als Schraubstock zu missbrauchen. Für einen Mexikaner ist ein fester Händedruck nicht gleichbedeutend mit einem festen Charakter; ebenso gut konnte es genau das Gegenteil bedeuten.

Fernie war um die fünfzig, schlank, und er besaß *elegance,* ungeachtet der lässigen Hosen und des sportlichen Hemds. Er zog die Stirn in Falten als Ausdruck seiner Missbilligung der Art und Weise, wie Jillian mich vorgestellt hatte.

»*El gusto es mío*«, sagte er förmlich.

»*Igualmente*«, erwiderte ich. Angesichts meiner erbärmlichen Aussprache huschte ein Lächeln über sein Gesicht, ein freundliches Lächeln ohne die geringste Spur von Spott.

»*¿Estaba un matador, señor?*«, fragte ich.

Er hob lediglich die Schultern und streckte seine Hände aus, die Handflächen nach oben. Ich deutete das als ein Ja, ja, er habe ein paar Stiere getötet, aber keinen Beruf daraus gemacht.

Die Blonde streifte mich mit einem Blick.

»*Que chicotudo*«, sagte sie lächelnd. Sie hatte große, gesunde Zähne, doch ihr Lächeln war nicht sympathisch. »Das ist also unser großer, böser, potenter Muffin«, sagte sie. »*Ai chihuahua, madre de dios cuídeme!*« Sie sprach Spanisch mit hiesigem Akzent. Ihr Lächeln verschwand, als sie mich taxierte. Voller Geringschätzung hob sie die Augenbrauen, dann zog sie sich die zweite Line ins Hirn.

Der Mexikaner lächelte, als fühle er sich für das unverschämte Verhalten der Frau verantwortlich und wolle sich dafür entschuldigen. Er hatte Geheimratsecken, eine Adlernase und blaue Augen, durch und durch iberisch, kein Tropfen indianisches Blut in den Adern. Seine Vorfahren hatten mit Cortez das Schiff verlassen, und im Laufe der Jahrhunderte hatte nicht einer seiner Ahnen eine Indianerin zur Frau genommen. In Mexikos Kastensystem hatten Männer wie er das Sagen.

»Sie sind der nette Pfadfinder, der Jilly geholfen hat, Clives Leiche wegzuschaffen, stimmt's?«, meldete sich der Tennisprofi mit dem Silberhaar zu Wort. »Sie haben uns allen einen großen Gefallen getan, Mr. Walkinghorse.« Er sah mich nicht an, während er mit mir sprach.

Ich erkannte seine Stimme.

Es war der Und-mit-wem-spreche-ich-Kerl.

»Darf ich dir Lenny Trebeaux vorstellen, Uri?«, sagte Jillian. »Lenny war Clives rechte Hand.«

»Was hat er hier zu suchen, Jilly?«, fragte Trebeaux. Diesmal musterte er mich.

»Weshalb interessiert ihn das, Jillian?«, fragte ich und gab die Beleidigung zurück, indem ich – das Wort an Jillian gerichtet – Trebeaux ansah.

Jillian reichte mir einen Drink.

»Vertragt euch, Jungs«, sagte sie.

»Kann ich dich mal kurz sprechen?«, fragte ich sie.

Sie bat die anderen, sie zu entschuldigen, und dann gingen wir einen breiten Flur hinunter, hinein in das holzgetäfelte Zimmer, wo Teddy Roosevelts Waffenschmied über dem Kamin hing und in eine Zukunft blickte, die er sich beim besten Willen nicht hätte vorstellen können.

Sie schloss die Flügeltür und küsste mich. »Ich bin ein bisschen beduselt«, sagte sie.

»Hab ich gemerkt.«

Sie drückte sich von mir weg, beide Hände auf meiner Brust. »Du wirst uns jetzt hier nicht die Stimmung versauen, oder? Wir feiern Lennys Beförderung. Er hat vorläufig den Posten des Generaldirektors der Bank übertragen bekommen. Verstehst du? Hast du die Schecks eingelöst?«

»Mich interessiert, warum diese Schecks so verdammt wichtig sind. Dein Fahrer und sein Kumpel Victor wollten mich deswegen sogar fertig machen.«

»Das tut mir auch sehr leid. Aber ich hab versucht, dich zu warnen. Du hast versprochen, sie einzulösen. Das musst du unbedingt machen, Uri. Warum stellst du dich nur so quer?« Sie schmiegte sich an mich und küsste mich. Ihre agile, gingetränkte Zunge schmeckte kalt und bitter.

Völlig unvermittelt beendete sie den Kuss. »Willst du kein Geld? Jeder will Geld. Was ist bloß los mit dir?«

»Ich habe Forbes und Victor gesagt, dass ich die Schecks einlöse.«

»Du hast mir versprochen, sie einzulösen, und hast es nicht getan. Du hast mich angelogen.«

Ihre Hand schlüpfte in meine Hose. »Du hast mir ganz schön den Kopf verdreht, Lügner.«

»Wer ist der Matador?«, fragte ich.

»Fernando Solís Davila.« Sie unterlegte die einzelnen Silben mit einem Singsang, während ihre Hand sich tiefer tastete.

»Oh, Mann«, sagte sie, als sie Holz berührte. »Zu dumm, dass ich Gäste habe.«

»Was ist ... macht Fernando Solís Davila so?« Ich hatte Artikulationsschwierigkeiten. Ihre Hand bewegte sich.

»Er ist Geld und er macht Geld.«

Ich packte sie am Unterarm und zog ihre Hand aus meiner Hose.

»Was ist eigentlich hier los, Jillian? Bezahlst du mich fürs Ficken?«

Sie versetzte mir eine Ohrfeige. Als ich nicht reagierte, schlug sie ein zweites Mal zu, diesmal heftiger. Als ich wieder nicht reagierte, fing sie an zu weinen.

»Gibt's Ärger?«, fragte der Tennisprofi. Er war unbemerkt in den Raum getreten, die Stirn gerunzelt, das braun gebrannte Kinn brutal nach vorn gereckt, was seiner GQ-Visage etwas Einschüchterndes verleihen sollte. Ich gab mir redlich Mühe, beeindruckt zu sein.

»Wir sprechen gerade über Geld«, sagte sie und wischte sich mit dem Handballen die Tränen von der Wange.

»Wie, hast du ihm nicht genug gegeben?«, fragte er. »Er will mehr, geht's darum, ja?«

»Ich will kein Geld«, sagte ich. »Ich will wissen, wofür ich bezahlt werde.«

»Es war keine gute Idee«, sagte er, ging zu Jillian und legte ihr den Arm um die Schulter. »Was hast du ihm erzählt, Jilly?«

»Nichts. Ich habe ihn nur inständig gebeten, die Schecks einzulösen.«

Sie schien leicht durcheinander, nachdem ihr die muntere Gin-Laune abhanden gekommen war. Sie und der Tennisprofi standen auf eine vertraute Weise beieinander, die mir nicht gefiel. Das sah ein Blinder, dass sie und Lenny Trebeaux ein Verhältnis miteinander gehabt hatten oder immer noch hatten. Unwahrscheinlich, dass es für Clive ein Problem gewesen war, Trebeaux war in mehr als einer Hinsicht seine rechte Hand gewesen. Jillian hatte Clive sich austoben lassen, umgekehrt war es genauso gelaufen. Ich verspürte den Drang, etwas in Stücke zu hauen. Der Tennisprofi bot sich dafür geradezu an.

»Wir hatten viel Geduld mit Ihnen, Walkinghorse.« Er löste sich von Jillian und zeigte mit einem manikürten Finger auf mich. »Sie haben keine Ahnung, worauf Sie sich hier einlassen.«

Ich packte seinen schönen Finger und bog ihn zurück. Trebeaux ging in die Knie, bleckte die Zähne und kniff vor Schmerzen die Augen zusammen. »Dann klären Sie mich auf, Trebeaux. Worauf lasse ich mich hier ein?«

»Auf etwas, was für einen Mann in Ihrer Position nicht unbedingt erstrebenswert ist«, sagte Fernando Solís Davila.

Er hatte in Begleitung der Blonden das Zimmer betreten. Ich ließ Lenny los. Irgendwie nötigte Solís einem Respekt ab. Er zuckte nicht einmal mit der Wimper oder ließ eine innere Unruhe erkennen. Es fiel nicht schwer, ihn sich mitten in einer sonnigen Plaza de Toros vorzustellen, das rote Tuch in der Hand, mit dem er einer gereizten, mehrere Zentner schweren Killermaschine vor der Nase herumfuchtelte.

»Darf ich Ihnen Clara Howler vorstellen«, sagte Solís und deutete mit dem Kopf auf die Blonde. »Clara ist mein Bodyguard, wenn ich in *el norte* unterwegs bin. Ihr gelegentlicher Griff zum *coca* stört mich nicht. Wenn überhaupt, dann macht es sie ... *mas vigilante* ... aufmerksamer.« Der Ton seiner Stimme war distinguiert, in gewisser Hinsicht hypnotisierend, seine Aussprache sehr präzise.

»*El jefe*«, murmelte ich vor mich hin.

Als Zeichen, dass ich ihre wichtige Rolle anerkannte, nickte ich Clara Howler zu. Sie lächelte und kam auf mich zu. Wie ein auf Etikette bedachter Idiot wollte ich ihr die Hand geben. Sie nutzte die Gelegenheit und trat mir so hart in die Eier, dass meine Zähne aufeinander schlugen. »Zu spät, Cowboy. Du hättest das Geld nehmen sollen.«

Ich klappte zusammen wie ein Campingstuhl und fing an zu würgen. Sie trat noch mal zu – und traf mich mit einem Roundhouse Kick am Kopf. Ich hörte Jillian schluchzen. »Nein! Nicht doch!«, sagte sie. »Ich hab euch gesagt, ich will das nicht.«

Ich sehe immer noch vor mir, wie der Boden auf mich zukam. Ich sehe Clara Howlers Knie Kurs auf meinen Kiefer nehmen. Ich erinnere mich, wie ich auf den Rücken fiel und dann gegen Stuhlbeine rollte. Ich erinnere mich an Lenny Trebeaux' Ächzen, während er seinen Beitrag in Form von Tritten in meine Nierengegend leistete, als handelte es sich um einen Fußball, sein vor Konzentration verkrampftes Gesicht, als ginge es um ein Elfmeterschießen.

Und ich erinnere mich, dass Jillians tränenüberströmtes Gesicht über meinem schwebte, danach erinnere ich mich an nichts mehr.

SECHZEHN

Es sah aus, als hätte jemand den durchgängig sandstein-
farbenen Himmel auf die großen Fenster des Suburban
gemalt. Ich addierte Meile für Meile, indem ich die
Hochspannungsmasten zählte. Als wir jedoch in eine
Gegend kamen, die nicht mit Strom versorgt wurde, verlor ich mein einziges Instrument, um eine Berechnung
anstellen zu können. Der rotbraune Himmel – keine
Vögel, keine Wolken – gab keinerlei Hinweis, ob wir uns
überhaupt vorwärts bewegten.

Ich lag hinten, auf der Ladefläche, nur in Boxershorts
und zusammengeschnürt wie ein widerspenstiges Kalb.
Die Straße, wenn man sie überhaupt so nennen konnte,
war mit Steinen und Schlaglöchern übersät. Bei jedem
Holpern schlug mein Kopf auf den Stahlboden der Ladefläche.

Wie ein glühendes Schrapnell prallte der Schmerz,
einem Querschläger gleich, gegen die roten Wände in
meinem Schädel. Ständig. Ein paarmal musste ich mich
übergeben und es gelang mir, nicht daran zu ersticken.
Meine Zunge war verletzt, ich hatte darauf gebissen, als
Clara ihr Knie gegen meinen Kiefer gerammt hatte. Der
Kiefer war nicht gebrochen. Zwar saßen ein paar Zähne
locker, aber ich konnte den Mund ohne Probleme weit
aufsperren und wieder schließen. Meine pochenden
Hoden fühlten sich an wie Melonen, und Rippen und
Nieren taten weh. Die Nachwirkungen von Trebeaux'
Strafstößen.

Meine Knie und Knöchel waren mit reißfestem Gewe-
beband umwickelt. Mit demselben Material – ein Material, mit dem man notfalls auch seine Kotflügel befesti-

gen könnte – hatte man mir die Hände auf dem Rücken gefesselt. Die unzureichende Blutzirkulation sorgte dafür, dass es in Händen und Füßen schmerzhaft kribbelte. Und ich schlief immer wieder ein, was für eine Gehirnerschütterung sprach. Ich war noch nie k.o. gegangen, Clara Howler hatte ganze Arbeit geleistet.

Das Radio wurde laut aufgedreht. Die *Narcocorridas* hämmerten gegen mein Hirn, mit Songs, die den Drogenhandel feierten. Die Fahrerin – Clara – sang laut mit. Die *Narcocorridas* machen *norteña* HipHop, Musik aus dem Norden Mexikos. Die mexikanische Regierung versucht, gegen die *Narcocorridas* vorzugehen, doch deren Popularität ist zu groß. Selbst in New Mexico werden sie gespielt, ebenso in West Texas und in den tiefsten, yuppiefreien Provinzen Arizonas.

Me gusta la coca
Me gusta la mota
No me ache achi
Aqui en Sinaloa

»Na, Cowboy, bist du endlich wach da hinten?«, brüllte Clara.

»Fick dich«, sagte ich, aber ich wusste, dass sie mich wegen der dröhnenden Musik nicht hören konnte. Meine Stimme knarrte wie ein rostiges Scharnier, da half auch das Salz des hinuntergeschluckten Blutes nichts.

»Du machst gerade eine kleine Reise, *büey*. Sozusagen die letzte in deinem sinnlosen Leben, Cowboy. *Me gusta la coca, me gusta la mota, no me ache achi, aqui en Sinaloa ...* «

Bevor ich wieder wegklappte, ging mir die Frage durch den Kopf, ob wir tatsächlich in Sinaloa waren. Eher unwahrscheinlich, nicht mit diesem Sandsturm, nicht mit diesem Himmel, aus dem es Grieß zu regnen schien.

Ich stolperte von einem Traum in den nächsten, wachte auf und schlief wieder ein. In einem Traum sah ich mich als Baby im Buggy, nur passte ich nicht hinein. Meine Füße hingen draußen und mein Kopf ragte über die Rückenlehne, doch Mama, die auf Spanisch sang, scherte sich einen Dreck darum.

Mama war nicht Maggie. Mama war eine blonde Amazone mit kurz geschnittenem Haar. Dieser Traum war so plastisch wie die Wirklichkeit selbst. Ich in einer Schubkarre, in einer großen, in einer für Bauarbeiter, mit dem Kopf über dem Vorderrad, die Beine hingen über dem anderen Ende. So realistisch. Ich fuhr mir mit der Zunge über die Zähne und der Schmerz war noch da.

Clara Howler schleifte mich über raue Bodenplatten. Über mir, im grauen Dunst, hing der Fixstern wie ein blutroter Knoten. Der Wind fuhr durch Claras blonden Männerhaarschnitt. Sie trug eine Sonnenbrille und biss die Zähne zusammen.

»Du hast ein ganz schönes Gewicht, Walkinghorse«, sagte sie. »Wir werden dich wohl auf Diät setzen, dich mit mexikanischem Slim Fast füttern.«

Sie wischte sich den Schweiß von der Stirn und zerrte mich weiter. Irgendwo bellte ein Hund. Ein Mann sagte etwas auf Spanisch. Eine Frau antwortete und der Mann lachte. Wir waren irgendwo in der Wüste. Keinesfalls in Sinaloa, vermutlich aber in Mexiko. Andererseits hätte es überall in der Chihuahua-Wüste sein können, schließlich umfasste sie Teile von West Texas und New Mexico.

»*Ayúdame, Rigoberto. ¿Dónde éstan Rudy y Luis?*«, fragte Clara Howler.

»*Fueron al pueblo.* Die Hahnenkämpfe, *señorita.*«

»Diese Scheißviecher«, sagte sie. »Werden die beiden heute Nacht zurückkommen?«

Rigoberto lachte. »*Ni con mucho*«, sagte er. Keine Chance.

Rigoberto war ein kleiner, mit Narben übersäter Mann. Er und Clara schleppten mich in ein winziges Haus aus Lehmziegeln, das inmitten einer Anlage ähnlicher Häuser stand, und ließen mich auf ein Feldbett fallen.

Ich hörte eine Holzlatte knacken. Clara verließ die Hütte, um kurz darauf zurückzukommen, eine Sporttasche in der Hand. Sie holte ein Kästchen mit einem Spritzbesteck aus der Tasche und eine Ampulle, zog die Spritze auf und injizierte mir ziemlich unsanft den Inhalt der Ampulle. »Gegen die Schmerzen, Walkinghorse. Es ist die Woche der Tierliebe.« Es musste sich um Morphium gehandelt haben, so wie mich das Zeug wegdriften ließ, weg von Schmerz und Realität, was in meinem Fall ein und dasselbe war.

»Träume süß«, sagte Clara Howler.

Als ich wieder wach wurde, lag ich nicht mehr auf dem Feldbett. Ein Fußeisen mit einer drei Meter langen Kette verankerte mich in der Wand. Die Kette war an einem Eisenring befestigt, der zwischen zwei Ziegelsteinen eingemauert war. Eine kürzere Kette, ungefähr einen halben Meter lang, verband meine Knöchel miteinander. Die dünne Matratze lag direkt auf den roten Saltillo-Fliesen des Bodens. Am Fußende sah ich eine akkurat zusammengelegte Armeedecke. Äußerst umsichtig hatte man einen Nachttopf innerhalb des Radius meiner Kette platziert.

Ich berührte mein Gesicht. Ich hatte einen Zweitagebart. Neben der Matratze stand ein Tonkrug mit Wasser. Kein Essen. Clara fand offenbar Gefallen an ihren Scherzen. Unter mexikanischem Slim Fast verstand sie das hiesige Wasser.

Es war später Nachmittag. Der Wind hatte sich gelegt. Begleitet vom fröhlichen Geklapper meiner Kette, kroch ich hinüber zum Fenster. Draußen war nichts außer den anderen Ziegelhäusern der Anlage und dahinter die Wüste. An den Kanten der Häuser hatte sich jemand in Landschaftsgestaltung versucht – Spanischer Dolch, Feigenkaktus, Ocotillo und die langen, empfindlichen Halme des Pampagrases. Die Häuser waren hufeisenförmig angeordnet und umschlossen einen gefliesten Innenhof. Knapp hundert Meter entfernt, am offenen Ende des Hufeisens, flappte ein weißer Lumpen an der Spitze einer langen, vom Wind durchgebogenen Bambusstange.

Das Fenster ging nach Süden, der Horizont schien weit. Das, was ich sah, gab mir keinerlei Aufschluss darüber, wo ich mich befand. Es hätte überall und nirgends sein können. Ich konnte weder den Suburban ausmachen noch Clara oder die Männer, die für sie arbeiteten. Nichts von alldem. Den Rest des Nachmittags verbrachte ich mit dem vergeblichen Bemühen, die Kette aus der Wand zu reißen. Der Ring, mit dem sie verbunden war, hatte einen dicken Metallstift, der wahrscheinlich die gesamte Mauer durchdrang und an der Außenwand mit einem Flansch versehen war.

Der Ring befand sich ungefähr sechzig Zentimeter über dem Boden. Ich legte mich auf den Rücken, stemmte beide Füße gegen die Ziegelmauer und zog an der Kette. Ich hatte keine Kraft. Die Muskeln meiner Oberschenkel fühlten sich an wie Schaumgummi, als bestünde ihre einzige Funktion darin, meine Knochen zusammenzuhalten. Sie hatten keinen hinreichenden Tonus, keine explosive Stärke. Doch selbst wenn ich hundertachtzig bis zweihundert Kilo Druck auf die Kette hätte ausüben können, wäre das nicht genug gewesen. Für diesen Job hätte man vermutlich drei oder vier Tonnen gebraucht. Durch die Anstrengung bekam ich hämmernde Kopfschmerzen.

Ich schlief wieder ein, und als ich aufwachte, war es dunkel. Ich hörte, wie ein Auto im niedrigen Gang auf das Haus zufuhr. Das Geräusch sagte mir, dass es sich nicht um den Suburban handelte, eher um einen Pick-up, und zwar um ein älteres Modell. Es wurden beide Türen zugeschlagen, aber nur ein Mann betrat das Haus. Es war nicht Rigoberto. Dieser Kerl hier war doppelt so groß wie er. Er zündete eine Kerze an und stellte sie auf den Tisch. Tisch und zwei Stühle waren neben dem Feldbett, auf das man mich geworfen hatte, das einzige Mobiliar.

Es roch nach Essen. Der große Kerl ging hinaus, kam wieder herein – er wog mindestens hundertdreißig Kilo, bewegte sich aber lautlos wie eine Katze. »*Algo a comer*«, sagte er mit tiefer, rauer Stimme, als wären seine Stimmbänder aus Schuhleder. »Es gibt was zu essen«, übersetzte er. Er stellte eine Box aus Styropor auf den Tisch.

»*Gracias*«, sagte ich. »*Me gusta la comida Mexicana.*«

Das brachte ihn zum Lachen. »Gut so«, sagte er, »hier in der Gegend gibt's nämlich nicht viele Burger Kings.«

Er kam mir recht freundlich vor. »In welcher Gegend?«, fragte ich.

Darauf erwiderte er nichts. Er ging wieder hinaus – diese Masse Mensch glitt auf erstaunlich leisen Sohlen davon. Der Pick-up wurde angelassen und fuhr vom

Hof. Diesmal hatte ich nur eine Tür zuschlagen hören, der zweite Mann musste also noch hier sein.

Ich kroch zum Tisch hinüber, zog mich hoch auf den Stuhl und öffnete die Box. Drei Tacos, gebackene Bohnen, Reis, ein Schälchen mit Pico de Gallo, neben der Box stand außerdem eine recht kalte Flasche Negra Modelo. Ich drehte den Verschluss ab und nahm einen großen Schluck, leerte die halbe Flasche. Entweder wollten sie mich töten und waren nett zu dem Verurteilten oder sie waren einfach nur nett. Ich entschied mich für Letzteres. Mein Hunger war derart gigantisch, ich hätte eine Menudo verdrückt, die aus den Eingeweiden eines auf der Straße überfahrenen Nagetiers hergestellt worden war. Die schmalzgetränkten Tortillas und Bohnen waren Manna für mich. Ich stopfte alles gierig in mich hinein, ungeachtet meiner schmerzenden Zunge und der lockeren Zähne.

Als ich aufwachte, fühlte ich mich steif und fröstelte. Ich warf mir die Armeedecke um und kroch zum Fenster. Die Sonne war aufgegangen, der Himmel leuchtete klar und blau. Der Sandsturm als Vorhut einer Kaltwetterfront hatte sich selbst ausgeblasen. Eine Indianerin kam herein und brachte mir Frühstück. Tortillas, Menudo, Kaffee. Ich bedankte mich, doch mit Freundlichkeit konnte ich bei ihr offensichtlich nicht punkten; sie nahm nicht einmal Blickkontakt mit mir auf. Die Tortillas waren noch warm, die Menudo schmeckte scheußlich, zumindest war der Kaffee im Styroporbecher heiß. Ich aß mit großem Appetit und verschwendete keinen Gedanken daran, was diese Art Essen auf die Dauer mit meinen Arterien anstellen würde. »*Gracias, señora*«, sagte ich noch einmal, doch sie würdigte mich weiterhin keines Blickes.

Schlafen und Essen hatten mir Kraft gegeben, also versuchte ich mich ein weiteres Mal an der Kette. Aber sie rückte und rührte sich nicht. Ich nahm sie genauer unter die Lupe; sie war ein wenig verrostet, aber völlig intakt. Das Fußeisen um meinen Knöchel saß bombenfest und konnte nur mit einem Schlüssel geöffnet werden.

Ich überdachte meine Situation. Es ergab alles keinen Sinn. Ich konnte wohl kaum für jemanden von so großer Bedeutung sein, dass er meinetwegen diesen Aufwand betrieb. Hier war ich nun, gefangen genommen – und warum? Weil ich Schecks nicht eingereicht hatte.

Finde es selbst raus, hatte Forbes gesagt.

Ich streckte mich auf der Matratze aus und deckte mich mit der Decke zu. Sicherlich hat mir die Indianerin nicht in die Augen sehen können, weil sie abergläubisch ist, dachte ich. Es war gefährlich, einem Todgeweihten in die Augen zu schauen; womöglich nahm er auf seinem Weg in die Hölle etwas von einem mit. Vielleicht war ihr der Anblick eines hünenhaften Gringos in Unterhosen auch nur peinlich.

Ich kämpfte vergeblich darum, einschlafen zu können. Als ich resignierte, schlief ich ein.

Es war dunkel, als ich wieder wach wurde. Mit mir war noch jemand im Raum. Auf dem Tisch flackerte eine Kerze und warf verzerrt tanzende Schatten an die Wand. Es roch nach warmen Tortillas und Bohnen.

»Komm her, mein Hübscher«, sagte Clara Howler. »Hier gibt's was zu futtern.«

Ich zog die Kette hinter mir her und setzte mich an den Tisch.

Clara musterte mich von oben bis unten. »Du hast einen verdammt guten Körper, das muss man dir lassen«, sagte sie. »Wir sind eins mit unserm Körper, nicht wahr?«

Sie war stoned. Ihre Augen funkelten im Licht der Kerze und sie lächelte. Ich schnappte mir eine Tortilla, füllte sie mit Bohnen und fing an zu essen.

»Ich hab dir doch nicht wehgetan, Schätzchen? Oder?« In ihrer Stimme lag Spott, aber es klang nicht gehässig. Clara hatte die Sporttasche dabei. Sie holte etwas heraus, es schimmerte im Kerzenlicht. Eine silberne Taschenflasche. Sie setzte sich den Flachmann an die Lippen und trank. Der Geruch von Tequila zog herüber zu mir. Sie reichte mir die Flasche. Ich nahm einen ordentlichen Schluck, dann noch einen. Der Tequila stieg mir sofort in den Kopf.

»Danke«, sagte ich.

Sie schraubte die Taschenflasche zu. »Sie werden deinen Fleischladen auseinander nehmen, Walkinghorse.«

Ich sah sie verständnislos an. Die Wirkung des Tequilas war zu schön, um jetzt schon damit aufzuhören. Ich streckte die Hand nach dem Flachmann aus. Clara schraubte ihn wieder auf und gab ihn mir. Ich wollte ihr den Hals umdrehen – ich war ihr dankbar – ich wollte sie irgendwelche Treppen hinunterstoßen – ich wollte ihr die Hand küssen. Wie geht man mit dieser Berg- und Talfahrt der Gefühle um? Man lässt es geschehen.

»Fleischladen«, sagte sie. »Das hat meine Großmutter immer gesagt, wenn es um den Körper ging. Sie kam aus Liverpool. Es ist ein alter englischer Begriff, geht zurück aufs Mittelalter. Die Leute früher wussten genau, wer und was sie waren. Uns ist diese Fähigkeit abhanden gekommen. Wir sehen unsere Welt nicht mehr so real, findest du nicht? Wer von uns würde sich wohl als Fleischladen bezeichnen?«

»Warum?«

»Warum was? Warum es den Leuten heutzutage an ehrlicher Selbsteinschätzung mangelt?«

»Nein. Warum wollen sie mich töten?«

»Sie brauchen dazu keinen Grund. Der Tod ist äußerst praktisch. Hast du überhaupt eine Ahnung, wo du bist?«

»Nicht wirklich.«

»Außerhalb von Samalayuca. In der Wüste. Die Wüste gibt einen hervorragenden Friedhof ab. Hier draußen liegen hunderte, die aus rein praktischen Gründen getötet wurden.«

»Hunderte?«

»Vielleicht tausende. Hier tobt ein regelrechter Krieg. Wer das nicht wahrhaben will, ist ein Ignorant. Und es geht weiter und weiter. In den letzten zehn Jahren hat es sich sogar ein wenig zugespitzt. Kriege brauchen Friedhöfe. Den hier könnte man als Arlington der *narcotraficantes* bezeichnen.« Sie lachte, kramte aus ihrer Sporttasche ein Fläschchen hervor und versenkte einen kleinen, silbernen Löffel darin. Sie hob den gefüllten Löffel an ein Nasenloch, hielt das andere mit einem Finger zu und inhalierte das weiße Pulver. Um den Niesreiz zu unterdrücken, zog sie die Nase kraus. Sie lächelte. Dieses Lächeln war um einiges sympathischer als das Lächeln, das sie mir bei Jillian Renseller gezeigt hatte. »Scheiße!«, sagte sie. »Ich liebe das Zeug.«

»Warum ich?«, fragte ich. »Ich habe nichts mit Drogenhandel am Hut.«

Sie musterte mich eine Weile, dann reichte sie mir die Flasche, ihren Koks bot sie mir nicht an. »Seit dem allerersten Tag fragen diese Scheißbürger ›Warum ich?‹. ›Warum ich, Jesus? Warum ich, verdammt noch mal?‹

Man sollte meinen, dass sie diese Fragerei inzwischen satt haben. *A la gente buena, sucedieron las cosas malas.*«

Wenn guten Menschen Böses widerfährt – da hatte es mich eingeholt. Mein Gott, man sagte das sogar in Mexiko, aber vielleicht meinen die Mexikaner es ironisch.

»Du sprichst Spanisch wie eine Einheimische«, sagte ich.

Sie nahm mir die Flasche aus der Hand. »Ich mach 'ne Menge Dinge wie eine Einheimische«, sagte sie. »Steh auf.«

Ich blieb sitzen.

Sie zog einen kleinen Revolver aus der Sporttasche und etwas, was ich nicht erkennen konnte. Sie drückte mir den Lauf gegen die Kehle. Ich stand auf.

»Hosen runter, Cowboy«, sagte sie.

»Warum?«

Sie spannte den Abzugshahn. »Weil dieses Ding dir an der Kehle sitzt, darum«, sagte sie. Ich nahm das Ernst, schließlich wusste ich, wozu Clara Howler fähig war. Ich zog die Boxershorts herunter.

»Umdrehen«, sagte Clara. »Und leg deine Hände auf den Rücken.« Sie ließ den Lauf der Waffe über meine kurzen Nackenhaare gleiten. Das andere, was sie aus der Sporttasche gezogen hatte, waren Handschellen, die sie mir jetzt anlegte. »Weißt du, wie man die Dinger auf Spanisch nennt? *Esposas.* Ehefrauen. Lustig, was? So bekommst du mal einen Begriff davon, was Mexikaner von der Ehe halten.« Sie klopfte mir mit dem Lauf auf den Nacken. »Hinknien, Walkinghorse, so, als wolltest du dein Gute-Nacht-Gebet aufsagen.«

Ich kniete mich hin. Mein Herzschlag beschleunigte sich, mein Mund wurde trocken. Ich hatte schon Filme gesehen, in denen Leute in dieser Position hingerichtet wurden. Die Kugel dringt am Hinterkopf ein und tritt mit Blut, Knochensplittern und Gehirnmasse vorn wieder aus. Das Opfer fällt vornüber, meistens in eine Grube. Ein kleinkalibriges Geschoss würde es vielleicht nicht durch den ganzen Schädel schaffen, tief genug eindringen könnte es schon.

»Was hast du vor?«, stammelte ich.

»Du hast dich im Räderwerk einer großen, unberechenbaren Maschine verfangen, Walkinghorse«, sagte sie. »Bleib auf den Knien und berühre den Boden mit deiner Stirn.«

Merkwürdigerweise empfand ich den Druck der kühlen Fliesen gegen meine Stirn als angenehm. Meine Haltung war absonderlich und peinlich zugleich – den Hintern nach oben, den Kopf unten –, wenn es auch nicht die typische Stellung für eine Exekution war. Mich beschlich eine törichte Hoffnung.

Clara fuhr mit dem kalten Lauf der Waffe meine Eier entlang. Sie schreckten buchstäblich davor zurück. »Es tut mir leid, dass ich euch maßgenommen habe, Jungs«, sagte sie. »Ob ihr's glaubt oder nicht, diesen gewissen Tritt führe ich nur ungern aus. Es ist an sich recht unsportlich, einem Typ die Eier zu zertreten, meint ihr nicht auch?«

Verrückt, sie war vollkommen verrückt. Ich hing mit nacktem Hintern auf meinen Knien und eine Frau entschuldigte sich bei meinen Eiern, während sie gleichzeitig mit einer Waffe an ihnen herumspielte.

Clara langte zwischen meine Schenkel und nahm meinen Schwanz in die Hand. »Na, kleiner Mann?«, sagte sie und ließ ihn langsam warmlaufen. Sie hatte Arbeitshände, hart wie Leder. »Komm schon«, säuselte sie, »willst du Mama nicht begrüßen, Pummelchen?« Das hirnlose Ding reagierte. Doch dann spürte ich den kalten Stahl an meinem Schließmuskel.

»Das Baby hier«, sagte sie, »ist ein .22er Ruger. Nicht unbedingt was für einen Schusswechsel, aber ich hab ihn mit Hohlmantelgeschossen bestückt. Stell dir mal vor, was für ein Dilemma so ein kleines Geschoss in deinem Arsch anrichten kann. Ist doch faszinierend, oder?«

Sie bearbeitete mich weiter und die dumme Nudel richtete sich auf, glaubte an eine Gelegenheit. Ich konnte diesen Optimismus nicht teilen.

»Mein Gott! Tu es nicht!«, stieß ich hervor.

»Ich liebe religiöse Männer«, sagte sie und ihr Griff wurde härter.

Sie schob mir den Lauf hinein; ich spürte, wie der erhabene Rand meinen Schließmuskel anriss, und dann das Blut, das an meinem Oberschenkel hinunterlief.

»Wenn du mich umbringen willst, dann schieß mir in den Kopf, verdammt noch mal«, sagte ich. Mir versagte die Stimme, sie verweigerte sich einfach meiner aufgesetzten Tapferkeit.

»Du willst wirklich sterben, Tiger? Tut mir leid, den Gefallen kann ich dir nicht tun. Für deine Hinrichtung bin ich nicht eingeteilt. Fernie ist ziemlich eigen, was die Aufgabenverteilung betrifft. Victor Mellado wird sich um dich kümmern – das hat mit der Einstellung der Mexikaner in puncto Rache zu tun. Aber, hey, Unfälle passieren nun mal. Wenn guten Menschen Böses widerfährt.«

Ich zuckte unwillkürlich zurück, völlig unbeabsichtigt, aber die Waffe hätte losgehen können. »Pass auf das Ding auf!«, rief ich.

»Bleib cool, Junge«, sagte sie. »Das Ding geht nur los, wenn ich es will.«

Sie lachte und zog den Lauf heraus, vorsichtig wie eine Krankenschwester einen Katheter. Sie drehte mich herum. Irgendwie war es ihr in der Zwischenzeit gelungen, sich auszuziehen. Ihr Schamhaar war lila gefärbt und zu einem Rechteck von der Größe einer Dollarnote rasiert. Sie setzte sich auf mich und führte meinen Schwanz ein. Die dunklen Nippel ihrer festen Brüste waren steif und ihr Gesicht, das über mir hing, war ganz und gar Lächeln. Während sie mich ritt, drückten sich die Handschellen in meinen Rücken. Wir kamen zusammen, wie ein Paar, das sich ewig kannte und auch den Rhythmus und die Vorlieben des jeweils anderen.

Sie stand auf und zog sich an. »Und du hast gedacht, ich wär 'ne Lesbe, stimmt's?«

»Das denke ich immer noch«, erwiderte ich und setzte mich auf in der Hoffnung, ihrer sadistischen Neigung sei jetzt Genüge getan.

»Da liegst du zur Hälfte richtig. Ich habe deine kleine Freundin gefickt.«

»Welche kleine Freundin?«

»Die zwischen dir und dem Grab steht.«

Ich verfolgte, wie Clara in ihre Laufschuhe schlüpfte, noch ein Löffelchen Koks nahm und hatte keine Ahnung, wovon sie sprach.

»Renseller«, sagte sie. »Jilly Renseller. Ab und an hab ich's ihr anständig besorgt. Sie ist eine *ruca loca en la cama*. Bei mir ist sie mehrmals hintereinander gekommen. Frauen machen es Frauen eben besser als Männer.«

Sie hielt mir den Revolver an die Kehle, während sie mir die Handschellen abnahm. »Bin ich zu brutal, Walkinghorse? Hab ich dir einen kleinen *susto* eingejagt? Vielleicht hast du genau das gebraucht. Ich liebe sie, verstehst du. Sie gehört mir, du Scheißkerl. Bin ich eifersüchtig, bin ich nachtragend? Ein bisschen, ja. Auf jeden Fall ist ein anständiger Schrecken ein prima Abführmittel. Treibt den ganzen Mist raus. Fühlst du dich nicht gleich viel klarer im Kopf? So ein Schrecken lenkt den Blick wieder auf das Wesentliche. Und er bereitet einen auf künftige *sustos* vor.«

»Du bist total durchgeknallt«, sagte ich.

»Gesteh es dir doch ein, da war ein kleiner Nervenkitzel, oder? Muss dir überhaupt nicht peinlich sein. Hat nicht jeder tief in seinem Herzen einen Hang zur Perversion, was meinst du?«

Ich dachte an Clive, ich dachte an die Farnsworths. Ich stellte mir Jillian und Clara Howler im Bett vor. Bei diesem Gedanken fing es an, in meinen Schläfen zu pochen.

»Was hast du gemeint mit Jillian steht zwischen mir und dem Grab?«

»Du blickst absolut nicht durch, oder?«

»Momentan nur eingeschränkt.«

»Du bist ein naiver Typ, Walkinghorse. Im Grunde mag ich das an einem Mann, vorausgesetzt, er ist nicht dumm. Naivität gepaart mit Dummheit ist unerträglich.«

Sie nahm die Kerze und ging damit durch den Raum. »Ist dir das Bild aufgefallen?«, fragte sie.

Sie hielt die Flamme unter ein miserabel gemaltes Porträt eines Mannes mit vollem schwarzem Haar. Es hing an der Wand gegenüber dem Tisch, aber ich hatte ihm bisher keine Beachtung geschenkt. Es war nicht unbedingt das, was großes Interesse hervorruft.

»Das ist der Schutzpatron der Drogenhändler, Jesús

Malverde. Vor hundert Jahren hat er Marihuana und Kokain von Sinaloa in die Staaten gebracht. Es ist ein sehr altes, fest etabliertes Gewerbe. Man nimmt das hier sehr ernst.«

»Ein Schutzpatron?«, fragte ich.

»Für die Einwohner von Sinaloa genauso bedeutend wie Patrick für die Iren. Er war eine Art Robin Hood, der seine Beute mit den Armen geteilt hat. In Sinaloa waren schon immer alle arm wie Kirchenmäuse.«

»Ich werde ihn in mein Nachtgebet einschließen«, sagte ich.

»Spiel ruhig den Klugscheißer, das bringt dich *en ninguna porte* – nirgendwohin. War nett, mit dir zu ficken. Ich hoffe, sie ändern ihre Meinung. Aber das ist eher unwahrscheinlich. Ich befürchte fast, du brauchst *un milagro*. Bete zu Jesús Malverde, vielleicht geschieht ja eins. *Adios*, Tiger.«

»Gib mir bitte noch mal die Flasche, bevor du gehst«, bat ich.

Sie reichte mir den Flachmann, er war immer noch halb voll. Ich prostete dem Schutzpatron der Drogenhändler zu. Seine sanften schwarzen Augen sahen mich an. Tote haben kein Problem damit, in die Augen eines anderen Toten zu blicken. Ich sah zuerst weg. Dann leerte ich die Flasche.

SIEBZEHN

Das *milagro* – das Wunder, um das ich Malverde nicht angefleht hatte, das sich aber dennoch ereignete – hieß Schlaf. Ein langer, traumloser Tequilaschlaf. Das Getöse von Rasenmähern beendete ihn.

Dieses befremdliche Getöse brachte mich völlig durcheinander – ich wusste nicht mehr, wo ich war. Ich sah weitläufige, gut bewässerte Rasenflächen vor mir, saftige, grüne Landschaften. Ich fand mich an allen Orten wieder, an denen ich die letzten zwanzig Jahre meines Lebens verbracht hatte: angemietete Häuser, die Apartments, die Gert und ich gemeinsam bewohnt hatten, die Eigentumswohnung in Scottsdale, die ich für einen Freund gehütet hatte, und mein kleines Zimmer im Baron Arms, doch nichts passte zu den kahlen, weiß getünchten Wänden, die mich umgaben. Genauso wenig passte ein Rasenmäher dieser Lautstärke dazu. Die Kette an meinem Bein brachte mein blockiertes Kurzzeitgedächtnis wieder in Schwung.

Ich kroch zum Fenster. Keine Rasenmäher. Eine zweimotorige Cessna rollte auf die Anlage zu. Sie war außerhalb des Innenhofes gelandet und kam jetzt am offenen Ende des Hufeisens zum Stehen. Ich begriff, dass der Bambusstange mit dem weißen Fetzen die Funktion eines Windsacks zukam, um Piloten Windrichtung und -stärke zu signalisieren. Dieser Ort hier – abseits gelegene Häuser – diente als behelfsmäßiger Flugplatz.

Fünf Männer mit automatischen Waffen stiegen aus dem Flugzeug und verteilten sich augenscheinlich planlos im Innenhof. Der sechste Mann, der Pilot, entlud ein gutes Dutzend in Plastik verpackte Pakete von der Größe eines Schuhkartons und brachte sie mit Hilfe eines Handkarrens in meine Hütte. Mit Sorgfalt und mit Ehrerbietung stapelte er sie an der Wand, unterhalb des Porträts des Schutzpatrons der Drogenhändler. Wäre es ein Sonntag gewesen, hätte man auf die Idee kommen können, man befinde sich in einer Kirche und beobachte den

Priester bei den Vorbereitungen für die Eucharistiefeier. Bevor er die Hütte verließ, streifte mich sein desinteressierter Blick. Der Mann ging zurück zum Flugzeug und stieg ein. Er brachte den rechten Propeller auf Touren, die Cessna vollführte eine elegante Drehung und hob ab Richtung Süden, nicht ohne einen kleinen Sandsturm dabei zu erzeugen. Mein Blick folgte der Maschine, bis sie nur noch ein silbriger Schimmer am klaren Himmel war und dann völlig verschwand. Die bewaffneten Männer, die vorhin aus dem Flugzeug geklettert waren, blieben zurück.

Rigoberto kam herein, der Mann, der mich zusammen mit Clara Howler ins Haus geschafft hatte.

»¿Qué pasa?«, fragte ich.

Er hatte ein Gewehr dabei, ein altes Springfield aus dem Ersten Weltkrieg, das er jetzt gegen die Wand lehnte. »Lust auf eine Partie Karten?«, fragte er und gähnte.

Er setzte sich an den Tisch und winkte mich heran. Ich setzte mich ihm gegenüber. »Five Card Draw«, sagte er. Er gab mir zehn, zwölf Streichhölzer und behielt die Schachtel für sich. »Gespielt wird nur um große Beträge. Jedes Streichholz ist eintausend *dolarucos* wert.« Er grinste, so albern war das. »Der Gewinner wird ein reicher Mann sein.« Er mischte die Karten kurz durch und teilte sie aus. Die Stirn gerunzelt wie ein Gelehrter, der einen alten Text studiert, sortierte er sorgfältig sein Blatt. Ein Lächeln zog sich wie eine horizontale Schneise durch sein Gesicht. In der oberen Zahnreihe blitzte ein goldener Backenzahn auf. Rigoberto sah mich an, ein ernster, zugleich aber munterer Blick aus dunklen Augen, die unter struppigen Augenbrauen saßen. »Man wird uns bald angreifen«, sagte er und beantwortete endlich meine Frage. »*Pero*, du musst dir keine Sorgen machen.«

»Wer wird uns angreifen?«

Er zuckte mit den Achseln. »Könnte jeder sein. Vielleicht *maricónes* von eurer DEA. Vielleicht ein paar *panchos riatas* aus Tijuana. Oder italienische Gangster aus Chicago.« Letzteres amüsierte ihn und er lachte. »Wer auch immer dich umbringt – *no importa.* Tot ist tot.«

Der in Aussicht stehende Überfall ließ Rigoberto offensichtlich kalt. Er war ein kleiner Mann, ein *mestizo*, aber mit überwiegend indianischem Blut. Sein Gesicht trug die Abzeichen eines Kriegers; am meisten beeindruckte eine tiefe Narbe, die sich diagonal durch das gesamte Gesicht zog und von der linken Augenbraue über die Nase bis hin zum rechten Kiefer verlief. Es sah aus, als hätte jemand versucht, ihm den Schädel mit einer Machete zu spalten. Das linke Ohr fehlte fast zur Hälfte, ein perfekter Hieb. Von seinem Ohrläppchen war nur noch ein Fetzen übrig geblieben, der wie eine fleischige Träne herabhing.

Mein Spanisch war passabel, aber nicht flott genug, um eine Unterhaltung zu führen, doch Rigoberto sprach brauchbares Englisch. Dennoch verlief unser Kartenspiel schweigend, es sei denn, er holte den Pot. Dann ließ er eine Flut von Obszönitäten vom Stapel und lächelte sein Goldzahnlächeln. Wie die meisten Krieger war er ein einfacher Mann, der sich an einfachen Dingen erfreuen konnte.

Nach drei oder vier Spielen fand er seine Sprache wieder. »Ich hoffe, du nimmst es nicht persönlich«, bemerkte er.

»Was?« Die Frage war überflüssig, seine Augen sagten alles.

Er deutete mit dem Kopf auf das Gewehr, das an der

Wand lehnte. »Für einen Gringo bist okay, ein netter *büey*, finde ich, deshalb macht es mir auch keinen Spaß.« *Dich zu erschießen* brauchte er nicht hinzuzufügen. Ganz klar, Rigoberto hatte den Zuschlag für den Job erhalten.

»Was ist mit Victor Mellado?«, fragte ich.

Er zuckte mit den Achseln. »Ich glaube, er soll jemand in Califas umbringen. Passiert einiges momentan.«

Ich musste schwer schlucken. Aus irgendeinem albernen Grund hatte mich seine Freundlichkeit zuversichtlich gestimmt, was meine Chancen, hier lebend herauszukommen, betraf. Er zuckte wieder mit den Achseln, ein mir vertrautes mexikanisches Achselzucken, das Bände sprach. Es war Ausdruck des tief verwurzelten Fatalismus der mexikanischen Seele. Ich musste an Güero denken. Die Zukunft ist in Stein gemeißelt. Warum sich also einen Kopf darum machen. Nichts drückte das besser aus als dieses mexikanische Achselzucken.

»Geschäft ist Geschäft«, sagte Rigoberto. »Manchmal macht man Sachen für *el jefe*, über die man nicht mal glücklich wäre, würde man sie auf eigene Rechnung machen. Aber so läuft das nun mal, auch in deinem Land. *Lo siento, ése.* Ich hoffe, du wirst nicht schlecht von mir denken. Wenn du Jesus triffst, sag ihm, dass Rigoberto Acosta Nuñez kein *pendejo* ist. Wenn ich dich erschieße, werde ich dafür sorgen, dass die Kugel in dein Herz eindringt. Es sei denn, du willst sie in *los sesos*.« Er tippte sich an die Stirn. »Du weißt schon – das Gehirn. Aber davor bringe ich dir höchstpersönlich ein großes Steak zum Abendessen. Willst du es rot in der Mitte oder durchgebraten? Mit Pilzen obendrauf? *Cebollas?*«

Ich zuckte mit den Achseln. Es war kein mexikanisches Achselzucken. Es war ein rein amerikanisches Ichbin-im-Arsch-Achselzucken. Essen war das Allerletzte, wonach mir jetzt der Sinn stand.

»Und Tequila«, sagte er. »Du kannst Tequila haben. Ein *chingón* Liter!« Er grinste sein gutmütiges Grinsen. Es war schwer, ihn nicht zu mögen.

Er spielte einen Full House aus, gewann mit Königen gegen Siebenen und räumte alle Streichhölzer ab, die in der Mitte des Tisches lagen. »*Ai, dios*, vergib mir, ich bin ein *hombre rico*«, sagte er und lächelte, diesmal jedoch verhaltener.

Irgendwann wandte er sich zum Fenster und lauschte. »*Un camión*«, sagte er. »*Un trogue*, vielleicht mehr. Große Fords. *Sí, Fords. Ford troques.* Große Wagen.«

Ich lauschte ebenfalls, hörte aber nichts. Doch einen Augenblick später vernahm ich es auch – das weit entfernte traurige Ächzen eines Getriebes in niedriger Drehzahl. Das Ächzen wurde lauter, die Tonlage höher. Die Männer draußen schrien sich Anweisungen zu. Einer von ihnen feuerte eine Salve aus seiner Waffe ab, andere folgten seinem Beispiel. Dann sah ich die offenen Lastwagen. Ungefähr ein Dutzend Männer mit Sturmhauben und in Tarnkleidung sprangen von den Ladeflächen. Das hatte ich alles schon in unzähligen Filmen gesehen. Anscheinend hatten diese Typen dieselben Filme gesehen.

Ich sah das Mündungsfeuer ihrer Waffen. Es waren Automatikwaffen. Lautlos hinterließ eines ihrer Geschosse ein sauberes Loch im Fenster und ließ den Putz rieseln, als es in die gegenüberliegende Wand eindrang.

»Mach mich von diesen verdammten Ketten los, Rigo!«, rief ich. »So will ich nicht sterben, angekettet an eine Wand!«

»*No es posible*, Mann«, sagte er mit sichtlichem Bedauern. »*Señorita Howler, la manflora*, sie hat den Schlüssel.«

Ich warf meine Karten auf den Tisch. »Na dann bis später!« Mit diesen Worten robbte ich zurück zu meinem Matratzenlager und drückte mich dicht an die Wand, machte mich dabei so klein wie möglich. Rigoberto schnappte sich sein Gewehr und zerschlug mit dem Lauf die Fensterscheibe. Innerhalb weniger Sekunden hatte er sein Magazin geleert. Draußen schrie jemand: »*¡Cada chango a su mecate y a darse vuelo!*« – ab jetzt musste jeder Mann allein klarkommen.

Der Schusswechsel dauerte nicht lange. Die Angreifer hatten mehr Feuerkraft und waren zahlenmäßig überlegen. Die Schießerei ebbte ab. Irgendjemand schrie handfeste Gemeinheiten. Rigoberto schrie ähnliche Gemeinheiten zurück. Dann trat einer die Tür ein. Er zielte mit einer AK-47 auf Rigoberto und befahl ihn auf die Knie, die Hände am Hinterkopf. Er trug eine Baseballkappe der Dodgers.

Rigoberto lächelte höhnisch und blieb stehen. »*Chinga tu madre pocho*«, sagte er.

Der Mann erwiderte die Beleidigung, zielte auf Rigobertos Unterleib und drückte ab. Rigoberto ging zu Boden, die Zähne zusammengebissen, ohne zu schreien, lediglich mit einem Knurren.

Der Mann feuerte noch einmal, diesmal hatte er die untere Bauchdecke ins Visier genommen. Er ließ es dabei bewenden, schulterte die Kalaschnikow und nahm die Sturmhaube ab. Er war ziemlich jung, nicht älter als zwanzig, und sein glattes, braunes Gesicht glänzte vor Schweiß. Das Töten hatte ihn stimuliert, doch er hatte sein Werk noch nicht vollendet. Rigoberto krümmte sich

in einer Blutlache, stöhnte laut, um Schreie zu unterdrücken.

»Um Himmels willen, mach dem ein Ende«, sagte ich.

Erst jetzt nahm der Typ Notiz von mir. Meine Situation
schien ihn zu belustigen. Er lachte. »Wozu?«, fragte er.
»Das Arschloch hat dreckige Bemerkungen über mich
und meine Mutter gemacht. Dafür soll er noch ein bisschen leiden, bevor er zur Hölle fährt. Und er leidet
anständig, *tiene huevos*. Der hat Eier, dieser mexikanische
Held, doch jetzt wird er weder seine Mutter ficken können noch jemand anders, ohne *pito* und ohne *huevos*.
Vielleicht kann er ihren *puta* Arsch in der Hölle ficken.«
Er sah hinüber zu Rigoberto, der inzwischen jenseits von
gut und böse war – sein Blick ging ins Leere und er hatte
aufgehört zu stöhnen. »Und ... wirst du's machen, *joto*?«,
fragte der Schütze den Sterbenden, »wirst du deine
Mami in der Hölle ficken?« Er sprach wie die Leute aus
East L.A. – ein *pocho* aus *eastla* mit einem großen Maul.

»Jetzt erzähl mir mal«, sagte er und wandte sich zu mir,
»wer du eigentlich bist.«

»Ich bin ein Gefangener und soll erschossen werden.«

Er zündete sich eine Zigarette an. »Ohne Scheiß?
Weswegen? Arbeitest du etwa für den *chilango* Broker
und hast Mist gebaut? Vielleicht bist du auch von der
DEA. Ist es das? Bist du so ein Undercoverarsch von der
DEA, der aufgeflogen ist?«

»Ich bin Klempner«, sagte ich. Ein absurder Gedanke
schoss mir durch den Kopf: Die Terrine der Hildebrands
war bereits tagelang verstopft. Inzwischen wohnten sie
vermutlich in einem Abwassersee und mein Anrufbeantworter hatte wegen Rosies Beschwerden den Geist aufgegeben.

Dann fiel der Blick des Schützen auf die Drogenpakete unter dem Schutzheiligen. »Na holla! Yo! *Feliz Navidad!*«, rief er aus. »Und alles so hübsch verpackt.« Er hielt sich ein Paket unter die Nase, roch daran, als könne er so den Inhalt identifizieren. »Auf der Straße bringt das sechs Riesen, wenn nicht sogar sieben. Das ist – wie sagt man dazu? – ein warmer Regen. Deswegen sind wir gar nicht hier, wir wollten diese Drecksäue bloß ausschalten. Ein Exempel statuieren, verstehst du?«

Er war glücklich und ich war glücklich, dass er glücklich war.

Ein zweiter Mann kam herein und nahm seine Sturmhaube ab. Er trug Bauch und Glatze und war älter. Von ihm ging so etwas wie Autorität aus. Er sah Rigoberto, inspizierte ihn, warf dem jungen *pocho* einen eisigen Blick zu und schoss Rigoberto in aller Seelenruhe in die Stirn.

Der Körper zuckte kurz und entspannte sich. Rigobertos Zeit der Leiden auf dem Planeten Erde war jetzt offiziell vorbei.

»*¿Quién es?*«, fragte der Ältere und zeigte mit dem Gewehr auf mich.

»*Dice que es un prisonero, jefe*«, erklärte der *pocho*.

Der ältere Mann kam auf mich zu und stieß mit dem Lauf seiner Kalaschnikow gegen meine Brust. Der Lauf war noch heiß. »Warum bist du hier, Gefangener?«, fragte er.

»Sie haben es mir nicht gesagt«, antwortete ich.

Er musterte mich, suchte nach einem Haken.

»Ernsthaft, *señor*«, sagte ich voller Respekt. »Sie haben es mir nicht gesagt.«

Er zündete sich eine Zigarette an und ging hinaus. Der *pocho* zog ein Jagdmesser aus der schmalen Hosentasche am Oberschenkel, fuhr mit dem Daumen über die Schneide, um die Schärfe zu prüfen. Dann hockte er sich neben Rigoberto und trennte ihm die Ohren ab, präzise wie ein Fleischer, der Fleisch filiert. »Scheiße, sieh dir das an«, sagte er und hielt Rigobertos halbes Ohr in die Höhe. »Irgendein Arschloch hat ihn verstümmelt.« Dann steckte er die Ohren in seine Tasche.

»Mein Gott«, sagte ich angewidert.

Er kam zu mir herüber, die personifizierte Niedertracht. »Hast du ein kleines *problema*?«, fragte er. »Du bist absolut nicht in der Position, hier mit irgendwas ein Problem zu haben, Kumpel. Die Ohren hier, die sind so eine Art Trophäe. Dieser *pendejo* ist Nummer sieben. Sieben ist meine Glückszahl. Glaubst du an Glück?« Er drehte sich um, lachte in sich hinein, erwartete nicht wirklich eine Antwort.

»Ich glaube an beides«, sagte ich. »Glück und Unglück.«

Der Boss des *pockos* kam mit einem Bolzenschneider zurück und durchtrennte die Ketten. Soweit ich es beurteilen konnte, hatten sich meine Chancen nicht verbessert, dennoch bedankte ich mich bei ihm.

Er bot mir eine Zigarette an. Ich hatte das Rauchen während meiner Armeezeit aufgegeben, wollte aber kein neues Unglück heraufbeschwören, indem ich ihn vor den Kopf stieß.

»Es gibt ein altes arabisches Sprichwort«, sagte er und musterte mich durch den Rauch hindurch. »›Der Feind meines Feindes ist mein Freund.‹ Du bist frei und kannst gehen, wohin du willst, wer auch immer du bist.«

ACHTZEHN

Mando Ojara, der Barkeeper der Nachmittagsschicht – wie Güero der Nachfahre eines *patricio* – erkannte mich nicht. Er sah nur meine Kleidung, nicht mein Gesicht. Meine Hosen waren weit wie ein Sack, die zeltartigen Hosen eines Mannes von hundertdreißig Kilo. Zusammengeknotete Schnürsenkel, die ich aus den Schuhen der Toten gezogen hatte, mussten als Gürtel herhalten. Mein Hemd war zerrissen und blutverschmiert. Die Armeestiefel, die ich einem Toten ausgezogen hatte, waren mir zu klein. Um damit laufen zu können, hatte ich Löcher für meine Zehen in die Stiefelspitzen schneiden müssen.

»Ich bin's, Mando«, sagte ich. Meine Stimme war heiser, mein Hals rau vom Wüstensand. »Seit Jahren machst du salzfreie Margaritas für mich.« Ich hatte einen Bart und mein vor Schmutz starrendes Haar hing mir über die Ohren. Ich roch nach Blut, Schweiß und Scheiße. Vielleicht auch nach Schießpulver; vielleicht auch nach Clara Howler.

Endlich war auch Mando der Ansicht, dass wir uns kannten. »*¡Cielos!* Walkinghorse! Was ist denn mit dir passiert, Mann?«, stieß er hervor. »Ich wollte deinen *mugriento* Hintern gerade hinauseskortieren.« Mando, ein guter Katholik, war in puncto Flüche oder Kraftausdrücke äußerst zurückhaltend. *¡Cielos!* – Himmel!– war schon das Äußerste, was er sich gestattete in den Mund zu nehmen.

»Ich hab mich verirrt«, sagte ich und das war nicht mal gelogen. »Welchen Tag haben wir heute?«

»Welchen Tag wir heute haben?« Mando sah mich

erstaunt an. »Heute ist Mittwoch, Mann.«

»Mittwoch? Ich hab gedacht, heute wär Montag.«

»Wohin hast du dich denn verirrt? Auf den Mond?«, fragte Mando. »*Cielos,* Mann. Nimm nächstes Mal 'nen Kompass mit.«

Mando war gedrungen, dunkel, ein Mann mit mächtiger Nase und den undurchdringlichen Mandelaugen eines Mayas. Das, was von seinem irischen Erbe noch übrig war, wurde von den prägnanteren Merkmalen seiner Erscheinung an den Rand gedrängt. Er beugte sich leicht in meine Richtung, mit bebenden Nasenflügeln. »*Ai chihuahua,* du musst dringend in die Wanne, Walkinghorse«, sagte er.

»Erst mal einen Drink, Mando*, por favor.*«

Er machte mir eine Margarita, eine recht üppige, und ich stürzte sie förmlich hinunter.

Im DMZ war so gut wie nichts los. Zwei Prostituierte, Transvestiten in paillettenbesetzten Kleidern, saßen an einem der Tische und steckten die Köpfe zusammen. Die eine hatte zitronengelbes Haar und einen Teint, aus dem jegliche Farbe gewichen war. Die andere war ein dunkler Typ, eine *morena*. In ihrem tiefschwarzen Haar schimmerten blaumetallicfarbene Strähnchen. Beide sahen sehr attraktiv aus und ihre Nervosität war völlig überflüssig. Ihr Auftritt war perfekt, aber das DMZ ihnen nicht vertraut, also schienen sie sich zu fragen, ob dies ein Ort sei, wo ihre Masche auch zog. *No problema.*

Ein junger Typ, ein wahrer Kleiderschrank, zog einen Stuhl heran und setzte sich zu ihnen an den Tisch. Unter seiner blonden Bürste glänzte rosafarbene Kopfhaut. Er trug ausgestellte Jeans, ein mit Perlmuttknöpfen zu schließendes Cowboyhemd in Rosé und nagelneue Stiefel

aus Schlangenleder. Er war ideales Material für das Erst-
semester-Footballteam jedweder Universität, aber er kam
mit Sicherheit aus Fort Bliss und war Rekrut.

»Mach mir noch einen«, sagte ich zu Mando und
kramte in meinen Taschen, doch ich hatte nur noch Pesos,
deren Wert nahezu stündlich zu fallen schien. Ich klatschte
sie auf den Tresen. »Schreib den Rest auf meinen Zettel,
Mando. Ich hab meine Brieftasche verloren.«

Während meiner Abwesenheit hatte Güero ein neues
Schild angebracht. Es hing am Spiegel, oberhalb der
Bourbon-Flaschen:

> Zu lange ohne Karte und Wasser unterwegs,
> fordert die unversöhnliche Wüste ihren schrecklichen
> Tribut.

Das schien auf mich gemünzt zu sein – einer dieser
Zufälle, die man nicht als unbedeutsam abhaken will.
Ich hob meine zweite Margarita und prostete dem syn-
chronistischen Grammatiklapsus zu.

Ich *war* zu lange in der unversöhnlichen Wüste unterwegs
gewesen. Mein Gesicht im Barspiegel zeigte eine unge-
sunde, zinnoberrote Schattierung, eingebrannt durch
ultraviolette Strahlen. Die vom Wind ausgetrocknete Haut
um Augen und Mund war rissig, das Weiße in meinen
Augen blutunterlaufen. Meine Augenlider waren ge-
schwollen genau wie meine Lippen, die sofort anfingen zu
bluten, wollte ich auch nur lächeln oder grinsen. Nicht
dass ich einen Grund zum Grinsen gehabt hätte, schließlich sah ich aus wie eine sechzig Jahre alte Wüstenratte.
Kein Wunder, dass Mando mich nicht erkannt hatte.

Cielos, ich erkannte mich nicht mal selbst.

Meine Klamotten hatte ich den von Fliegen um-
schwärmten Leichen abgenommen. Ein paarmal hatte ich
in meinem Vorhaben innehalten müssen, um den Brechreiz zu unterdrücken. Der penetrante Geruch des Todes
hatte sich in meiner Kehle festgesetzt und dafür gesorgt,
dass sich mir der Magen umdrehte. So hatte ich mich
einige Male von dem Ort des Geschehens entfernt, um
frische Luft zu tanken. Die Toten hatten sich noch nicht im
Stadium der Leichenstarre befunden und so war es relativ
einfach gewesen, ihnen die Klamotten auszuziehen. Die
Hosen stammten von dem schweigsamen Hünen, der mir
das Essen gebracht hatte. Man hatte ihm in Kopf und
Hals geschossen − seine Hosen waren feucht gewesen
vom Urin. Er hatte sich im Sterben erleichtert und natürlich auch noch eingeschissen. Nachdem ich die Hosen
ausgeschüttelt und die Innenseite nach außen gekehrt
hatte, hatte ich versucht, das Ganze so gut wie möglich
mit Sand zu reinigen. Im Bund waren mir die Hosen zu
weit, aber die Länge stimmte. Das Hemd hatte jemandem
gehört, der mit einem einzigen Schuss ins linke Auge
getötet worden war. Am Kragen befanden sich einige
Blutspritzer. Auf der linken Brusttasche war ein weiterer
Fleck, der, in Form eines schiefen Sterns, an ein Ehren-
abzeichen erinnerte. Man hatte dem Typ den Hinterkopf
weggeschossen, doch auf wundersame Weise hatten Blut
und Gehirnmasse die Rückseite seines Hemdes verschont.
Die Stiefel waren so gut wie neu, aber eine Nummer zu
klein. Ich hatte einem anderen Toten das Messer abgenommen und damit die Spitzen der Stiefel abgesäbelt,
um Bewegungsfreiheit für die Zehen zu bekommen. Am
Ende hatte ich die Taschen der Toten nach Geld durch-
wühlt und insgesamt fünfzig Pesos gefunden. Erneut

hatte ich gegen den Brechreiz ankämpfen müssen, diesmal vergeblich.

Ich hatte meinen Marsch Richtung Norden auf einer Straße gestartet, die ich als Highway 45 identifiziert hatte, eine Maut-Straße. Mein Weg hatte mich durch das Städtchen Samalayuca geführt, vorbei an Männern, die auf der Schatten spendenden Veranda einer *tienda* gesessen, mich angestarrt und geschwiegen hatten. Zweifellos hatten sie die Schießerei gehört und wollten nichts damit zu tun haben, auch nicht mit Überlebenden. Ein Hund hatte gebellt, war aber auf Distanz geblieben, eingeschüchtert durch den beunruhigenden Geruch des Todes.

Nach ein paar Stunden hatte ich eine der neuen *colonias* am südlichen Stadtrand von Juárez erreicht. Ich war in einen *rutera* gestiegen, einen Bus, der die *maquila*-Arbeiter zur Arbeit befördert und wieder nach Hause bringt. Die *maquilas* – amerikanische High-Tech-Fabriken, die früher Teil der amerikanischen Industrielandschaft waren – geben Nordmexiko den Anstrich einer blühenden Landschaft, doch die Arbeiter in diesem *rutera* verdienen fünf Dollar am Tag und sind nicht sozialversichert. Die *maquilas* sorgen für ein gleichbleibend hohes Armutsniveau in Mexiko. Sie sind dafür verantwortlich, dass die Anzahl der Armen sogar wächst, weil Arbeitsuchende aus dem Landesinnern und aus Mittelamerika angelockt werden, die – zumeist vergeblich – hoffen, in den namhaften Fabriken im Norden Beschäftigung zu finden. An den Randlagen der Stadt schießen *colonias* aus dem Boden – *colonias* aus Spanplatten-Behausungen, ohne Strom, Wasser, Kanalisation, ohne medizinische Versorgung, Schulen und Geld. Jeden

Winter sterben viele Bewohner an ihren Kohlendioxid spuckenden Kerosinöfen. Polio und Tuberkulose sind in diesen Gegenden auf dem Vormarsch.

Mit dem *rutera* war ich bis auf eine Meile an eine Brücke herangefahren, die den Rio überquert. Die Kontrolleure an der Grenze hatten mich mit intensiven, neugierigen Blicken bedacht, die üblichen Fragen gestellt und mich dann widerwillig das reichste Land der Erde betreten lassen. Dann hatte ich nur noch die Mesa vor mir und konnte nach zwei Meilen das DMZ betreten.

Ich hatte gerade meinen Drink geleert und war im Begriff, bei Mando einen weiteren zu ordern, als der Knabe, der bei den Transvestiten saß, losbrüllte, als hätte man ihm einen Eispickel ins Auge getrieben. Zuvor hatte er der Zitronenblonden die Zunge abgelutscht und ihre Silikon-*chichis* befingert, während die *morena* seinen glühenden Schritt bearbeitet hatte. Der Junge, der aussah, als käme er aus dem nördlichen mittleren Westen, war völlig hin und weg vom Leben an der Grenze. Vermutlich hatte er sich bereits gefragt, wie viel Glück ein Mann auf einmal vertragen könne.

Doch als er bei der Blonden richtig hatte hinlangen wollen, war er unter dem paillettenbesetzten Kleid auf Hartholz gestoßen. Er hatte zwischen den beiden gesessen, Bier vom Fass getrunken und sie mit Geschichten aus seinen wilden, sorglosen Teenagertagen ergötzt. Nachdem er die logische Schlussfolgerung aus der Überraschung in seiner Hand gezogen hatte, wich alle Farbe aus seinem Gesicht und die Geschichten fanden in seinem sperrangelweit geöffneten Mund ein jähes Ende. Er sprang auf wie von der Tarantel gestochen, kippte den

Tisch um und stieß die Blonde weg, als hätte sie sich in ein tollwütiges Ungeheuer verwandelt. Er jaulte auf, angewidert und erschrocken zugleich, dann ging er mit Fausthieben und Tritten auf die beiden los. Mando sprang über den Tresen und brachte den Knaben mit einem gekonnt ausgeführten Schlag seines Totschlägers auf den Boden der Tatsachen zurück.

Ich half Mando, den Jungen in die Herrentoilette zu tragen. Wir setzten ihn an die Wand gegenüber den Urinalen. Den großen, rosafarbenen Schädel gegen die feuchten Fliesen gelehnt, verharrte er dort für etwa zehn Minuten, um anschließend auf allen Vieren aus dem Männerklo gekrabbelt zu kommen. Er schaffte es, sich aufzurichten, und wankte aus der Bar. Die Transvestiten hatte es nicht sonderlich schlimm erwischt. Sie hatten es mit wesentlich härteren Zeitgenossen zu tun und wussten, wie man Schlägen und Tritten ausweicht. Der Junge konnte von Glück sagen, dass keine von beiden ihn mit einem Messer aufgeschlitzt hatte. Sie frischten ihr Make-up auf, richteten ihre Klamotten, dankten Mando in tadellosem Spanisch und stolzierten in königlicher Haltung hinaus.

»Diese Gringo Kids«, meinte Mando, »benehmen sich, als bestünden sie nur aus ihrem Schwanz.«

Ich trank aus, verabschiedete mich von Mando und machte mich auf den Weg ins Baron Arms in der Hoffnung, dass mein Apartment nicht von Dieben ausgeräumt worden war. Immerhin war ich fast eine Woche weg gewesen. Ich fühlte mich ganz gut, wenn auch mit einem Male etwas wacklig. Ich atmete nicht nur die Gerüche, ich atmete selbst den Anblick der Mesa tief ein, ich atmete meine Freiheit ein. Ich hatte die Mesa zur Hälfte überquert, als die Ampel umschaltete und ich auf der Mittelinsel stehen bleiben musste. Ein Wagen fuhr langsamer und der Fahrer gab mir einen Dollar. Der Wagen dahinter fuhr ebenfalls langsamer, nur sah mich sein Fahrer mit vorwurfsvoller Miene an. »Such dir einen Job!«, schrie er. »Du bist gesund wie ein Ochse. Geh arbeiten!«

Der nächste Wagen musste bei Rot anhalten. Der Fahrer ignorierte mich, aber die Kinder auf dem Rücksitz warfen mir eine Tüte Gummibärchen zu. »*Gracias, niños*«, sagte ich. »*De nada*«, erwiderten sie wie aus einem Munde.

Ich wartete mehrere Ampelphasen ab, bevor ich meinen Posten wieder verließ. Innerhalb von zehn Minuten hatte ich es auf sechs Dollar und eine Tüte Gummibärchen gebracht, ohne irgendjemanden um irgendetwas gebeten zu haben. Die Liebenswürdigkeit von Fremden – nichts, worauf man sich verlassen kann, aber immer etwas, was einen in Erstaunen versetzt.

Ich kam am Kräuterladen *Die Heilende Hexe* vorbei. Ein Mann, der ähnlich heruntergekommen aussah wie ich, kauerte neben dem Eingang. Kein Dummkopf, denn er wusste, dass Leute, die sich Naturheilkräuter leisten können, Geld haben. Er hatte eine Krücke dabei und ein Schild mit der Aufschrift:

Kriegsinvalide bittet um Hilfe
Gott schütze Sie und die Ihren

Ich beschloss, ihm das Geld zu geben, schließlich hatte ich quasi in seinem Revier gewildert, aber eine Frau war vor mir bei ihm. Sie war in einem nagelneuen Camry vorgefahren, war jung und sah gut aus. Bevor ihm überhaupt klar wurde, dass er ihr Adressat war, ergoss sich auch schon ein Schwall von Worten über ihn. Er legte den Kopf in den Nacken und blinzelte hoch zu ihr. Ihr Gesicht strahlte wie konzentriertes Sonnenlicht, konzentriert genug, um Schaben und Käfer auf der Stelle einzuäschern. Der Bettler zuckte zurück, er fing an zu schwitzen. Sein Lächeln – ein Lächeln aus braunen Stümpfen und Zahnlücken – konnte sie nicht entwaffnen. Sie trug enge schwarze Hosen, eine weiße Seidenbluse, schwarze Wildlederstiefel mit hohen Absätzen und sie hielt ihm einen Vortrag über vorbildliche Christen, die Bedeutung von Anstand und die Früchte harter Arbeit. Dann beschimpfte sie ihn, Gottes Namen für die Aufrechterhaltung seines verkommenen Daseins zu missbrauchen. Der Bettler nahm eine defensive Körperhaltung ein, verschränkte die Arme vor der Brust. Er bewegte den zotteligen Kopf hin und her und hoffte auf Rettung, doch die Frau war gnadenlos, voller Leidenschaft. Ohne Furcht setzte sie sich vor ihm auf ihr exklusives Hinterteil und belehrte ihn darüber, was Jesus von einem amerikanischen Mann erwarte. Am Ende gab der Bettler klein bei, ließ den Kopf auf die Brust sinken, als habe er verstanden, dass Unterwürfigkeit das einzige Rezept war, sie loszuwerden. Die Frau nahm seine Hände und begann zu beten. Sie forderte ihn auf mitzubeten. »Jesus, dieser unreine Mann tritt vor dich hin ... « Im Anschluss an diesen Prolog ging es noch eine volle Minute weiter.

Sie beteten gemeinsam, wobei der Bettler nur unverständlich vor sich hin murmelte, während sich die Stimme der Frau furios, einer Fanfare gleich Richtung Dachtraufe des Ladens erhob. Dann stand die Frau auf und marschierte in den Laden, jedes Klacken ihrer Absätze auf dem Beton ein Ausruf.

»Bist du okay?«, fragte ich den Penner.

»Nicht mal lausige fünf Cent hatte die Schlampe übrig«, sagte er. »Trägt Nuttenstiefel, aber betet zu Jesus, das muss man sich mal vorstellen.«

»Das sind die Zeichen der Zeit, Amigo«, sagte ich.

Ich gab ihm das Geld, das ich gesammelt hatte. »Das gehört dir«, sagte ich. »Hab's in deinem Revier gemacht.«

»Hey, danke, Mann.« Er holte eine Flasche Mad Dog aus einer seiner Tüten und bot mir einen Schluck an. Ich lehnte ab.

»Bist du sicher? Du siehst aus, als könntest du was vertragen, Bruder. Ich hab auch noch 'nen Joint, wenn du willst.«

»Nein. Mir geht's gut.« Es war notwendig für mich, diese Worte auszusprechen, um mir bewusst zu werden, dass es eine Lüge war.

Ich fühlte mich schwach, mir war schlecht, und es schien, als sei ich nicht in der Lage, mich vom Geruch des Todes zu befreien.

NEUNZEHN

Die Tür zu meinem Apartment stand offen. Alles war verwüstet – Schubladen waren über das gesamte Zimmer verteilt, ihr Inhalt lag auf dem Boden. Das Bett war umgestürzt, das Bettzeug ein verknoteter Haufen. Selbst den Teppichboden hatte man an den Scheuerleisten hochgerissen. Die Küchenschränke waren offen, die Regale lagen am Boden; auf dem Küchentresen jede Menge Glasscherben, die Spüle voller Lebensmittel, zerbrochener Flaschen, Vitaminpillen und Küchenschaben, groß wie Mäuse.

Auf dem Boden dann mein Bild von Arnold, der Rahmen hinüber, das Foto in zwei Hälften. Die Rache der Schnüffler, schoss es mir durch den Kopf. Ich gab meinen Senf zu dem Chaos dazu und warf eine Bratpfanne gegen die Wand, stellte mir vor, wie sie gegen den Schädel eines Schnüfflers prallte. Merkwürdig nur, dass sie weder den Fernseher noch den Videorecorder angefasst hatten. *Un milagro.*

Ich musste hier weg. Es spielt keine Rolle, wie bescheiden ein Zuhause ist, ein Zuhause ist ein Zuhause und alles, was man hat. Ich gelobte mir, dass dieser Einbruch der letzte gewesen sein sollte. Mein Schlüsselbund hing immer noch in der Nische für den Sicherungskasten, ganz hinten, an einem Haken. Wenigstens hatten sie das nicht gefunden, sonst hätten alle Schlösser im Gebäude ausgetauscht werden müssen. Ich bemühte mich, für diese kleinen Wunder so etwas wie Dankbarkeit aufzubringen. Meine Kleidung war unangetastet, also schnappte ich mir Sweatshirt, Hose, Socken und Trainingsschuhe.

Ich ging ins Badezimmer und öffnete den Arzneischrank. Noch eine Überraschung: alles unversehrt. Nicht dass hier Dinge standen, die für einen Schnüffler von Bedeutung gewesen wären – lediglich alte Kosmetika, die Gert zurückgelassen hatte. In dem Glauben, sie komme zurück und wolle sie wieder benutzen, hatte ich die rosa- und beigefarbenen Tuben und Tiegel aufgehoben, selbst als bereits klar war, dass Gerts Abwesenheit von Dauer sein würde. Ab und an war ich versucht gewesen, alles in die Tonne zu werfen, nur der Widerwille, mich so näher damit befassen zu müssen, hatte mich davon abgehalten. Reine Sentimentalität, schätze ich. Oder vielleicht Einsamkeit. Keinesfalls Hoffnung. Hoffnung hält sich nicht lange. Wie Kaffee vom Vortag hinterlässt sie einen bitteren, metallischen Nachgeschmack. Was die innere Verfassung betrifft, kommt Hoffnung dem Genuss des eigenen Gallensaftes gleich.

Zwischen Feuchtigkeitslotionen, Rougetöpfchen, Abdeckstiften, diversen Cremes und Ölen fand ich ein Röhrchen Seconal – Gert hatte sie immer als rote Teufel bezeichnet. Entweder war das Röhrchen von den Schnüfflern übersehen worden oder sie standen nicht auf reine Arzneimittel. Bayer, Pfizer, La Roche hatten auf dem Gebiet der Gehirnerweichung nichts zu bieten, was einem Lösemittel zu fünfzehn Dollar die Gallone ernsthaft Konkurrenz machen könnte. Ich nahm ein Handtuch vom Regal, ein neues Stück Seife und machte mich aus dem Staub.

Zwei Türen weiter verschaffte ich mir Zutritt zu einem leer stehenden Apartment. Ich zog die Sachen der Toten aus, warf zwei rote Teufel ein und duschte ausgiebig, und zwar heiß genug, um den Tod aus meiner Haut zu kochen. Anschließend legte ich mich auf die nackte Matratze, den Kopf auf einem nicht bezogenen Kissen.

Als ich meine Augen schloss, sah ich Rigobertos Ohren, das Messer in der Hand des *pochos*, mit dem er die Ohren dicht am Schädel abtrennte; durch mein Sichtfeld bewegten sich die von Fliegenschwärmen belagerten Leichen wie Lichtreflexe auf einem Fluss. Und über allem schwebte das Gesicht Jesús Malverdes, des Schutzheiligen der Drogenhändler, Augen aus dem 19. Jahrhundert mit einem traurigen Ausdruck, als könne er die Zukunft Mexikos sehen.

Dann schlugen die roten Teufel zu. Sie öffneten eine

Tür, hinter der ein still ruhender, schwarzer See lag. Ich fiel hinein.

Clara Howler hatte mich bei den Ohren gepackt und drehte meinen Kopf nach links, dann nach rechts, um meine Hilflosigkeit zu unterstreichen. Vom Hals abwärts war ich gelähmt. »Du bist zu neunzig Prozent tot«, sagte sie. Dann setzte sie sich auf meine Brust und schnitt mir mit einem Jagdmesser die Ohren ab. Sie hielt sie in die Höhe, ließ sie vor meinen Augen tanzen. Sie waren blutleer, wächsern. »Siehst du«, sagte sie. »Nichts Besonderes. Es ist nur Fleisch. Wir sind alle nur Fleisch, carnal, nichts weiter.« Sie zog ihren Rock hoch und hockte sich auf mein Gesicht. Ich hatte das Gefühl, unter dem Druck ihrer feuchtwarmen Dschungelhitze tiefer und tiefer zu sinken. Ich wollte schreien, bekam aber nicht genug Luft in die Lungen. Sie erstickte mich mit ihrem Körper. Dann rannte ich, rannte durch tiefen Sand, hinter mir aufgeregte Stimmen, die Stimmen der Toten, die darum bettelten, ihre Leichen zu begraben, bevor es zu spät war. Wofür zu spät?, schrie ich. Beeil dich, riefen sie, beeil dich.

Ich saß aufrecht auf der Matratze, mit galoppierendem Herzen, die Frage *Wofür zu spät?* auf den Lippen. Es war Morgen – doch welcher Tag? Es kam mir so vor, als hätte ich eine Woche geschlafen, aber ich fühlte mich überhaupt nicht ausgeruht, mein Schädel war voller Sägemehl. Ich rollte mich von der Matratze und kroch ins Badezimmer, kletterte in die Dusche und drehte das kalte Wasser auf. Dort blieb ich hocken, bis mein Herz wieder langsamer schlug. Ich konnte wieder klar denken. Inzwischen war ich derart ausgekühlt, dass mir der Sinn nach etwas Warmem stand, meine Panik hatte dem Bedürfnis nach körperlichem Wohlbehagen weichen müssen.

Ich ging zurück in mein Apartment und räumte auf. Anschließend machte ich mir einen starken Kaffee, setzte mich an den Tisch und blickte hinunter auf den Parkplatz. Ich war dankbar, am Leben zu sein, gleichzeitig fragte ich mich, wie lange dieser Zustand noch andauern werde.

Was war mein Leben schon wert, allgemein betrachtet? Nicht viel, aber es war das Wichtigste, was ich besaß. Ich glaubte immer noch an meine Zukunft – eine vage, kaum greifbare Zukunft, aber immerhin eine Zukunft. Vielleicht würde ich doch noch meinen Magister machen. Vielleicht würde ich für eine dieser viel versprechenden High-Tech-Firmen arbeiten, die mit den Vorzugsaktien für ihre Mitarbeiter so generös umgingen, dass man sich als Millionär zur Ruhe setzen konnte. Vielleicht würde ich eine nette Frau kennen lernen und heiraten. Vielleicht ein rechtschaffenes Mittelklasse-Leben führen: trautes Heim, Glück allein in einem grünen Vorort, befriedet durch das ständige Vorbeizischen der Familienkutschen, die breite, von Bäumen gesäumte Straßen entlangfuhren.

Je mehr solcher Bilder ich mir ausmalte, desto mehr gerieten sie zu Karikaturen. Wem wollte ich hier eigentlich Sand in die Augen streuen? Ich würde nirgendwohin gehen. Ich musste alles daransetzen, meinen gegenwärtigen Standard halten zu können, nicht abzurutschen und am Ende auf der Straße zu stehen.

Meine Faust landete auf dem Tisch, ließ den Becher erzittern und den Inhalt überschwappen. »Leck mich am Arsch!«, schrie ich, als stünde der Schuldige vor mir, der, der für meine missliche Lage verantwortlich war. Vielleicht war es Gert, die mich wegen eines Rennfahrers verlassen hatte. Vielleicht war es Jillian – Jillian, die in mir wieder den Gedanken an eine Beziehung zu einer Frau wachgerufen hatte. Oder *el jefe* und seine maskuline Leibwächterin Clara Howler. Vielleicht waren es die Farnsworths, die mich überhaupt erst in diesen Schlamassel hineingezogen hatten. Es waren viele, auf die ich mit dem Finger zeigen konnte, doch am Ende fiel alles auf mich selbst zurück: Ich hatte mir mein Leben ohne ersichtlichen Grund versaut.

Vielleicht war es auch eine Frage der Genetik – meine leiblichen Eltern waren Träger des Verlierergens, das die Genforschung schon bald entdecken würde. Vielleicht waren es Sam und Maggie, war es ihre Art, uns zu selbstkritischen Menschen zu erziehen, die sich ihrer Fehler bewusst waren. Vielleicht war ich mir meiner Fehler zu bewusst. Aber was war dann mit Jesaja, Zipporah oder Zacharias? Angeboren oder anerzogen? Es war eine Art Lotterie, bei der die Hauptgewinne Jesaja, Zack und Zip die Nieten Moses und Uriah ausglichen.

Ich zog mir ein Sweatshirt über und brachte die Klamotten der Toten zusammen mit dem anderen Müll hinunter zum Müllcontainer. Auf dem Parkplatz wartete abermals eine Überraschung auf mich: mein Auto. Es stand nicht auf meinem Platz, aber es war zumindest da. Jemand hatte es sogar waschen lassen. Es war nicht abgeschlossen, die Schlüssel steckten im Zündschloss. Jillian oder einer ihrer Freunde hatte nicht gewollt, dass auf ihrem Grundstück das Auto eines Toten stand. Durchaus vernünftig. Sie waren vorsichtig, obwohl die Chance, als Leiche auf dem Friedhof der *narcotraficantes* entdeckt zu werden, eher gering war.

Es gab zwei weitere Überraschungen. Jillians Schecks waren verschwunden, Forbes' billige .32er war ebenfalls weg. In diese Apartments einzubrechen ist nicht schwer. Ich hatte mir also was einfallen lassen müssen, um diese wichtigen Dinge vor den Fingern gewöhnlicher Diebe zu schützen. Die Schecks hatte ich ins Gefrierfach meines Kühlschranks gelegt, unter die Eiswürfelschalen. Sie waren nicht mehr dort. Auch Forbes' Taschenrevolver, der in dem lichtundurchlässigen Gefrierbeutel wie ein kleines Steak ausgesehen hatte, war verschwunden.

Die Schnüffler hätten mit den Schecks nichts anzufangen gewusst, außer sie vielleicht als Klopapier zu benutzen. Aus ihrer Sicht hätte es eine Art grandios ausgetüftelter Vergeltungsmaßnahme sein können, sich mit Schecks den Arsch zu wischen, die sie nicht zu Bargeld machen konnten. Und normalerweise benutzen Schnüffler auch keine Waffen. Ihre Drogen sind zu billig, kann man sie zu locker aus den Regalen der Supermärkte holen, dafür lohnt kein bewaffneter Raubüberfall. Schnüffler leben auf der Straße und versorgen sich bei der Heilsarmee mit Essen, sofern die Lösemittel ihren Appetit nicht völlig abgetötet haben. Eine Waffe ist für einen Schnüffler eher eine Bürde. Die Cops lassen sie meist gewähren, aber der Besitz einer Waffe könnte sie für ein paar Monate in den Bau bringen. Kein Klebstoff, kein Verdünner, kein Fleckentferner. All das und die Tatsache, dass Schnüffler nicht mehr über genügend Hirnzellen verfügen, um Dinge in ausgeklügelten Verstecken – in einem Kühlschrank, zum Beispiel – zu finden, ließ mich den Einbruch noch mal überdenken.

Wer auch immer hier eingedrungen war, er wollte die Waffe und die Schecks. Zuerst hatte er die nahe liegenden Verstecke durchforstet, dann seine wütende Suche fortgesetzt, wie der Wachhund eines Schrottplatzes, den man auf den Abfallcontainer eines Steakhauses losgelassen hatte.

Forbes.

Forbes hatte die Schecks und seine Waffe mitgenommen. Das erklärte auch die Attacke auf Arnold und die Blonde um seinen Hals: Forbes war ein Fettsack, der den Gedanken an körperliche Perfektion und sexuellen Erfolg nicht ertragen konnte. Das Bild hatte ihm gestunken und die damit verbundene Erinnerung stank ihm vermutlich noch immer.

Die Schecks waren das Einzige, was mich mit den Rensellers in Verbindung bringen konnte. Die Waffe, die auf Forbes' Namen registriert war, stellte die Verbindung zwischen mir und Forbes her und somit auch zu Fernando Solís Davila.

Aber es gab noch ein loses Ende. Ich rief die Farnsworths an. Jerry hob ab.

»Walkinghorse hier. Ich muss mit euch reden«, sagte ich.

»Uri? Im Moment geht's nicht. Wir haben gerade eine Sitzung. Mona hat dich schon angerufen. Hörst du deine Nachrichten nicht ab?«

»Ich war nicht in der Stadt.«

»Hör zu, Mona ist gleich mit einem wichtigen Kunden zugange und ich assistiere ihr. Es ist das erste Mal für mich und ich bin etwas nervös. Ich soll die Grandma geben. Dieser Typ will von Oma mit einem Bratenwender versohlt werden, während er Mama aus der Hand frisst. Mona spielt die Mama. Hier ist das Zentrum des Wahnsinns. Ist Amerika nicht wunderbar? Was wolltest du eigentlich?«

»Ist vor kurzem bei euch eingebrochen worden?«

»Woher weißt du das?«

»Sie haben nur die Renseller-Videos mitgenommen, stimmt's?«

Ich hörte, wie er tief Luft holte. »Du Mistkerl«, sagte er, »du bist es gewesen, richtig? Oder jemand in deinem Auftrag. Wir haben dir doch gesagt, dass du dir keine Gedanken machen musst. Die ganze Sache ist sowieso längst Geschichte.«

»Ich war es nicht. Es war einer von Jillians Freunden. Sie wollen sicher sein, dass Clive Rensellers stilloser Abgang nirgendwo dokumentiert ist.«

Er erwiderte nichts darauf. Ich sah es direkt vor mir, wie hektisch die kleinen Rädchen unter seinem Iro rotierten.

»Ich bin Teil dieser Dokumentation«, sagte ich. »Mit euch aber haben sie überhaupt nichts am Hut. Mona wird wohl kaum jemandem erzählen, wie Renseller gestorben ist. Sie verdient viel zu viel Geld mit dem Ganzen, um Interesse an einer Enthüllung zu haben. Denn was *Mind me!* absolut nicht gebrauchen kann, ist eine Veröffentlichung der Liste eurer Kunden. Der Einzige, der Grund hätte, sich an die Presse zu wenden, bin ich.«

»Um Gottes Willen, Uri, mach das bloß nicht!« Jerry war alles andere als gelassen, seine Emotionen spielten verrückt. Das machte ihn glaubwürdig und dafür mochte ich ihn.

»Keine Sorge. Zwar würden mir die Boulevardblätter sicherlich einen Riesen zahlen, aber der zweite Versuch von *el jefe*, mich in Samalayuca zu begraben, würde nicht fehlschlagen.«

»*El* wer? Will dich wo begraben?«

»Das willst du gar nicht wissen. Warum hat Mona mich angerufen?«

Er seufzte. »Ein Jobangebot. Mona will dich im Team, und zwar ganztags. Sie zahlt dir einen Tausender pro Woche.«

»Diese Arbeit liegt mir nicht, Jerry.«

»Nicht so voreilig. Denk erst mal drüber nach.«

Ich legte auf.

Erst jetzt registrierte ich das rote Lämpchen an meinem Anrufbeantworter. Es blinkte hastig, was bedeutete, dass ich mehr als eine halbe Stunde an Nachrichten hatte. Ich spielte sie ab, während ich in meinen besten – und einzigen – Anzug stieg.

Zwanzig

Für den Anzug hatte ich vor fünf Jahren vierhundert Dollar hingeblättert. Er war aus Schurwolle und von einem gedeckten Grau mit feinen schwarzen Nadelstreifen. Gert hatte ihn ausgesucht. Es gehörte sogar eine Weste dazu. Er saß wie angegossen und ich sah mehr als nur gut darin aus – ich suggerierte Erfolg, Souveränität und Selbstbewusstsein. Meine Schuhe waren Oxfords von Florsheim, Schuhe, die ich seit unserer Hochzeit nicht mehr getragen hatte. Das Gefühl, wieder in diesem Anzug und den Schuhen zu stecken, weckte Erinnerungen, die ich momentan am liebsten verdrängte. *No problema.* Gerts letzte Nachricht auf dem Anrufbeantworter hatte jeden unwillkommenen Anflug von Nostalgie im Keim erstickt.

Sie habe Rechtsanwälte auf mich angesetzt. Trey habe es nicht ins Starterfeld der Gatorade 125 geschafft und sei stinksauer. Das nächste Rennen finde in North Carolina statt und wenn er bis dahin keinen guten Mechaniker hätte, könne er das auch vergessen. Ich hätte kein Recht,

Geld einzubehalten, das Trey brauche, um einen guten Mechaniker anzuheuern. Ob ich das nicht nachvollziehen könne. Diese Motoren liefen den ganzen Nachmittag bei achttausend Umdrehungen und müssten auf den *Punkt* eingestellt werden. Ihr Tonfall war schrill, die Stimme eines rasenden Geldeintreibers. Dann wechselte sie in eine sanftere Tonlage. »Aber eins stellt alles in den Schatten«, sagte sie. »Wir sind schwanger! Wir brauchen das Geld ganz, ganz dringend, Schatz. Das verstehst du doch, nicht wahr? Gynäkologen und Geburtshelfer sind nicht gerade billig, genau wie Pillen gegen Übelkeit, ganz zu schweigen von Anwälten. Du wirst demnächst von Rooney & Vesco hören.«

Während unserer gesamten Beziehung hatte sie die Pille genommen. Sie hatte keine Kinder haben wollen. Kinder bedeuteten Verantwortung, Einschränkungen, dazu hatte sie sich noch nicht bereit gefühlt. Ich wollte auch keine Kinder. Was das betraf, waren wir einer Meinung gewesen: Die Zeit für Kinder war noch nicht gekommen, vielleicht später, wenn unser Leben in geregelten Bahnen verliefe, wir ein eigenes Haus hätten und ein vernünftiges Einkommen. Sie war fast zehn Jahre jünger als ich und wir waren uns einig gewesen, dass es auf ihrer biologischen Uhr noch sehr früh sei. Und jetzt hatten sie und dieser Rennfahrer beschlossen, ein Baby zu bekommen, obwohl sie quasi auf der Straße lebten und abhängig waren von Preisgeldern und der Großzügigkeit von Sponsoren.

Vielleicht brauchte sie das Geld auch für eine Abtreibung. Aber dann hätte sie ›ich bin schwanger‹ gesagt und nicht die drollige Formulierung ›wir sind schwanger‹ gewählt, das leuchtete doch ein, oder? ›Wir sind schwanger‹

bedeutete, dass die Schwangerschaft gewollt war, und zwar von beiden. Meinem ohnehin angeschlagenen Gemütszustand gab das den Rest. Demnach war ich also kein geeigneter Babymacher; Trey ›Platz da oder es kracht!‹ Stovekiss war einer. Ich lachte; es klang wie ein Bellen.

Ich dachte an den Mann und die Frau, die mich gezeugt und das Licht der Welt hatten erblicken lassen, um mich anschließend auf den Treppenstufen eines Fremden auszusetzen. Gern hätte ich sie gefragt, weshalb. Weshalb hatten sie ihr Baby nicht gewollt? Mal unabhängig von ihren Lebensumständen – was an mir hatte sie bewogen zu glauben, sie könnten mich nicht lieben, könnten nicht für mich sorgen? Und dann die nächste Frage, die sich aufdrängte: Wenn sie mich nicht aufziehen wollten, warum haben sie mich nicht abgetrieben? Warum hatten sie es zugelassen, dass ich zu einem menschlichen Null-faktor mittleren Alters herangewachsen war, der den Ab-bruch seines so genannten Daseins auf seine ganz eigene dumme Art und Weise vorantrieb?

In meiner Niedergeschlagenheit nahm dieses anonyme Paar die Züge von Gert und Trey Stovekiss an. Sie standen am Rande einer von röhrendem Motorenlärm erfüllten Rennbahn, mit dem Lächeln der Beschränkten auf dem Gesicht, ein Lächeln ohne eine Spur von Ironie oder Angabe oder Gemeinheit. Gedankenlose Erzeuger, die die Welt mit Unerwünschtem bevölkerten. Sein Arm um ihre Schulter gelegt, seine Hand sorglos auf dem prallen Busen. *Schwanger*, um Gottes willen.

An diesem Punkt wurde mir klar, dass ich mich ge-danklich völlig verzettelte.

Alles Wahnsinn, würde Jerry Farnsworth sagen.

Die B-Seite von Selbstmitleid heißt Zerstörungswut.

Die Nachricht von Mona Farnsworth war kurz und bündig: »Uri – oder wollen wir bei Strobe bleiben? –, ich glaube, wir können dich regelmäßig einsetzen. Die Bezahlung ist gut. Jerry und ich haben ein paar sensationelle Szenarios ausgebrütet. Würde es dir was ausmachen, Körperflüssigkeiten über die Kunden zu verteilen? Ruf mich an.«

Als Nächstes sechs wütende Anrufe von Rosie Hildebrand. Ihre Terrine war übergelaufen. Bill und sie mussten jetzt hinunter auf die Straße, hinüber zum Klo der Shell-Tankstelle gehen. Sie drohte mit einer Klage. Sie drohte mit einem Anruf beim Gesundheitsamt. Sie drohte, ihre Miete einzubehalten. Sie drohte damit, einen toten Fisch an meine Tür zu nageln. Damit kam ich jetzt nicht klar. Ich beauftragte einen Installateur und sagte ihm, er möge die Rechnung direkt an den Besitzer des Baron Arms schicken. Damit setzte ich womöglich meinen Job aufs Spiel, doch das scherte mich momentan herzlich wenig.

Ich betrachtete mich im Badezimmerspiegel. Den Bart hatte ich stehen lassen – inzwischen war er lang genug, um ihn mit einem Kamm bearbeiten zu können – und die Haare hingen über meinen Kragen. Gepaart mit meiner momentanen inneren Verfassung, verlieh mir die Bankerkluft das Aussehen eines kaltblütigen Schuldeneintreibers, der im Begriff war, eine Familie aus ihrem Haus zu werfen, weil sie ihre Zahlungen nicht mehr leisten konnte. Als Krönung des Ganzen setzte ich eine Sonnenbrille auf. Ein Kredithai sah mich an, bereit, jemandem die Beine zu brechen, weil er den Forderungen nach Wucherzinsen nicht nachkam.

Unten, auf dem Parkplatz, hockte ein junger Schnüffler neben meinem Ford. Er hatte den Tankverschluss abgeschraubt und atmete die benzolhaltigen Dämpfe ein. Ich beugte mich hinunter zu ihm und schrie ihm ins Ohr, doch er reagierte nicht. Er klebte förmlich an der Tanköffnung, also packte ich ihn am Gürtel und verfrachtete ihn neben ein anderes Auto. Er sah mich an. Sein Blick war stumpf, nicht mal im Ansatz verärgert. Ein Fünfzehnjähriger, der stramm auf die achtzig zuging und sich jetzt zum Müllcontainer aufmachte, um nach ausrangierten Spraydosen zu suchen. Ein im Werden begriffenes Gespenst. Ich schraubte meinen Tankverschluss zu und fuhr über die Straße zum DMZ.

Güero war da. »Schicke Montur, Mann«, sagte er. »Hast du endlich einen richtigen Job?«

»Nein, in diesem Outfit hab ich geheiratet.«

Er sah mich lange an, ersparte sich aber einen Kommentar.

»Wo hast du gesteckt, Uri?«, fragte er, während er den Tresen abwischte. »Du hast dir deine nachmittäglichen Margaritas entgehen lassen.«

»Ich habe Urlaub in Mexiko gemacht.«

»Urlaub wovon? Dein gesamtes Leben ist ein einziger Urlaub.«

»Fang du nicht auch noch an.«

Ich erzählte ihm von meinem Abenteuer in Samalayuca.

»Du hast einen Schutzengel, *ése*, jemand da oben hält die Hand über dich. Du solltest dich nicht länger mit diesen Leuten abgeben.«

»Nichts lieber als das.«

Er machte mir eine Margarita. »Ich werde dich nicht

fragen, wie du an *traficantes* geraten bist«, sagte er. »Ich
will's gar nicht wissen. Am besten verdrückst du dich für
'ne Weile. An deiner Stelle würde ich nach Norden
gehen, ziemlich weit nördlich, vielleicht nach Saskatoon.
Oder mach Nägel mit Köpfen, geh nach Australien.«

»Ich habe mich mein ganzes Leben lang verdrückt«,
sagte ich. »Als hätte sich am Tag meiner Geburt etwas an
meine Fersen geheftet, was da schon wusste, dass ich
besser in einer Mülltonne krepiert wäre.« Mir wurde
bewusst, dass ich die Wahrheit aussprach. Es auszusprechen machte es deutlich, als wäre der Gedanke
bisher nur eine verschwommene Theorie gewesen.

»Alles klar mit dir, Mann?«, fragte Güero. »Du siehst
'n bisschen abgedreht aus. Nicht dass du mir zum *loco*
mutierst, okay?«

»Ich hab mich immer nur versteckt, Güero. Das kotzt
mich so an. Genauso gut könnte ich tot sein, findest du
nicht? Was macht das für einen Unterschied – tot sein
oder sich verstecken? Ich habe immer geglaubt, ein Körper wie meiner bietet 'ne Art Schutz.«

Er musterte mich. Sein analytischer Blick versuchte
meine körperliche und seelische Verfassung einzuschätzen. »Schutz? Wovor? Muskeln können keine
Kugeln abwehren.«

»Dämonen, vermutlich.« Über dieses Eingeständnis
musste ich selber lachen.

»Dämonen stecken im Innern, *ése*«, sagte Güero.
»Vielleicht halten deine Muskeln sie gefangen. Willst du
den Namen eines guten *curandera*? Oder lieber einen
Gringo-Seelenklempner? Ich hab gehört, die Freudianer
feiern fröhliche Urständ.«

»Eins nach dem anderen.«

»Wie du meinst«, sagte er. »Ich habe genug eigene Probleme.« Mit einem Mal sah er bedrückt aus, sein Blick wirkte abwesend.

Ich hakte nicht nach, was seine Probleme betraf, ich hatte nur Sinn für meine.

Ich fuhr auf der Mesa Richtung Süden, Richtung downtown, ohne Plan, ich war richtiggehend angepisst und ein wenig in Kamikazestimmung – ein Zustand, der Strategie zur Nebensache verkommen lässt.

Unwirsch betätigte ich meine Hupe, weil der Fahrer eines silbernen Cadillacs vor mir ständig auf dem Bremsklotz stand, ein Fuß auf dem Gas, den anderen auf der Bremse. Er hielt alles auf, machte aber keine Anstalten, schneller zu fahren. Mit neunzehn Meilen durch eine Zone, in der vierzig erlaubt waren. Mein Hupen wurde schlicht ignoriert. Ich konnte ihn nicht mal sehen – wahrscheinlich ein winziger, alter Mann, der kaum an die Kopfstütze des Fahrersitzes reichte. Diese Sorte kannte ich: Welk, reich, vorsichtig, ließen sie die Bremse schleifen und saßen immer hinter dem Steuer eines Cadillacs. Ich malträtierte meine Hupe, doch in der vornehmen Isolation seines Caddys war der Fahrer unerreichbar.

Direkt neben dem Gebäude der Stadtverwaltung fand ich einen Parkplatz. Das Dach der Stadtverwaltung hat die Form eines Sombreros von der Größe eines halben Footballfeldes – die Stein gewordene Vorstellung unserer Stadtväter von einer Touristenattraktion. Der Sombrero dient als Sinnbild für den geselligen Charakter El Pasos und unserer Schwesterstadt auf der anderen Seite des Flusses. Ein Denkmal sorgloserer Tage. Inzwischen

reduziert sich der gesellige Charakter beider Städte nämlich auf den kleinen Grenzverkehr in Sachen Prostitution
und auf Turbo-Scheidungen à la Mexiko.

Drei Blocks entfernt von der Stadtverwaltung sah ich
das Gebäude der Cibola Savings and Loan in den Himmel ragen, ein Monolith aus grünem Glas und schwarzem
Stahl, achtundzwanzig Stockwerke hoch und alles andere
als ein Hingucker für Touristen. Das Schrägdach neigt sich
gen Süden und suggeriert Luxussuiten im Dachgeschoss,
ausgestattet mit Wintergärten, die in der kühlen Jahreszeit
angefüllt sind mit Licht, Wärme und Optimismus.

Über diese Immobilie, ein Spekulationsobjekt aus den
frühen Achtzigerjahren, hatte ich schon einiges gelesen.
Im Zuge der Liberalisierung des Bankensektors durch die
Reagan-Administration wurden hohe Kredite angeboten
wie Pfefferminzbonbons, und zwar jedem, der ein Invest-
mentkonzept vorweisen konnte, das nicht völlig gaga war.
Bürogebäude, Eigentumswohnungen, Themenparks und
Wohnsiedlungen schossen überall aus dem Boden. Dann
brach die Wirtschaft ein. Kredite wurden nicht getilgt,
Banken standen vor dem Aus. Gebäude wie das der
Cibola wurden von einer eigenen Abteilung der Zentral-
bank zum Verkauf angeboten und für einen Bruchteil der
ausstehenden Forderungen verscherbelt. Als das Cibola
für weniger als eine Million an ein Konsortium ging, das
eine mexikanische Holding repräsentierte, schlugen die
Wellen der Empörung in den Leserbriefspalten der
Zeitungen hoch. Ein Gebäude, das neunzig Millionen
Dollar gekostet hatte, wurde von der Regierung praktisch
verschenkt und der sowieso schon auf alle Ewigkeit
geschröpfte Steuerzahler sollte für die Verluste geradeste-
hen. Landesweit kostete das Bankenfiasko den Steuer-

zahler fast eine Billion Dollar. Ausgemachte Aasgeier, die von den mit den Notverkäufen betrauten Verantwortlichen bevorzugt wurden, bekamen die attraktivsten Immobilien für ein Butterbrot und Gerüchte über Korruption und Schmiergeldzahlungen hielten sich über die Jahre hartnäckig. Dann kam der wirtschaftliche Aufschwung und die kollektive Amnesie brachte das Ende der öffentlichen Diskussion.

Streifen hoher, dünner Wolken dämpften das Sonnenlicht und in diesem Licht nahm die Glasfassade des Cibola-Gebäudes den grünen Farbton von Dollarnoten an. Diese dem Betonsombrero der Stadtverwaltung an Raffinesse weit überlegene architektonische Besonderheit wollte keine Touristen anziehen, sondern große Bargeldeinlagen.

Ich betrat das Gebäude durch die mit Gold gesprenkelten Glastüren und wurde von einem älteren Mann begrüßt, an dessen kastanienbraunem Jackett messingfarbene Knöpfe und goldene Schulterstücke blitzten. »Guten Tag, Sir«, sagte er. »Kann ich Ihnen helfen?« Er sprach mit gedämpfter Stimme und legte ein dezent-persönliches Gebaren an den Tag. Die Form seiner Begrüßung beinhaltete folgende Botschaft: Ihre Privatsphäre wird respektiert, die Bedeutung Ihrer Person unsererseits geachtet, dem Gewicht Ihrer Unternehmung mit äußerster Ernsthaftigkeit begegnet.

»Wo ist das Büro vom *jefe*?«, fragte ich.

»Sir?«

»Der Boss. *El presidente.* Der Chef.«

»Im Penthouse, Sir. Im obersten Stock. Ich nehme an, Sie gehören zur Helmstrom Group?«

Ich nickte. »Stellvertretender Abteilungsleiter Finanzen«, sagte ich. »Zuständig für feindliche Übernahmen, imaginäre Tochtergesellschaften, kreatives Jonglieren mit Zahlen und sonstige lukrative Phantasiegebilde.« Ein zögerliches Lächeln umspielte seinen schmallippigen Mund, als er für sich entschied, dass ich für einen stellvertretenden Abteilungsleiter Finanzen richtig witzig sei. In Anerkennung seiner kastanienbraunen, militärisch anmutenden Kluft salutierte ich mit zwei Fingern. Dann packte ich ihn bei seinem unterentwickelten Trapezmuskel und schüttelte ihn fröhlich. Die Schulterstücke bebten. Die gönnerhafte Geste eines Mannes meiner Statur ging ihm zu Herzen. Seine Augen röteten sich und er machte eine Verbeugung.

Es kam mir vor, als sei ich in eine Kathedrale der Alten Welt hineinspaziert. Man konnte den Weihrauch förmlich riechen. Die Kassierer saßen hinter altmodischen Schaltern aus geschnitztem Eichenholz und Milchglas. Sie lauschten den leise vorgetragenen Wünschen ihrer Kunden wie Priester im Beichtstuhl. Es fehlte nur noch die gepolsterte Stütze um niederzuknien und das Gemurmel bußfertiger Gläubiger.

Der Boden aus schwarzem Marmor war mit Gold verziert und ihm entwuchs eine stattliche Anzahl Marmorsäulen, hoch zu einer gewölbten, mit Fresken im italienischen Stil bemalten Decke. Gegenüber dem Kassenbereich befanden sich einige großzügige, an Gruften erinnernde Nischen, in denen Kreditsachbearbeiter hinter pompösen Schreitischen aus Ebenholz saßen. Die Wände dieser Nischen waren mit goldenem Damast drapiert und mit Bildern geschmückt, die der religiösen Kunst der frühen italienischen Renaissance nachempfunden waren. Selbst Kunden von beachtlicher Statur wirkten vor diesen massiven schwarzen Schreibtischen wie Winzlinge. Die für die Kunden vorgesehenen Stühle waren niedriger als die der Sachbearbeiter, die so nicht nur physisch, sondern auch psychologisch dem Bittsteller gegenüber im Vorteil waren. Die Symbolik war klar und vermutlich auch beabsichtigt: Die Geldverleiher hatten den Tempel übernommen.

Ich sah mich nach den Aufzügen um, entdeckte sie und bestieg einen, zusammen mit einem Typ in feinem Zwirn. Er trug eine Aktentasche, die seine Körperhaltung leicht in Schräglage brachte, als befänden sich Goldbarren darin. Allein sein Fünfzigdollarhaarschnitt war ein Kunstwerk. Er hatte die Augen eines Raubtiers, blassgrau und wachsam, das Grau seines Anzugs war nur eine Nuance dunkler. Würde ein Fuchs in die Gestalt eines Menschen schlüpfen, dann in diese.

»Helmstrom Group?«, fragte ich. Der Fuchs in Menschengestalt nickte, zu sehr mit der Gewichtigkeit seiner Aufgabe beschäftigt, um antworten zu können. Er drückte P für Penthouse. Der Fahrstuhl hielt im siebenundzwanzigsten Stock, ein Etage unterhalb des Ziels. Während wir warteten, musterte mich der Fuchs.

Jetzt drückte ich P. Die Türen zum siebenundzwanzigsten Stockwerk blieben geöffnet.

»Sie müssen Ihre PIN eingeben«, erklärte mein Begleiter und zeigte auf eine Tastatur oberhalb der Fahrstuhlknöpfe. »Keine PIN, keine Weiterfahrt.«

»Pin?«, fragte ich.

»Wenn Sie keine persönliche Identifizierungsnummer haben, müssen Sie hier aussteigen, im siebenundzwanzigsten Stock ist Endstation. Das Penthouse ist für die Allgemeinheit nicht zugänglich.«

Er tippte seine PIN ein und hielt die Türen für mich offen.

»Die Tollwut soll euch holen«, sagte ich und winkte, als die Türen sich schlossen und sein ungerührtes Fuchs-Starren ausblendeten.

Ich ging einen mit Teppichboden ausgelegten Flur entlang, vorbei an Bürotüren, sowohl zur Rechten als auch zur Linken. Mehrere Türen führten in Konferenzzimmer. Ovale Tische mit Stühlen. Podeste. Leinwände. Ein Konferenzzimmer war belegt. Ich öffnete die Tür einen Spalt und linste hinein. Anzüge unterhielten sich mit Anzügen. Anzüge machten sich Notizen, Anzüge öffneten Aktenkoffer. Anzüge stocherten in ihren Nasen. Anzüge veränderten ihre Sitzposition und ihre Mimik, um Überdruss und Überlegenheit anderen Anzügen gegenüber zum Ausdruck zu bringen.

Am Ende des Ganges, hinter den Konferenzräumen, befand sich eine Tür mit dem Schild ›Notausgang‹, dahinter eine schmale Treppe. Ich stieg die schmale Stahltreppe zum Penthouse hoch. Ein ›Zutritt verboten‹-Schild markierte die Feuerschutztür. Natürlich ignorierte ich dieses Schild und drückte die Klinke. Die Tür war nicht verschlossen.

Ich fand mich in einer Oase wieder, in einem grünen Paradies. Ein echter Papagei in einem echten Bananenbaum sah mich an und sagte: »*¿Que pasa, compa?*«, während er kleine, weiße Scheißhaufen fallen ließ.

EINUNDZWANZIG

Das Penthouse hatte nichts von der sakralen Atmosphäre des Erdgeschosses. Es war ein tropischer Garten Eden, ein Dschungel aus gefliesten Fluren, gesäumt mit Bananenpalmen, die schimmerten wie dunkles Wachs. Unter die Palmen hatten sich Strelizien gemischt und die breiten Fächer von Baumfarnen, die sich träge aus Beeten dickblättriger Sukkulenten erhoben. Zwischen all dem äquatorialen Grün gab es Reihen grellroter und gelber Blumen, deren unzählige geöffnete Blüten, unzüchtigen Mündern gleich, bereit schienen, jedermanns Vorstellung von Unschuld zu verschlucken. Das schräge Glasdach gestattete einen Blick auf gut einen halben Hektar milchigen Himmels. Unter diesen Bedingungen hätte es hier heiß und feucht sein müssen, doch eine Klimaanlage sorgte für ein angenehmes Raumklima.

Vom zentralen Flur gingen diverse Flure ab, die zu Konferenzräumen führten, die wesentlich luxuriöser ausgestattet waren als die ein Stockwerk darunter. Alle waren unbenutzt, bis auf einen. Mitarbeiter der Helmstrom Group saßen in Eames-Sesseln vor Tischen aus bearbeitetem Eukalyptusholz in Rot und Gelb. Der Fuchsgesichtige aus dem Aufzug war mitten in einer Präsentation. Er wirkte aufgedreht, elektrisiert durch eine bahnbrechende Idee, so, als bereite er den nächsten Blitzkrieg in Polen vor.

Ich ging den Dschungel bis zum Ende durch, wo er in einem T mündete. Rechts und links waren großzügige Zimmerfluchten – die Büros der Chefetage der Cibola Savings and Loan. Meine Wahl fiel auf die Tür links von mir, auf der in Lettern aus Blattgold *Branch President* stand.

Ich trat ein ohne anzuklopfen.

In meiner Verkleidung mit Sonnenbrille, Bart und Anzug erkannte mich Clara Howler nicht sofort. Doch als sie es tat, sprang sie wie von der Tarantel gestochen aus ihrem Sessel. Ich nutzte diesen Moment der Überraschung, ging auf sie zu und versetzte ihr einen kräftigen Schlag, platzierte ihn unterhalb des Herzens, knapp unter den Rippen. Immerhin war sie noch in der Lage, mit einem Tritt auf meinen Kopf zu zielen. Doch die Aktion verpuffte, es war mehr Bewegung als Attacke. Ich fing den Fuß mitten in seiner Bahn ab und Clara verlor das Gleichgewicht, ging zu Boden und schnappte nach Luft wie ein Fisch auf dem Trocknen.

Trotz allem, was sie mir angetan hatte, beschlich mich jetzt ein Gefühl der Verlegenheit. Clara trug Rock, Bluse und Sandaletten mit hohen Absätzen. Ihr Haar war etwas nachgewachsen und sie war geschminkt, trug sogar Ohrringe, Saphire in Tropfenform. Sie wirkte weiblich, wenn nicht sogar hübsch und machte alles andere als einen gefährlichen Eindruck. Nur wusste ich es besser. Auch eine Korallenschlange sieht ungefährlich aus. Das Gefühl von Verlegenheit verflüchtigte sich.

Es war ein großes Büro mit Glastüren, die auf eine breite Dachterrasse hinausgingen. Eine Ecke des Büros war zu einem Mini-Gym umgebaut worden. Bei meinem Eintritt hatte Lenny Trebeaux gerade einen Speed-Bag bearbeitet. Lenny trug Trainingsklamotten und wattierte Boxhandschuhe. Sein Anzug hing hinter dem Speed-Bag auf einem Herrendiener. Obwohl Lenny längst aufgehört hatte, auf den Speed-Bag einzuprügeln, rotierte dieser immer noch. Die Fäuste erhoben, kam Lenny auf mich zugetänzelt. »Im College habe ich geboxt«, sagte er.

»Dann wissen Sie sicherlich noch, wie es sich anfühlt, wenn man zu Boden geht«, gab ich zurück. Er lachte.

»Ist doch alles nur Show bei euch Muskeltypen«, sagte er, »nett anzusehen, aber weder schnelle Hände noch Finesse. Im Ring seid ihr leicht umzuhauen.«

»Wir sind nicht im Ring«, sagte ich.

Sein Grinsen war zuversichtlich. Er rückte mir auf die Pelle und landete ein halbes Dutzend Jabs und einen zarten Haken, duckte sich geschickt ab, pendelte, demonstrierte seine Ringerfahrung und bearbeitete mich mit weiteren Bilderbuch-Jabs, täuschte eine Rechte an und schlug einen farblosen Haken mit links.

»Jetzt zeig mir den Ali-Shuffle«, sagte ich.

Er schlug einen wilden Heumacher mit rechts. Ich fing die Faust ab, riss den Arm nach unten, drehte ihn nach hinten, riss ihn hinter Lennys Rücken wieder hoch, bis der Ellbogen knackte. Lenny schrie kurz auf und wurde ohnmächtig.

»Wie zum Teufel konntest du aus Samalayuca verschwinden?«, flüsterte Clara. Sie hatte offensichtlich immer noch Mühe, richtig durchzuatmen.

Ich benutzte die Schnürsenkel von Lennys Boxstiefeln, um Clara die Hände auf den Rücken zu binden. Ihre Knöchel fesselte ich mit den Schnürsenkeln seiner Straßenschuhe. Dann hob ich Clara hoch und setzte sie wieder in ihren Sessel. Sie atmete jetzt stoßweise und spuckte etwas Blut.

»Du meinst, wie ich wiederauferstanden bin? Ich könnte ein Geist sein, Clara.«

»Keine Ahnung, wie du es geschafft hast, von dort abzuhauen«, sagte sie, »aber es ist ziemlich dumm von dir, hier aufzutauchen. Was willst du?«

»Was sollte ein Geist schon wollen? Den Lebenden erscheinen, sie verfolgen. Ich will, dass ihnen das Blut in den Adern gefriert.«

Ich durchsuchte Lennys Schreibtisch. Neben den üblichen Schreibutensilien fand ich eine halbautomatische Beretta Kaliber 40, ein Mobiltelefon und einen Palm Pilot. Ich stecke die Waffe in meine Jackentasche.

»Hättest du auch nur einen Funken Verstand, wärst du irgendwo in Mexiko untergetaucht«, sagte Clara.

»Ich hab genug Verstand, um überall unterzutauchen«, sagte ich.

»Was auch immer das heißen soll«, meldete sich Trebeaux zu Wort. Er war wieder bei Bewusstsein, doch sein Gesicht war weißer als der Himmel, der auf das Glasdach drückte. Im Gegensatz dazu gab er mit seiner Haltung zu verstehen, dass er glaube, seine Überlegenheit wiedergewonnen zu haben, eine Pose, auf die er sich wohl spezialisiert hatte. »Ich nehme an, Sie sind hergekommen, um Fragen zu stellen. Na los, nehmen Sie kein Blatt vor den Mund, Walkinghorse.«

»Er weiß doch überhaupt nicht, welche Frage er stellen soll«, sagte Clara.

»Die Schecks«, sagte ich.

»Mein Gott, die sind für dich ein Geheimnis? Was die Dinger betrifft, tappst du immer noch im Dunkeln?«, fragte sie.

»Die Schecks waren Jillians Idee«, erklärte Trebeaux. »Jillian hat eine sentimentale Ader – eine Schwäche neben all ihren guten Eigenschaften. Die Bank wollte Sie verschwinden lassen, aber Jillian hat um Ihr Leben gebettelt. Und sie hat ihren Willen durchgesetzt. Solís hat Jillian gern. Zum Teufel, wir alle haben Jillian gern.«

Die letzte Bemerkung ließ Clara zynisch auflachen. »Scheiße, Jilly ist ein wahres Juwel.«

»Die Schecks sollten was? – mich freikaufen?«, fragte ich.

»Freikaufen? Wir wollten nichts kaufen«, sagte Trebeaux. »Wir wollten Sie in eine Kiste sperren.« Es gelang ihm, sich aufzurichten und sich in seinen Ledersessel zu setzen. Ihm brach der Schweiß aus, so stark, dass es sein Kinn hinuntertropfte. Seine Augen waren geweitet und glasig. Er stand unter Schock.

»Ich versteh nicht«, sagte ich. »Was für eine Kiste?«

Clara lachte. »Er begreift es immer noch nicht«, sagte sie. »Das wär eigentlich 'ne passende Inschrift für seinen Grabstein.«

»Hätten Sie das Geld von Jillian akzeptiert«, sagte Trebeaux, »hätte man es als Schweigegeld betrachten können. Bestechungsgeld.«

»Erpressung«, sagte ich.

»Bravo. Sobald Sie die Schecks eingelöst hätten, hätten Sie eine Nachricht erhalten: ›Nur ein Wort über Clive Rensellers kleines, krankes Hobby und du bist wegen Erpressung dran. Eine Straftat.‹ Aber dazu hätten Sie die Schecks einlösen müssen – aber solange Sie das nicht taten, hatten wir nichts gegen Sie in der Hand. Das Ganze hat Jilly ausgeheckt, weil sie nicht wollte, dass Sie sterben. Sie hat nun mal ein Faible für Sie, verstehen Sie?« Er drohte erneut ohnmächtig zu werden. Ich holte ein Glas Wasser vom Wasserspender im Mini-Gym.

»Es war eine Schnapsidee, von Anfang an«, sagte Clara. »Das hat jeder so gesehen, doch Jillian hat sich durchgesetzt. Als du die Schecks nicht eingelöst hast, hat die Bank auf Plan A zurückgegriffen. Wie hast du nur aus Samalayuca verschwinden können?«

»Zu Fuß«, sagte ich, den Rest der Geschichte behielt ich für mich. Es gab mir ein gutes Gefühl, etwas zu wissen, von dem die Leute hier keine Ahnung hatten.

»¡Qué milagro!«, sagte Clara.

»Richtig«, sagte ich. »Es war ein Wunder.«

»Sie werden wohl noch eins brauchen«, sagte Trebeaux.

»Was stört es Sie eigentlich, wenn Rensellers Spielchen öffentlich bekannt werden?«, fragte ich. »Dergleichen Mist ist schließlich heutzutage gang und gäbe. Die Leute sind doch inzwischen einiges gewöhnt.«

Trebeaux schüttelte den Kopf, als hätte er es mit jemandem zu tun, dessen intellektuelle Fähigkeiten ernsthaft beeinträchtigt waren. Eine bravouröse Vorstellung, wären da nicht die flatternden Lider gewesen und der Kopf, der nach hinten und dann zur Seite kippte. »Haben Sie sich diese Bank mal genau angesehen?«, fragte Trebeaux. »Westlich des Hudsons finden Sie keine Bank mit mehr Klasse. Langsam interessieren sich Leute aus dem Kreise der *Fortune Five Hundred* für uns. Alter, sehr alter Geldadel. Die Stadt liebt uns, der Bürgermeister hat Clive öffentlich fast den Arsch geküsst. Niemand will diesen Ruf ankratzen, Walkinghorse. Im Bankgewerbe ist der Ruf ein Aktivposten.«

»Des Rufes wegen sollte ich in Samalayuca begraben werden?«

»Ich verrate Ihnen jetzt etwas, was Sie sich sehr gut merken sollten.« Trebeaux hatte sich gesammelt. »Sie sind einer von der entbehrlichen Sorte. Sie sind von keinerlei Wert. Es steht Ihnen frei, das als Beleidigung aufzufassen, aber es ist nicht als solche gemeint. Es ist schlicht eine Tatsache. Ihrer sind Legion da draußen.« Er bemerkte meinen Gesichtsausdruck. »Wie? Sie sind gegenteiliger Auffassung?«, fuhr er fort. »Denken Sie an Afrika, was dort passiert. Millionen sterben an AIDS und es werden weitere Millionen daran sterben. Kümmert Sie das? Kümmert das irgendjemanden in den USA? Es kümmert niemanden auch nur einen Dreck. Diese Leute sind entbehrlich. Nun, das ist der springende Punkt: Die Mehrheit der Menschheit ist entbehrlich.«

»Das nenn ich eine Mords-Philosophie, Trebeaux«, sagte ich.

Er lehnte sich auf die Seite, als könne er so dem Schmerz ausweichen. »Das hat nichts mit Philosophie zu tun. Es ist lediglich eine Beschreibung der Realität.«

Ihm war völlig ernst damit. Seine Brauen runzelten sich unter der Last der Erkenntnis. Es war beinahe komisch. Vielleicht war die Welt auf dem besten Wege, ein bösartiger Cartoon zu werden, und Männer wie Trebeaux waren die tonangebenden Zeichner.

»Gott schütze den Regenmacher«, sagte ich und dachte an den kläglichen, alten Clive Renseller, der Monas festem Hinterteil erwartungsvoll sein Gesicht zuwandte.

»Der Regenmacher, unser verbeultes Aushängeschild«, spottete Trebeaux. »Ein Witz unter Eingeweihten. Renseller war nur eine Galionsfigur. Der Bank gefiel sein Aussehen, sein öffentliches Auftreten. Er war ein gemeinschaftlich erschaffenes Kunstwerk. Für eine gewisse Zeit war sein Image sehr nützlich. Wenn es hier überhaupt einen Regenmacher gibt, dann bin ich das. Ich hab sauberes Geld rangeschafft, hab mich bei den sauberen Ärschen eingeschleimt und unbefriedigte Ehefrauen befriedigt. Clive hat die Lorbeeren geerntet, doch die

Wahrheit ist, dass er nicht mal Schmeißfliegen für Hunde-
scheiße hätte interessieren können. Er sah aus wie Gott,
aber er war ein ganz kleines Licht.«

»Demnach war Renseller auch entbehrlich.«

»Natürlich war er das. Ab einem gewissen Punkt sind
wir das alle. Solange sein Ruf untadelig war, war Clive
wertvoll für uns. Sie dagegen sind für niemanden wertvoll.«

Ich musste meinen Marktwert erhöhen. Trebeaux den
Arm zu brechen und Clara kampfunfähig zu machen
reichte offenbar nicht aus. Ich zog die Pistole aus meinem
Jackett. »Wollen mal sehen, wie entbehrlich Sie sind,
Lenny«, sagte ich.

»Warten Sie«, rief er und hob den gesunden Arm. »Das
kann sich alles noch zu Ihrem Vorteil entwickeln. Wir
könnten etwas aushandeln. Sie machen wirklich gute
Figur in diesem Anzug. Vielleicht findet sich ja was für Sie
in der Bank. Fernando hat Geld im Überfluss, ganze Lastwagenladungen rollen hier an. Er ist ein Broker, Walkinghorse, wenn Sie verstehen, was ich meine.«

Das tat ich nicht und ich hatte nicht vor, nachzufragen.
Es interessierte mich einfach nicht.

Ich dachte an Jillian, dachte daran, dass Trebeaux sie
gefickt hatte. Ich dachte an Gert, die von Trey Stovekiss
schwanger war. Ich dachte an König David, der es mit
Bathseba getrieben und anschließend Uria, seinen besten
Krieger, in den Tod geschickt hatte, um sie für sich zu
haben. Ich dachte an Rigoberto, der für Leute gestorben
war, die ihn nicht mal gekannt hatten und nicht hatten
kennen wollen. Ich dachte an seine Ohren und an das
Messer des *pochos*. Ich dachte an die Kugel, die bewiesen
hatte, wie entbehrlich Rigoberto gewesen war.

Diese Gedanken erzeugten in mir brodelnde, unkontrollierbare Wut – der schlummernde Vulkan, von dem Güero gesprochen hatte.

Trebeaux fing an zu quäken: »Walkinghorse, bitte, in Gottes Namen, beruhigen Sie sich. Denken Sie an Ihre Zukunft. Wir finden eine Einigung, so dass Sie sich um Geld nie mehr zu sorgen brauchen. Glauben Sie mir, nichts von dem, was Ihnen zugestoßen ist, war meine Idee!«

»Richtig. Es war die Idee der Bank. Sie sind nur ein entbehrliches Zähnchen in dem großen, grünen Zahnrad.« Ich steckte die Pistole zurück in mein Jackett. Dann zog ich den Gürtel aus Trebeaux' Anzughose, band ihn um seine Knöchel und zurrte ihn fest. Schließlich trug ich Trebeaux hinaus auf die Dachterrasse. Das Geländer war aus Schmiedeeisen, in regelmäßigen Abständen unterbrochen von Pfählen in Form einer Speerspitze. Ich befestigte den Gürtel an einer dieser Speerspitzen und ließ Trebeaux fallen. An den Knöcheln aufgeknüpft, hing er kopfüber ungefähr hundert Meter über einer belebten Straße. Es war windig an diesem Tag und die schrillspitzen Töne, die Trebeaux von sich gab, vermischten sich mit dem Heulen des Windes und dem Lärm des Straßenverkehrs.

»Clara sollte sich in wenigen Minuten befreit haben, Lenny. Dann werden Sie erfahren, ob Clara Sie für entbehrlich hält oder nicht.« Ich hatte Clara dabei im Blick. Sie machte einen entspannten, beinahe amüsierten Eindruck. Ebenso gut hätte sie auch zum Nachmittagstee eingeladen sein können.

»Mann, Walkinghorse«, sagte sie, »du hast den Tagesablauf von J.P. Morgan durcheinander gebracht. Jetzt kann er gar nicht seine Motivationsrede vor der Helmstrom Group halten, einer der größten Geldwaschanlagen auf dem Kontinent. Nächste Woche ist der erste Spatenstich für den Themenpark im Upper Valley – Sand and Sky soll er wohl heißen, wenn ich mich nicht täusche. Mit so einem extravaganten Themenpark lässt sich 'ne Menge schwarzer Kohle weiß waschen.«

Sie hielt nicht viel von dem Banker und gab sich auch keine Mühe, das vor ihm zu verbergen. Solís war ihr Boss, nicht Trebeaux, also spielte es auch keine Rolle, was der von ihr dachte. Ihr Einsatz beschränkte sich auf den Körper, nicht auf den Verstand, obwohl, ginge es um den Intelligenzquotienten, hätte sie im Vergleich mit Lenny die Nase vorn, und zwar im zweistelligen Bereich.

Ich machte mich auf den Weg.

»Warte«, sagte Clara. »Ich brauche 'nen Sniff. Schau mal in meine Handtasche. Da ist ein kleiner Flakon mit Koks. Gönn mir die Auszeit, okay?«

Ich erinnerte mich an den Flachmann voll mit Tequila, den sie mir in Samalayuca herübergereicht hatte, und wie dankbar ich dafür gewesen war. Ich öffnete ihre Handtasche, fand Flakon und Kokslöffel, füllte den Löffel und hielt ihn unter eines ihrer Nasenlöcher, das andere hielt ich zu. Sie schnupfte den Löffel leer.

»Danke, *vato*«, sagte sie. »Irgendwann ficken wir mal wieder, im beiderseitigen Einvernehmen, versteht sich. Vorausgesetzt, du lebst lange genug. Dann darfst du reiten. Was meinst du?«

»Eher reite ich eine Kobra.«

ZWEIUNDZWANZIG

Ich fuhr zurück zum Baron Arms. Zuallererst schaffte ich mein Zeug in ein anderes Apartment. Sollte es jemand auf mich abgesehen haben, musste er so den gesamten Apartmentkomplex durchforsten. Außerdem hatte ich Trebeaux' Pistole und beabsichtigte, sie mit ins Bett zu nehmen. Ich spielte sogar mit dem Gedanken, eine Schrotflinte zu kaufen, um die Baller-Kapazität zu erhöhen.

Bevor ich die Kabel für Telefon und Anrufbeantworter aus der Dose zog, hörte ich die eingegangenen Nachrichten ab. Die erste war von Zipporah. »Sam ist im Providence. Wenn du's schaffst, komm heute Abend um sechs dorthin. Zack fliegt aus Brüssel ein. Sie wollen morgen operieren. Die Chancen stehen fifty-fifty, sagt der Doc.«

Der zweite Anruf stammte von Dale Rooney von Rooney & Vesco: »Sind Sie sich eigentlich bewusst, Mr. Walkinghorse, dass die Verweigerung der Zahlungen, so wie sie in einem Unterhaltsverfahren festgesetzt wurden, zu einer Gefängnisstrafe führen kann? Das Gericht hat das Urteil für rechtskräftig erklärt und dem Antrag stattgegeben, Ihnen wegen Missachtung eine Strafe aufzuerlegen. Sie können dieses Verfahren umgehen, indem Sie Mrs. Walkinghorse ganz einfach das zahlen, was der Richter, der ehrenwerte Kenneth G. Skinner, in seinem Urteilsspruch festgesetzt hat. Die Summe beläuft sich bis zum heutigen Tage auf elftausendeinhundertsiebenundsechzig Dollar und neun Cent. Wenn Sie Ihren Verpflichtungen aus dem Urteil nicht nachkommen, werden wir die Einweisung in eine Vollzugsanstalt beantragen. Ich hoffe aufrichtig, dass Sie sich über den Ernst

Ihrer Lage im Klaren sind. Tun Sie das Richtige, Mr. Walkinghorse.«

Ich tat das Richtige. Ich fuhr zum Providence Memorial und traf mich mit Zipporah im Raucherzimmer, das sich direkt neben der Eingangshalle befand. »Er ist schon oben, im Vorraum zum OP«, sagte sie und drückte ihre Zigarette aus. »Maggie und Jesaja sind bei ihm. Er sieht beschissen aus. Ich glaube nicht, dass er die Operation übersteht wird.«

Wir fuhren mit dem Fahrstuhl hoch in den OP-Bereich im vierten Stock und gingen in den Trakt der Neurochirurgie.

Sam lag in einem Raum mit gut einem Dutzend Betten. Die Betten waren alle durch Vorhänge voneinander abgeschirmt. Maggie saß neben dem Bett und hielt Sams Hand. Jesaja stand hinter Maggie, seine Pranken auf ihren Schultern.

Sam war nicht bei sich; sie hatten ihm Morphium gegeben. Über eine Kanüle im Unterarm war er an einen Tropf angeschlossen. Mit Tränen in den Augen sah Maggie zu mir herüber. »Er hat so schreckliche Schmerzen gehabt, Uriah«, sagte sie. »Von einem Moment auf den anderen. Er hat gedacht, sein Kopf würde platzen, als wollte irgendwas heraus.«

»Er wollte kein Morphium«, sagte Jesaja. »Er hat gemeint, alles wirkt dadurch so verschwommen. Dabei will er doch immer alles klar im Auge behalten.«

Sam öffnete die Augen und sah in meine Richtung. »Wo bist du gewesen?«, fragte er. Er konnte nicht mich gemeint haben, dafür stand zu viel Erwartung in seinen Augen. Für gewöhnlich erntete ich einen schnellen Blick samt Belehrung und keine interessierte Begutachtung.

Ich schwieg.

»Er hält Ausschau nach Jesus«, sagte Jesaja. »Scheint, als hätten die Medikamente sein spirituelles Sehen beeinträchtigt.«

»Sein spirituelles Sehen«, wiederholte ich.

»So nennt er es jedenfalls. Wenn er Jesus sieht, meine ich.«

Ich zog ihn beiseite. »Lass uns mal 'ne Minute vor die Tür gehen«, sagte ich.

Wir verließen das Zimmer und setzten uns in die weich gepolsterten Sessel des Wartebereiches. Ich wusste nicht genau, wie ich anfangen sollte.

»Was?«, fragte Jesaja nach einer Weile.

»Ich weiß, du hältst Mose für einen hoffnungslosen Fall«, sagte ich.

»Das habe ich nie gesagt.«

»Aber du hast es gedacht, so wie wir alle. Insbesondere ich, denn ich habe ihn gesehen.«

»Und jetzt denkst du anders darüber?«

»Ich denke anders darüber«, erwiderte ich. Ich hatte es im weiteren Sinne gemeint und Jesaja schien mich zu verstehen.

»Klär mich auf, Uriah.«

»Oben in den Black Mountains gibt es eine Institution, La Xanadu. Es ist eine private Reha-Klinik, wo man es mit den Vorschriften nicht so genau nimmt. Da will ich Mose hinbringen. Eigentlich will ich es mehr für Maggie als für Mose.«

»Und du glaubst, die schaffen es, dass er von dem Zeug loskommt?«

»Es wär einen Versuch wert.«

Jesaja seufzte. »Man kann eine Katze nicht davon

abhalten, das Sofa zu zerkratzen, es sei denn, man zieht ihr die Krallen. Die sollen Mose die Krallen ziehen können? Das glaube ich nicht. Abgesehen davon, wo willst du das Geld hernehmen? Privatkliniken nehmen keine Gammler auf, Uriah, und genau das ist Moses, ein Gammler.«

»Ich denke, das Geld kann ich auftreiben«, sagte ich. »Aber ich brauche deine Hilfe.« Mir war zu diesem Zeitpunkt nicht klar, wie ich das mit dem Geld bewerkstelligen sollte, doch ich hatte es spontan ausgesprochen und hinter diesem Impuls schien eine gewisse Überzeugung zu stecken.

»Sollen wir eine Bank überfallen?«

»Nein. Ich wollte sagen, ich brauche deine Hilfe, um ihn dorthin zu schaffen.«

»Du meinst, du willst ihn kidnappen.«

»Verschleppen, kidnappen, eskortieren, ein Ausflug aufs Land – spielt doch keine Rolle, wie wir es nennen, Hauptsache, wir schaffen ihn dorthin.«

Jesaja holte tief Luft und stieß einen Seufzer aus. »Du bereitest alles vor, Uriah. Wenn ich kann, helfe ich dir.«

»Großartig. Das wollte ich hören. Vielleicht können wir die Sache in einigen Wochen angehen.«

»Wenn er sich bis dahin keine Überdosis verpasst hat.«

»Richtig.«

Wir gingen zurück zu Sam. Er stand voll unter Morphium. Obwohl er kaum bei Bewusstsein war, signalisierten die zusammengezogenen Brauen und die faltige, weiße Haut rund um seine Augen, dass er Schmerzen hatte.

Ich küsste Maggie und Zipporah, schüttelte Jesaja die Hand und verabschiedete mich.

Draußen, auf dem Gang, hielt mich ein Mann an. Er trug einen Bademantel des Krankenhauses. »Hast du 'ne Zigarette, Kumpel?«, fragte er. Ich wusste, dass er mich meinte, weil er seine Hand auf meinen Arm gelegt hatte, aber seine Aufmerksamkeit konzentrierte sich auf eine Stelle links von mir und so sah ich nur sein linkes Profil. »Ich würde einen Mord begehen für ein Päckchen *Benson and Hedges.*«

»Ich bin Nichtraucher«, sagte ich.

»Scheiße, du bist also auch einer von denen, einer von den neuen SA-Männern. Nicht mehr lange und sie richten Konzentrationslager für unbelehrbare Qualmer wie mich ein.«

Er sah eigentlich ganz normal aus, wenn nicht sogar recht gut, doch als ich Anstalten machte, ihm direkt ins Gesicht zu sehen, drehte er sich weg und präsentierte mir wieder nur sein linkes Profil. »Seit der Operation habe ich nicht eine einzige Kippe geraucht«, sagte er. »Und das ist jetzt zehn Tage her.«

»Im Laden unten kann man bestimmt Zigaretten kaufen«, sagte ich.

»Doch nicht in einem Krankenhausladen. Nicht mehr heutzutage. Woher kommst du denn? Vom Mars? Raucher sind die Aussätzigen der Moderne.«

Über dieses Thema vergaß er alles andere und wandte mir sein Gesicht zu. Die rechte Seite seines Kopfes war völlig entstellt. Die Augenhöhle war vernäht und dort, wo ein Wangenknochen hätte sein sollen, befand sich eine konkave Wölbung. Seine rechte Schädelhälfte war kahl und flach wie ein Brett. Eine wulstige, rote Naht verlief in Form eines Hufeisens von der leeren Augenhöhle bis hin zu dem Knochen hinter seinem Ohr.

»Oh Gott«, entschlüpfte es mir.

Er verzog den Mund zu einem schiefen Grinsen. »Gehirntumor«, sagte er. »Die Schnippler haben die Hälfte meines Hirns und einen Teil des Schädelknochens entfernt. Jetzt läuft alles nur noch über die linke Gehirnhälfte. Ich werde wohl noch Bohnen zählen können, wenn ich wieder draußen bin, aber mit dem Schreiben von Gedichten ist es wohl vorbei. Kein Kokettieren mehr mit der Möchtegern-Bohème! Nein, Sir!« Er musste über diese alberne Vorstellung lachen, und sein Lachen klang wie Kieselsteine, die durch ein Abflussrohr fallen. »Was soll's, ich bin Wirtschaftsprüfer, insofern spielt das keine Violine.«

Er wandte mir wieder seine unversehrte Gesichtshälfte zu und sprach Richtung Wand: »Man kann sich mit so manchem abfinden, Kumpel, aber wenn ich nicht bald was zu rauchen kriege, raste ich aus.«

Ich verließ das Krankenhaus und fragte mich, warum ich Jesaja gebeten hatte, mir dabei zu helfen, Moses zu verschleppen. Ich hatte doch überhaupt keinen Plan. Ich hatte mich selbst zu etwas verdonnert, von dem ich weder konkrete Vorstellungen hatte noch wusste, wie ich es anpacken sollte. Vielleicht stand ich an einem Wendepunkt in meinem Leben. Vielleicht hoffte ich auch, dass ich an einem Wendepunkt stünde.

DREIUNDZWANZIG

Die Nacht verbrachte ich in 34-A. Es war eine furchtbare Nacht. Mein Nachbar gehörte wohl zu den Nachtaktiven. Ein ständiges Kommen und Gehen, Türenknallen, hin und wieder wurde gebrüllt und dann das endlose, die Wände erschütternde Hip-Hop-Dröhnen. Die Waffe in der Hand, schreckte ich mehrmals aus dem Halbschlaf hoch und zielte auf die Geräusche. Ich hatte Albträume und Bilder aus diesen Albträumen bewegten sich durch das Zimmer und wurden für mich zum Ziel.

Noch vor Sonnenaufgang stand ich auf und machte mir einen Joghurt-Shake. Seit Wochen hatte ich nicht mehr anständig trainiert, meine Ernährung war katastrophal und dementsprechend sah ich aus. Um den Bauch herum hatte ich zugelegt und meine Arme fühlten sich an wie Pudding. Ich schnappte mir die Thomas-Inch-Hanteln. Nach nur wenigen – halbherzigen – Bizeps-Curls und French Presses schmiss ich hin. Meine Bandscheiben meldeten sich und ich fühlte ein brennendes Stechen, als würde sich ein unter Spannung stehender Draht vom Hals bis hinunter in beide Ellbogen ziehen. Der Bereich rund um meine alte Rückenverletzung pochte wie ein vereiterter Zahn. Ich betrachtete mich im Badezimmerspiegel. Meine Brustmuskeln hatten an Spannkraft eingebüßt und wirkten leicht erschlafft; die Deltamuskeln hatten sich zurückgebildet und am Kinn entdeckte ich erste Anzeichen der Alterung; die Bauchmuskulatur war dank neuer Fetteinlagerungen nur noch unzureichend definiert. Mit meiner Ausstattung ging es ohne Wenn und Aber bergab. Ich duschte und zog mich an. Nachdem ich mir ein zweites Frühstück mit Rührei – nur das Eiweiß – und Toast genehmigt hatte, machte ich mich auf den Weg zum Flughafen, um Zacharias abzuholen. Jesaja und Zipporah mussten arbeiten, also war die Sache an mir hängen geblieben.

Vor Zack, Sams und Maggies jüngstem Adoptivkind, hatte ich immer einen Heidenrespekt. Er war ein wahres

Genie, verpackt in eine ernsthafte Persönlichkeit. Schon vor dem Kindergarten hatte er lesen und schreiben können, mit zehn bereits Geometrie, Differential- und Integralrechnung und den *Hummelflug* auf der Geige gemeistert. Er war ein braves Kind gewesen, wenngleich auch der geborene Skeptiker. »Wenn Adam und Eva die ersten Menschen waren«, hatte er Sam einmal gefragt, »und Kain und Abel ihre ersten Kinder, wie hat dann Kain im Land Nod eine Frau finden können? War Nod ein Ort wie Eden? Gab es dort auch einen Adam und eine Eva? Und wie konnte Adam neunhundertdreißig Jahre alt werden? Das ergibt doch keinen Sinn, Daddy.«

»Die Sinnfrage wird überschätzt«, hatte Sam ausweichend geantwortet. »Gottes Wege zielen nicht auf die Fähigkeit des Menschen, sie zu verstehen. Erinnere dich, Sohn, Gott ist kein rationales Wesen.« Daraufhin hatten sich Zacks koreanische Augen geweitet, als wäre das die gruseligste Sache, die er je gehört hatte. Doch er hatte Sam nichts von alldem abgekauft und so hatte es seinerseits auch keine Nachfragen zu Sams Bemerkung über einen irrationalen Gott gegeben.

Niemals mehr hatte Zack Fragen zu Sams Glauben oder zur Bibel gestellt; mit beidem hatte er bereits vor seiner Teenagerzeit abgeschlossen. Mit zwanzig wurde er Buddhist, hielt es jedoch vor Maggie und Sam geheim. Er ging als Stipendiat an die Stanford und legte sein Juraexamen an der University of San Francisco ab. Derzeit arbeitet Zack als Jurist für einen Mischkonzern, ist zuständig dafür, dass Deals nicht mit WTO-Vorgaben in Konflikt geraten. Das lässt ihm wenig Zeit für Familienangelegenheiten, doch selbst wenn er sie hätte, käme er wahrscheinlich nur im äußersten Notfall nach Hause. Er ist nicht abgehoben, er lebt nur in einer größeren, nach logischen Gesichtspunkten strukturierten und wesentlich komplizierteren Welt.

Er wirkte verdrossen, als er die Kontrolle passierte. Über die Köpfe der Menge hinweg winkte ich ihm zu, doch er brauchte einen Moment, bis er mich erkannte. Zehn Jahre hatte ich Zack jetzt nicht mehr gesehen. Knapp unter einsachtzig, wirkte er massiger, als ich ihn in Erinnerung hatte – ein Nebeneffekt des Wohlstands. Sein borstiges, schwarzes Haar war streng nach hinten gekämmt und seine Kleidung der Flugreise angemessen – Khakihosen, Pullover, Sandalen.

»Verdammte Flugzeuge«, sagte er. »Vierzehn Stunden war ich jetzt in der Luft. Die Eingeweide verknoten sich regelrecht, wenn man so lange sitzt. Wie geht es Sam?«

»Ich glaube nicht, dass er es schaffen wird«, sagte ich.

Er stellte sein Bordcase ab und wir gaben uns die Hand. Sein Händedruck war fest und drückte Selbstvertrauen aus. »Und wie geht es dir, großer Bruder? Du siehst angezählt aus.«

»Ich komm schon über die Runden«, erwiderte ich.

Er wusste, dass ich ihm auswich, aber hakte nicht nach. Auf dem Weg zum Parkplatz unterhielten wir uns angeregt – über das Leben in San Francisco, das Leben in Europa, das Leben im Allgemeinen. Er kam mir gesprächiger vor als früher. Das bringt der Erfolg in der großen, weiten Welt eben mit sich, dachte ich mir. Auf dem Weg vom Flughafen in die Stadt erzählte er mir von zwei Koreanern, einem Mann und einer Frau, die ihn in Brüssel für einen Landsmann gehalten und auf Koreanisch angesprochen hatten. Zack spricht fünf Sprachen, aber kein Koreanisch. Er hatte auf Spanisch geantwortet.

Ein Reflex. Hier, an der Grenze, ist man es gewöhnt, von Leuten auf Spanisch angesprochen zu werden. Automatisch ruft man seine Sprachkenntnisse ab und antwortet so gut man eben kann. Die Koreaner hatten ihn völlig überrascht und Zack war umgehend in den Habitus des Grenzstädters verfallen. »*¿Mande?*«, hatte er gefragt. Sie hatten daraufhin in ihrer Touristenbroschüre auf ein ganzseitiges Hochglanzfoto der Bronzefigur des Männeken Pis gezeigt, der in den Brunnen an der Rue de l'Etuve pinkelt. »*No valedón esa transa*«, hatte Zack gemeint, um ihnen zu erklären, dass sich eine Besichtigung nicht lohne. Angesichts seiner kryptischen Antwort war beiden vor Erstaunen der Unterkiefer heruntergeklappt.

In diesem Stil ging es eine Weile weiter, dann verfiel er in Schweigen. Ich war neugierig, was ihn betraf, und nutzte die Gelegenheit zu einer direkten Frage. »Was machst du eigentlich, Zack, wenn du so von Land zu Land jettest?«

»Um es in dürren Worten auszudrücken, ich suche nach Lücken in der Handelsgesetzgebung, erstelle dann ICPs – Internal Compliance Programs –, um meinen Auftraggebern gegenüber den Behörden einen Vorsprung zu verschaffen. Meine Auftraggeber sind in ihrer Struktur multinational. Es geht darum, Waren von A nach B zu schaffen, ohne dabei eine Flut hemmender Beschränkungen auszulösen, die auf internationale Handelsbarrieren zurückzuführen sind.«

»Danke, dass du es so einfach ausgedrückt hast«, sagte ich.

Ihm entging nicht, dass ich verärgert war. »Die fachlichen Details sind ziemlich fade, Uri. Die Juristensprache im internationalen Recht ist genauso trocken wie die im nationalen. Salopp ausgedrückt kann man sagen, ich helfe den Reichen noch reicher zu werden.«

Das erinnerte mich an Dale Rooneys Drohung. Ich war verärgert genug, um kein Blatt vor den Mund zu nehmen. »Was verdienst du so, Zack? Bist du reich?«

Er lachte. »Reich ist ein relativer Begriff, der einer Qualifizierung bedarf. Ich verdiene einen Haufen Geld, der Wert meiner Papiere liegt im siebenstelligen Bereich und ich investiere weiter, aber bin ich deshalb reich? Auf der Skala der Welt der Superreichen rangiere ich ganz unten, da bin ich nur ein Wasserträger. Die Reichen bleiben, wo sie sind, sie müssen keine Langstreckenflüge zum Arsch der Welt, nach Turkistan oder sonst wohin buchen, je nach Lust und Laune alter Männer in Nadelstreifen und mit Verdauungsstörungen.«

Der Zeitpunkt war vermutlich ungünstig, aber angesichts dessen, was ich zu sagen hatte, wäre jeder Zeitpunkt ungünstig gewesen. »Ich werde Moses einen Entzug in einer Klinik in den Black Mountains aufdrücken. Das wird teuer.« Ich atmete ein paarmal tief durch.

»Und?«

»Könntest du ein paar Riesen beisteuern?«

»Du meinst, ob ich ein paar Riesen im Klo runterspülen will?«

»Ich tue es für Maggie, Zack. Maggie braucht wieder eine Perspektive.«

»Brauchen wir die nicht alle?«

»Du siehst nicht so aus, als hättest du 'ne miese Phase hinter dir.«

»Die Antwort ist nein, Uri.«

»Auch wenn er nur ein trauriger Sack voll Scheiße ist, er ist immer noch dein Bruder.«

»Komm mir jetzt nicht mit dem Schwachsinn von wegen er ist immer noch dein Bruder. Wir waren ein Haufen Bastarde, die das Glück hatten, von einem bibelbesessenen Verrückten und seiner liebenswerten Frau aufgenommen zu werden, statt samt unseren Windeln in der nächsten Mülltonne zu landen, also erzähl mir nicht, dass Moses mein gottverdammter Bruder ist. Er ist ein absoluter Versager. Und erzähl mir auch nicht, du hättest auch nur im Ansatz die Hoffnung, aus diesem Arschloch könnte noch was werden.«

Ich verließ den Freeway über die Ausfahrt Mesa Street und fuhr Richtung Stadt. Das Schweigen, das zwischen uns herrschte, war zum Schneiden dick, bis Zack es schließlich brach.

»Na gut«, sagte er. »Wir machen es folgendermaßen: Du bringst Moses dazu, mir zu schreiben. Er soll mich um das Geld bitten. Ich möchte, dass er mir mitteilt, und zwar schriftlich, dass er die Entziehungskur machen will. Dann finanziere ich die ganze Sache.«

»Du wirst dein Geld behalten, Zack. Das macht er niemals und das weißt du.«

»Wenn er nicht clean werden will, wird er auch nicht clean. Das sollte dir klar sein.«

»Ich denke an Maggie«, sagte ich.

»Gut. Denke an sie. Bring dein Leben in Ordnung. Das trägt einen gehörigen Teil dazu bei, sie glücklich zu machen.«

Was wusste er schon von meinem Leben? »Mose war ihr erstes Baby«, sagte ich. »Das erste Baby ist für eine Mutter immer etwas ganz Besonderes.«

»Als du mit dem Pumpen angefangen hast – ich glaube, du warst ungefähr sechzehn –, was habe ich dich da angehimmelt. Mein großer Bruder, der Herkules. In der High School habe ich gesehen – zum Teufel, jeder konnte es sehen –, wie du dich hineingesteigert hast. Du warst besessen davon, Mr. West Side. Und es sieht so aus, als wärst du's immer noch. Aber was hast du darüber hinaus getan? Wie lange, glaubst du, kannst du deinen Körper formen, stählen? Bis du sechzig bist? Siebzig?«

»Wir sprechen über Mose, nicht über mich.«

»Schreib ihn ab. Er hat uns auch abgeschrieben, alle, einschließlich Maggie.«

Das dumpfe Dröhnen des Verkehrs löschte die Stille zwischen uns aus. Zack hatte eine italienische Sonnenbrille aufgesetzt. Er nahm die Stadt in sich auf, in der er aufgewachsen war. Zehn Jahre Abwesenheit und in dieser Zeit hatte sich hier einiges verändert.

»Prosperität«, sagte er. Als ich darauf nicht reagierte, sagte er: »Auch hier ist es zu spüren. Die ganze Welt leidet daran.«

»Was soll das heißen, die Welt leidet daran?«

»Je höher man fliegt, desto tiefer fällt man. Aufschwung und Krise. Das alte Fieber, doch der Aufschwung ist außergewöhnlich steil und lang anhaltend. Er ist historisch und der Kollaps wird genauso historisch sein. Momentan leben wir in einem kollektiven Taumel. Aber die großen Macher werden wieder etwas zu gierig, so wie immer, und dann beginnt die Erosion. Hier an der Grenze war die Wirtschaft nie wirklich stabil. Doch in gewisser Hinsicht haben die Leute einen Vorteil. Durch den Drogenhandel ist die Wirtschaft hier nie ernsthaft in Gefahr.«

»Das hört sich an, als befürwortest du den Drogenhandel.«

»Es hat nichts damit zu tun, ob ich etwas befürworte oder nicht. Es geht um den massiven Zufluss von Bargeld. Früher nannte man den Süden und Südwesten den Sonnengürtel. Heute spricht man vom Wäschegürtel. Von San Diego bis Miami sind die Banken voll mit Wäsche. Niemand erhebt Einspruch. Städte und Gemeinden profitieren davon.«

»Was meinst du mit niemand erhebt Einspruch? Was ist mit dem Gesetz?«

Zack musterte mich, um zu sehen, ob ich nur einen Spruch abgelassen hatte. Ich feixte ein wenig, um ihn davon zu überzeugen, dass ich den Unbedarften nur mimte. Er nahm mir das nicht ab und lachte mich aus.

»Alle diese Waschsalons haben am Jahresende riesige Überschüsse«, sagte er. »Milliardenüberschüsse. Doch niemand verlangt eine Erklärung dafür. Wenn ein Bürger versucht, mehr als zehn Riesen bar einzuzahlen, klingeln alle Alarmglocken. Dieser Bürger braucht eine verdammt gute Erklärung, woher das Geld stammt. Banken hingegen sind nie Gegenstand genauerer Untersuchungen. Hat eine Bank einen Überschuss, gilt das als Beweis, dass das Unternehmen gesund ist und das Management aus knallharten Geschäftsleuten besteht. Warum, glaubst du, betreiben Banken das Lobbying in Sachen Nordamerikanisches Freihandelsabkommen? Weil sie wissen, dass sich ihre Stahlkammern säckeweise mit Bargeld füllen, das von der anderen Seite des Rio stammt.«

Wir waren jetzt ganz in der Nähe des Cibola-Gebäudes. Ich fuhr langsamer und wies Zack darauf hin. »Da ist die Cibola Savings and Loan«, sagte ich. »In mexikanischer Hand. Die sind bei einigen großen Bauprojekten hier in der Stadt mit von der Partie.«

Zack lachte. »Ganz schön mutig, diese Mistkerle! Nennen ihren Waschsalon *Cibola* nach einer der sagenumwobenen sieben goldenen Städte. Diese Chuzpe muss man erst mal haben. Respekt.«

VIERUNDZWANZIG

Zack bezog eine Suite mit zwei Zimmern im Westin Hotel. An der Bar nahmen wir jeder zwei Margaritas, dann fuhren wir zum Krankenhaus.

Sam lag noch auf der Intensivstation, in einem postoperativen Trancezustand. Sein Kopf war bandagiert. Die Kanüle für den Tropf steckte jetzt oben in seiner schmalen Brust. Sam sah aus wie hundert. An der Wand hinter seinem Bett piepten die Maschinen. »Ich muss mich übergeben«, sagte er plötzlich.

Maggie, die neben dem Bett saß, stand auf, um nach einer Schwester zu suchen. In Begleitung zweier Krankenschwestern kam sie zurück. Sam hatte sich inzwischen aufgerichtet. Während die Schwestern noch nach einer Schale suchten, riss Sam den Mund auf und ein Schwall dunkelroten Blutes schoss in die Senke der Bettdecke zwischen seinen Knien.

»Das macht nichts«, meinte eine der Krankenschwestern. »Sie müssen sich alle übergeben. Das liegt am Narkosemittel. Wir haben genug sauberes Bettzeug.« Sie hatte einen Lappen in der Hand und fuhr damit über Sams dunkle Lippen. »Machen Sie sich wegen dem Blut keine Sorgen. Das sind ganz normale Absonderungen.«

Sam sank in die Kissen zurück. »Wo ist er?«, fragte er.

»Wo ist wer, Schatz?«, fragte Maggie. »Zacharias? Zacharias ist hier, Sam. Er ist extra aus Belgien eingeflogen, um dich zu sehen.«

Sams Blick irrte verzweifelt durch den Raum, blieb aber an niemandem hängen, nicht mal an Zack. Wir waren alle da, standen um sein Bett herum, aber er wartete auf jemand anderen. Sam zog die Hände unter der Bettdecke hervor und betastete vorsichtig den Verband um seinen Kopf. Die Haut seiner Hände sah aus wie Pergament, unter dem sich die Venen abzeichneten.

»Er ist zurückgegangen«, sagte er.

Diesmal fragte Maggie nicht, wer gemeint sei.

»Ihr habt ihn mir vertrieben.« Sam sah mit anklagendem Blick in die Runde, dann wandte er den Kopf zur Seite, machte die Augen zu und schloss uns alle aus. Das elektronische Piepen seines Pulsschlages war die rhythmische Untermalung für die beinahe unerträgliche Atmosphäre, in der wir quasi Wache hielten.

Maggie fing an zu weinen und Jesaja nahm sie in die Arme.

»Du wirst bald wieder auf den Beinen sein, Daddy«, sagte Zipporah.

Doktor Bill Sandy, der Chirurg, der Sam operiert hatte, schob den Vorhang beiseite und trat an das Bett. Ohne jegliches musikalisches Gespür summte er die Melodie eines Stückes von Buddy Holly. »Wie geht's unserem Grandpa?«, fragte er. Bill Sandy war ein großer Mann mit weißem Haar und schlechten Zähnen. Seine breite Nase wies die Kraterlandschaft einer Trinkernase auf. In seinem blutbespritzten Kittel musste er geradewegs aus dem OP gekommen sein. Vor sich hin summend studierte er die Monitore hinter Sams Bett.

Seitlich am Kopf hatte man Sam eine Drainage angelegt, damit Sekret, das sich nach einer Operation, in deren Verlauf die Schädeldecke zeitweilig entfernt worden war, angesammelt hatte, abfließen konnte. Doktor Sandy bewegte den Plastikschlauch, um zu überprüfen, ob die Drainage ordnungsgemäß funktionierte.

»Es sieht alles ganz hervorragend aus«, sagte er. »In ein paar Tagen ist Grandpa wieder ganz der Alte. Wir haben das Ergebnis der Gewebeprobe aus dem Labor erhalten. Nun ja, wie wir es vermutet hatten, war es die hässliche Geschichte. Aber die gute Nachricht lautet, dass wir alles entfernen konnten. Es war ein properer Bursche, aber wir sind überzeugt, dass wir ihn zu neunundneunzig Komma neun Prozent gepackt haben. Wir fangen so schnell wie möglich mit den Bestrahlungen an.«

Maggie fuhr sich mit einem Papiertaschentuch über die Augen. »Doktor«, fragte sie, »kann ein so großer Tumor der Grund dafür sein, dass jemand das Jenseits sieht?«

»Bitte?«, fragte Doktor Sandy. Er lächelte dünn und sah uns der Reihe nach an, unsicher, ob die Frage als Scherz aufzufassen sei.

»Sam hat halluziniert«, erklärte Zipporah. »Er dachte, er hätte Jesus gesehen.«

»Das Gehirn ist noch immer ein Mysterium«, erwiderte Doktor Sandy. »Man kann es mit einem sensiblen Musikinstrument vergleichen. Ist es verstimmt, kann man damit Töne erzeugen, die bisher niemand zuvor gehört hat.« Er lächelte über seinen etwas weit hergeholten Vergleich. Seine langen Zähne waren dunkel an den Rändern. Er sah auf die Uhr und fing wieder an zu summen.

Sam wandte den Kopf, um den Arzt anzusehen.

»Sie haben ihn mir vertrieben«, sagte er.

Bill Sandy lächelte düster und sagte: »Alles ist möglich, Grandpa.«

FÜNFUNDZWANZIG

Ich fuhr Zack zurück in sein Hotel. An der Bar nahmen wir noch einen Drink. Dann tauchte der Rest der Familie Walkinghorse auf. Zack hatte zuvor im Restaurant des Westin einen Tisch für fünf Personen bestellt. Es war immerhin ein Familientreffen, das erste Mal seit zehn Jahren, dass wir wieder alle beisammen waren, alle außer Moses und Sam.

Am Tisch erhob Zack sein Weinglas und sagte: »Auf unsere kleine Regenbogenfamilie«, und brachte damit alle zum Lachen. Selbst Maggie lächelte. So wie sich der Rest ihres Lebens zu entwickeln schien, würde es nicht mehr viel Anlass zum Lachen geben. Zack, der bemerkt hatte, dass ihr Lächeln nur mit heldenhafter Anstrengung zustande gekommen war, legte den Arm um sie. »Alles wird gut, Ma«, sagte er.

Auch ich erhob mein Glas. »Auf dass alles gut wird«, sagte ich, »und auf die Großzügigkeit derer, die dabei helfen, dass alles wieder gut wird.« Ich hatte schon einen unterm Pony und Jesaja strafte mich mit einem strengen Blick ab, während Zipporah mir gegen den Knöchel trat.

»Was denn? Was hab ich denn gesagt?«, fragte ich, schluckte den Rest des Weins hinunter und goss mir ein neues Glas ein.

»Jetzt ist nicht der Zeitpunkt, deiner Verbitterung Luft zu machen«, sagte Zipporah.

»Verbitterung? Ich bin nicht verbittert. Mir geht's gut.

Mein Leben läuft prima. Ich habe einen anderen Weg eingeschlagen, habe ich das nicht erzählt?«

»Halt den Mund«, sagte Jesaja.

Unser Essen kam. Flambiertes Steak Diana für alle, auf Zacks Hotelrechnung. Jesaja sprach das Tischgebet so wie Sam all die Jahre, als wir noch zusammen in dem Haus in der East San Pablo Street gewohnt hatten. Wir fassten uns bei den Händen und Jesaja sprach mit seiner sonoren Stimme: »Herr, hilf uns, dieser Großzügigkeit wert zu sein.« Dann fügte er hinzu: »Und wir danken dir, oh Herr, für die sichere Heimkehr unseres geliebten Bruders Zacharias.«

Ein paar Yuppies am Nachbartisch starrten uns an, als wären wir Dinosaurier. Kaum einer spricht noch Tischgebete, noch dazu mit lauter, unbefangener Stimme, und in einem Restaurant, das die Elite der Stadt bewirtet, schon gar nicht. Einige Yuppies setzten Mienen auf, als hätte Jesaja einen unverzeihlichen Fauxpas begangen.

Während des Essens unterhielt uns Zack mit seinen Abenteuern aus dem Ausland und lenkte so von mir ab. Dafür war ich ihm dankbar. Mir ging es nicht um Anteilnahme oder Verständnis, aber die Margaritas und jetzt der Wein ließen mich alle Vorsicht über Bord werfen. Ich verspürte das Bedürfnis, meinen Brüdern und meiner Schwester mitzuteilen, was ich durchgemacht hatte, gleichzeitig war mir klar, dass ich es ihnen nicht erzählen konnte. Ich blieb allein mit meinen Problemen und daran würde sich nichts ändern.

Mit aller Macht regte sich ein ganz mieses Gefühl in mir. Zack war der absolute Mittelpunkt, der Superstar unter den Walkinghorses, dessen Deals ganze Volkswirtschaften beeinflussten, und mit diesem Abendessen feiere man die Rückkehr des Helden. Die anderen waren völlig im Bann seiner Geschichten und ich war schlicht und ergreifend eifersüchtig. Zack war Mitte dreißig und konnte sich vermutlich mit vierzig aus dem Geschäftsleben zurückziehen. Ich hingegen konnte mit zweiundvierzig gerade mal einen verfallenden Körper vorweisen, eine drohende Gefängnisstrafe dank meiner Exfrau und Morddrohungen von Leuten, die mich für entbehrlich hielten. In gewisser Hinsicht war es die Geschichte vom verlorenen Sohn mit gegenteiligem Ausgang: Zack war fortgegangen und hatte sein Glück gemacht; ich war geblieben und hatte mein Leben in den Sand gesetzt.

Ich bat die anderen, mich zu entschuldigen, stand auf und ging Richtung Herrentoilette. Doch ich ging nicht hinein. Um die Ecke befanden sich die Fahrstühle. Ich fuhr hinunter in die Tiefgarage, ging zu meinem alten Ford und fuhr zurück in mein entbehrliches Leben.

Der Mercedes von Jillian Renseller stand auf dem Parkplatz des Baron Arms, direkt neben meinem Platz. Ich nahm Lenny Trebeaux' Beretta aus dem Handschuhfach, stieg aus und berührte die Motorhaube des Mercedes. Sie war kalt. Der Wagen musste hier schon eine Weile stehen. Ich fuhr in den dritten Stock. Jillian lehnte an meiner Tür und rauchte eine Zigarette. »Wo um Himmels willen hast du gesteckt?«, fragte sie, warf die Zigarette auf den Boden und trat sie aus.

Sie war ganz in Schwarz gekleidet: knöchellanger Rock mit einem breitem Gürtel aus Lackleder, eine Seidenbluse mit langen Ärmeln, hohe Absätze. Weder Make-up noch Schmuck. In ihren dunklen Augen standen Angst und Wut. Sie hatte etwas von einer Nonne auf der Flucht vor durchgeknallten Mönchen.

Die Abenddämmerung setzte ein. Der Himmel im Westen sah aus wie ein Bild aus einem erstklassigen Motel – die ersten Sterne funkelten rötlich in der sandigen Luft, am Horizont ein kräftiges Purpurrot durchsetzt mit Streifen in der Farbe von Blutorangen, das schwarze Plateau von El Malpais, doch ein abstruser nachträglicher Einfall des Künstlers verkehrte die Stimmung des Bildes ins Abwegige: Einem hämischen Grinsen gleich, schwebte die noch zarte Sichel des Mondes der unendlichen Dunkelheit über ihr entgegen.

»Ich stehe hier schon seit einer Stunde, verdammt noch mal«, sagte Jillian im Ton einer brüskierten Ehefrau.

»Ich freue mich auch, dich wieder zu sehen«, erwiderte ich. »Ich wette, du hast gedacht, mir wäre etwas Unangenehmes zugestoßen.«

»Spar dir deine Sprüche. Ich weiß, was passiert ist, und ich habe alles darangesetzt, um es zu verhindern.«

»Ich bin im Bilde.«

Wir gingen hinein. »Was hast du zu trinken da?«, fragte sie.

»Nur Tequila.«

Sie verzog das Gesicht. »Aber nicht pur, okay? Mit irgendeinem Saft bitte.«

Ich goss ein halbes Glas Viuda de Sanchez mit Grapefruitsaft auf. Sie nippte daran und schüttelte sich. »Oh Gott, wie kann man nur so einen Mist trinken!«

»Du bist schließlich nicht wegen eines Drinks gekommen«, stellte ich fest.

Sie nahm noch einen Schluck und stellte das Glas ab. »Was du mit Lenny gemacht hast, war ein Fehler«, sagte sie. »Ich habe gedacht, du hättest mehr Verstand.«

Ich füllte ein Schnapsglas mit Viuda, stellte es aber beiseite. Für heute hatte ich mein Quantum intus. Dann haute ich ihn doch weg. Verstand? Warum ging eigentlich jeder davon aus, dass ich Verstand besäße?

»Was kümmert es dich?«, fragte ich.

Sie setzte sich aufs Bett, trank noch einen Schluck und verzog wieder das Gesicht. Sie sah aus wie ein krankes Kind, das gezwungen wurde, bittere Medizin zu schlucken. Ich setzte mich zu ihr, nahm ihr den Drink aus der Hand und küsste ihre kalten Lippen. Sie erwiderte den Kuss, für einen Moment flackerte das Feuer auf, dann entzog sie sich mir.

»Nein«, sagte sie. »Wir müssen sofort von hier verschwinden.«

»Ich habe mich in einem anderen Apartment einquartiert. Gehen wir dahin.«

»Nein. Ich meine, wir müssen für eine Weile die Stadt verlassen.«

Sie verschränkte die Arme vor der Brust, als versuche sie, etwas Explosives in ihrem Körper in Schach zu halten. Es sah aus, als bekäme sie eine Panikattacke. Ich nahm sie in den Arm, um ihr zu helfen.

»Was ist passiert, Jillian?«, fragte ich.

Sie machte sich aus meinen Armen frei. »Ich habe ein zweites Mal versucht, dein Leben zu retten. Das könnte mich jetzt meins kosten.«

SECHSUNDZWANZIG

Erst als wir in Deming, New Mexico, waren, erzählte sie mir, was sie getan hatte. Der Einbruch bei den Farnsworths war nicht von Solís angeordnet worden. Er war Jillians Idee gewesen. Sie hatte Forbes – der auf Solís' Gehaltsliste stand, nicht auf ihrer – hinters Licht geführt und überredet, einzubrechen und die Mitschnitte von Monas und Clives Sadomaso-Sitzungen im Kerker mitgehen zu lassen. Sie hatte Forbes davon überzeugen können, dass es das Beste für seinen *jefe* sei, aber auch für den Ruf ihres Mannes und natürlich für die Cibola Savings and Loan. Forbes hatte keine Rücksprache mit Solís gehalten. Für ihn hatte festgestanden, dass sie für *el jefe* sprach, schließlich atmeten Jillian und er dieselbe dünne Luft der Superreichen. Forbes habe nun mal die Weisheit nicht mit Löffeln gegessen, meinte sie, darüber bestehe keinerlei Zweifel.

Der Einbruch war ein Kinderspiel gewesen. Forbes hatte einen Tag abgepasst, als die Kinder in der Schule und Mona und Jerry auf Einkaufstour gewesen waren. Zwar waren die Bänder unter Verschluss gewesen, doch Jillian hatte genau gewusst, wo. Der Aktenschrank, in dem sie sich befunden hatten, war ziemlich leicht aufzubrechen. Es hatte sich um sechs Bänder gehandelt, alle beschriftet und mit Datum versehen. Forbes hatte sie Jillian übergeben und sie hatte ihm aufgetischt, dass sie die Bänder vernichten wolle.

»Aber ich hab's nicht getan«, sagte sie. »Ich habe mir ein paar angesehen und von einigen Szenen Polaroids gemacht.«

Wir saßen im Auto, in der Innenstadt von Deming.

Die Gegend war dunkel und verlassen. Das Getöse eines einsamen Sattelschleppers drang von der parallel zur Hauptstraße verlaufenden Interstate herüber. Jillian lehnte sich an mich. »Ich hab's für dich getan«, sagte sie.

»*Was* getan?« Bisher hatte sich der Sinn ihres Handelns mir noch nicht erschlossen. Für mich gab es keinen Grund, Forbes auf die Bänder anzusetzen. Die Farnsworths konnten nichts gewinnen, im Gegenteil, sie hatten alles zu verlieren, würden die Aufnahmen veröffentlicht. Bei ihnen waren die Bänder absolut sicher gewesen.

»Ich habe die Polaroids an *Know It All!* geschickt. Das Boulevardmagazin. Anonym.«

Ich stieß sie weg von mir. »Bist du verrückt geworden? Wie zum Teufel soll mir das helfen?«

»Das Geheimnis ist gelüftet, verstehst du? Du stellst für sie keine Bedrohung mehr da.«

Es ergab immer noch keinen Sinn. »Eine Bedrohung für sie? Du gehörst doch auch dazu, Jillian. Welche Rolle spielst du eigentlich?«

»Ich habe nie dazugehört. Genauso wenig Clive. Vielleicht verrate ich dir jetzt nichts Neues, aber Clive war nur Staffage. Der Strohmann für Fernie und seine Hintermänner. Sie haben ihn angeheuert, weil er wie *el supergringo* aussah. Ihnen war es nur darum gegangen, der Bank einen durch und durch US-amerikanischen Anstrich zu geben. Sie stellen Mexikaner nicht mal als Kassierer ein.«

»Die Bank dient der Geldwäsche«, sagte ich.

Sie lachte. »Natürlich, was denn sonst? Bis zu einem gewissen Grad trifft das auf die meisten Banken nahe der Grenze zu. Auf die eine oder andere Art landet das Drogengeld bei ihnen. Bei Cibola verhält sich die Sache etwas anders, weil die Bank einem der wichtigsten Drogenbarone gehört. Das Drogengeld muss nicht erst außer Landes geschmuggelt oder in Beträgen, die niemanden stutzig machen, in U.S.-Banken deponiert werden. Es kann direkt bei Cibola abgeladen werden. Fernie agiert auch für andere *traficantes* als Broker. Gegen einen fairen Abschlag kauft er ihre Dollars und überweist ihnen Pesos, Euros, englische Pfund, Yen oder was auch immer auf ihre Konten im Ausland. Als Broker verdient Fernie vermutlich mehr Geld als mit dem Drogenhandel.«

Sie ließ den Motor an und rollte die Hauptstraße von Deming entlang. »Mal sehen, ob wir ein Motel finden«, sagte sie. Sie fuhr langsam und blickte an jeder Kreuzung nach rechts und nach links. Dann bog sie in eine Seitenstraße ein und fuhr auf ein blaues Neonschild zu, das freie Zimmer versprach. Sie steuerte in die Auffahrt des Oasis, eines uralten Gasthauses, das noch nicht von einer der großen Motelketten geschluckt worden war. »Ich liebe diese alten Stuckkästen von anno dazumal.«

Ich musterte sie. Nein, tust du nicht, dachte ich. Die Betten sind durchgelegen, in der Wäsche hängt der Geruch längst vergessener Rendezvous und die Bilder – sofern es überhaupt welche gibt – zeigen Palmen auf schwarzem Samt. Sie hatte ihr Leben ernsthaft in Gefahr gebracht, als sie dem Boulevardblatt die Fotos hatte zukommen lassen, und jetzt wollte sie die Nacht in einem rustikalen Motel in Deming verbringen, als wären wir Verliebte, die einen draufmachen wollten. Ich kam zu dem Schluss, dass sie log, hatte aber keinen blassen Schimmer, weshalb.

Sie checkte ein und wir nahmen ein Zimmer am Ende des u-förmigen Innenhofes. Kaum waren wir drinnen, sagte sie: »Zieh dich aus.« Ich tat es. Dann war sie an der Reihe.

Wir gaben uns dem Ritual der Verliebten hin. Es war süß und zart und falsch und es schmeckte nach Betrug. Auf dem Höhepunkt unserer Leidenschaft kam mir die Erkenntnis: Ich war nicht fähig, jemanden zu lieben. Ich wusste nicht mal, was Liebe war. Ich konnte nicht nachvollziehen, dass zwei Menschen glaubten, von nun an wie siamesische Zwillinge durchs Leben gehen zu müssen. Mir schien eher die Angst vor der Einsamkeit das Bindeglied zu sein, das die Menschen als Liebe missdeuteten. Es gab keine Liebe. Liebe war ein Wort, mit dem die Menschen das schwarze Loch im Zentrum ihrer Persönlichkeiten verschließen wollten. Das schwarze Loch war der Tod und all die kleinen Tode, die man im Leben starb, durch Einsamkeit, durch Scheitern oder Selbsthass.

Ich musste unwillkürlich leise lachen und Jillian sah mich an mit einem Blick, der förmlich Gift und Galle spie. Gert kam mir in den Sinn, wie sie meinem Geheimnis auf die Spur gekommen war und wie sie das Ende ihrer Einsamkeit in den Armen eines Rennfahrers gefunden hatte.

Und Jillian war ebenso unfähig zu lieben wie ich. Um so merkwürdiger war ihre Geschichte von Selbstaufopferung. Sollte sie dem Magazin die Polaroids geschickt haben, dann gab es dafür ein anderes Motiv. Ein Motiv, das sie wohl kaum zugeben wollte.

Unter der Dusche sagte sie: »Warum hast du gelacht? Ich bin völlig abgelenkt worden und wäre beinahe nicht gekommen. War diese Gemeinheit Absicht?«

Ich wollte meine Erkenntnis nicht mit ihr teilen. Ich schämte mich dessen. Niemand konnte sich zu so etwas bekennen. Es kam dem Bekenntnis gleich, ein Triebtäter zu sein, der Kinder ermordet.

»Komm schon, erzähl's mir«, sagte sie und lachte. Sie nahm meine Eier in die Hand. »Du erzählst es mir auf der Stelle oder ich quetsche die kleinen Kerle, bis sie blau werden, ich schwör's.«

Ich packte sie am Handgelenk und zog ihre Hand weg, dann drängte ich sie gegen die gesprungenen, schimmligen Fliesen. Ich legte meine Hände um ihre Hüften, hob sie hoch und drang in sie ein. Ohne jegliches Feingefühl. Damit sie einfach Ruhe gab.

SIEBENUNDZWANZIG

Sie wollte etwas essen. Wir zogen uns an und fuhren durch Deming auf der Suche nach einem Restaurant, das noch geöffnet hatte. Unweit der Bahngleise fanden wir einen kleinen mexikanischen Laden. Wir bestellten beide *salpicón.*

»Du wirst fett«, bemerkte sie.

Ich hatte hundert Kilo überschritten und spürte es. Meine Hosen saßen eng, mein Hemd ließ sich kaum zuknöpfen. »Danke, dass du mich daran erinnerst.«

»Sei nicht so eitel. Du siehst immer noch sehr gut aus, Schatz.«

Unser Essen wurde serviert. Sie fiel über ihren Teller her, als hätte sie eine Woche lang nichts gegessen. Keine

Spur von Etikette, ihre Tischmanieren waren ungehobelt. Die Gabel mit der Faust gepackt, spießte sie Fleischbrocken gierig auf wie ein ausgehungerter Schwerstarbeiter. Sie klappte eine Tortilla zusammen, wischte damit die Salsa vom Teller, kaute heftigst, zum Teil mit offenem Mund. Es kam mir so vor, als sähe ich zum ersten Mal die wahre Jillian Renseller, und mir gefiel, was ich sah.

»Weshalb grinst du so?«, fragte sie.

»Deinetwegen. Die Art, wie du isst. Ich kann mir nicht vorstellen, dass du in einem Herrenhaus von Kindermädchen erzogen wurdest.«

Sie lachte. »Du hast Recht. Mein Vater war Fischer. Ich bin in einer Hütte in Coos Bay, Oregon aufgewachsen. Zu fünft haben wir in einer Bretterbude mit vier Räumen gehaust.«

Bei dem Gedanken an ihre Kindheit verfinsterte sich ihr Blick. »Du stammst aus armen Verhältnissen«, sagte ich.

»Arm? Kann sein. Essen stand immer auf dem Tisch. Zumindest Lachs. Ja, schon, Annehmlichkeiten gab es keine. Wie war's bei dir? Du bist doch auch nicht mit einem silbernen Löffel im Mund zur Welt gekommen.«

Ich erzählte ihr von meiner Geburt, dass ich ausgesetzt worden war, berichtete von Sam und Maggie und ihren Adoptivkindern unterschiedlichster Herkunft, von Sams religiöser Besessenheit und Maggies lammfrommer Passivität. Ich gab mit Zipporah, Jesaja und Zack an und ich unterschlug Moses.

»Ganz schön verzwickt«, sagte sie. »Aber du hast alles ganz gut überstanden, nicht wahr? Oder ist mir da etwas entgangen?«

»Ich denke, ich kann ganz zufrieden sein.«

Sie machte sich über den Rest des Bruststückes auf ihrem Teller her und aß anschließend noch meine Hälfte. Wir blieben sitzen, tranken ein paar Bier, bis der Besitzer des Ladens an unseren Tisch kam; er war Kellner und Koch in einer Person und tippte jetzt auf seine Armbanduhr. Es war spät geworden und er wollte dichtmachen. Wir nahmen unsere angefangenen Biere und gingen hinaus zum Mercedes. Kaum sechs Meter entfernt ratterte ein Güterzug durch die Stadt. Als der letzte Waggon vorbeigescheppert war, empfand ich die Stille in meinen Ohren beinahe als schmerzhaft. Ich legte den Arm um Jillian und zog sie an mich, doch sie schüttelte mich augenblicklich ab. Ihr stand nicht der Sinn nach Zärtlichkeiten, sie wollte reden.

»Als ich zwölf war, wurde ich vergewaltigt«, sagte sie.

Ich wollte etwas dazu sagen, doch sie legte mir einen Finger auf die Lippen.

»Er war auch Fischer – Caleb Brisbane, ein Freund unserer Familie. Er hat mich auf dem Nachhauseweg von der Schule gesehen und angehalten, um mich mitzunehmen. Aber er hat mich nicht nach Hause gefahren, sondern in eine kleine Hütte in den Bergen. Er hat gemeint, es sei ein Spiel. Ich hatte keine Angst, schließlich kannte ich ihn und wusste, dass er ein Freund meines Vaters war.«

»Oh Gott«, sagte ich.

»Und weißt du was? Im Grunde war es gar keine richtige Vergewaltigung, zumindest war es nicht das, was man gemeinhin darunter versteht. Er sah gut aus und war sehr behutsam. Er hat ein Spiel daraus gemacht und ich hab mitgespielt, freiwillig. Vermutlich wurde mir das Sinnliche in die Wiege gelegt. Er musste mich zu nichts zwingen, im Gegenteil, unter seiner Regie wurde ich richtiggehend erfinderisch.«

»Aber du warst zwölf.«

»Es hat mein Leben verändert, in diesem Alter eine Frau zu werden, aber es hat mir gefallen, damals. Doch meine Familie hat was gemerkt. Ich bin an diesem Abend sehr spät nach Hause gekommen und hatte Blut an den Beinen. Meine Mutter bekam einen hysterischen Anfall und mein Vater lud seine Schrotflinte. Er und meine Brüder sind zu Calebs Hütte und haben ihn fast totgeschlagen. Sämtliche Zähne haben sie ihm ausgetreten, haben ihm das Rückgrat gebrochen und ein Auge so schwer verletzt, dass er erblindete. Ich glaube, es hat mich mehr traumatisiert, was sie mit ihm angestellt haben, als das, was er mit mir gemacht hat. Ich meine, ein Freund der Familie wurde einer Sache wegen zum Krüppel geschlagen, an der ich bereitwillig teilgenommen hatte. Nachdem bekannt wurde, was Caleb getan hatte, wurden weder mein Vater noch meine Brüder bestraft.«

Mir fielen dazu nur die meiststrapazierten Worte überhaupt ein: »Tut mir leid.«

»Das ist aber noch nicht alles«, fuhr sie fort. »Nach dieser Geschichte veränderte sich das Verhalten meiner Brüder mir gegenüber. Der eine war sechzehn, der andere achtzehn. Ich gab ihnen Rätsel auf. Für sie war ich Ausschussware – eine Frau, während sie immer noch Jungs waren. Ich schlief in einem Anbau unserer Hütte. Er war winzig, aber der einzige Raum im Haus, wo Privatsphäre möglich war. Mein älterer Bruder begann, mich spät nachts zu besuchen, wenn alle anderen eingeschlafen waren. Ich ließ ihn gewähren. Mir war's egal. Ich empfand kein Vergnügen dabei, nicht so wie bei

Caleb, aber ich wehrte mich auch nicht dagegen. Und dann kam mein jüngerer Bruder mit ins Spiel und sie wechselten sich bei ihren nächtlichen Besuchen ab.« Sie nahm einen tiefen Schluck aus der Flasche. »Nette Familie, nicht wahr?«

»Schon erstaunlich, dass du nicht schwanger wurdest«, sagte ich.

»Und ob ich schwanger geworden bin! Ich bin in eine von der Kirche geförderte Einrichtung für schwangere Teenager gegangen. Das Baby, ein gesunder Junge, wurde zur Adoption freigegeben. Ich habe ihn nie gesehen, wollte es auch nicht. Jedenfalls hat das alles die Familie zerstört. Meine Brüder wurden aus dem Haus gejagt, kurz danach hatte mein Vater einen schweren Schlaganfall. Die wenigen Jahre bis zu seinem Tod war er vollständig gelähmt. Meine Mutter starb ein paar Jahre später an Krebs. Meine Brüder sind zur Armee gegangen, ich habe nie wieder etwas von ihnen gehört.«

»Aber du hast alles ganz gut überstanden«, sagte ich, »oder ist mir da etwas entgangen?«

Sie warf mir einen ernsten Blick zu, dann lachte sie. »Uns allen ist was entgangen, meinst du nicht? Erst Jahre später habe ich begriffen, was man mir angetan hatte.«

»Du hattest einen Nervenzusammenbruch?«

»Nein, dafür hänge ich zu sehr am Leben. Ich habe Männer übel behandelt. Meine ersten beiden Ehen dauerten nur Wochen. Ich habe es mit psychologischer Beratung versucht, aber diese Psychologen gingen mir auf den Zeiger. Reine Theoretiker ohne jegliche Erfahrung, was das wahre Leben betrifft. Sie taten so, als wüssten sie genau, was ich durchgemacht hatte, als könnten sie sich in mich hineinversetzen. Was immer sie auch sagten, wie

vernünftig es sich auch anhörte, es klang falsch. Was mir
als Einziges geholfen hat, das war die Dinge im Nachhinein als Katastrophen zu betrachten, die einen fürs
ganze Leben prägen, die einen zu dem machen, was man
letztendlich ist. Entweder man akzeptiert es, so wie man
das Wetter akzeptiert, oder man kämpft eine aussichtslose
Schlacht, bis man daran zugrunde geht. Ich bin promis-
kuitiv, ich bin eine Schlampe, vielleicht sind meine Erleb-
nisse schuld daran, aber genauso gut hätte aus mir eine
promiskuitive Schlampe werden können, wenn ich wohl
behütet vor dem Irrsinn anderer aufgewachsen wäre. Wie
auch immer, es ist und bleibt ein Mysterium, meinst du
nicht? Oder hast du eine zündende Theorie, was die
kleinen Katastrophen des Lebens betrifft?«

»So pinkelt das Leben.«

»Kurz und bündig formuliert«, meinte sie.

Ich trank einen Schluck Bier. Sie ließ den Wagen an
und wir fuhren zum Oasis.

ACHTUNDZWANZIG

Es war kurz vor Sonnenaufgang. Keiner von uns beiden
hatte ein Auge zugetan, wir hatten die ganze Nacht
gequatscht. Irgendwann hatte ich gefragt: »Was hat Solís
dazu bewogen, sich ausgerechnet Clive als Supergringo
herauszupicken?«

»Clive war Leiter einer kleinen Bank in Oak Grove,
einem Vorort von Portland«, sagte sie. »Wir haben Urlaub
in Mexiko gemacht und sind irgendwie in Puerta Vallarta
hängen geblieben. Eines Abends an der Hotelbar – Clive
hatte einen sitzen – hat er sich lang und breit über die
wunderbare Welt des Bankgewerbes ausgelassen. Er konn-

te sehr überzeugend sein. Solís war zufällig anwesend. Er hatte gerade das Cibola-Gebäude gekauft und wollte dort eine Bank eröffnen, um eine eigene Geldwaschanlage zu haben und ins Brokergeschäft einsteigen zu können. Clive war eben der perfekte Gringo, den Solís für sein Unternehmen brauchte. Er hat Clive ein Angebot gemacht, das er nicht ablehnen konnte. Es war der sprichwörtliche Zufall: Wir waren zur rechten Zeit am rechten Ort. Jetzt klingt es merkwürdig, aber damals hatte es den Anschein. Natürlich hatten wir nicht den geringsten Schimmer, welche Funktion die Bank hatte. Clive hielt sich für weltgewandt und erfahren, aber er sah den Wald vor lauter Bäumen nicht.«

»Aber irgendwann seid ihr dahintergekommen.«

»Das war nicht so schwer. Die Eröffnung der Bank wurde von einer gewaltigen PR-Aktion begleitet. Es war überall in der Presse. Es gab Abendessen mit Prominenten und Nachmittagstees für die besseren Hälften der hohen Tiere. Man hatte Politiker gebeten, anlässlich der Einweihung Reden zu halten, im Gegenzug stellte man ihnen Wahlkampfspenden in Aussicht. Keine neue Bank macht auf diese Art und Weise von sich reden. Mit Hilfe von Clive, der das Händeschütteln und Schleimen hatte übernehmen müssen, kaufte sich Fernando in die Machtzentren der Stadt ein. Es dauerte ungefähr ein Jahr, dann war Clive über den wahren Zweck der Bank im Bilde. Der gigantische Bargeldüberschuss am Jahresende war der ausschlaggebende Hinweis. Andererseits konnte er bis zum letzten Jahr seine sexuellen Neigungen vor Solís geheim halten.«

»Und wer hat das Geheimnis gelüftet?«

»Ich hatte mich mit Lenny Trebeaux eingelassen,

Clives Vize. Ich habe ihm von Clives sexuellen Problemen erzählt, um meine Affäre mit ihm zu rechtfertigen. Dabei gab es keinen Grund für eine Rechtfertigung, denn die Affäre hatte Clive überhaupt nicht belastet. Im Gegenteil, es turnte ihn eher an. Er liebte es, wenn ich mit Details von meinen Treffen mit Lenny aufwartete. Es war Teil des Bestrafungsszenarios, auf das er so abfuhr. Lenny ist sehr ehrgeizig. Er hat die aus seiner Sicht gute Neuigkeit sofort an Fernando weitergegeben.«

»Solís hatte sicher Bedenken, dass die Sache publik würde.«

»Das kannst du laut sagen. Er hat uns unmissverständlich klar gemacht, dass für uns hier kein Platz mehr sei, sollte etwas nach außen dringen. Und ich glaube kaum, dass er damit gemeint hatte, uns nach Portland zurückzuschicken.«

»Dein Verhältnis mit Trebeaux kann ihm doch auch nicht in den Kram gepasst haben, oder?«

»Davon wusste er nichts, genauso wenig wie von Clara und mir. Fernando tut mir fast ein wenig leid. Für einen Boss seines Kalibers ist er reichlich naiv, ein Spießer mit streng katholischen Ansichten. Mein Abenteuer mit Clara war mehr ein Experiment. Sie ist ja fast 'n halber Kerl, also hab ich für sie das Weibchen gespielt. Es hatte keine Bedeutung. Zumindest nicht für mich.«

Ich fragte mich, ob überhaupt etwas für Jillian Renseller von Bedeutung sei und wenn ja, was.

»Du lügst«, sagte ich.

Sie setzte sich im Bett auf. »Ich und lügen? Verdammt noch mal, nein! Es ist alles wahr, was ich erzählt habe.«

»Bis auf das, was du nicht erzählt hast.«

»Und was soll das sein, du Schlaumeier?«

»Der wahre Grund, weshalb du die Polaroids an *Know It All!* geschickt hast. Es ergibt keinen Sinn, dass du dein Leben riskierst, um meins zu retten. Du liebst mich nicht. Selbst wenn, du hängst zu sehr am Leben. Hast du selbst gesagt.«

Sie stieg aus dem Bett. »Ich wünschte, ich hätte was zu rauchen«, sagte sie und ging im Zimmer auf und ab. Das Licht der Morgendämmerung sickerte durch die geschlossenen Leinenvorhänge und gab dem gesamten Raum eine schmuddelige Note. In der Ferne erklang das melancholische Signal eines Güterzuges.

»Du weißt nichts über mich«, sagte sie. »Ich *könnte* dich lieben, nicht wahr?«

»Das glaube ich nicht, Jillian«, erwiderte ich sanft.

»Ich will eine Freundin in Kalifornien besuchen. Warum kommst du nicht mit? Wir könnten eine wunderbare Zeit miteinander verbringen.«

»Da gibt es ein Apartmenthaus, worum ich mich kümmern muss«, sagte ich.

Ich stieg aus dem Bett und zog mich an. Ich küsste sie. Ein Abschiedskuss ohne Leidenschaft. »Ich fahre mit dem Greyhound in die Stadt zurück.«

»Ich möchte, dass du mit mir nach Kalifornien kommst«, sagte sie. »Liebe ist doch keine überkommene Vorstellung, oder? Wenn zwei Menschen es wirklich wollen, dann kann es doch passieren, und du willst es doch auch, oder etwa nicht, Uri?«

Sie sah fast verzweifelt aus, aber sie war zu hart, zu stolz, um sich über den Moment hinaus das Gefühl von Einsamkeit und Angst einzugestehen.

NEUNUNDZWANZIG

Ich verschlief die gesamte Rückfahrt zur Stadt, eine zweistündige Reise durch die nördlichen Ausläufer der Chihuahua-Wüste. Als der Greyhound in die Busstation fuhr, platzte die schier aus allen Nähten – Scharen altgedienter Reisender, von denen die meisten auf mich den Eindruck machten, als befänden sie sich auf dem Weg zu einer Hinrichtung oder hätten gerade einer beigewohnt. Es war heiß und schwül, für die Monsun-Saison eigentlich noch zu früh, doch die feuchten Luftmassen aus dem Südpazifik waren die letzten Jahre immer früher eingetroffen. Die Wetterexperten machten *el niño* dafür verantwortlich, die globale Erderwärmung und die vulkanischen Aktivitäten der pazifischen Kontinentalplatte. Offensichtlich hatten sie keinen Durchblick, kleideten aber ihre Ratlosigkeit in Fachchinesisch, das jeder Erklärung Gewicht verlieh. Genauso gut hätten sie es Tlaloc, dem Regengott der Azteken, in die Schuhe schieben können.

Ich ging in das Café der Busstation, um mir einen Kaffee zu holen. Gleich neben der Kasse stand ein Zeitungsständer, in dem die neusten Ausgaben von *Know It All!* und von *¡Sabelotodo!*, dem spanischsprachigen Pendant, steckten. Ich nahm jeweils ein Exemplar und zog mich damit in eine Sitznische zurück. Jillians Polaroids hatten es auf die Titelseiten geschafft. Glücklicherweise war die Aufnahme unscharf und die Frage der Identifizierung so nur eine für Informierte. Ein Polaroid von einem Video, gedruckt auf Zeitungspapier, kann zwar keine Pulitzer-Qualität erreichen, dennoch war das Bild für Eingeweihte deutlich genug: Renseller auf den Knien, den weißen Hintern bemitleidenswert nach oben gereckt, das breite, gerötete Gesicht nach unten gerichtet, Monas Zeh im Mund. Dahinter schemenhaft eine Gestalt, die androhte, ihm mit einer Axt den Schädel zu spalten. Clives Erektion hatte man geschwärzt. Das Gesicht der Axt schwingenden Gestalt war nicht im Bild zu sehen. Die Bildüberschrift lautete:

> Handelt es sich hier um ein prominentes Mitglied
> der hiesigen Geschäftswelt?

Das Boulevardmagazin hielt seinen sensationslüsternen Arsch bedeckt, indem es keine Namen preisgab. Aber mit dem Artikel auf der nächsten Seite, der einer Identifizierung gleichkam, war das auch gar nicht notwendig:

Wie jetzt bekannt wurde, war ein namhafter, kürzlich verstorbener Banker Stammkunde der S/M-Clubs unserer anständigen Stadt. Von vielen als integer angesehen, führte diese Stütze der Gesellschaft ein heimliches Sexleben, das seinem Ansehen in den vielen städtischen und kirchlichen Organisationen, denen er verbunden war, sicherlich ernsthaft geschadet hätte. Er stand in einem freundschaftlichen Verhältnis zum Gouverneur und spielte sogar eine Partie Golf mit dem Präsidenten.

Das Foto in *¡Sabelotodo!* war das gleiche, aber von besserer Druckqualität und somit schärfer. Zumindest scharf genug, um dem muskulösen Arm des kopflosen Axtmannes Rechnung zu tragen. Das zielte auf meine Eitelkeit. Ich sah einigermaßen gut aus. Ich war konkurrenzfähig, doch ich hatte seitdem Fett angesetzt. Das Foto motivierte mich – ich musste wieder ins Gym. Ich musste zurück zu meiner Ernährung mit wenig Fett und viel Eiweiß.

Ich fuhr mit dem Taxi zum Baron Arms und ging in mein neues Apartment im zweiten Stock. Mich beschäftigte die Frage, ob Jillian selbstmordgefährdet sei. Welche Erklärung sollte es sonst für ihr Handeln geben? Doch sie war nicht selbstmordgefährdet. Sie hing am Leben. Selbst wenn die Welt um sie herum in Flammen stünde, Jillian fände immer einen grünen Hügel. Da gab es ein anderes Motiv, dessen war ich mir sicher. Man wirft nicht so ohne weiteres sein Leben in den Ring. Etwas war geschehen. Etwas, was sie vor mir geheim hielt. Was immer es auch war, es würde Konsequenzen haben. Solís würde das nicht auf sich beruhen lassen. Vorausgesetzt, es gab keinen anderen Hintergrund, hatte Jillian ihr Todesurteil unterzeichnet. Sollte es darum gehen, mich aus der Schusslinie zu bekommen, war das ähnlich viel versprechend wie seinerzeit Lenny Trebeaux' Jobofferte.

Mein Anrufbeantworter war voll mit Beschwerden. Das war nun das Letzte, womit ich mich jetzt beschäftigen wollte. Ich legte mich ins Bett und schlief eine Stunde, einen unruhigen Schlaf voller paranoider Träume. Nachdem ich aufgestanden war, mich geduscht und angezogen hatte, fuhr ich in die Innenstadt, zur Yarborough Street, zum größten Waffenanbieter, dem *Maximum Firepower Gun Shop*. Ich wollte eine Schrotflinte.

»Für die Wachteljagd?«, fragte der Verkäufer mit einem leichten Grinsen. Sein Kopf war schmal, mit eng beieinander stehenden großen Augen und einer Hakennase. Der Typ sah aus wie ein Vogel. Dessen schien er sich bewusst zu sein, und um den Eindruck zu zerstreuen, verschränkte er die Arme vor der Brust, damit man sie nicht für Flügel hielte.

»Nein. Ich brauche eine Waffe für zu Hause, zur Selbstverteidigung.«

Das Grinsen des Verkäufers wurde breiter. Er drehte

sich um, öffnete eine Glasvitrine und nahm eine kurze Schrotflinte Kaliber 12 heraus. »Eine Mossberg-Jungle-Gun«, sagte er. »Halbautomatik mit einem 18"-Lauf. Angenehm und leicht – nur drei Kilo. Ideal für den Einsatz in geschlossenen Räumen. Mit diesem Baby kann man eine Armee von Einbrechern aufhalten.«

Wenn sie auch mehr kostete, als ich ausgeben wollte, war sie doch genau das, was ich benötigte. Ich gab dem Verkäufer meinen Führerschein. Er tippte meinen Namen und meine Sozialversicherungsnummer in den Computer. Es dauerte nur wenige Sekunden. »Bei der NCIC liegt nichts gegen Sie vor«, sagte er. »Keine Vorstrafen, keine Haftstrafen. Scheint so, als wären Sie ein verantwortungsbewusster, gesetzestreuer Staatsbürger, was immer das heutzutage auch heißen mag.«

Ich verspürte das Verlangen, meine Hände um seinen dürren Truthahnschlund zu legen, sah mich stattdessen aber nach Munition um und entschied mich für Grobschrot. Ich stellte einen Scheck aus und fuhr nach Hause. Dort lud ich die Mossberg und versteckte sie unter dem Bett. Ich machte mich auf den Weg ins DMZ, kaufte zuvor eine Zeitung und setzte mich dann auf meinen Stammplatz an der Bar. Weder Güero noch Mando Ojara waren da. Hinter dem Tresen stand eine Frau, offensichtlich frisch eingestellt. Sie war um die vierzig, wasserstoffblond und verfügte über ein ausladendes Chassis, das mit einem Seitenaufprallschutz aus wulstigem, in Farbe und Beschaffenheit an rosa Kaugummi erinnerndes Fleisch dauerhaft gepolstert war.

»Welches Gift bevorzugen Sie?«

Ich blickte sie an, unsicher, ob das ein Scherz sein sollte. Es war keiner. »Welches Gift ich bevorzuge? Ich dachte,

Barkeeper hätten diesen Spruch um 1939 aufgegeben.«

»Wen haben wir denn da? Einen Geschichtsfan? Verraten Sie mir nun, was Sie trinken möchten?«

»Eine Margarita on the rocks, ohne Salz.«

»Der Erste geht aufs Haus, Tarzan.«

Nachdem sie ewig dafür gebraucht hatte, brachte sie die Margarita. Sie war zu dünn. Zu viel Eis, zu viel Triple Sec, nicht annähernd genug Tequila. Vier Limonenspalten trieben vor sich hin wie Halbmonde, am Glasrand klebte eine Salzkruste.

»Normalerweise«, erklärte sie, »macht das zwei fünfzig. Ich nehme Dollar, keine Pesos.« Dabei klatschte sie mit der Handfläche ihrer knubbeligen, rosafarbenen Hand auf die Theke. »Aber während der Eröffnungswoche ist der erste Drink gratis.«

Sie lächelte angesichts meiner Fassungslosigkeit. Doch zunächst wischte ich den Salzrand vom Glas und nahm einen Schluck. Dann fragte ich: »Was meinen Sie mit Eröffnungswoche?«

»Das, was damit gemeint ist.«

»Dieser Drink ist fade«, sagte ich. Schwach, sauer, schlichtweg daneben.

»Neue Geschäftspolitik. Ein Kurzer pro Drink, kein großzügiges Nachschenken. Keine Doppelten mehr für die guten alten Jungs. Das ist Geschichte.«

»Was heißt neue Geschäftspolitik?«

»Neue Geschäftspolitik heißt neue Geschäftspolitik. Das erklärt sich von selbst, denke ich.«

Ich dachte: Mein Gott, Güero, in welcher Irrenanstalt hast du die bloß aufgegabelt? Mann, was hast du dir dabei gedacht? Das haben wir nicht verdient! Eine Tresenkraft, die Drinks quasi per Nachnahme liefert, die entweder schwerhörig oder aufsässig ist, die fünf Minuten braucht, um alles zusammenzuschütten, dabei versaut, was nur irgend geht, und das Ganze als neue Geschäftspolitik verkauft und irgendwas von Eröffnungswoche faselt. Ich musste ein ernstes Wort mit ihm reden.

Ich fischte die Limonenspalten aus dem Glas, legte sie auf eine Papierserviette und verschanzte mich so gut wie möglich hinter meiner Zeitung, nur um eine Barriere zwischen mir und dieser Barkeeperin der neuen Geschäftspolitik zu schaffen.

Auf Seite 2 starrte mich Fernando Solís Davila an. Es war ein Gruppenfoto: Bürgermeister, drei Abgeordnete der Stadt, Solís lächelnd in der Mitte. Das bescheidene Lächeln eines Mannes, der gebeten wurde, die Position des Führers der freien Welt zu übernehmen. Eine Baufirma, die ihm gehörte, die Inter-America Builders, Inc., hatte gerade von der Stadt den Zuschlag bekommen, eine mehrgeschossige Strafanstalt niedriger Sicherheitsstufe für nicht gewaltbereite Drogenstraftäter zu errichten.

Beinahe hätte ich mich an meinem Drink verschluckt und ihn über den Tresen gespuckt.

Das alte städtische Gefängnis, so der Artikel weiter, sei rettungslos überfüllt mit gelegentlichen Drogenkonsumenten, Kleinstdealern und durch den Rio watenden Kurieren, die jedoch nie mehr als ein paar Päckchen Marihuana schmuggelten, das in Tarahumara Country, gelegen in den Chihuahuan Highlands, angebaut werde. Mitunter befänden sich die Straftäter zu sechst in einer Zelle, unter unzumutbaren hygienischen Bedingungen. Viele der so Weggeschlossenen zögen sich Krankheiten zu, angefangen bei relativ harmlosen Infektionen wie

Bindehautentzündung und Krätze, bis hin zu Lungenentzündung, Angina und den verschiedenen Formen der Hepatitis. Selbst Fälle medikamentenresistenter TBC seien aktenkundig. Über Jahre hinweg seien die Bedingungen in der städtischen Haftanstalt Gegenstand der Kritik diverser Menschenrechtsorganisationen gewesen. Jetzt wolle die Stadt endlich handeln. Die Einrichtung solle nördlich der Stadt auf einem Tafelberg entstehen und nach Fertigstellung etwa hundert Arbeitsplätze bieten. Die Skizze des Architekten zeigte einen Knast, der aussah wie ein Holiday Inn hinter Stacheldraht.

Ich fing an zu lachen. Es schwang eine Spur Hysterie mit. Die Barkeeperin kam herüber. »Was ist denn los? Lesen Sie gerade die Comics?«, fragte sie. »Zeigen Sie mal, ich will auch lachen.«

»Die ganze Zeitung ist ein Comic«, sagte ich.

El jefe, ein Drahtzieher unter den *narcotraficantes* und Drogengeld-Broker, errichtete ein Gefängnis für Drogenkonsumenten, Dealer und Schmuggler. Jetzt wieherte ich richtig los. In gewisser Weise war es ökonomisch betrachtet der Hammer: Das Drogengeld kam nach Hause. Was könnte mehr im öffentlichen Interesse sein?

»Was denn nun?« Die Barkeeperin ließ nicht locker. »Nun zeigen Sie schon. Ich könnte einen guten Lacher gebrauchen.« Sie hatte soeben ihre neue Geschäftspolitik einem der Stammgäste vorgetragen, der sich hartnäckig weigerte, die Sache zu verstehen.

Lachend ging ich Richtung Ausgang.

»Schauen Sie mal wieder im Piccadilly on the Rio vorbei und beglücken Sie uns mit Ihrem erfrischenden Humor, ja?«, rief sie mir hinterher.

Mir blieb das Lachen im Halse stecken.

»Piccadilly, was?«

»Das ist der neue Name. Als ich den Laden gekauft habe, habe ich entschieden, dass wir neben der neuen Geschäftspolitik auch einen neuen Namen brauchen. Hat doch wesentlich mehr Stil als der alte Name, finden Sie nicht?«

»Sie haben *was* gekauft?«

»Diese Bar hier. Und zwar für das Zweifache ihres Wertes. Aber ich wollte unbedingt eine eigene Bar.«

Zum ersten Mal sah ich mir die Bar genauer an. Güeros Sammlung grammatikalischer Stilblüten war verschwunden. Dafür hing ein Union Jack an der Wand, zusammen mit Bildern des Buckingham Palace und anderen Londoner Sehenswürdigkeiten.

Neben dem Eingang zur Herrentoilette befand sich sogar eine Dartscheibe. Zwei adrett frisierte Männer in grauen Anzügen warfen Dartpfeile. Den Dartpfeil in der einen, den Gibson in der anderen Hand. Die Stammkunden des DMZ tranken nie Gibsons. Hätte man ihnen Dartpfeile gegeben, hätten sie sich damit die Augen ausgestochen.

»Güero würde das DMZ niemals verkaufen«, sagte ich.

»Ich habe dem Gentleman ein Angebot gemacht, das er nicht ablehnen konnte.«

Rule Britannia dröhnte aus neuen Lautsprechern. Die Dart spielenden Gibson-Trinker erhoben ihre Gläser.

Wie vor den Kopf gestoßen trat ich hinaus ins Sonnenlicht. Wenigstens war die Sonne bei ihrer alten Geschäftspolitik geblieben.

DREIßIG

Gewohnheiten sind die Bausteine des Lebens. Entfernt man nur einen Stein, verändert sich die Statik und es wird nie mehr so sein wie vordem. Das DMZ war ein wichtiger Baustein in meinem Leben. Es war mein Zuhause. Wie konnte mir Güero das nur antun?

Es musste etwas passiert sein, ein Unglück in der Familie, etwas in der Art. Ich ging zurück ins Apartment und suchte im Telefonbuch nach seiner Nummer.

Kein Odonaju. Er hatte mir nie erzählt, wo er wohne. Ich hatte immer gedacht hier, in der Stadt, unweit der Bar.

Ich durchforstete die wesentlich zahlreicheren Einträge auf mexikanischer Seite. Da war er: G. Odonaju, der einzige Odonaju im Verzeichnis. Es war eine Adresse auf der anderen Seite des Flusses, in Juárez: Calle Vicente Zamora. Ich wählte die angegebene Nummer.

»*¡Bueno?*«, meldete er sich.

»Güero? Hier ist Uri. Mann, was hast du bloß angestellt, verdammt noch mal?«

»Wovon sprichst du?«

»Du weißt, wovon ich spreche. Die Bar, was sonst. Hinterm Tresen steht eine Gehirnamputierte, die behauptet, dass ihr der Laden gehört.«

»Beatrice Westfall. Sie hat meine unverschämt hohe Forderung akzeptiert. Was soll ich dazu sagen?«

»Du könntest sagen, dass es nicht wahr ist. Du könntest sagen, es handelt sich um einen Fehler, den man wieder gutmachen kann. Ich kann da nicht mehr hingehen, Güero. Sie hat den Laden ruiniert. Piccadilly on the fucking Rio! Wie kannst du nur zulassen, dass sie dem

DMZ einen so bescheuerten Namen gibt? Mein Gott, neben dem Klo hängt sogar eine Dartscheibe.«

»Tut mir leid, Mann. Ich brauchte das Geld. Ich mache im Ostteil von Juárez etwas Neues auf. Ein Fischrestaurant, eins von der gehobenen Sorte. *La Paloma*. Da wird es eine sehr schöne Bar geben. Komm rüber und trinke deine Margaritas hier.«

»Wie soll das gehen, Güero? Um in meine Bar zu gehen, will ich nur die Straße überqueren, nicht den beschissenen Rio Grande. Du hast nie erwähnt, dass der Laden zu verkaufen ist. Wie konntest du mir das nur antun, Mann. Ich dachte, wir wären *compas?*«

»Es ist rein geschäftlich, Uri. Nimm's nicht persönlich.«

»Wie könnte ich es nicht persönlich nehmen? Mann, ich nehm's persönlich. Und komm mir nicht mit es ist geschäftlich – geschäftlich, auch so ein Begriff, mit dem man alle Scheiße der Welt rechtfertigen kann. Genauso gut könntest du sagen, es ist Gottes Wille.«

»Was auch passiert, es ist immer Gottes Wille.«

»Dann muss Gott nicht mehr richtig ticken. Man läuft Gefahr, einen Dartpfeil ins Auge zu bekommen, wenn man vom Klo kommt.«

»Bleib auf dem Teppich, Mann. Es ist Monsun-Zeit. Du könntest auch vom Blitz erschlagen werden.«

»Es war eine tolle Bar, Güero. Sie hat was abgeworfen und versuch nicht, mir weiszumachen, dass dem nicht so war. Du hattest eine zahlende Kundschaft. Und ich hab dazugehört, Scheiße noch eins.«

»Ich musste verkaufen«, sagte er. »Kannst du dich an den *pendejo* erinnern, dem ich an der Uni eine runtergehauen habe? Seine Klage nimmt Fahrt auf. Er will fünf Millionen von mir. Ich hab mir gedacht, ich bringe mein

Vermögen in Mexiko unter, wo es schwieriger, wenn nicht sogar unmöglich für sie ist, darauf zuzugreifen. Wozu habe ich meine doppelte Staatsbürgerschaft? Ich will diesem kleinlichen Wichser nicht einen *centavo* in den Rachen schmeißen. Das ist doch wohl verständlich, *ése*, oder?«

»Mann, sie betreibt eine neue Geschäftspolitik. Drinks, die mehr kosten und wie Wischwasser schmecken. Dann den Mist, den sie quatscht: ›Welches Gift bevorzugen Sie?‹. Um Himmels willen, Güero, wenn du schon verkaufen musstest, warum nicht an jemanden, der weiß, wie man eine Bar führt?«

»Weil Beatrice die Einzige war, die meine Preisvorstellung akzeptiert hat. Sie entstammt einer Öldynastie. Ihr Daddy ist einer von den texanischen Milliardären. Lass dir einen Dartpfeil ins Auge werfen, *vato*, und verklag sie. Dann wirst du reich.«

»Seit Gert mich verlassen hat, habe ich mich nicht so schlecht gefühlt, Güero.«

»Du übertreibst, Uri.«

»Tatsächlich? Na ja, vielleicht ein wenig.«

Ich heulte mich noch eine Weile aus, und bevor wir auflegten, kamen wir überein, uns demnächst auf einen Drink zu treffen. Ohne meine Nachrichten abzuhören, machte ich mich mit meiner Werkzeugkiste auf den Weg zu den Hildebrands.

Bill Hildebrand öffnete in einem zerschlissenen Bademantel die Tür. Er sah aus wie hundert, aber seine ramponierten Zehennägel hatten eine Pediküre hinter sich. »Was macht die Terrine, Bill?«, fragte ich. Er ließ mich herein und humpelte zu einem Sessel.

»Rosie ist im Krankenhaus«, sagte er.

Die Fische waren wieder da. Neontetras und Fächer-schwänze schwammen fix durch klares Wasser. Die Katzen lagen in gewohnt träger Manier auf dem Teppich.

»Tut mir leid, das zu hören, Bill«, sagte ich.

»Sie hatte einen Schlaganfall«, sagte er. »Sie war fürchterlich schlecht gelaunt. Irgendwas im Fernsehen hat sie zur Weißglut gebracht, sie hat das Ding nur noch angebrüllt und plötzlich lag sie am Boden. Ich hab dann den Notruf alarmiert.«

»Ich werd ihr ein paar Blumen schicken«, sagte ich.

»Das bringt nichts. Sie kann nichts sehen, nichts hören und ist vollständig gelähmt. Sie glauben nicht, dass sie durchkommt.«

Der alte Mann sah mich an. Es war der Blick des geprügelten Hundes, den ich nur zu gut kannte. Genau diesen Blick hatte er mir zugeworfen, nachdem ich den Fisch aus der Toilette gezogen hatte.

»Das sind ja schöne Neuigkeiten«, sagte ich und wich diesem Blick aus.

Ich ging ins Badezimmer und betätigte die Spülung. Alles funktionierte prächtig. Um sicherzugehen, drückte ich ein weiteres Mal. Aus dem Schlafzimmer drang ein langer, gehauchter Seufzer. Die Tür war nur angelehnt. Ich stieß sie auf. Im Bett lag eine Frau, die sich augenblicklich die Bettdecke bis ans Kinn zog. »Wer ist das?«, fragte ich.

»Das ist Dorsey«, erklärte Bill.

»Dorsey«, sagte ich.

»Dorsey Jim«, fügte er hinzu.

Dorsey Jim lächelte mich an. Ihr fehlten drei Schnei-dezähne. Sie war vielleicht sechzig und ihr Haar ein Wirrwarr aus drahtigen Strähnen in Schwarz und Grau.

»Ich bin Bills Cousine«, sagte sie. »Aus Flagstaff. Das ist in Arizona. Es gibt viele Diné in Flagstaff. Glaubt man kaum, wenn man durchfährt.«

Ich sah Bill an und er blickte verschämt zur Seite.

»Dorsey ist eine Diné – Navajo«, sagte er.

»Du hast Verwandte bei den Navajo?«, fragte ich.

Dorsey lächelte immer noch. »Wir sind alle miteinander verwandt«, sagte sie. »Sind Sie anderer Meinung? Vielleicht glauben Sie auch, manche Leute kommen vom Mond.« Ohne die Decke loszulassen, schwang sie die Beine aus dem Bett. Eine Tätowierung von der Größe eines Menütellers zierte den oberen Teil ihres Rückens. Das Tattoo sah aus wie ein Bluterguss.

»Rosie hätte nichts dagegen«, rechtfertigte sich Bill. »Sie macht sich eher Sorgen, weil ich allein bin.«

»Sprich ihren Namen nicht aus«, sagte Dorsey. »Nicht wenn ich dabei bin.«

»Das meint sie nicht so«, sagte Bill. »Sie ist nicht eifersüchtig.«

»Wenn man den Namen eines Toten ausspricht«, erklärte Dorsey, »beschwört man *chindi*.«

»*Chindi* ist der böse Geist, den die Toten zurücklassen«, sagte Bill. »Er könnte von einem Besitz ergreifen.«

»Rosie ist nicht tot, Bill«, warf ich ein.

»Aber so gut wie«, widersprach Dorsey. »Wenn sie in diesem Augenblick stirbt und man ihren Namen ausspricht, öffnet man *chindi* die Tür.«

Ich ging zurück ins Wohnzimmer. Welchen bösen Geist außer dem ihrer schlechten Laune könnte Rosie schon zurücklassen? Aber das reichte vielleicht schon. Doch mir war jetzt nicht danach, Bill damit zu nerven.

Als ich gehen wollte, hielt mich Bill am Ärmel fest.

»Die waren hier und haben nach dir gesucht«, sagte er.

»Wer?«

»Zwei ziemlich gereizte Jungs. Ein großer, kräftiger Typ mit einem komischen Haarschnitt und ein kleiner Mexikaner. Ich hab erst gedacht, die wollen sich hier einmieten, doch dann meinten sie, sie wollen mit dir reden.«

»Und was hast du ihnen gesagt?«

»Dass du mit einer Lady weggefahren bist. Ich hab dich mit der Kleinen wegfahren sehen, in ihrem Wagen. Wohin, das hab ich ja nicht gewusst, also konnte ich es ihnen auch nicht sagen.«

Ich bedankte mich, dass er es mir gesagt hatte, ging in mein Apartment und hörte die Nachrichten auf dem AB ab. Eine war von Zack: »Ich habe mich entschlossen, noch ein paar Tage zu bleiben, will sehen, ob Sam es schafft. Komm auf einen Drink vorbei. Wir können zusammen zu Abend essen, nur wir zwei.«

Dann waren da noch drei Beschwerden von Mietern. Zwei betrafen Klempnerarbeiten, bei der anderen ging es um Lärmbelästigung.

Die letzte Nachricht war keine Nachricht. Über eine volle Minute war nur Atmen zu hören, dann wurde aufgelegt. Ich zog die Schrotflinte unter dem Bett hervor und übte das Entsichern der Waffe, so oft, bis ich es blind konnte.

EINUNDDREISSIG

Zuerst ging ich ins *Y*, das sechs Blocks vom Westin entfernt liegt. Ray Fuentes bearbeitete gerade seinen großen Rückenmuskel an der Kraftstation. Als er mich sah, brach er ab. »*¿Que pasó?*«, fragte er. »Du siehst aus wie

Moby Dick. Wo hast du überhaupt gesteckt?«

»Überall und nirgends«, erwiderte ich.

»Hast dich mit 'ner verheirateten Frau eingelassen, stimmt's?« Er grinste, das allwissende Grinsen eines *sabelotodo*. Ein Grinsen, das mich provozierte.

»Bist du unter die Hellseher gegangen?«, fragte ich.

»Du hast diesen gewissen Ausdruck im Gesicht. Der Ehemann ist mit einer .38er hinter deinem Arsch her, doch die Pussy ist viel zu scharf, um die Finger von ihr zu lassen. Diesen Ausdruck kenn ich. Hab ihn selber schon zur Schau getragen. Mehr als einmal. Man hat manchmal keine Chance, den *tronco* hinterm Reißverschluss in die Schranken zu weisen.

»Es ist leider etwas komplizierter als das«, sagte ich.

»Nichts kann komplizierter sein als das, *ése.*«

Ich belud eine Hantelstange mit einhundertsiebzig Kilo. Fuentes kam mit an die Bank, doch sobald ich die Hantel auf die Brust abgesenkt hatte, bekam ich sie nicht mehr hoch.

»Na Samson, hat sie dir auch noch einen Haarschnitt verpasst?«, bemerkte Ray und grinste wieder. Er entfernte auf jeder Seite eine Scheibe von zehn Kilo, doch auch mit der leichteren Hantel brachte ich es nur auf sechs Wiederholungen. Ich hatte einen langen Weg vor mir, um wieder in Form zu kommen.

»Zu viel Pussy und dein Vorteil ist dahin«, sagte Ray. »Nimm Samson zum Beispiel. Er hätte nicht mal 'n Häufchen Scheiße drücken können, nachdem Delila ihm den Saft abgezapft hat. Das hatte nichts damit zu tun, dass sie ihm den Kopf scheren ließ. Erst nachdem er sich von der Pussy losgesagt hatte, konnte er die Halle der Philister einreißen.«

»Das hab ich etwas anders in Erinnerung, aber tu mir trotzdem einen Gefallen, Ray – keine Bibelgeschichten, okay?«

»In der Bibel gibt es 'ne Menge Beispiele dafür, wie man sich durchs Fremdvögeln selbst ins Aus katapultiert.«

»Hab gar nicht gewusst, dass du so gläubig bist, Ray.«

»Mein Onkel Lino ist nicht umsonst Priester«, feixte Ray.

Ich gab es auf und ging duschen. Danach machte ich mich auf den Weg ins Westin. Die Tür zu Zacks Suite stand weit offen. Ich trat ein.

Er trug Sportklamotten und war mitten in einer Tai-Chi-Übung. »Bin gleich fertig, Uri«, sagte er, »muss nur noch mein Qi in Fluss bringen.«

Er bewegte sich mit der Eleganz eines Tänzers. Jede seiner Bewegungen ging fließend in die andere über, als mache er Musik sichtbar. Sanfte Klänge, bei denen die Atmung den Rhythmus vorgab. Es war von hypnotischer Wirkung.

Ich riss mich los. Diese Tai-Chi-Übung kam mir vor wie ein triumphaler Tanz. Zack hatte Geld, war innerlich im Gleichgewicht und lebensbejahend. Ich hingegen war arm, zögerlich und stolperte ohne Kompass durchs Leben. Ein Felsen im freien Fall, ganz im Gegensatz zu Zack, der sich unbeirrt auf seine Ziele konzentrierte. Der perfekte Kosmopolit, ein Mann für das neue Jahrhundert, der sich überall auf dem Globus zu Hause fühlte. Soweit ich wusste, gab es keine Frau in seinem Leben. Gleichwohl war er nicht einsam, würde es nie sein, denn die Welt da draußen empfing ihn wie einen Prinzen.

Ich trat ans Fenster und ließ meinen Blick über die Stadt gleiten. Cibola Savings & Loan zeigte sich der Welt als erhobener grüner Finger. Als trotziger Du-kannst-mich-mal-Finger oder als einladend-lockender Finger. Vielleicht sogar beides.

Dann stand Zack neben mir. »Geld«, sagte er, als dächte und sähe er in diesem Augenblick das Gleiche wie ich. »Der Welt Lebenssaft. Es liegt da draußen und ist ganz leicht einzusammeln.«

»Danke«, sagte ich. »Man muss mich immer wieder daran erinnern. Manchmal vergesse ich nämlich, dass ich das schwarze Schaf der Familie wäre, gäbe es Mose nicht. Vielleicht sollte ich das mit seinem Entzug noch mal überdenken.«

»Ich habe über dich und Mose nachgedacht«, sagte er.

»Und danke auch, dass du uns auf eine Stufe stellst.«

»Dein Plan ist eine Schnapsidee, Uri. Dennoch habe ich mich entschlossen, dir das Geld zu geben.«

»Warum dieser Sinneswandel?«

»Du bist der große Bruder, zu dem ich als Kind aufsehen konnte. Ich habe ein Problem damit, deine Bitte abzulehnen, egal, wie idiotisch deine Idee auch sein mag. Ich gebe dir fünf Riesen. Mach damit, was du willst, es interessiert mich nicht. Du willst sie für Moses verschwenden? Gut, Kritik meinerseits hast du im Nachhinein nicht zu befürchten. Obgleich ich wünschte, du würdest das Geld als Anzahlung für einen vernünftigen Wagen verwenden, aber das ist deine Sache, Uri. Schaffst du es, dass Mose einen Monat clean bleibt, stelle ich einen weiteren Scheck aus.«

Er stellte einen Scheck aus und gab ihn mir. »Und jetzt gehen wir was trinken«, sagte er.

ZWEIUNDDREIßIG

Der Abendhimmel präsentierte sich als Waschküche, reiner grauer Wasserdampf. Die Temperatur lag bei schwül-heißen 37 Grad und meine Klamotten klebten am Körper. Hinter den Muleros Mountains südlich von Juárez zeigte sich Wetterleuchten und erinnerte an weit entferntes Artilleriefeuer. Das war unsere Version der Hölle und so würde es die nächsten zwei Monate bleiben.

Der warme Sprühregen ließ den glatten Asphalt zur Rutschbahn werden und ich fuhr entsprechend zurückhaltend, als führe ich über schwarzes Eis. Andere taten das nicht.

Ein Autofahrer raste mit neunzig an mir vorbei; er bemerkte weder die Gefahr von Aquaplaning, noch dass er bereits die Kontrolle über sein Fahrzeug verloren hatte, obgleich es augenscheinlich problemlos geradeaus fuhr. Ein anderer hing hupend an meiner Stoßstange. Ich hupte zurück, und anschließend tauschten wir einen Gruß mit dem Mittelfinger aus, als er mich mit aufheulendem Motor und ausbrechendem Heck überholte.

Es machte nicht wirklich Spaß, jetzt über die Mesa zu zuckeln, doch ich fuhr noch aus einem anderen Grund langsam. Ich war auf der Suche nach einer Alternative zum DMZ. Aber es gab keine. Es gab Sport-Bars, Striptease-Bars, Table-Dance-Bars, Kennenlern-Bars, Biker-Bars, Penner-Bars und Fress-Bars. Aber keine Bar-Bars.

Ich hielt auf dem Parkplatz einer kleinen Genossenschaftsbank nahe der Universität und warf Zacks Scheck in den Nachtbriefkasten. Ich mag diese Genossenschaftsbank. Sie ist klein und die Angestellten sind freundlich. Dort herrscht keine Atmosphäre der Scheinheiligkeit wie bei den majestätischen Großbanken. Niemand gibt einem das Gefühl, ein Nichtschwimmer an den Küsten des Geld-Ozeans zu sein. Zwar waltet auch hier Dollar, der grüne Gott, aber er waltet in einem eingeschossigen Stucktempel von der Bescheidenheit einer *taquería*. Wenn Cibola Savings & Loan eine Kathedrale ist, dann ist diese eher unbedeutende Genossenschaftsbank die Kapelle des kleinen Mannes.

Ich fuhr zurück zum Apartment und rief Jesaja an. »Ich möchte Mose morgen in die Reha-Klinik bringen«, sagte ich. »Wann hast du Zeit?«

»Nach Feierabend. Wir treffen uns um halb sieben in Junktown.«

»Kannst du nicht früher?«

»Klar doch. Ich werfe hundert Express-Pakete in den Rio und wir treffen uns schon mittags.«

»Okay, also halb sieben. Wir werden ihn fesseln müssen. Bring Paketklebeband mit.«

Eines seiner Kinder fing zu schreien an. Er hielt den Hörer zu und brüllte etwas. Seine Frau brüllte zurück. Die Geräusche häuslichen Chaos hallten für einen Moment in meinen Ohren wider, dann war Jesaja wieder am Hörer. »Es ist reine Zeitverschwendung, vom Geld ganz zu schweigen«, sagte er.

»Vielleicht sollten wir diesen Hirntoten einfach erschießen. Würde der Familie eine Menge Ärger ersparen.«

»Wem hast du das Geld aus den Rippen geleiert? Obwohl – ich kann's mir denken.«

»Nicht aus den Rippen geleiert. In seiner Herzensgüte hat Zack es rübergeschoben. Ich hoffe nur, dass es reicht.«

»Für einen unbekehrbaren Junkie reicht es nie. Das

Ganze ist ein Fehler, Uriah.«

»Es wird mein Fehler sein, Jesaja.«

»So sei es.«

»Amen.«

Zwei Hebräer aus dem Alten Testament, die an der Strippe Familienangelegenheiten diskutieren. Ich musste lächeln, und als ich den Hörer auflegte, fragte ich mich, ob es Jesaja genauso ging.

Ich machte mir einen Joghurtshake mit Eiern und getrockneter Leber, dann rief ich die Auskunft von New Mexico wegen der Nummer von La Xanadu an.

Ich fragte die Frau, die meinen Anruf bei La Xanadu entgegennahm, wie man zur Klinik komme. Sie fragte mich, warum ich das wissen wolle, und ich erklärte ihr, dass ich meinen Bruder zwecks Behandlung einweisen lassen möchte. »Hat Ihr Bruder ein ernsthaftes Drogenproblem?« Ich umklammerte den Hörer, als wäre es ihr Hals. Nein, war ich versucht zu sagen, mein Bruder ist dermaßen clean, dagegen kommt sich der Rest der Familie regelrecht verkommen vor. Fürs Erste müssen wir ihn ein bisschen fertig machen.

»Ja, das hat er«, sagte ich stattdessen. »Er nimmt Heroin und wahrscheinlich auch Amphetamine, um wieder auf Touren zu kommen. Die Sorge um ihn bringt meine Mutter noch ins Grab.«

Am anderen Ende war ein Seufzer zu hören. »Ach ja, wenn sie nur wüssten, was sie damit ihren Familien antun.« In diesem Stil ging es noch eine Weile weiter und sie warf ihre anfängliche Zurückhaltung über Bord, um sich über die Tragik der Drogenabhängigkeit zu verbreiten. »Unglücklicherweise sind wir derzeit voll belegt«, sagte sie am Ende.

»Scheiße«, entschlüpfte es mir.

Daraufhin gab es einen Moment eisigen Schweigens. »Jedoch rechnen wir damit, dass nächste Woche ein Platz frei wird, Sir. Wenn Sie möchten, können wir Ihren Bruder zur Beobachtung aufnehmen. Normalerweise erstreckt sich das über fünf bis sieben Tage. Der Patient befindet sich während dieser Zeit in einem sicheren Beobachtungsraum. Danach wird auch der Platz frei sein.«

Dann erklärte sie mir, wie man dorthin kam.

Ich ging ins Bett, doch an Schlaf war nicht zu denken. Als ich endlich wegdriftete, war es nur eine Art Halbschlaf mit Träumen in Technicolor. In einem bot mir Jillian einen Teller mit pochiertem Lachs an. Sie war ein kleines Mädchen. Ein Mann in roten Gummistiefeln nahm sie bei der Hand und führte sie fort, während sie anfing zu weinen. Ich weinte auch, weil ich wusste, ich würde sie nie wiedersehen.

Mitten in der Nacht klingelte das Telefon.

»Du hast an mich gedacht«, sagte Jillian.

»Nicht gedacht – geträumt. Vielleicht träume ich ja noch.«

»Tust du nicht. Ich bin immer noch in Deming und weiß nicht, was ich machen soll.«

»Du willst nach Kalifornien.«

»Ach, ich weiß nicht. Liebst du mich, vielleicht ein ganz klein wenig ... ?«

Obwohl meine Klimaanlage auf vollen Touren lief, war das Bettzeug klamm vor Schweiß. Ich griff nach dem Radiowecker auf dem Nachttisch und blickte auf die Anzeige. »Himmel, es ist drei Uhr morgens«, sagte ich.

» ... denn ich glaube, dass ich dich liebe, Uri«, sagte sie.

Ihre Stimme klang etwas unsicher. »In diesem kleinen Zimmer steht die Luft und ich liege zwischen zerwühltem, feuchtem Bettzeug und muss an dich denken, muss daran denken, was du mit mir gemacht hast.«

Es klang so poetisch, so aufgesetzt. »Warum hast du angerufen?«, fragte ich.

»Du hast meine Frage nicht beantwortet«, sagte sie.

Ich stand auf, nahm das Telefon mit hinüber zum Tisch und setzte mich auf den mit Plastik bezogenen Stuhl. Ich blickte hinunter zum Parkplatz. Eine Frau und ein Mann standen neben einem Auto, rauchend. Die Frau lehnte sich gegen einen Kotflügel. Der Mann stand vor ihr. Sie wirkten angetrunken. Musik aus dem Autoradio dröhnte gegen mein Fenster. *Norteña,* Musik von einer der leistungsstarken Radiostationen im Norden Mexikos.

»Ich möchte bei dir sein«, sagte ich. »Ich brauche dich. Ich brauche dich jetzt.«

»Aber du liebst mich nicht. Du hältst mich für verkorkst, zu verkorkst, um lieben zu können oder geliebt zu werden. Du vertraust mir nicht.«

»Warum hast du angerufen?«

»Du bist krank, weißt du das? Du erkennst eine gute Sache nicht mal, wenn sie vor dir steht. Du brauchst für alles eine Begründung. Nun, manchmal gibt es keine Begründung, manchmal sind die Dinge eben so, wie sie sind.«

Sie legte auf. Ich hockte an meinem Tisch und beobachtete die beiden auf dem Parkplatz. Sie küssten sich. Er hielt den rechten Arm ausgestreckt, um sie nicht mit der Zigarette zu verbrennen. Sie hatte die Hände hinter seinem Nacken verschränkt. Die Musik trommelte wie mit Fäusten gegen meine Scheiben.

Er hörte auf, sie zu küssen, drehte sich um und sah hoch zu meinem Fenster. Ich saß im Dunkeln und wusste, dass er nicht sehen konnte, wie ich sie beobachtete. Dennoch reckte er seinen Mittelfinger, nur so, für alle Fälle. Dann wandte er sich wieder der Frau zu und küsste sie weiter.

Ich blickte hinüber zum Rio Grande und zu den Lichtern von Juárez. Sie funkelten blau und verteilten sich über den südlichen Horizont. Zwei Millionen Menschen leben unter diesen blauen Lichtern, ein Großteil davon so arm, dass die meisten Amerikaner neben ihnen wie Software-Tycoons wirken. Der Gedanke hätte meinem Leben etwas Perspektive geben sollen, doch er tat es nicht.

DREIUNDDREISSIG

Jesajas VW parkte bereits vor dem Regency, als ich dort ankam. »Du bist spät dran«, begrüßte mich Jesaja.

»Es ist fünf nach halb sieben, Bruder«, sagte ich.

»Wie ich schon sagte, du bist spät dran.«

Die Sache ging ihm gegen den Strich und deshalb war er sauer, dass ich mich um fünf Minuten verspätet hatte. Er zwängte sich aus dem Käfer. Es sah aus, als kletterte ein Bär aus einem Gewehrlauf. Er trug immer noch seine UPS-Uniform. »Schlechten Tag gehabt?«, fragte ich.

»Bisher nicht, aber das wird sich wohl gleich ändern.«

»Wir machen einen netten Ausflug aufs Land. Das wird dir gut tun, bringt Abwechslung in deinen Tagesablauf.«

Er starrte mich an. »Ich soll dir wohl noch dankbar sein, ja?«

Ich klopfte ihm auf die Schulter. Es fühlte sich an, als würde ich auf eine Rinderhälfte schlagen. »Das ist die richtige Einstellung. Sei immer dankbar für die kleinen Annehmlichkeiten des Lebens.«

Er sah immer noch verstimmt aus, aber er schwieg.

Wir gingen hoch zu Moses' Apartment. Zuerst reagierte niemand auf mein Klopfen.

»Hau ab«, piepste endlich eine Frauenstimme.

»Mach auf«, sagte ich. »Wir haben was für Mose.«

Stille. Dann wurde die Tür einen Spaltbreit geöffnet. Nicht von Rusty Odegaard, sondern von einer anderen Junkiebraut aus Haut und Knochen. Krauses, gelbes Haar, orangefarben gesträhnt und am Ansatz dunkel, vorstehende Augen, die vermutlich auf das Konto einer Schilddrüsenüberfunktion gingen und vom milchigen Blau zerkratzter Murmeln waren, am unteren Teil des Halses ein sich gut entwickelnder Kropf.

»Was habt ihr denn für ihn?«, wollte sie wissen.

Ich zeigte auf Jesaja. »UPS. Eine große Paketsendung, aber er oder jemand, der hier wohnt, muss unterschreiben.«

Sie musterte Jesaja, dann versuchte sie, an ihm vorbei nach dem Paket zu linsen, aber ihr Blickwinkel war ungünstig. Sie löste die Türkette, machte die Tür vollends auf und wollte hinaus auf den Flur, doch ich schob sie sanft beiseite und ging hinein.

»Wo steckt er?«, fragte ich.

»Wo ist das Paket?«, fragte sie und blickte rechts und links den dunklen Flur hinunter. In ihren hellen Basedow-Augen brannte nicht gerade das Feuer eines Genies. Ihr Teint wirkte alt, obwohl sie wahrscheinlich nicht mal zwanzig war. Die mit vernarbten Einstichen übersäten, welken Arme hingen aus der ärmellosen Bluse wie die schmuddeligen Arme einer Lumpenpuppe.

»Was ist mit Maria Guadalupe passiert?«, fragte ich.

»Wer?«

»Rusty Odegaard.«

»Ach die. Ab über den Jordan. Ist gestorben.«

»Dann bist du die neue Maria Guadalupe. Wo hast du denn dein Bitte-helft-meinen-hungrigen-Niños-Pappschild?«

»Ich spreche kein Spanisch«, antwortete sie. »Was sucht ihr Typen hier überhaupt?«

»Moses. Wo steckt er?«

»Wollt ihr ihn um die Ecke bringen? Na hoffentlich. Er ist so ein Wichser. Gibt mir nicht mal den klitzekleinsten Schuss, bevor ich nicht das beschissene Geschirr gespült oder das beschissene Badezimmer sauber gemacht habe.«

»Vielleicht möchte er, dass du erfährst, wie stolz man ist, wenn man sich etwas selbst erarbeitet. Vielleicht möchte er dich draußen, auf der Straße sehen, wie du die Touristen breitschlägst, so wie Rusty.«

In gespielter Verzweiflung verdrehte sie die Augen und sah dabei aus wie ein Zombie in einem Horrorstreifen. »Na klar«, sagte sie. »Ich geh raus und trag mein Schild durch den Verkehr. Nein, danke, Sir. Meine Ma hat schließlich keine Bettlerin aufgezogen. Ich hab auch meinen Stolz.« Sie zündete sich eine Zigarette an und bewegte sich mit kleinen Schritten ruckartig vor und zurück. Allerdings war nur von den Knien abwärts Bewegung in ihren Beinen, oberhalb der Knie war sie steif wie ein Stock. Sie hielt ihre dürren Arme verschränkt, presste sie gegen ihre nicht mal im Ansatz vorhandenen Brüste. Ein gespenstischer Anblick. Als beobachte man eine klapprige Leiche, die auf wundersame Weise zum Leben erweckt worden war und jetzt das Laufen wiedererlernte.

»Komm schon«, sagte Jesaja und klopfte mir auf die Schulter. »Vergiss das Geschwätz. Wollen wir es nun machen oder nicht?«

»Für zehn Mäuse kann ich euch beiden einen blasen«, sagte sie. »Vielleicht steht einer von euch auf Zusehen. Ich könnte dem großen Schwarzen einen blasen, während der große Weiße zuschaut, okay? Ich mach alles, was ihr wollt, aber zuerst will ich die zehn Mäuse sehen. Ich kann euch auch ficken – klassisch oder von hinten, für den Fall, dass einer von euch auf Nutella abfährt.«

»Wo ist Moses?«, fragte Jesaja.

»Mir doch egal, wo der steckt«, sagte sie. Sie ging zu Jesaja und verhakte ihre Finger hinter seinem Gürtel. Er packte ihren Arm und für den Bruchteil einer Sekunde dachte ich, er wollte ihn ihr abreißen. Doch stattdessen schob er sie sanft zu einem Stuhl und setzte sie hin.

»Mein Bruder gibt dir fünf Dollar, wenn du uns verrätst, wo wir ihn finden können«, sagte Jesaja.

Ihr Blick wanderte von Jesaja zu mir, man sah förmlich, wie ihre Hirnzellen anfingen zu arbeiteten. »Aha«, sagte sie schließlich und der Ausdruck angestrengten Nachdenkens wich aus ihrem Gesicht. »Hey, hört mal. Das mit dem Umbringen war nur ein Scherz, ja? Sicher, er ist 'n Arsch, aber außer ihm habe ich niemanden. Versteht ihr?«

»Wir werden ihn nicht umbringen«, sagte Jesaja. »Er ist unser Bruder.«

Wieder schlich sich Irritation in ihren Gesichtsausdruck, um sogleich zu verschwinden. Irgendwo musste sie mal gelernt haben, dass Neugierde dich nicht weiterbringt, schlimmer noch, dass sie dich dorthin bringt, wohin du ganz und gar nicht willst. »Er ist auf der Brücke und macht vermutlich etwas China White klar, Fentanyl«, sagte sie. »Aber das seh ich noch nicht. Hier kriegt man ja nur das normale H. Mensch, ich wünschte, ich würde in einer klasse Gegend wie Los Angeles wohnen. Ich wette, da bekommt man alles, was man will.«

»Welche Brücke?«, fragte ich.

»Keine Ahnung, wie die heißt. Die in downtown.«

»Die Santa Fe«, sagte Jesaja. »Komm, wir bringen es hinter uns.«

Ich gab ihr den Fünfer und wir gingen zur Tür.

»Ihr seid sicher, dass ich euch keinen blasen soll?«, fragte sie. »Für 'n weiteren Fünfer besorg ich's euch beiden. Oder wollt ihr mir etwa auftischen, ihr kriegt's woanders billiger? Dass ich nicht lache!« Sie grinste spöttisch und sah aus wie ein amüsierter Totenkopf.

»Danke trotzdem«, sagte ich.

»Hey«, sagte sie, unwirsch über die ihr erteilte Abfuhr, »nächstes Jahr geh ich aufs College und werde Schönheitsberaterin. Moses und ich werden uns ein Haus kaufen, jetzt sparen wir nämlich für ein Auto. Also verpisst euch. Okay? Verpisst euch einfach.«

Unten, auf der Straße, sagte Jesaja: »Ich werde für dieses Mädchen beten, aber ich befürchte, es ist bereits zu spät.«

Es war zum ersten Mal, dass ich ihn derart verzagt reden hörte. »Aber hallo, erkenne ich da so etwas wie Verständnis in deinen Worten, mein Großer?«

Er bedachte mich mit einem Blick, dass ich mich am liebsten weggeduckt hätte.

»Halt den Mund, Uriah«, sagte er. »Manche Dinge

sind nicht komisch. Manche Dinge werden nie komisch sein.«

Eigentlich hatte ich meinen Wagen nehmen wollen, weil er mehr Platz bot als der Käfer, aber Jesaja lehnte es ab, ihn in Junktown stehen zu lassen. Die ganze Sache ging auf mein Konto, also wollte ich mich mit Jesaja nicht streiten. Dank unserer gemeinsamen Masse ließen sich die Türen des VWs kaum schließen und Jesaja hatte wenig Raum, zwischen unseren Knien zu schalten. Während der zwei, drei Meilen zur Brücke ging es überwiegend bergab und so fuhr er meistens im dritten Gang oder im Leerlauf. Wir parkten vor einer Parkuhr auf der amerikanischen Seite der Santa Fe. Ich warf zwei Dollar in den Geldschlitz und wir mischten uns unter die Massen von Touristen und mexikanischen Pendlern, die sich in einer langsamen Prozession auf die mexikanische Seite des Rio zubewegten. Die Mexikaner – Inhaber eines Reisepasses oder eines Arbeitsvisums – waren auf dem Nachhauseweg, nachdem sie in amerikanischen Haushalten gearbeitet hatten: Hausputz, Kochen, Rasenmähen, Heckenschneiden, Altenpflege oder Kinderbetreuung. In der Mehrzahl handelte es sich um eine für beide Seiten vorteilhafte Regelung.

»Auf der mexikanischen Seite der Brücke wird er kaum sein«, sagte ich. »Wenn die *judiciales* ihn beim Kauf von Heroin erwischen, treten sie ihm in den Arsch und lochen ihn zehn Jahre ein, was in seinem Fall lebenslänglich bedeutet.«

»Bekäme ihm besser als die Reha«, sagte Jesaja. »Wäre

auch billiger. Dann könntest du Zacks Geld sinnvoller verwenden.«

Wir kämpften uns durch die Menge zum höchsten Punkt der Brücke vor, zu der unsichtbaren Grenzlinie zwischen beiden Ländern. Etwa dreißig Meter unter uns wälzte sich der braune Rio Grande zwischen schrägen Betonmauern hindurch. Auf mexikanischer Seite verkündeten drei Meter hohe, auf den Beton gepinselte Buchstaben anklagend: *Todos somos ilegales* – Wir sind alle illegal. Weiter unten, in kleineren Buchstaben und so weniger gut zu lesen, sah man eine ältere Klage: *Pobre Mejico, tan lejos de dios, tan cerca de los estados unidos* – Armes Mexiko, so weit entfernt von Gott, doch so nah an den Vereinigten Staaten.

»Hier ist er nicht«, stellte Jesaja fest.

Wir schoben uns durch den trägen Menschenstrom zurück auf die amerikanische Seite. Nirgendwo eine Spur von Moses.

»Vielleicht hat sie uns belogen«, sagte ich.

»Um ihn vor seinen Brüdern zu beschützen?«

»Ich glaube, sie hat uns die Brudergeschichte nicht abgekauft. Wahrscheinlich hat sie gedacht, er schuldet uns Geld und wir wollen ihn deshalb aufmischen.«

»So läuft das nicht, Uriah. Dealer räumen keinen Kredit ein. Stoff nur gegen Bares. Keiner von denen gewährt einer süchtigen Trantüte Zahlungsaufschub.«

Ich sah ihn an.

»Was versteht denn der Diakon davon?«

»Meine Kirche bietet Seelsorge an. Die eine oder andere abhängige Seele taucht schon mal auf, weil sie clean werden will. Sehr erfolgreich sind wir nicht. Die weiße Königin wacht eifersüchtig über ihre Untertanen.«

Einen Block von der Santa Fe entfernt, auf einem Platz zwischen zwei leer stehenden Gebäuden, hatte sich ein bunter Haufen zusammengefunden. Halbliterflaschen schimmerten rot und golden im Licht der frühen Abendsonne, als sie in einer Runde von Zechkumpanen herumgereicht wurden. Ein Typ löste sich von seiner braunen Papiertüte und schrie: »*¡Que fucking loco man!*«, anschließend reichte er die Tüte an den nächsten Schnüffler weiter. Der Gestank von Lösemitteln drang bis zu uns herüber.

Wir bahnten uns den Weg durch die Ansammlung menschlicher Wracks.

Jesaja, der etwas größer ist als ich, sah ihn zuerst. Moses stand inmitten einer Gruppe lebender Toter; Junkiekumpane, einige Säufer und eine Schnüfflerin – ein wenig repräsentativer Querschnitt des gesellschaftlichen Bodensatzes. Man konnte den Eindruck gewinnen, sie stünden kurz davor, einen gemeinnützigen Verein für unwiderruflich Gescheiterte zu gründen. Mose tanzte – einen Junkie-Jitterbug in Zeitlupe –, dazu nuschelte er die alte Nate-King-Cole-Nummer *Straighten Up and Fly Right*.

»Das meint er wohl ironisch«, sagte Jesaja.

»Bist du sicher?«, fragte ich.

Jesaja warf mir einen Blick zu, als wollte er sagen: Willst du nun, dass ich dir helfe, oder soll ich mich verpissen?

Als habe er eine Erleuchtung, brach Moses seine Variation über Nat King Coles Nummer urplötzlich ab, breitete die Arme aus wie Flügel, die das Sonnenlicht einfangen und speichern können. »China-White-Dienstag, meine Freunde!«, rief er. Es klang wie eine Prophezeiung, als hätte der Himmel ihm eine Weisung erteilt. »Hiermit erkläre ich den heutigen Tag zum China-White-Dienstag!«

»Yo *vato*, und was ist mit Mittwoch? Wie heißt der Scheiß*miercoles* bei euch *chiva*Köpfen?«

Moses kratzte sich am Hals und blickte Hilfe suchend gen Himmel. »Der Rest der Woche heißt braunes Gift«, erklärte er. »Doch heute ist der Tag von China White, der Tag der reinen, jungfräulichen Königin. Sie ist mir vor einer Minute im Traum erschienen, wie sie aus einem Block feinster Engelsscheiße herausgemeißelt wurde.«

»Das ist wohl eher 'ne Speedball-Erscheinung gewesen!«, krähte jemand aus der Gruppe.

»Hey, Dopey!«, schrie die Schnüfflerin. »Du bist voll mit alter Scheiße. Finde den Weg zu Jesus, bevor es zu spät ist und Satan dich bei den Eiern packt.«

»Hat dir bescheuerter Tütenbirne eigentlich noch keiner verklickert, dass man Jesus nicht in 'ner Tüte mit Modellflugzeug-Kleber findet?«

Die Schnüfflerin ignorierte Moses auf ganzer Linie. »Benzol!«, schrie sie, »Benzol für Jesus!« Sie war groß und sah aus, als wäre sie schwanger. Ihr steifes weißes Haar schien mit einer Kettensäge geschnitten und in einem Mixer gestylt worden zu sein. Ihr Gesicht sah fast normal aus, nur die Augen waren tot. Um ihren Hals hing ein Kruzifix so groß wie ein Hammer. »Ihr Idioten, wendet euch doch nicht ab von Jesus!«, rief sie. »Ich trage die Wiedergeburt des Sohn Gottes in mir! Ich spreche zu ihm und er spricht zu mir. Seinetwegen muss ich mir keine Nadeln in den Arm rammen oder die Schwänze von Touristen lutschen so wie ihr Freaks für euer H.«

»Bei dir gab's wohl 'nen Supergau«, blaffte Moses zurück. »Wird Zeit für 'ne Sanierung, wird Zeit für Dr. White. Zeig Courage und geh mal richtig ab. Junk regiert, während Kleister nur schmiert. Sprühfarbe frisst dich von innen auf, mir doch egal, da scheiß ich drauf.«

»Als ob Junkies richtig scheißen könnten!«, konterte sie. »Die krepieren an Verstopfung, weil die Scheiße hart ist wie Beton.«

»Ach, fick dich«, sagte Moses, des Spiels jetzt überdrüssig und mit null Enthusiasmus für seine vorübergehende Drogen-Ökumene. Mit einem Male wirkte er zutiefst verstört, als begreife er nicht, was er hier verloren hatte.

»Jetzt schnappen wir ihn«, sagte Jesaja. Sein glänzender Hals schwoll vor Entrüstung an, Adrenalin weitete seine Augen. Das ganz normale Familienleben war ein Glücksumstand in Jesajas Dasein gewesen. Ohne die dort vorherrschende gegenseitige Kontrolle hätte er ein Loch in die Welt gerissen und es mit Blut und Knochen derer gefüllt, die ihm dumm gekommen wären.

»Warten wir lieber, bis die sich hier verzogen haben«, sagte ich. »Sonst sind wir in deren Augen noch verantwortlich für das vorzeitige Ende dieser Freak-Show.« Ich wollte verhindern, dass Jesaja einen Vorwand fand, jemandem den Schädel einzuschlagen. Es hätte sein Leben ruiniert und ich wäre schuld gewesen.

Fakt war, dass mir Zweifel kamen, was das Vorhaben anbelangte. Vielleicht war ich auf dem völlig falschen Dampfer. Das hier war Moses' Welt, hier war er zu Hause. Es war eine Welt für sich. Eine Welt, die sich auf sich selbst verstand, die wusste, was notwendig war und wie man es beschaffte. Ein abgeschlossenes Universum, das sich selbst genug war. Vermutlich waren die Bewohner dieses Universums genauso unglücklich, genauso neurotisch oder selbstmordgefährdet wie jeder andere auch. Sie unterlagen der Selbsttäuschung und gerieten mit Lichtgeschwindigkeit in Vergessenheit. Doch traf das nicht auf jeden zu? Auf seine eigene Weise?

Es kam mir in den Sinn, dass mein Vorhaben, Moses nach La Xanadu zu bringen, Ausdruck *meines* Wahns war. Ich sagte mir, ich täte es für Maggie, obwohl ich wusste, dass ich es auch für mich tat: In den Augen meiner Familie stünde ich als guter Mensch da, wenn nicht sogar als Held. Uriah, der Retter der Verlorenen – der moralische Alchemist, der Abschaum in saubere, angepasste Republikaner verwandelt. Wir hatten Sams Wahnvorstellung einem Ende gemacht, indem wir ihn zu einem operativen Eingriff gedrängt hatten. Jetzt waren wir auf dem besten Wege, Moses auf Linie zu bringen. Mir war klar, dass meine Gedanken in die falsche Richtung gingen, nicht mit dem gesunden Menschenverstand zu vereinbaren waren, aber mit dem gesunden Menschenverstand hatte ich schon immer auf Kriegsfuß gestanden.

»Ich werde nicht länger hier rumstehen und mir diesen Mist anhören, Uriah«, sagte Jesaja. »Wir schnappen ihn uns jetzt.«

Jesaja drängte sich an den abgerissenen Typen vorbei und schlang seine Arme um Moses. Es sah nach einem Wiedersehen zweier Freunde aus, die sich aus den Augen verloren hatten. Anfänglich war beifälliges Gemurmel zu hören, doch als Jesaja Moses hochhob und forttrug wie eine volle Supermarkttüte, kam Unmut auf. »Das ist die verdammte Gedankenpolizei!«, machte sich einer lautstark bemerkbar.

Jesaja ging mit ausgreifendem Schritt. Sprangen die Leute nicht beiseite, liefen sie Gefahr, niedergetrampelt zu werden. Dann flogen Flaschen und Steine, die allesamt an seinem breiten Rücken abprallten. Mich erwischte eine leere Spraydose am Hals und ein Stein am Knie.

Moses wehrte sich nicht, die Wendung der Ereignisse machte ihn handlungsunfähig. Ich versuchte, mit Jesaja Schritt zu halten, und als ich auf gleicher Höhe war, durchsuchte ich Moses' Jackentaschen. Ich fand seine Beute, ein mit Klebeband umwickeltes Päckchen Heroin. Ich warf es in die Menge und schrie: »China-White-Dienstag!« Im Nu hatten die Junkies ihr Interesse an Moses verloren und jeder war sich selbst der Nächste, als es um den Stoff ging. Auch die Schnüffler wandten sich wieder ihren Tüten zu und die Säufer ihrem Muskateller mit Schuss.

»Du Hurensohn!«, schrie Moses. »Der Stoff hat mich zwölfeinhalb Scheine gekostet! Was habt ihr Arschlöcher eigentlich vor?«

»Frag ihn«, sagte Jesaja. »Uriah hat große Pläne mit dir.«

Moses zappelte, versuchte, um sich zu treten, doch Jesaja marschierte unbeirrt weiter. »Uri, du Scheißkerl! Halt dich verdammt noch mal aus meinem Leben raus!«

»Es ist nicht nur dein Leben, Idiot«, sagte ich.

»Seit wann denn das?«

»Seit Sam und Maggie deinen wertlosen Arsch aufgenommen haben.«

»Was bist du? Ein Priester der Amok läuft? Was bildest du dir ein, du Anabolikafresser. Was gibt dir das Recht, über mein Leben zu urteilen?«

Ich dachte darüber nach. Aber ich musste nicht lange überlegen. »Maggies Kummer.«

FÜNFUNDDREIßIG

Als wir wieder in Junktown waren, luden wir Moses in meinen Wagen um. Ich verabschiedete mich von Jesaja, fuhr zum Baron Arms und holte die Mossberg aus meinem Apartment. Ich verstaute sie im Kofferraum. Gut möglich, dass ich die Nacht über wegblieb, also wollte ich verhindern, dass die Waffe den Nachtschattengewächsen, die das Gebäude im Dunkeln durchstreiften, in die Hände fiel. Ein experimentierfreudiger Schnüffler könnte auf den Gedanken verfallen, Farbverdünner direkt aus dem Lauf schnüffeln zu wollen, und sich dabei versehentlich den Kopf wegblasen.

Als ich mich wieder hinters Steuer setzte, war Moses gerade dabei, an dem Klebeband zu nagen, das seine Handgelenke fesselte. Allerdings waren seine Zähne viel zu stumpf, der Kiefer war viel zu schwach, um dem fest haftenden Gewebe beizukommen. Er probierte es eine Weile, hatte aber nicht genügend Durchhaltevermögen, um die Sache zu Ende zu bringen. Für mich keine Überraschung. Ein Seufzer des Selbstmitleids entrang sich seiner Kehle.

»Dir kommt das alles wie ein einziges Desaster vor, Mose. Aber du weißt doch, was man über Medaillen und ihre Kehrseite sagt, oder? Und auf der Kehrseite der Desaster-Medaille steht Chance. Mit anderen Worten ausgedrückt, wo viel Schatten ist, ist auch viel Licht.«

»Diese Hure von einer Mutter hätte dich lieber zu Hundefutter verarbeiten sollen, anstatt dich bei einem armen Arschloch vor die Tür zu legen«, erwiderte er.

»In meinen Augen bist du ein aussichtsloser Fall, aber Maggie glaubt, dass in dir noch ein Funke Anstand steckt.

Wir werden sehen, ob dieser Funk reicht, ein Lagerfeuer zu entfachen. Wer weiß, welche Möglichkeiten sich da eröffnen. Bereits in einem Jahr könntest du ein braver Steuerzahler sein.«

»Fick dich«, sagte er.

»Ich persönlich denke, dass du den gesellschaftlichen Stellenwert einer Tüte voller Schneckenscheiße hast, aber ich gebe zu, ich bin befangen. Objektivität ist was für Leute mit Edelmut.«

Er antwortete mir nicht mehr und so herrschte die nächsten Stunden Schweigen zwischen uns. Ich hatte den Freeway verlassen und fuhr jetzt nach Westen, in die Ausläufer des Black Range, der zu den Mimbres Mountains gehört. Es war bereits stockfinster und ab und an sah ich kleinere Tiere am Straßenrand, deren Augen das Licht meiner Scheinwerfer reflektierten. Die Straße war schmal und kurvenreich. Plötzlich rang Moses nach Luft und fing an zu husten.

»Ich muss kotzen«, sagte er.

»Aber nicht in meinem Auto. Halt noch einen Moment durch.«

Er fing an zu würgen. Ich hielt auf dem Seitenstreifen der schmalen Straße. Wir waren im Hochland, westlich von Hillsboro, New Mexico. Ich stieg aus, öffnete die Beifahrertür und zog ihn aus dem Wagen. Seine Füße waren an den Knöcheln mit Klebeband umwickelt, also bestand keine Gefahr, dass er weglaufen konnte. Er sank auf den Schotter, öffnete den Mund und brachte etwas heraus, was aussah wie ein silbrig glänzender Faden. Ich verfrachtete Moses zurück in den Sitz und wir setzten unsere wenig komfortable Reise nach La Xanadu fort.

Eigentlich hatte ich darauf gebaut, dass Jesaja bei dem

gesamten Unternehmen dabei sein werde, aber er war mehr als bedient gewesen. Er habe seinen Part erfüllt, hatte er gesagt, und unter keinen Umständen wolle er seine Familie beunruhigen, nur weil er sich mit seinen zwei lebensuntüchtigen Brüdern die Nacht in der Wildnis New Mexicos um die Ohren schlage. Rosette, seine Frau, habe ihn förmlich angefleht, Junktown und das Gesindel, mit dem Mose sich abgebe, zu meiden. Selbst Jesajas Umgang mit mir sei ihr ein Dorn im Auge. Nach ihrer Meinung umgebe den etwas Unchristliches, dessen einzige Beschäftigung im Leben in der heidnisch anmutenden Verherrlichung seines Körpers bestehe. Für Rosette sei ich eine Statue aus Fleisch, bestenfalls geeignet, um in einem Beinhaus zu landen. Zwar hatte ich protestiert, als Jesaja mir das erzählt hatte, konnte es aber mangels schlagender Argumente nicht entkräften, zumal ich mich von hehrem Engagement verabschiedet hatte, namentlich von meinem Magister, der als Einziges beweisen könnte, dass ich ein Ziel im Leben habe. »Ich werde meinen Abschluss nachholen, Jesaja«, sagte ich. »Aber sicher doch, und ich werde bei den Cowboys in der Defense spielen«, hatte er daraufhin gekontert. Die unvermeidliche Wahrheit über Familienmitglieder, heißen sie nun Rockefeller oder Walkinghorse, lautet: Untereinander sind sie schonungslose Richter.

Die letzte Hürde auf der Fahrt war eine Serpentine mit sechs Prozent Steigung. Ich ließ den Ford im zweiten Gang hinaufklettern und behielt dabei die Temperaturanzeige im Auge. Genau in dem Moment, als der Zeiger den roten Bereich berührte, ging die Steigung in eine vom Mondlicht erhellte Hochebene über. Ich musste noch weitere fünf Minuten fahren, bis in der Wildnis erste Anzeichen menschlicher Einmischung sichtbar wurden. In regelmäßigen Abständen tauchten mit Reflektoren versehene Meilensteine am Straßenrand auf. Ich zählte sieben, dann hatte ich den Torbogen erreicht, der die Einfahrt zu La Xanadu markierte. Am höchsten Punkt des Torbogens hing ein handgemaltes Schild:

Erfreut Euch der Hoffnung
Begegnet der Drangsal mit Geduld

Die Anlage befand sich am Ende der Hochebene, dahinter nur noch dichter Wald aus Ponderosa Pinien, kein Zaun. Es handelte sich um eine Art Verwaltungsgebäude im Stil postmoderner Architektur, rechts und links davon Reihen mit zweigeschossigen Baracken. Durch den geschwungenen Dachfirst und die gewölbten, roten Dachziegel erinnerte das Verwaltungsgebäude an ein Gürteltier ohne Kopf. Erhellt wurde die parkähnliche Umgebung von Natriumdampflampen auf langen Stahlpfeilern. Die Lampen tauchten alles in pfirsichgelbes Licht. Bäume, die man auf dieser Hochebene nicht erwartet hätte − Mimose, Ginkgo, russische Olive −, standen wie helle Staubwedel in dieser penibel gepflegten Grünanlage.

Ich stieg aus und streckte mich, dann nahm ich Moses das Klebeband ab. Ich zog ihn aus dem Wagen. Gedanken an einen möglichen Fluchtversuch kamen bei mir nicht auf. Wohin, bitte, sollte er auch flüchten?

»Dein neues Zuhause«, sagte ich.

Er hatte nichts dazu zu sagen. Das Licht der Natriumdampflampen zauberte einen ungesunden orangefarbenen Schimmer auf seine Haut. Mit kläglichem Gesichtsausdruck starrte er auf die Gebäude, als erwarte ihn dort seine Hinrichtung durch den Strang.

»Sie werden sich richtig um dich kümmern, Mose«, sagte ich. »Du kommst nicht auf Turkey. Sie entwöhnen dich nach und nach, Schritt für Schritt.« Ich versuchte, überzeugend zu klingen, obwohl ich keine Ahnung hatte, wie man hier mit Junkies verfuhr. Ich wusste nur, dass ihre Erfolgsquote die beste im Westen war.

Am Telefon hatte man mir gesagt, dass La Xanadu rund um die Uhr geöffnet sei. Über das Finanzielle hatten wir nicht gesprochen. La Xanadu gehörte zu den Orten, wo man nur dann nach dem Preis fragt, wenn man ihn sich nicht leisten kann. Mit Zacks fünftausend auf dem Konto stand ich diesem Thema mit Gelassenheit gegenüber.

Ich brachte Moses zur Glastür des Verwaltungsgebäudes. Drinnen sah es aus wie in einer Jagdhütte – freiliegende Deckenbalken, Holzpaneele, rustikale Möbel aus lackierten Pinienstämmen, die Polster mit rotem Leder bezogen, das mit Polsternägeln aus Messing an den Holzrahmen montiert war. In luftiger Höhe an der Wand befestigt, starrten mich die Köpfe eines Elchs, einiger Bergziegen und Pumas mit ihren Glasaugen an. An einem Deckenbalken hing eine ausgestopfte Eule mit zum Beuteflug ausgebreiteten Flügeln.

Eine große, knochige Frau erhob sich hinter einem Schreibtisch aus Mahagoni und streckte mir die Hand entgegen. Wir schüttelten uns die Hände. Sie hatte große Hände mit ausgeprägten Knöcheln und ihr Händedruck war kräftig, warm und sollte wohl Zuversicht ausstrahlen. »Mr. Walkinghorse?«, fragte sie. Ich nickte. Ihr fester Blick ruhte auf mir. »Wir haben Sie früher erwartet.«

»Es gab Komplikationen«, erklärte ich.

»Es gibt immer Komplikationen«, erwiderte sie. »Diese familiären Umstände sind nie so einfach, wie man es sich wünscht.«

Wir lächelten uns an, wussten beide, wovon sie sprach. Sie hatte ein langes, schmales Gesicht und eine dünne Nase mit Nasenlöchern eng wie Schlitze. Ihr blauschwarzes Haar glänzte und die Iris ihrer großen, grauen Augen war gelb gefleckt.

»Ich wehre mich dagegen, eingewiesen zu werden.« Moses hatte sich seiner Würde erinnert und rief sie ab. »Ich möchte das zu Protokoll geben«, fuhr er fort. »Ich wurde entführt, meine Bürgerrechte wurden mit Füßen getreten. Ich will sofort nach Hause. Wenn es mir nicht gestattet wird zu gehen, werde ich Sie verklagen. Ich verklage Sie auf zehn Millionen – hundert Millionen! Dann kaufe ich diesen verdammten Gulag hier!«

»Beruhigen Sie sich, Mr. Walkinghorse«, sagte die Frau und fror Moses' Wutausbruch mit dem steten Blick ihrer grauen Augen ein. Dann wandte sie sich zu mir und sagte: »Ich bin Margo Combs, zuständig für die Aufnahme. Ich weiß, dass sich der Aufenthalt Ihres Bruders bei uns auszahlen wird, nicht nur für ihn, sondern für die gesamte Familie.« Wieder streckte sie mir ihre Hand entgegen. Wieder ergriff ich sie. Margo Combs erwiderte meinen Händedruck etwas länger als ich ihren.

Moses gab einen Laut von sich, ein Stöhnen, das in ein Schluchzen überging.

»Wir benötigen Ihre Unterschrift für eine zeitlich unbegrenzte Vollmacht«, sagte Margo Combs. »Sie müssen erklären, dass Ihr Bruder außer Stande ist, seine Angelegenheiten selbst zu regeln. Ich bin Notarin und werde das Dokument mit meinem Siegel versehen.« Sie drückte auf einen Knopf der Telefonanlage auf ihrem Schreibtisch und sagte: »Edgar, Harold, bitte kommen Sie zum Empfang.«

Zwei Hünen in weißer Krankenhauskluft kamen durch eine Doppeltür, hinter der ein langer grüner Flur lag. Einer von ihnen hatte eine Zwangsjacke in der Hand. »Edgar und Harold werden als Zeugen fungieren«, sagte Margo Combs. Sie legte ein Formular auf den Schreibtisch, das unterschrieben werden sollte. Ich unterschrieb zuerst, dann Edgar und als Letzter Harold. Margo Combs beendete die Prozedur mit dem Abdruck des notariellen Siegels.

»Bitte«, sagte sie mit Blick auf Moses, »alles ordnungsgemäß.«

»Ich bin nicht handlungsunfähig, du Schlampe«, sagte Moses.

»Das sieht Ihr Bruder anders«, erwiderte Margo Combs gelassen. »Es geschieht nur zu Ihrem Besten. Nach unserer Auffassung können Langzeit-Drogenabhängige nicht mehr die Verantwortung für sich selbst übernehmen, genau wie Personen, die an den verschiedenen Formen der Demenz erkrankt sind. Die meisten Gerichte und Appellationsgerichte sehen das im Übrigen genauso.«

Panik erfasste Moses. Er sah Edgar und Harold an, sah die Zwangsjacke in Harolds Pranke und wandte sich zu mir. »Mein Gott!«, sagte er. »Unternimm was Uri, das können die doch nicht machen!« Er taumelte zur Seite, fing sich wieder und rannte los zur Tür. Harold holte ihn ein und brachte ihn zurück.

»Bitte, Mr. Walkinghorse«, sagte Margo Combs, »Sie wollen doch nicht, dass wir Zwang anwenden müssen, oder?« Etwas in ihren Augen sagte mir, dass sie liebend gern miterlebt hätte, wie man Moses gegenüber Zwang anwendet. Zu mir sagte sie: »Von Ihnen benötigen wir noch einen Scheck für den ersten Monat der Behandlung, Mr. Walkinghorse. Siebentausendfünfhundert Dollar. Der Betrag für den ersten Monat deckt Kosten für einmalige Aufwendungen ab, die in den Folgemonaten nicht mehr in Rechnung gestellt werden. Der Beitrag sinkt dann auf sechstausend.«

»Siebentausendfünfhundert?«, wiederholte ich.

»Sie haben die erste Etappe des Weges hin zur Genesung bewältigt – das Verbot«, sagte sie. »Wir übernehmen jetzt, indem wir den Fall beurteilen und mit der Behandlung beginnen. Vielleicht ist es in einem Monat ausgestanden. In Anbetracht der renitenten Haltung Ihres Bruders allerdings gehe ich von neunzig Tagen aus, mindestens.«

»Aber siebentausendfünfhundert«, sagte ich. »Ich bin sicher, das ist angemessen, wenn man bedenkt ... «

Moses, dem mein Tonfall nicht entgangen war, brach in triumphierendes Gelächter aus. »Er hat keine siebentausendfünfhundert! Er ist vollkommen blank! Er ist ein Penner, genau wie ich! Fragen Sie ihn doch mal, womit er seinen Lebensunterhalt verdient!«

Margo Combs hob eine Augenbraue und musterte mich. Ich zog mein Scheckbuch aus der Tasche und stellte einen Scheck aus. Die Differenz würde ich von meinen Ersparnissen abzweigen müssen. »Ich kann das übernehmen«, sagte ich.

»Einen Scheiß kann der«, rief Moses.

Edgar und Harold packten Moses bei den Armen und führten ihn ab.

»Halt durch, Mose«, sagte ich.

»Besorg's doch der von einem Esel gefickten, toten, madigen Fotze deiner Mutter, Judas!«, schrie er.

Die Doppeltür schloss sich hinter Moses und den Krankenpflegern. Zurück blieben Margo Combs und ich. Für einen Augenblick regierte eine peinliche Stille.

»Das ist ja sonderbar«, sagte Margo Combs, erstaunlich gefasst angesichts der wüsten Flüche aus Moses' Mund. »Hasst er seine eigene Mutter?«

»Wir wurden adoptiert und hatten verschiedene Mütter. Er glaubt, dass unsere leiblichen Mütter Huren waren. Aber sicher ist das nicht. Ich möchte mich für die Ausdrucksweise meines Bruders entschuldigen, Mrs. Combs«, sagte ich.

»Miss Combs«, erklärte sie. »Ich bin nicht verheiratet.«

»Tut mir leid.«

»Das muss es nicht«, sagte sie.

Ich sah sie an und wusste, was sie meinte. Sie hatte genügend Einblick, wie Familien sich das Leben zur Hölle machen können, und keine Bedarf, sich dieser Narrenparade anzuschließen. Allein stehend und unabhängig, sich nur sich selbst gegenüber rechtfertigen müssen, das war Margo Combs' Strategie, um in dieser Irrenhaus-Welt zu bestehen.

SECHSUNDDREIßIG

Ich hockte in meinem Ford, auf dem Parkplatz von La Xanadu, und studierte im trüben Licht der Innenbeleuchtung meine Straßenkarte. Deming lag südlich von La Xanadu, eine Fahrt von siebzig Meilen durch die südlichen Ausläufer der Mimbres Mountains entfernt. Die Erkenntnis, dass ich mehr oder weniger unbewusst den

Plan verfolgte, nach Deming zurückzufahren, löste ein kleines Erbeben in mir aus. Der Verstand ist ein durchtriebener Halunke. Er weiß, was du brauchst, auch wenn du dir darüber nicht im Klaren bist. Man kann da kaum mithalten. Er gibt die Richtung vor, du folgst, auch wenn dein Schritt nur schleppend ist. Und hast du erst mal eine Richtung eingeschlagen, gaukelt er dir vor, es sei alles auf deinem Mist gewachsen. Das kleine Erbeben brachte mich zum Lachen, ich lachte so lange, bis mir Tränen in die Augen traten.

Ich fuhr zum Oasis. Ihr Mercedes war nicht da. Ich fragte den Nachtportier, ob das Zimmer, das wir gemietet hatten, noch belegt sei. War es nicht. Die Frau, erklärte er mir, habe vor ein paar Stunden ausgecheckt. Der Typ war ein in die Jahre gekommener Biker. Aufwändige, kunstvolle Tätowierungen schlängelten sich seine Arme hoch bis hin zu Schultern und Hals. Er sah aus, als gehöre er einer blauhäutigen Rasse an. Ich fragte ihn, ob er bemerkt habe, welche Autobahn-Auffahrt sie genommen hatte. Richtung Osten, sagte er. Normalerweise achte er nicht darauf, in welche Richtung die Autos führen, wenn sie vom Parkplatz rollten, aber die Frau sei beim Auschecken derart neben der Spur gewesen, dass er sie zwangsläufig habe beobachten müssen. Die Reifen ihres Wagens hätten buchstäblich gequalmt, als sie vom Parkplatz gefahren sei und auf der Nebenfahrbahn gewendet habe, um auf die Auffahrt nach Osten zu gelangen. Sie habe hier, am Tresen, vor ihm gestanden und geheult, berichtete der angegraute Biker, sei vor Nervosität kaum in der Lage gewesen, den Abschnitt für die Kreditkarte zu unterschreiben. Er zeigte mir den Beleg. Ihre Unterschrift sah aus wie der von einem Seismographen aufgezeichnete Kurvenverlauf eines schweren Erdbebens. An einigen Stellen war der Beleg durch inzwischen getrocknete Tränen gewellt.

»Das war schon 'ne Süße«, sagte er. »Knackarsch hätte man damals gesagt, als ich und meine Jungs noch richtig Gummi gegeben haben. Eine richtig heiße Mutter.« Er grinste und fuhr sich mit der Zunge über die Lippen. Sie war belegt und rissig. Gleichzeitig produzierte er einen kehligen Laut, eine Mischung aus Knurren und Schnurren. Er warf mir einen flüchtigen Blick zu, dann sah er mich noch mal an, diesmal direkter. »Hey, Mann, fass das nicht als Beleidigung auf. Hab mir nur gerade vorgestellt, wie es mit der so abgeht, ich meine, diese eins a Schnalle reibt sich hinten auf meinem Bock die Muschi, ihre Knie an meinen dünnen Arsch gepresst, während ich und die Jungs auf Choppern in San Jose oder Oakland einreiten. Ich spreche von den ganz frühen Sechzigern, als es noch was Besonderes war, ein Outlaw zu sein.« Auf seine Weise machte er Jillian damit ein dickes Kompliment.

»Danke für die Hilfe«, sagte ich.

»Keine Ursache. Sie ist ein Volltreffer, Kumpel. Was für fest.«

»Ich weiß.«

Den inneren Blick vermutlich in die Vergangenheit gerichtet, zupfte er an seinem grauen Bart. Ich drehte mich um und ging Richtung Tür.

»Könnte mir vorstellen, dass dieser Typ mit der grausamen Frisur und dem billigen Anzug, dass dieses Riesenbaby von Arschloch sie aufgeschreckt hat«, sagte er.

Ich war schon fast zur Tür hinaus, als er das erwähnte. Ich ging zurück. »Wie sah er aus?«, fragte ich.

»Er hatte eine Dienstmarke – Texas Rangers. Wahrscheinlich 'ne Fälschung, aber ich konnte es nicht drauf ankommen lassen, verstehst du? Ich bin auf Bewährung draußen, hab sechs Jahre in Huntsville abgesessen und 'n langes Vorstrafenregister. Deshalb wollte ich diesem dickärschigen Ranger nicht auf den Sack gehen, obwohl ich mir fast sicher war, dass dieser Schwanzlutscher lügt.«

»Moment mal«, sagte ich, »dieser Typ war ihretwegen hier?«

»Angeblich würde ihr der Benz nicht gehören, hat er gemeint. Sie soll die Karre ihrem Boss gestohlen haben. Und das Wort Boss hat er ausgesprochen, als würde ein Priester von Jesus Christus reden. Wahrscheinlich wollte er mich damit beeindrucken, aber mich kann nichts mehr beeindrucken.«

»Du hast ihm also die Zimmernummer gegeben?«

»Wie ich bereits gesagt habe, bestand ja die Möglichkeit, dass er das war, wofür er sich ausgegeben hatte. Heutzutage engagieren die Cops ja jeden Hirni, da kann man sich nie sicher sein. Ich hatte aber 'n Auge auf ihn. Wenn er grob zu ihr geworden wäre, hätte ich seinen Arsch mit 'ner Prise Steinsalz gewürzt.«

Er langte unter den Tresen und holte eine abgesägte, doppelläufige Schrotflinte Kaliber 12 hervor. »Ich benutze Patronen mit Steinsalz und Patronen mit Grobschrot. Im linken Lauf Steinsalz, im rechten Grobschrot. Wem das Steinsalz keine Manieren beibringen kann, der bekommt es mit der Artillerie zu tun.« Er grinste breit und zeigte seine gelben Zähne, seine Augen wirkten matt. So kaputt wie der Typ aussah, war ihm zuzutrauen, dass er schon mal rechts und links verwechselte.

»Hast du mitbekommen, was er zu ihr gesagt hat?«

»Nein. Sie ist aus dem Zimmer gekommen und hat kurz mit ihm geredet. Er hat sie mit Respekt behandelt, ist auf Abstand geblieben und hat die ganze Zeit ausgesehen wie ein begossener Pudel. Es schien nichts Ernstes zu sein. Dann ist er abgehauen. Sie hat gleich danach ausgecheckt, war völlig neben der Spur, wie ich schon gesagt habe.«

Ich bedankte mich noch mal, dann ging ich zu meinem Wagen. Mein Herzschlag hatte ein paar Takte zugelegt. Ich nahm die Mossberg aus dem Kofferraum und legte sie auf den Beifahrersitz.

SIEBENUNDDREISSIG

Wenigstens hatte Forbes sie nicht mit Gewalt verschleppt. Der Gedanke daran bewahrte mich davor, auf der Interstate die Fassung zu verlieren. Dennoch hielt ich die Tachonadel stur bei neunzig Meilen, dem Protest des alten Fords zum Trotz. Die Vibrationen brachten das Armaturenbrett zum Summen und das Lenkrad fing an zu flattern. Die Temperaturanzeige ging allmählich in den roten Bereich. Zehn Meilen westlich von Las Cruces krochen Dampfschwaden unter der Motorhaube hervor. Ich fuhr auf einen Rastplatz mit Blick auf das Mesilla Valley. Es war eine Stunde vor Sonnenaufgang. Über der schwarzen Silhouette der Organ Mountains wölbte sich der Himmel in einem sternlosen Blaugrau – eine unechte Morgendämmerung, unter der die Lichter von Las Cruces funkelten.

Der Mercedes stand neben den Toiletten. Es war das einzige Auto weit und breit, also ging ich davon aus, dass Forbes in die Stadt zurückgefahren war. Trotzdem hatte ich zur Sicherheit die Mossberg dabei, als ich mich dem Wagen näherte.

Jillian lag auf dem Rücksitz, ob schlafend oder tot, vermochte ich nicht zu sagen. Die Türen waren verriegelt. Ich klopfte mit dem Gewehrkolben ans Fenster. Sie fuhr hoch, die Augen weit aufgerissen vor Angst. Sie hatte fest geschlafen und befand sich jetzt in diesem Dämmerzustand zwischen Wachen und Traum. Nachdem sie die Tür entriegelt hatte, stieg ich ein, legte die Mossberg auf den Boden und nahm Jillian in die Arme. Ich küsste sie, küsste ihre Augen, ihr Gesicht und ihre Lippen.

»Mein Güte, du zitterst ja«, sagte sie.

»Du machst mir Angst.« In mehr als einer Hinsicht, hätte ich hinzufügen können.

Ihr Lächeln drückte Zufriedenheit aus. Ihr gefiel es, wenn ich mir ihretwegen Sorgen machte. Sie küsste mich. »Ich bin fast von der Straße abgekommen«, sagte sie. »Ich musste einfach etwas schlafen. Ich habe kein Auge zugemacht, seit wir miteinander im Bett waren. Du vollbringst wahre Wunder, was mich betrifft, Mr. Universum.« Sie strich sich das Haar nach hinten. Auf ihrer Wange sah man den Abdruck des genarbten Leders ihrer Handtasche, die sie als Unterlage für den Kopf benutzt hatte. »Wieso hast du eine Waffe dabei?«

»Na rate mal! Wegen der Typen, die mich umbringen wollen.«

»Nein, nicht mehr. Das hab ich dir doch erklärt. Es gibt keinen Grund mehr für sie, dich zu töten.«

»Ich glaube nicht, dass die dazu 'nen Grund brauchen.«

»Was hast du dann hier zu suchen? Wenn du von dem überzeugt bist, was du sagst, solltest du mich meiden wie der Teufel das Weihwasser.«

»Ich habe niemals behauptet, die Vernunft gepachtet zu haben«, sagte ich und zog sie an mich. »Ich will mit dir zusammen sein, Jillian. Ich glaube, wir könnten es schaffen.«

»Es?«

»Es. Wie auch immer du es nennen willst. Liebe. Nenn es Liebe.«

Ihre Fingerspitzen berührten mein Gesicht. Sie lächelte. Es war ein trauriges, fatalistisches Lächeln. Ich mochte es nicht. »Du hattest Recht«, sagte sie. »Ich habe dich belogen. Ich habe die Bilder nicht an die Presse gegeben, um dein Leben zu retten – obwohl das so eine Art Bonus sein könnte. Ich habe es aus Rache getan.«

Meine Lippen fuhren über ihren Hals. Ihr beschleunigter warmer Atem streifte mein Ohr. Nur das wollte ich hören, dieses sanfte Raunen ihres Atems.

»Dieser verdammte Fernie«, sagte sie und machte sich von mir los. »Er hat alles kassiert. Das Haus, die Bankkonten, die Abfindung. Ich wollte ihn ein wenig rotieren lassen. Wollte ihm einen Hieb versetzen.«

»Wie kann er dir das Haus wegnehmen?«

»Clive und mir gehört überhaupt nichts, nicht mal die Möbel. Ich habe dir doch erzählt, dass Clive nur ein Strohmann war. Wir hatten nicht mal unser eigenes Bankkonto. Fernie gestattete uns, das, was wir brauchten, von einem Sonderkonto abzuheben, bis zu einer Million jährlich, aber das Geld blieb Eigentum der Bank. Wir hatten eine Art Abfindung vereinbart, und zwar eine, die sich sehen lassen konnte, nur war ich im Falle von Clives Tod nicht als Begünstigte eingetragen. Wir haben unsere Rollen gut gespielt und hätten einen Haufen Geld verdienen können, wenn Clive sich mit seiner Vorliebe für

Perverses nicht selbst den Saft abgedreht hätte.« Sie verlor fast die Beherrschung, hielt inne, um ihre Fassung zurückzugewinnen. »Diese Mistkerle haben mir alles weggenommen, Uri«, sagte sie. »Alles.«

»Clive und Fernie.«

»Ich geb dir gern die vollständige Liste. Hast du einige Stunden Zeit?« Ich dachte darüber nach. Ihre Liste begann sicher in Coos Bay, mit Caleb Brisbane, dem Fischer, und ihren Brüdern. Dann waren da noch ihre Exmänner und andere, von denen ich gar nichts wissen wollte.

»Deshalb hast du die Fotos an das Boulevardmagazin geschickt«, sagte ich.

Sie lächelte und kniff dabei die Augen zusammen. »Unterschätz mich nicht, Tiger. Ich sorge immer für Gleichstand.«

»Warum willst du dann zurückfahren? Was hat Forbes dir erzählt?«

»Fernie will die Wogen glätten. Keine Ahnung, warum. Weil ich der Bankenaufsicht nichts über den Cibola-Waschsalon gesteckt habe vielleicht. Ich weiß es nicht. Er hat mir angeboten, mich als alleinig Begünstigte für Clives Abfindung einzusetzen, unter der Bedingung, dass ich nach Oregon zurückkehre. Es handelt sich dabei um eine halbe Million. Deshalb will ich zurück. Das kann ich mir nicht entgehen lassen. Ich will nicht wieder arm sein.«

»Du hast geweint, als du ausgecheckt hast«, warf ich ein.

»Das hat dir dieser geile Bock von der Rezeption erzählt, stimmt's? Ich hab vor Freude geheult, Uri. Zuerst bin ich pleite, weiß nicht, wohin, und in der nächsten Minute bin ich um eine halbe Million reicher. Meine

Güte, das waren Tränen der Erleichterung. Natürlich war ich erst mal fertig. Aber kannst du das nicht nachvollziehen?«

Sie ging etwas auf Tuchfühlung, doch ich reagierte nicht darauf. Wir stiegen aus dem Wagen, streckten uns und atmeten die kühle Morgenluft ein.

»Warum überweist Solís das Geld nicht einfach per Post?«, fragte ich.

»Erstens habe ich keine Postadresse. Offiziell habe ich keinen festen Wohnsitz. Zweitens hasst Fernie alles Unpersönliche. Er ist noch von der alten Schule, alles wird persönlich geregelt. Im 19. Jahrhundert würde er sich wie zu Hause fühlen. Außerdem lässt er mir etwas Zeit, was meine Abreise betrifft. Er hat nichts dagegen, wenn ich übers Wochenende im Haus bleibe. Es hätte wesentlich schlechter für mich laufen können. Ebenso gut hätte ich als Konkubine seiner Privatarmee enden können. Drüben, in Juárez, stehen an die hundert Männer Gewehr bei Fuß, ständig. Er will nicht, dass sie Bordelle aufsuchen. Sie müssen immer bereit sein zum Einsatz, und er will verhindern, dass es zu Schwierigkeiten kommt, nur weil sie sich eine Geschlechtskrankheit eingefangen haben. Deshalb führt er ihnen saubere Frauen zu. Die Frauen werden anständig behandelt, aber eine Wahl haben sie nicht.«

Ein hässlicher Gedanke durch und durch. Ich schob ihn augenblicklich beiseite. »Wie hat Forbes dich aufgespürt?«, fragte ich.

»Forbes war Cop, hier in der Stadt, und er verfügt immer noch über einige Beziehungen. Sie haben für ihn die Kreditkartendaten verfolgt. Der Kerl im Motel hat meine Daten beim Einchecken eingegeben. Vermutlich hat es Forbes lediglich einen Anruf und fünf Minuten Wartezeit gekostet, um mich ausfindig zu machen.«

Ich schloss sie in die Arme. »Geh nicht zurück, Jillian.«

Sie nahm mein Gesicht in ihre Hände und küsste mich. »Danke«, sagte sie. »Du bist der Erste, der sich um mich sorgt. Aber es ist alles okay, Süßer. Ich kenne Fernie. Er steht zu seinem Wort.«

Sie fuhr vorneweg, ich hinterher, als wir nach Las Cruces aufbrachen. Dort hielten wir an einem Café, um zu frühstücken. Ein *chorizo* Omelett und schwarzer Kaffee erweckten ihren Optimismus zu neuem Leben. Ich hatte Haferflocken mit fettarmer Milch, ohne Zucker.

»Eine halbe Million ist heutzutage auch kein Vermögen mehr«, meinte sie, »aber ich hab ein Händchen, was Geld betrifft. Einen Teil davon werden wir investieren und vielleicht ein kleines Geschäft aufmachen.«

»Wir«, sagte ich.

»Als Partner. Wenn du es nicht Liebe nennen willst, Uri, nenn es Partnerschaft.«

Das klang einfach zu gut. Zu einfach. Doch was immer sie mir auch anzubieten hatte, ich wollte es. Mehr als alles, was ich bisher gewollt hatte.

Draußen, vor dem Café, sagte sie: »Ich werde einen Stopp in Mesilla einlegen. Ich habe diese kleine Stadt immer geliebt. In gewisser Weise scheint sie gegen diese ganze Scheiße, die überall passiert, immun zu sein, als wäre die Zeit dort vor zweihundert Jahren stehen geblieben.«

Ich folgte ihr die wenigen Meilen bis zu der alten spanischen Siedlung unweit von Las Cruces. Wir stellten unsere Wagen am Rande des Marktplatzes ab. Eine Mariachi-Band hatte den Pavillon in Beschlag genommen und probte für ihren nachmittäglichen Auftritt. Die Souvenirläden waren noch nicht geöffnet, die Straßen leer. Auf der Nordseite des Platzes stand die alte, ehrwürdige San-Albino-Kirche, das dominierende Element des gesamtem Ensembles.

»Sollten wir jemals heiraten«, sagte sie, »dann in dieser Kirche. Das nächste Mal möchte ich die Zustimmung der katholischen Kirche, auch wenn ich ihr den ganzen Hokuspokus nicht abkaufe.«

»Wir könnten einen Priester wecken und Nägel mit Köpfen machen«, sagte ich.

Sie drückte meine Hand. »Wir machen es, wenn wir nach Oregon aufbrechen«, sagte sie.

Was hatte ich mir dabei gedacht? Nichts. Ich dachte überhaupt nicht. Denken war etwas für Leute mit realitätsnaher Sichtweise.

Sie stieg die Stufen zur Kirche hoch und zog die Tür auf, trat aber nicht ein. »Hier wohnt er«, sagte sie und sah hinein.

Ich fragte nicht, was sie damit gemeint hatte. Es war mit einem Male sehr windig geworden und aufgewirbelter Sand verdunkelte den Morgenhimmel. Ich schmeckte die feinen Körner, die sich vom Wüstenboden gelöst hatten, und musste unwillkürlich an den Friedhof der *narcotraficantes* denken und an den Sand, der sich in den aufgerissenen Mündern der Toten sammelte.

»Der Gott der Selbstaufopferung«, sagte sie. »Das hier ist sein Haus. Der heilige Mörder lauert in der Basilika. Ich könnte ihn um Gnade bitten, doch er schachert mit niemandem um Gnade. Ihm geht's ums Blut. Gottes Gnade heißt Tod. Deshalb fühlt er sich im Land der Azteken so zu Hause.«

»Liebe zählt nicht?«, fragte ich.

»Was meinst du damit?«

»Als eine Art Gnade.«

»Doch, aber sie kommt nicht von Gott. Liebe ist etwas Menschliches – die arme, ach so verlorene Menschheit, die sich mit aller Macht an das eigene teure Leben klammert.«

Sie drehte sich zu mir um und lächelte. Es war das traurige, selbstgefällige Lächeln der Fatalistin. Wieder machte sie mir Angst.

ACHTUNDDREIßIG

Kaum waren wir zurück auf der Interstate, hatte ich Jillian auch schon aus den Augen verloren. Ich versuchte gar nicht erst, mit ihrem Tempo mitzuhalten. Vielmehr nahm ich Rücksicht auf den alten Ford, indem ich zehn Meilen pro Stunde unter der Geschwindigkeitsbegrenzung blieb. Vielleicht hätte ich doch Zacks Vorschlag ernsthaft in Erwägung ziehen sollen, mir ein neues Auto zuzulegen und Moses seinem Schicksal zu überlassen. Jetzt musste ich tief in die Tasche greifen, damit der Scheck gedeckt war, den ich in La Xanadu ausgestellt hatte. Wenn ich nicht genug auftreiben konnte, um Moses zwei Monate in der Klinik zu bescheren, war es vergeudetes Geld.

Geld. Wie hatte es Zack noch mal genannt? Der Welt Lebenssaft. »Es liegt da draußen«, hatte er gesagt, »und ist ganz leicht einzusammeln.« Er hatte leicht reden. Schließlich wusste er, wie der Hase läuft. Er kannte sich aus mit Geld – wo es steckte, was man anstellen musste, um es zu bekommen, wie man damit umging, wenn man es erst einmal hatte. Er war der grünen Dollarsprache mächtig, ich hingegen nur der roten Sprache des Verlangens.

Jillian. Ich hatte das Verlangen nach ihr zugelassen. Und das machte mir Angst. War eine gemeinsame Zukunft möglich? Ich wollte daran glauben. Vielleicht war ihre Abfindung ja der Schlüssel dazu. Eine halbe Million und noch mal ganz von vorn anfangen. Geld ist der Geist aus der Flasche, der all deine Wunschträume in Erfüllung gehen lässt. Vielleicht konnten wir tatsächlich nach Oregon gehen, in eine kleine Stadt in der dünn besiedelten Mitte des Bundesstaates. Ich könnte meinen Magister machen und als Lehrer arbeiten; sie könnte einen kleinen Laden für Lebensmittel oder Delikatessen betreiben, von mir aus auch für etwas Exotisches. Das Leben bot so viele Möglichkeiten. Such dir etwas aus, womit du leben kannst, bleib am Ball und warte ab, was passiert.

Für diese Denkweise hatte Güero nur Spott übrig; für mich waren diese Vorstellungen reizvoll – der Gringo, der sich seine Zukunft in den schillerndsten Farben ausmalt und auch noch daran glaubt. Ich wollte es und das Wollen ist der Motor, der die Dinge zum Laufen bringt.

Ich hielt am Kräuterladen, um Proteinpulver, Vitamine und ein paar Kräuter zu kaufen. Im Laden fiel mein Blick sofort auf den Zeitschriftenständer mit der neusten Ausgabe von *Know It All!*.

Ein weiteres Foto von Clive Renseller in Mona Farnsworth' Folterkeller schmückte die Titelseite. Diesmal wurde in der Bildüberschrift sogar sein Name erwähnt:

Clive Renseller, das beste Pferd im Stall

Mit dabei Mona Farnsworth als June Cleaver, die auf Clives Rücken reitet. Ihr Slip in seinem Mund. Eine Hand in sein Haar gekrallt, die andere hielt die Leine straff, die an dem Hundehalsband um seinen Hals befestigt war. Ihr Miene theatralisch: der mörderische Spaß einer exaltierten Hausfrau. Ihr irrer Blick ... glaubwürdig. Clives verzerrtes Gesicht ... glaubwürdig. Das Ganze an sich ... schier unglaublich. Mir wurde fast übel bei dem Gedanken, welche Opfer man bringt, nur um an Geld zu kommen.

Der Autor des Artikels hatte seinen Spaß gehabt und das Pferdethema ausgereizt. (*Clive Renseller, der stadtbekannte Banker, war ein Pferd von ganz besonderer Art, Leute ... der alte Clive wurde regelmäßig hart zugeritten, bis er im Schweiß stand ... Da fragt man sich doch, wer mit euren Spareinlagen die Dreierwette spielt ... Ach was soll's, es bringt doch nichts, auf ein totes Pferd einzuprügeln, nicht wahr?*

Mona und *Mind Me!* wurden mit keiner Silbe erwähnt, also konnte ich davon ausgehen, dass Monas Geschäft unter der Affäre nicht zu leiden hatte.

Ich spulte die Nachrichten auf meinem Anrufbeantworter zurück, bis ich bei Monas angelangt war. Ihr Angebot schien mir die Chance zu sein, die ich jetzt brauchte. Nicht unbedingt eine Tätigkeit, um die ich mich riss, andererseits konnte ich mir vorstellen, dass auch Zack einiges hatte tun müssen, was ein flaues Gefühl bei ihm hinterlassen hatte – Opfer für Mammon, den Allmächtigen. Mammon, der Allmächtige, diese missgünstige Dollar-Gottheit regiert die Welt auf ihre zutiefst boshafte Art und Weise. Ich duschte, zog eine hellbraune Hose und ein Hemd aus hellblauem Chambray an, warf eine Hand voll Vitamine und Kräuter ein und machte mich auf den Weg zu den Heaven's Gates Estates. Das Geld ließ mir keine Ruhe. Sollte Moses neunzig Tage in La Xanadu verbringen, musste ich auf die Schnelle eine Menge davon ranschaffen. Ich hätte Jillian darum bitten können, aber die Abfindung, so es die überhaupt gäbe, war für unser Fortgehen gedacht, sollte Grundlage unseres Neuanfangs sein.

Der Lexus der Farnsworth parkte in der Auffahrt. Am Rand stand ein Chevy Malibu. Ich hielt hinter dem Chevy und stieg aus. Zur gleichen Zeit wurde die Tür des Malibus geöffnet. Ein Mann in Bermudas, Laufschuhen, Netzhemd und mit einer Maui-Jim-Sonnenbrille sprang heraus. Er baute sich vor mir auf, joggte auf der Stelle und sah aus, als wolle er augenblicklich seine nachmittägliche Trainingseinheit absolvieren.

»Hi«, sagte er lächelnd, nahm die Sonnenbrille ab und streckte mir die Hand entgegen. »Corey Butterfield. Ich bin Reporter der lokalen, unabhängigen Wochenzeitschrift *Know It All!* Sind Sie Kunde hier, Herkules?« Der Blick seiner Augen war voller Überdruss und Zynismus, es waren die Augen eines Mannes, der die Verderbtheit liebte. Er hatte lange genug und vor allem erfolgreich nach dem dunklen Moment Ausschau gehalten, das die Menschheit umtrieb, um überzeugt davon zu sein, dass es die Oberhand hatte.

Er rückte mir auf die Pelle, trat von einem Bein aufs andere und signalisierte mir, dass ich nicht an ihm vorbeikäme, bevor ich seine Frage beantwortet hatte.

»Nein«, lautete meine Antwort auf seine Frage, ob ich Monas Kunde sei. Doch er blieb, wo er war.

»Kommen Sie schon, Sportsfreund, mir können Sie's doch verraten. Ich nenne keine Namen. Mich interessiert

nur die Stellungnahme eines Insiders. Sie wissen schon –
was machen Sie da drin, oder besser, was macht sie mit
Ihnen? Das sind News, Mann. Die Leute haben ein Recht
darauf, das zu erfahren. Also, schießen Sie los. Worin
besteht der Reiz, von einer großen, bösen Mama ausgepeitscht zu werden? Wie fühlt es sich an? Auf emotionaler Ebene, meine ich.« Ich versuchte, mich an ihm
vorbeizuschieben, doch er stellte sich mir erneut in den
Weg.

»Welche speziellen Vorlieben haben Sie denn, Mann?«,
fragte er. »Delektieren Sie sich an *la mierda*? Macht es Sie
an, wenn sie Ihnen das Maul mit einem dicken Haufen
stopft? Oder hängt sie Sie wie eine Rinderhälfte auf?«

Mit einer Hand packte ich den Bund seiner Bermudas,
mit der anderen sein Netzhemd, hob ihn hoch und
brachte ihn zu seinem Wagen. Dann schob ich ihn durch
die offene Scheibe der Fahrertür. Auf halbem Wege blieb
er stecken. Ich half ihm, indem ich ihm ein paarmal in
den Hintern trat, damit er endlich auf den Sitz krabbeln
konnte. Dort verharrte er in embryonaler Haltung, keine
Spur mehr von Zynismus in seinen weit aufgerissenen
Augen.

»So fühlt es sich an«, sagte ich.

»Das war großartig«, kommentierte Jerry Farnsworth.

Er ließ mich herein.. »Seit neun Uhr morgens lungert
dieser durchgeknallte Hurensohn hier schon rum.« Jerry
trug seinen Bankeranzug. Sein Iro hätte eine Ladung
Haarspray vertragen können. Er war zu lang, um von
selbst zu stehen, und lag platt auf seinem Kopf wie eine
winzige Perücke. Der Pferdeschwanz war zu einem roten
Strick geflochten.

Mona saß auf dem Sofa, weiß wie ihr Teppich und

streng wie ihre dänischen Möbel. »Ich bin ruiniert«, murmelte sie.

»Sie ist deprimiert«, sagte Jerry. »Doch das gibt sich wieder. Von ruiniert kann überhaupt keine Rede sein.«

»Ich bin erledigt«, sagte sie. »Alle haben sie die Hosen voll. Niemand hat sich mehr hier blicken lassen, nachdem das erste Foto veröffentlich wurde.«

»Auch das gibt sich«, meinte Jerry. »Es ist nur vorübergehend. Was soll's! Dann haben wir endlich mal Zeit und Muße, richtig Urlaub zu machen. Wir fliegen an die Amalfiküste oder nach Korfu, bleiben sechs Monate, und wenn wir zurückkommen, ist das Ganze Geschichte, glaub mir. Alles geht dann wieder seinen gewohnten Gang.«

Sie musterte ihren Mann, als entdecke sie gerade einen neuen Mangel an ihm. Dieser Blick hätte Wasser in Eis verwandeln können. Sie zündete sich eine Zigarette an, hielt das brennende Streichholz zwischen den Fingern, um es dann auf den Glastisch fallen zu lassen. »Nichts wird wieder seinen gewohnten Gang gehen. Erinnerst du dich an das Restaurant im Norden, wo Eingemachtes aus eigener Produktion angeboten wurde und sich die Gäste eine Lebensmittelvergiftung eingehandelt haben? Die sind auf keinen grünen Zweig mehr gekommen. Dir ist offensichtlich nicht klar, wie hasenfüßig diese Masochisten sind. Ja, sicher, der eine oder andere wird wieder kommen, in ein, zwei Jahren. Der Rest holt sich seinen Wonneschauer außerhalb der Stadt.«

Ihr Blick fiel auf mich. »Und was willst du hier?«

»Du hast mir einen festen Job angeboten, doch wie es scheint, ist das Angebot jetzt vom Tisch.«

»Alles ist jetzt vom Tisch«, sagte sie.

»Wir haben immer noch die Website und 0190er Nummer«, warf Jerry ein.

»Was gerade mal für die Strom- und Wasserrechnung reicht«, gab Mona zurück.

»Wie sind sie auf dich gekommen?«, fragte ich.

»Na wie wohl?«, erwiderte sie. »Ich inseriere in diesem Käseblatt. Vermutlich haben die ihre Wegelagerer zu allen Domina-Studios der Stadt ausschwärmen lassen. Insgesamt gibt es nur sechs oder sieben von uns. Diese Mistkerle haben über das gesamte Stadtgebiet verteilt ihre Lager vor den Häusern meiner Kolleginnen aufgeschlagen, in der Hoffnung, auf Öl zu stoßen. Und meine armen verschreckten Kunden hocken zu Hause, leiden und liegen vor ihren Frauen auf den Knien wegen einer Tracht Prügel, nur wollen diese Frauen da nicht mitmachen, und wenn sie es dennoch tun, dann ohne Enthusiasmus, ohne eine Spur von Erfindungsgabe.«

»Wenn guten Menschen Böses widerfährt«, sagte ich.

Jetzt konzentrierte sich ihr eiskalter Blick auf mich. Doch sie schwieg, zündete sich stattdessen eine neue Zigarette an, obwohl die erste immer noch im Aschenbecher vor sich hin qualmte. »Vielleicht mache ich eine Boutique auf«, sagte Mona schließlich. »Nette Seidenteilchen für Hausfrauen in den Wechseljahren, die es immer noch wissen wollen.« Sie stand auf und verließ den Raum. Jerry ging ihr hinterher.

Ich stand ebenfalls auf, um zu gehen. Auf dem Flur kam mir Babs entgegen. Sie trug einen Stringtanga-Bikini. »Oh, hallo«, begrüßte sie mich. »Kommst du mit schwimmen, äh ... Strobe, nicht wahr? Daddy hat heute den Pool abgedeckt. Du kannst einen von seinen alten Badeanzügen anziehen, von früher, als er noch nicht so viel Speck auf den Rippen hatte. Von mir aus brauchst du auch gar nichts anziehen, wenn du genug Chuzpe hast. Mich stört das nicht. Daddy geht immer nackt schwimmen. Wir haben eine fortschrittliche Einstellung zum Körper.«

»Nein, danke«, sagte ich und fragte mich, ob es etwas gebe, womit ihre fortschrittliche Einstellung nicht klarkomme. »Ich muss los.«

Sie ließ sich aufs Sofa fallen. »Warum die Eile?«, fragte sie.

»Ich bin wegen eines Jobs gekommen. Es gibt keinen, also gehe ich wieder.«

Sie spitzte die Lippen, vermutlich Ausdruck eines plötzlichen Einfalls. »Wart mal«, sagte sie. »Ich brauche einen Rat – von einem Mann. Und du bist ein Mann.«

»Davon gehe ich aus.«

Sie sah mich einen Augenblick verwirrt an, dann lächelte sie. »Sogar einer mit Humor. Das gefällt mir. Sinn für Humor ist ein Zeichen für Intelligenz. Ich bewundere nichts so sehr wie Intelligenz. Mit den Kids in meiner Schule kann ich nichts anfangen, mich nerven ihre pubertären Themen.«

»Du bist ein echter Snob.«

Sie sah darin keine Beleidigung. »Stimmt«, sagte sie. »Ich denke, man könnte mich als Snob bezeichnen. Ich glaube, ein Snob zu sein ist an sich nichts Schlimmes, wenn man sich darauf konzentriert, idiotisches Verhalten als das zu erkennen, was es ist. Nämlich idiotisches Verhalten.« Seit unserer letzten Begegnung hatte sie sich richtiggehend entwickelt. Ihre teetassengroßen Brüste waren runder geworden, die Nippel zeichneten sich dunkel hinter dem hellen Stoff des Bikinioberteils ab.

Ihre dünnen Beine waren viel muskulöser, die Lippen voller, die Wangenknochen markanter.

»Sag mal«, begann sie, »so als Mann, und möglicherweise als einer, der weiß, wovon er spricht ... «

»Komm zur Sache.«

»Ich denke an eine Epilation meiner Schamhaare. Ist das eine gute Idee oder eine schlechte?«

Meine fortschrittliche Einstellung hatte damit ein Problem. Babs' schmaler Mund verzog sich zu einem spitzbübischen Lächeln. Sie mochte es, Erwachsene zu schocken. Das beherrschte sie glänzend.

»Wozu soll das gut sein?«, fragte ich.

»Wozu? Um den Anspruch auf meine Unschuld zu bekräftigen, natürlich. Um an ihr festzuhalten. Unschuldig wie ein Baby. Ich habe nicht die Absicht, jemals zu heiraten oder Sex zu haben, musst du wissen.«

»Aber du bist doch unschuldig. Ich will sagen, du bist doch noch Jungfrau.«

»Ach du Dummerchen! Ich spreche von Unschuld im wahrsten Sinne des Wortes. Verstehst du, ich meine – rein. Wie Jeanne d'Arc. Na klar, auf dem Spielplatz der Übergangsschule hab ich's einigen Jungen besorgt, aber das war so ein Statusding. Mein Gott, ich war zwölf und so was von unbedarft. Ich wollte die Blowjob-Queen der Cabeza-de-Vaca-Übergangsschule sein und hab dafür gesorgt, dass sich ganz schnell herumspricht, dass ich auch schlucke. Die meisten Mädels können ganz manierlich blasen, doch kaum eine schluckt. Aber ich habe geschluckt. Ich war so ehrgeizig. Man wird nicht Blowjob-Queen der Cabeza de Vaca, wenn man nur bläst und nicht schluckt. Ich hab wie eine Wilde geblasen, verstehst du, um zu beweisen, dass ich Spaß an der Sache hatte –

und hab's auch noch geschluckt. Schon die Vorstellung bringt mich zum Lachen.«

»Ich glaube nicht, dass das Entfernen der Schamhaare Unschuld symbolisiert«, sagte ich etwas niedergeschlagen.

Sie dachte darüber nach. »Vielleicht hast du Recht«, meinte sie. »Vielleicht sollte ich nur etwas Form reinbringen, in Anlehnung an das Topiari. Ein Herz oder ein Diamant, vielleicht die Flügel einer Taube. Das machen viele Kids.«

»Du bist auf dem falschen Dampfer, Babs«, sagte ich. Fast jeder, den ich kannte, war auf dem falschen Dampfer. Das Land war auf dem falschen Dampfer. Die Welt.

Ihre Augen funkelten in gespielter Verärgerung. »Also Wildwuchs? Du meinst, Wildwuchs wäre vorzuziehen? Der widerlich ungepflegte Busch einer Matrone übt Anziehungskraft auf dich aus? Du meinst, wenn man das Tier in sich akzeptiert, spiegelt das Unschuld wider? Ich für meinen Teil finde das einfach nur degoutant.«

Sie spreizte die Beine und betrachtete ihren spärlich bekleideten Schoß. Ich gestattete meinen Augen nicht, Babs' Blick zu folgen. Sie sah schnell hoch, wollte wissen, ob ich eventuell doch linste.

»Möglicherweise gibt es keine Lösung«, sagte ich.

Sie lächelte süffisant. »Tausend Dank für deine Hilfe.«

»Tut mir leid«, sagte ich.

Sie sprang von der Couch hoch. »Na gut, Strobe. Was ist jetzt mit Schwimmen? Wir laufen bis zum Pool um die Wette.«

»Da muss ich passen«, sagte ich.

»Zimperlicher alter Mann«, meinte sie und rollte mit den Augen.

»So bin ich nun mal.«

NEUNUNDDREIßIG

Draußen lag Corey Butterfield immer noch in seinem Malibu auf der Lauer. Als er mich sah, beugte er sich über den Beifahrersitz und kurbelte das Fenster zur Hälfte herunter. »Komm schon, Goliath, zeig mir 'ne Prellung«, sagte er. »Zeig mir wenigstens einen blauen Fleck.« Ich steuerte auf den Malibu zu. Hektisch kurbelte Butterfield das Fenster hoch. Ich legte meine Hände auf den Wagen und fing an, ihn zu schaukeln, vor und zurück, bis die Räder vom Boden abhoben. Mit vor Schreck geweiteten Augen klammerte sich Butterfield an das Lenkrad. Kurz bevor der Wagen umzukippen drohte, stoppte ich meine Aktion.

Ich stieg in meinen Ford, erleichtert und enttäuscht zugleich. Im Grunde sträubte ich mich, Mona Farnsworth' stummen Komparsen abzugeben, während ihre Kunden sich lustvoll einem Bestrafungsszenario hingaben, weil ein beschissenes Kindheitstrauma sie dazu trieb. Aber wer sonst hätte mir tausend Dollar die Woche gezahlt, damit ich einen reichen Gestörten mit einer Axt einschüchtere?

Das Geld zerstreute all meine Bedenken. Das könnte man in die Grabsteine der meisten verstorbenen Amerikaner einmeißeln und läge damit nicht mal so falsch.

Ich hätte mich nicht für die Lebensversicherung entschieden, doch das Geld hat all meine Bedenken zerstreut.

Um Moses die zwei zusätzlichen Monate in La Xanadu zu ermöglichen, die nötig waren, damit er wieder clean wurde, musste ich zwölftausend Dollar auftreiben. Mein

Notgroschen deckte ungefähr die Hälfte ab und das war's.

Womit ich wieder bei Jillian und ihrer Abfindung von einer halben Million angelangt war. Doch ich konnte sie wohl kaum um das Geld bitten, bevor ich mich nicht zu einem gemeinsamen Leben bekannt hatte. Ich nahm an, für sie stünde dann fest, dass unser beider Schicksal miteinander verbunden war. Ich nahm an, ich würde ihr dann so viel bedeuten, dass sie meinen Kreuzzug in Sachen Familienfrieden finanziell unterstützte.

Ich nahm einiges an. Ich nahm zum Beispiel an, dass sie nicht mehr mit Lenny Trebeaux fickte. Ich nahm an, die sexuellen Experimente mit Clara Howler wären Vergangenheit. Ich nahm an, sie hätte das Lügen aufgegeben.

Ich nahm an, ihr ganz privater Gott, der an Ironie glaubte und nicht an Glück, gäbe uns eine Chance. Ich nahm an, Fernando Solís Davila würde sie als Begünstigte der Abfindung einsetzen, die er Clive zugedacht hatte. Ich nahm an, diese halbe Million Abfindung existierte tatsächlich.

Gut möglich, dass ich es mit meinen Annahmen übertrieb.

Als ich in mein Apartment kam, blinkte das Lämpchen des Anrufbeantworters. Es war Zipporah. »Uriah – ich rufe aus dem Providence an. Schaff deinen Arsch hier rüber, und zwar plözlich. Sam verfällt zusehends. Zack sitzt bereits in irgendeinem Flieger und ist nicht zu erreichen. Jesaja und Maggie sind hier. Sam ist noch nicht bewusstlos, aber so gut wie. Mach unsern alten Herrn glücklich, Uri. Komm und gib ihm einen Abschiedskuss.«

Ich fuhr zum Krankenhaus. Sam lag noch auf der Intensivstation. Ich schob die Vorhänge, die Sams Bett abschirmten, nicht beiseite, sondern blieb davor stehen. Jesaja hatte angefangen, laut zu beten. Ich linste durch einen Spalt. Sie knieten alle vor dem Bett – Jesaja, Maggie und Zipporah. Jesajas sonore Stimme erfüllte das Zimmer. Ich wollte nicht stören und blieb vor dem Vorhang.

Sam lag auf Kissen gestützt, war aber nicht mehr bei Bewusstsein. Plastikschläuche in der Nase versorgten ihn mit Sauerstoff. Er sah aus wie tot, doch seine Brust, die sich hob und senkte, strafte diesen Eindruck Lügen. Als Jesaja sein Gebet beendet hatte, erfüllte nur noch das Piepen der verschiedenen Maschinen die Stille. Jetzt trat ich hinter den Vorhang. In diesem Moment klingelte mein Mobiltelefon. Bevor es ein zweites Mal klingeln konnte, stellte ich es ab. Sam schlug die Augen auf, als wäre mein Telefon ein Wecker, den er sich gestellt hatte. Er sah mich an. »Du bist hier«, sagte er und lächelte fast dabei. Die Pergamenthaut rund um seine Lippen zog sich zusammen. Ich ging auf die andere Seite des Bettes, nahm seine Hand, beugte mich zu ihm hinunter und küsste ihn. »Hallo, Daddy«, sagte ich. Seit fünfundzwanzig Jahren hatte ich ihn nicht mehr Daddy genannt.

Er wollte meine Hand drücken, doch seine kraftlosen Finger wären nicht mal in der Lage gewesen, einen Marshmallow zusammenzudrücken. »Ich hatte befürchtet, du kommst nicht mehr«, flüsterte er. Da wurde mir klar, dass er nicht mich meinte. In seinen Augen stand ein unbeirrter, in die Ferne gelenkter Blick, der mich durchdrang und etwas weit hinter mir zu erfassen suchte. Jesaja räusperte sich, ich sah ihn an. Er nickte mir zu, als wollte er sagen, mach weiter.

»Ich lasse dich doch nicht hängen.«

Sams Lächeln erstarb und er schloss die Augen. Zwar

hob und senkte sich seine Brust noch immer, doch jetzt in größeren Abständen. Mein Gesicht war nass, und das überraschte mich. Zipporah kam zu mir, legte ihren Arm um mich. »Tapferer Junge«, flüsterte sie mir ins Ohr und küsste meine feuchte Wange.

Ich weinte, aber nicht nur Sams wegen. Dieses Gefühl, das meine Gesichtszüge in sechs Richtungen verschob, galt uns allen, uns sechsen, aber ganz besonders galt es Maggie. Ein Ende ihres Schmerzes war nicht absehbar. Im Grunde meines Herzens wusste ich, dass Moses sich an nichts halten würde, was auch immer man ihm in La Xanadu auferlegen sollte. Er war ein Junkie durch und durch, würde nach Junktown zurückkehren, sich zuknallen, irgendwann an einer Überdosis oder an AIDS sterben oder beklaut und mit eingeschlagenem Schädel enden.

Ich weinte auch meinetwegen. Ich sah mich in dreißig oder vierzig Jahren, mein muskulöser Körper nur noch gegerbtes Leder und spröde Knochen, mein eingeschränktes Denken mit bruchstückhaften Erinnerungen an Szenen eines einsamen, sinnlosen Lebens beschäftigt.

»Mein Gott«, entschlüpfte es mir.

Sam öffnete die Augen, diesmal war es nicht mehr als ein Reflex. Es waren blinde Augen, blind sogar für die Landschaften der Halluzination.

Ich küsste Zipporah, umarmte Maggie und Jesaja und sah zu, dass ich von dort wegkam.

VIERZIG

Ich brauchte eine Margarita und sei sie noch so miserabel. Im Piccadilly on the Rio war tote Hose. Keine Dartspieler, keine Gibson-Trinker. Der Mann hinter dem Tresen war jung, Typ Engländer, voller Energie und bemüht, guten Willen zu zeigen. Er machte mir eine lausige Margarita nach dem Rezept der neuen Geschäftspolitik. Ich konnte gerade so verhindern, dass er den Glasrand in Salz tauchte.

»Wo ist Beatrice?«, fragte ich.

»Sie kennen Miss Westfall?«

»Hab Sie kennen gelernt.«

Plötzlich wirkte er nervös. »Sie macht Urlaub in Belize.«

»Urlaub? Sie hat doch gerade erst eröffnet.«

»Sie ist der Boss. Sie macht, was sie will.«

»Hoffentlich trifft sie in Belize auf Gott«, sagte ich.

Jetzt entspannte er sich. »Sie ist völlig übergeschnappt«, sagte er. »Wenn sie hier ist, misst sie den Inhalt der Flaschen mit einem Lineal nach, dann zählt sie das Geld in der Kasse. Sie hat da so 'ne Formel, die den Inhalt der Flaschen mit dem der Kasse in Bezug setzen soll, und natürlich ist niemals das entsprechende Geld in der Kasse. Sie hält alle ihre Barkeeper für Diebe und ist überzeugt, dass wir Freunden, Bekannten und Zivilbullen Drinks ausgeben.«

»Und das Geschäft brummt.«

Er lachte. »Sie sind der erste Gast heute Nachmittag und wahrscheinlich auch der letzte.«

Ich gab ihm ein anständiges Trinkgeld, verabschiedete mich und ging hinüber zum Baron Arms.

Ich hatte die verwaltungstechnischen Aufgaben meines

Jobs sträflich vernachlässigt. Sechs Mieter waren mit der Miete im Rückstand, also klebte ich Zettel an ihre Türen, womit ihnen die Kündigung angedroht wurde. Ihnen blieben jetzt drei Tage, entweder sie zahlten oder sie flogen raus. Das war der fiese Teil meiner Tätigkeit. Der eine oder andere säumige Zahler hatte das Geld für die Miete weder versoffen noch verspielt. Einige hatten ihren Job verloren, andere waren krank oder verrückt, wieder andere hatte man ausgeraubt; aber alle hatten sie die Arschkarte gezogen.

Böses widerfährt den Guten, den Bösen und den Gleichgültigen. Doch war ich nicht in der Position, um die Gesetze des Kapitalismus außer Kraft setzen zu können. Geld regiert, Mitleid krepiert.

Als Nächstes widmete ich mich eher klassischen Hausmeistertätigkeiten. Überall hatte sich Müll angesammelt. Draußen war es bewölkt und heiß. Die Ziegeleien auf der anderen Seite des Rio, deren Brennöfen mit alten Autoreifen befeuert wurden, errichteten schwarze Rauchsäulen unter der Kuppel unseres gemeinsamen Himmelszeltes. Die Kupferverhüttung diesseits der Grenze tauchte den verhangenen Himmel in Orange. Es war einer der Tage, die Befürchtungen nährten, Atmen sei ein gefährliches Unterfangen.

Die feuchte, schmutzgeschwängerte Luft erstarrte auf meiner Haut wie ein organischer Belag. Als ich den letzten 75-Liter-Müllsack zum Container schleppte, war mein Hemd steif wie ein Brett und in meinen Nebenhöhlen machten sich die vereinten Staubpartikel schmerzhaft bemerkbar.

Zurück in meinem Apartment, stellte ich die Klimaanlage auf 18 Grad ein, machte mir einen Joghurt-Fatburner-Shake und nahm mir ein Buch über Zahlentheorie vor. Doch ich konnte mich nicht konzentrieren, legte es wieder beiseite und schaltete den Fernseher an. Ich zog mir *Jeopardy!* rein, die Nachrichten, den Wetterbericht. Aus der Perspektive eines Satelliten, dessen Blick auf der Erde ruht wie sonst nur der Blick Gottes, konnte ich beobachten, wie sich Wolkenmassen von der Küste Baja Californias Richtung Norden schoben. Der Wind, der dieser Wetterfront vorausging, hatte mächtig Staub, sprich Sand aufgewirbelt, war also ein Sandsturm.

Ich rief Jillian an, hörte aber nur ihre unpersönliche Stimme auf dem Anrufbeantworter. Sehr zu meinem Erstaunen machte mich das richtig traurig. »Ruf mich zurück«, sagte ich und legte auf.

Das Wetter drückte auf mein Gemüt, genauso Anrufbeantworter und säumige Mieter. Ich fühlte mich umgeben von einem Wall aus unsichtbaren und dennoch unüberwindlichen Barrieren.

Aus Süden drang Donnergrollen herüber. Es hörte sich an, als läute jemand eine schwere Glocke aus Stein. Blitze zuckten über den orangefarbenen Himmel oberhalb der Muleros Mountains. Juárez im Belagerungszustand. Das Wetter wandelte auf den Pfaden der Geschichte.

Ich nahm die Munition aus der Mossberg, schob sie wieder rein.

Das Telefon klingelte. Vor dem zweiten Klingeln nahm ich ab. Es war nicht Jillian.

»Wie möchtest du sterben?«, fragte eine mir bekannte Stimme.

»Wer ist da?«

»Du weißt genau, wer dran ist, blöder Sack.«

»Forbes?«

»Jetzt pass mal schön auf: Was die Fotze betrifft, solltest du mal Witterung aufnehmen. Die Nymphomanin ist nämlich dauergeil, also wo ist das Problem, ihren Duft aufzuspüren? Gerade eben hatte ich noch so einen Restduft in der Nase, angenehm süß-sauer, wie wenn man Fisch in Essig und Honig mariniert.«

»Du Scheißkerl.«

»Weih mich ein – wie macht sie's am liebsten? Ich frag nur so aus Neugier, von Mann zu Mann. Ich meine, nichts für ungut, aber wir Buschpiloten sollten zusammenhalten, nicht wahr? Sollten Erfahrungen austauschen. Ich gehöre zu denen, die eine Lady ungern enttäuschen, also wird jeder Hinweis dankbar aufgegriffen.«

»Was willst du Schwachkopf eigentlich? Beweisen, dass dein Schädel voller Scheiße ist, oder was?«

»Danke, dass du mir auf die Sprünge hilfst. Hab mich schon wieder ablenken lassen. So 'ne Möse kann einen ganz schön durcheinander bringen, weißt du. Es geht um dich. Wie gefällt dir das – wir verfrachten dich in einen Hubschrauber und lassen dich aus mehreren tausend Metern Höhe fallen. Oder wir schmieren dich mit Ahornsirup ein und setzen dich auf einen Hügel mit Feuerameisen. Klingt gut, oder? Eine Kugel in den Kopf kannst du dir jedenfalls abschminken. Viel zu einfach. Abgesehen davon grenzt es an Barmherzigkeit, einen armseligen Scheißkopf von seinem Jammer zu befreien. Ein Akt der Nächstenliebe, wie man so schön sagt. Wie auch immer, Scheißköpfen Löcher in die Schädel zu pusten wird auf Dauer langweilig. Da gibt es viel Unterhaltsameres. Ich hab mir richtig 'nen Kopf gemacht, wie ich mit dir verfahren soll.«

»Nicht dass du dich übernimmst, Forbes.«

»Schön, dass du dir Sorgen machst. Aber ich verrate dir jetzt, was bei meinen Überlegungen rausgekommen ist. Also, ich nehme dieses, sagen wir mal sechzig Zentimeter lange Stück Rippenstahl, erhitze es mit einem Brenner, bis es anfängt zu glühen – siehst du das Bild vor dir? –, und schieb's dir höchstpersönlich hinten rein. Was sagst du dazu? Ist doch nicht schlecht, oder? Sollten sich bei dir Darmpolypen eingenistet haben, ich meine so Krebs im Frühstadium, wird das alles weggebrannt. Betrachte es einfach als Präventivbehandlung. Ich bin Anhänger der Rektaluntersuchung, musst du wissen. Genau wie Mrs. Renseller, die im Übrigen beim Boss etwas an Ansehen verloren hat. Ihr Gequietsche ist wirklich niedlich. So bin ich auch drauf gekommen, ich meine, auf die Idee, vor einer Weile, als ich's ihr von hinten besorgt habe. Das hat mich inspiriert. Man wird deine Schreie bis Albuquerque hören. Sie hat auch geschrien, aber ich glaube nicht, dass ich ihr groß wehgetan habe. Es war eher so eine Art Freudenschrei, denn es war ja nur mein Schwanz und kein Stück Rippenstahl. Selbst Victor durfte seinen mal reinstecken. Diese Chilifresser fahren echt ab auf weiße Pussys.«

Ich glaubte ihm kein Wort. Ich sträubte mich dagegen, ihm zu glauben.

»Du hast die Gabe der bildhaften Sprache, Forbes. Du solltest Gedichte schreiben.«

»Danke. Ich betrachte das als Kompliment. Ich mag es, wenn man mir Anerkennung zollt, besonders wenn es sich um Frauen handelt. Am liebsten wär es mir, wenn die Nymphomanin mir beim klassischen Fick Nettigkeiten ins Ohr flüstert, während du wie ein Eunuch zwitscherst, weil dir der Rippenstahl die Polypen wegbrennt. Bei der ganzen Aufregung sollte sie eigentlich rascher kommen als ein Schnellzug, was meinst du?«

»Gottverdammt, Forbes. Ich reiß dir den Kopf ab.«

»Oh, super! Das muss ich mir kurz notieren. Reiß-dir-den-Kopf-ab. Großartig! Etwas Neues für meine Sammlung bildhafter Ausdrücke und Wendungen. Wo hast du das nur aufgeschnappt, Arschloch?«

Ich legte auf und griff mir die Mossberg und Trebeaux' Beretta. Meine Hände zitterten.

Der Sprühregen, vermischt mit dem Sand, hatte ein Leopardenmuster auf meinen Ford gezaubert. Es sah aus, als dringe brauner Schweiß durch den Lack. Ich stieg ein. Beim Starten brach mir fast der Schlüssel ab.

EINUNDVIERZIG

Als ich das Grundstück der Rensellers erreichte, war aus dem Sprühregen ein wahrer Wolkenbruch geworden. Das schmiedeeiserne Tor an der Auffahrt stand offen, als erwarte man Gäste.

Oben dann sprach alles für eine Zusammenkunft, doch ich konnte mir nicht vorstellen, dass Jillian eine Party gab. Vor ihrem Mercedes stand der Suburban, mit dem mich nach Samalayuca geschafft hatte, dicht dahinter der Lincoln Town Car mit dem mexikanischen Nummernschild. Lenny Trebeaux' Gullwing Coupé stand ebenfalls da. Es parkte in einem spitzen Winkel, als hätte der Fahrer in Panik angehalten und das Auto fluchtartig verlassen. Die Flügeltür auf der Fahrerseite war offen. Mit dieser offenen Tür sah das Fahrzeug versehrt aus, wie ein Vogel mit einer Schwinge, der dazu verdammt war, sich gleich anderen erdgebundenen

Lebewesen ausschließlich am Boden zu bewegen.

Die Beretta konnte ich mir in die Tasche schieben, für die Schrotflinte allerdings gab es kein dezentes Versteck. Ich stieg die Stufen zur Eingangstür hinauf, klingelte mehrere Male. Als nichts geschah, ging ich um die Ecke, zur Porte Cochère, um es am Seiteneingang zu versuchen. Er war verschlossen.

Ein Hüne in Trainingsklamotten reagierte auf mein Klopfen. Er hatte einen mächtigen kahlen Quadratschädel und einen Unterkiefer, der aussah, als könnte er Pflastersteine damit zermalmen. In seinem Schulterholster steckte eine großkalibrige Automatik und sein T-Shirt hatte die Aufschrift:

> Fleischfresser fressen
> Veganerfrauen

Ich gab ihm keine Gelegenheit, nach seiner Waffe zu greifen, sondern stieß ihm zuerst den Lauf der Mossberg in den Magen und versetzte ihm dann mit dem Gewehrkolben einen Schlag gegen den Kopf. Der Typ geriet ins Taumeln, ging aber nicht zu Boden. Ich trat gegen sein Knie und schlug ein zweites Mal mit dem Gewehrkolben zu. Es gab ein Knacken und ich hoffte, dass es nicht die Mossberg wäre. Jetzt ging er zu Boden und blieb liegen. Ich nahm ihm die Waffe ab und warf sie zwischen einige Oleanderbüsche. Der heftige Regen prasselte auf das Schieferdach der Porte Cochère und löschte alle Geräusche.

Ich ging zur Rückseite des Hauses, dann durch das Labyrinth der Hecken zur breiten Einfassung aus Steinplatten, die Clive Rensellers Oregon-Forellenbecken umgab. Zwei nackte Frauen amüsierten sich in der trüben, algendurchsetzten Brühe. Die eine stand aufrecht im brusttiefen Wasser, die andere wollte wohl mit ihrem ausgelassenen Plantschen einen Schwimmer beim Absaufen nachahmen. Die hochgewachsene Frau hatte weißblondes Haar und einen muskulösen Körper mit dem kupferfarbenen Hautton der Sonnenanbeterin. Die Schwimmerin war zierlich, weiß wie Porzellan und ihre missglückte Parodie eines Ertrinkenden wirkte eher skurril. Beide hatten jede Menge Spaß. Sie waren keine Kinder mehr und doch sah es so aus, als wollten sie die Zeit zurückdrehen. Zumindest sollte es für mich so aussehen, weil ich nicht wahrhaben wollte, worum es wirklich ging. Doch dann musste ich mich dem stellen: Clara Howler hatte Jillian bei den Haaren gepackt und drückte sie unter Wasser.

»Nein!«, schrie ich, doch Clara drückte Jillian nach unten, bis nur noch die Unterschenkel über der Wasseroberfläche zu sehen waren und das Strampeln der Beine aufhörte.

Jetzt tauchte Forbes hinter einer Gruppe Ebereschen auf. Er trug Schwimmshorts und präsentierte ungeniert seinen behaarten Schmerbauch. In der Hand hielt er eine Kalaschnikow. Noch ehe er sie in Anschlag bringen konnte, feuerte ich die Mossberg aus der Hüfte ab. Der Rückschlag riss sie mir fast aus der Hand. Die Ladung Grobschrot traf Forbes oberhalb der Knie. Unter der Wucht sackten ihm die Beine weg. Er fiel vornüber auf die Steinumrandung und ließ die Kalaschnikow scheppernd zu Boden fallen. Mit vor Schock und Fassungslosigkeit verzerrtem Gesicht quälte er sich hoch. Als er versuchte, nach der Kalaschnikow zu greifen, drückte ich wieder ab, diesmal aus der Schulter. Der erste Schuss riss ihm den Bauch auf, mit dem zweiten schoss ich seinen Kopf zu Brei.

Ich warf die Schrotflinte hin, rannte über die Steinplatten auf Jillian und Clara Howler zu und sprang in den Pool. Ich stemmte mich gegen das Wasser, wollte auf die beiden zulaufen, doch ich kam nur langsam voran, wie in einem Albtraum, bei dem man glaubt, die Beine seien aus Blei.

Als ich endlich bei ihnen war, ließ Clara Jillian los, die jetzt mit dem Gesicht nach unten im Wasser trieb, und stieß sie von sich. Ich schlug eine Rechte, doch Clara konnte ihr ausweichen. Ich vergeudete keine Zeit mit einem zweiten Schlag, sondern packte Jillian bei den Haaren und zog sie an den Rand des Pools. Ihre Augen standen offen und reagierten nicht auf den niederprasselnden Regen. Wie bei Sam war ihr Blick in die Ferne gerichtet. Sie wirkte so ruhig, so unerreichbar und ich hasste es, sie so zu sehen, weil uns Welten zu trennen schienen.

Ich kletterte aus dem Pool, zerrte Jillian auf die Steinplatten und begann mit der Wiederbelebung, presste das Wasser aus ihren Lungen, versuchte, mich an den Erste-Hilfe-Kurs zu erinnern, den ich in der Armee gemacht hatte. »Geh nicht, bitte geh nicht«, sagte ich, als könne sie mich hören, als könne ich sie zur Umkehr bewegen. Und plötzlich drang Wasser aus ihrem Mund, begleitet von einem Laut, der wie Husten klang, und ich schöpfte Hoffnung. »Ich liebe dich, Jillian«, sagte ich, doch selbst jetzt klang es falsch. Ich verfluchte mich und wiederholte es dennoch, immer und immer wieder, und jedes Mal klang es ein wenig aufrichtiger. Jemand tippte mir auf die Schulter. Ich sah hoch zu Victor Mellado. Er lächelte. Ich wollte dem Totschläger ausweichen, den er in meine Richtung schwang, doch er traf mich hinter dem Ohr.

Der Schlag knockte mich nicht aus, aber er raubte mir mein Gleichgewicht. Bei meinem Versuch aufzustehen, zeigte sich die Welt in Schräglage, und daran änderte sich auch nichts, als ich umfiel und liegen blieb.

Victor trat mir in die Rippen. Als er ein weiteres Mal zutreten wollte, packte ich ihn am Bein, drehte es um und er fiel rücklings in den Pool. Wasser schwappte über den Rand und ergoss sich über die Steinplatten. Ich hörte Clara Howler lachen, zog die Beretta aus der Tasche und nahm Clara ins Visier. Sie stieg aus dem Wasser, sie stieg bergauf, sie stieg bergab. Mir wurde speiübel, weil die Welt von einer Seite auf die andere schwankte, aber ich konzentrierte mich auf Claras Mitte als Fixpunkt und gab etwas Druck auf den Abzug.

»Na los, schieß doch«, sagte sie. »Ich bin nicht gerade stolz auf die Sache eben. Ich habe die kleine Schlampe nämlich auch geliebt. Wir hatten noch ein letztes kleines Abenteuer und es war mehr als nur nett. Aber wie heißt es so schön, Befehl ist Befehl.«

Ich drückte ab, doch die feuchte Waffe reagierte nicht. Jetzt kletterte Victor aus dem Pool. Er lächelte nicht mehr. Er kam auf mich zu, fluchte, während er eine Decke aus Steinplatten entlangzulaufen schien und ein unterirdischer Himmel seine Wassermassen entlud. Wieder verweigerte die Beretta ihren Dienst und als Victor sie mir aus der Hand nahm, verlor ich langsam das Bewusstsein. Er trat gegen meinen Kopf, trat gegen meinen Hals, dann rollte er Jillian zurück ins Wasser. Diesmal trieb sie nicht auf der Oberfläche, diesmal versank sie sacht zwischen grünen Algen und dem silbrigen Blitzen der Cutthroat-Forellen.

Ich schrie oder bildete es mir ein, gut möglich, dass mir der Schrei im Kopf stecken blieb.

ZWEIUNDVIERZIG

Das Messer in meiner Seite entpuppte sich als gebrochene Rippe. Selbst flaches Atmen schmerzte. Als ich zu mir kam, fand ich mich an einen Stuhl gefesselt wieder, in einem fensterlosen Raum mit Betonwänden. In einem Keller. Und ich war nicht allein. Mir gegenüber saß Lenny Trebeaux, einen Arm in der Schlinge und ein mattes Lächeln auf dem Gesicht. Zwar war er nicht an den Stuhl gefesselt, doch seine Haltung signalisierte Zwang, wenn auch selbst auferlegten.

»Du hast keine Ahnung, worauf du dich eingelassen hast«, sagte Clara Howler zu mir. »Unsere kleine *bruja* Jillian hat dich verzaubert.«

»Es gab keinen Grund, sie zu töten«, sagte ich. Meine Stimme war kaum mehr als ein heiseres Flüstern. Ich räusperte mich und hatte den Geschmack von Blut im Mund.

»*Creo que si.*« Fernando Solís Davilas Silhouette schälte sich aus dem Dunkel. »Jillians Ableben war notwendig, Ihres hingegen ist es keineswegs. *Mi empleado*, Forbes, hat unüberlegt agiert. Er hätte Ihnen hier nicht auflauern sollen, er hat nicht auf meine Anordnung hin gehandelt. *Pero* er hat auf Rache gesonnen. Natürlich hat er seinen Alleingang längst bereut, wie Sie ja wissen.«

»Jillian hatte es nicht verdient zu sterben.«

Er zuckte mit den Achseln. »Ich hätte ihr die Abfindung gegeben. Ich hätte ihr gestattet, die Stadt zu verlassen. Doch sie hat sich etwas Dummes, etwas sehr Heimtückisches geleistet.«

Er richtete seinen Blick auf Trebeaux. Ein schwieriger Moment für Trebeaux. Er konnte dem ruhigen Blick seines *jefe* nicht standhalten.

»Ich habe erst vor zwei Tagen von dieser Heimtücke erfahren«, erklärte Solís.

»Die Fotos? Deshalb musste sie sterben?«

Clara Howler trat hinter Trebeaux, legte ihre Hände auf seine Schultern und fing an, ihn zu massieren. Er wurde blass unter seiner sorgfältig konservierten Bräune.

»Oh nein«, sagte Solís. »Señora Renseller war ziemlich ... *como se dice* ... *vengativa* ... rachsüchtig. Und töricht, doch ich bin nicht der Ansicht, dass dergleichen tödliche Vergeltung rechtfertigt. Nein, Mr. Walkinghorse, sie wurde getötet, weil sie getötet hat. Sie hat ihren Ehemann ermordet. In meiner *organización* liegt die Entscheidung darüber, wer sterben soll und wer verschont wird, allein bei mir. Verstehen Sie?«

»Renseller starb an einem Herzanfall«, sagte ich. »Meine Güte, ich war dabei. Außer Mona Farnsworth hat ihn niemand angerührt.«

Clara beendete die Massage, packte Lennys Haar und zog seinen Kopf so weit nach hinten, dass Lenny sie ansehen musste. An seinem gebräunten Hals traten die Adern hervor. »Erzähl's ihm, Lenny. Erzähl ihm das, was du mir erzählt hast.« Sie ließ ihn wieder los und er bewegte vorsichtig den Kopf, als ob sein Nacken ernsthaft Schaden genommen hätte.

»Es war Jillians Idee«, sagte er. »Sie befürchtete, Clives abartiges Verhalten würde irgendwann bekannt werden und ihr alles kaputtmachen.«

»Hör sich einer diesen Heuchler an!«, stieß Clara hervor. »Er wollte die Nummer eins der Bank werden und behauptet jetzt, Jillian habe alles allein ausgeheckt.«

Sie versetzte ihm von hinten eine Ohrfeige. Trebeaux reagierte, als hätte sie mit einem Bügeleisen zugeschlagen, fuhr sich mit der gesunden Hand über das Gesicht und unterdrückte einen Schluchzer.

»Wovon sprichst du überhaupt, verdammt noch mal?«, fragte ich.

»In diesem kleinen Drama hast du den Trottel gegeben, Walkinghorse«, sagte Clara Howler, »und hast es immer noch nicht gerafft. Sie hat dir eine Schmierenkomödie vorgespielt, *vato,* und du bist auf dieses mörderische Stück Dreck reingefallen. Du hast gedacht, ihr hättet eine gemeinsame Zukunft, stimmt's? Als du ihre süße kleine *panochita* geleckt hast, hat sie da nicht gesagt, ›Oh ja, genau da, dann steh ich zu meinem Wort, Darling‹? Das war einer ihrer Standardsprüche, ich selbst hab ihn oft genug gehört. Aber sie war eiskalt, eine Eiskönigin, emotional narkotisiert durch ein Kindheitstrauma. Hat sie dir auch diese Mit-zwölf-wurde-ich-vergewaltigt-Geschichte erzählt? Eine der wenigen Sachen, bei denen sie nicht gelogen hat, glaube ich.«

»Du irrst dich, was sie betrifft«, widersprach ich. Meine Trauer um Jillian ließ Trotz in mir aufkommen. Ich kannte Jillian, die wahre Jillian, nicht die Ehefrau des Bankers, nicht die sexuell Neugierige. Nicht das mörderische Stück Dreck. Ich kannte die Frau, die mich liebte.

Clara zog Trebeaux' Kopf zurück und sah ihm ins Gesicht. »Erzähl unserm Freund, was ihr beide Widerliches ausgebrütet habt.«

»Es war Jillys Idee«, wiederholte er. »Clive hatte ein

schwaches Herz. Er nahm Medikamente gegen Blut-
hochdruck und Nitro für die Herzkranzgefäße. Meine
Güte, die Sitzungen bei dieser Nutte, dieser Farnsworth,
damit ist er gesundheitlich ohnehin ein großes Risiko
eingegangen. Wir haben nur dafür gesorgt, dass das
Unvermeidliche schneller eintritt. Ich glaube kaum, dass
man das als Mord bezeichnen kann. Vor jeder Sitzung
hat er seine Medikamente eingenommen. Und so haben
wir – hat Jillian – eine Sildenafil, also Viagra, pulveri-
siert und in eine seiner Beta-Blocker-Kapseln gefüllt. In
Verbindung mit seinen Medikamenten gegen Angina
Pectoris hat das Viagra Clives Arterien so geweitet, dass
sein Blutdruck gen null fiel. Mein Gott, früher oder
später wäre es sowieso passiert! Wir haben lediglich den
jämmerlichen Mistkerl aus seinem Elend befreit!«

»Es ist allein meine Sache zu beurteilen, wer jämmer-
lich und wer aus seinem Elend zu befreien ist«, sagte
Solís. »Ich betrachte es als völlig inakzeptabel, wenn
einer *mi empleados* diese Entscheidung eigenverant-
wortlich trifft. Das führt dazu, dass Kontrolle ... *como se
dice* ... erodiert.«

»Es tut mir aufrichtig leid, Sir«, sagte Trebeaux hün-
disch. »Glauben Sie mir, ich habe dabei nur an die Bank
gedacht. Renseller hätte alles ruiniert. Ich habe es für Sie
getan, Sir, bitte glauben Sie mir das.«

Solís betrachtete seine Fingernägel. »Ihre durchsichti-
gen Lügen sind nur eine Beleidigung mehr«, sagte er
sanft. »Und Sie beleidigen sich selbst mit dieser ... *cobar-
dia*. Für Feigheit ist jetzt kein Platz, *señor* Trebeaux. Zu
sterben *como un hombre* ist die einzige Form der Rehabili-
tierung für Sie.«

Trebeaux stand auf. Er berührte seine Armschlinge, als

wollte er Solís gegenüber damit ausdrücken, dass er genug gelitten habe. Clara drückte ihn zurück auf den Stuhl. »Sterben?«, fragte Trebeaux. »Was meinen Sie damit? Meinen Sie das im philosophischen Sinne? Tod als letztes Adieu – damit man ihm mit Gelassenheit gegenübertritt? Ja, daran glaube ich auch. Ich hoffe, rechtzeitig hinreichend, äh, spirituell solvent zu sein. Ich habe Schulden abzutragen, das verstehe ich wohl, *señor,* doch ich verfüge über die dafür notwendigen Ressourcen ... meine Kontostände werden wieder ausgeglichen sein, das versichere ich Ihnen, meine Warentermingeschäfte kommen wieder in Schwung, mein Aktiendepot ... «

»*Ahora*«, sagte Solís zu Clara. Dann wandte er Trebeaux den Rücken zu und verließ den Raum.

Clara nahm Trebeaux' Kopf in die Beuge ihres muskulösen Arms und riss ihn ansatzlos herum. Das Knacken der Halswirbel, die den Test nicht bestanden, war nicht lauter als ein Fingerschnippen. Für einen kurzen Moment zappelte der Banker wild mit den Beinen, doch Clara hielt ihn in dem Griff, bis das Strampeln aufhörte, dann ließ sie ihn zu Boden sinken.

»Ich hätte ihn nicht davon abhalten sollen, vom neunundzwanzigsten Stock aus in die Tiefe zu tauchen«, sagte Clara.» Nebenbei bemerkt, ein grandioser Einfall von dir, Walkinghorse. Während er da oben hing, hat er sich voll geschissen. Kopfüber ist das gar nicht so einfach, aber er hat's gepackt.«

Sie tastete an Lennys Halsschlagader nach dem Puls. »Dieser Schaumschläger hat sich mir gegenüber gebrüstet, was er mit Renseller angestellt hat. Hat sich wohl eingebildet, so bei mir punkten zu können. Er war so versessen darauf, den Harten zu mimen. Nicht eine

Sekunde ist ihm in den Sinn gekommen, dass er dem *jefe*
ans Bein pinkeln könnte. Er hat wirklich geglaubt, das
würde ihm mehr Respekt einbringen. Stolz wie ein Pfau
ist er hier hereinspaziert, nachdem Fernando um das
Treffen gebeten hatte. Dabei sollte er nur eine Zwischen-
lösung sein, verstehst du, damit Fernie in aller Ruhe
nach einem neuen Supergringo Ausschau halten kann.
Aber Lenny hat sich eingebildet, die Beförderung wäre
von Dauer. Und was hat er erreicht? Er hat seine Lebens-
erwartung drastisch verkürzt. Nun, wir werden den Verlust verschmerzen können.«

Sie kam zu mir herüber und kniff mir sanft in die
Wange. »Wir sehen uns in der Hölle, Walkinghorse.«

Ich sah ihr in die Augen. Sie hatte es ernst gemeint.

DREIUNDVIERZIG

»Die Azteken«, erklärte Solís, »verabreichten ihren Men-
schenopfern *toloatzin,* damit sie ihrem Schicksal nicht ins
Auge blicken mussten. Es war ein Narkotikum, die Gabe
eine gütige Geste. Anders, als so oft angenommen,
waren sie gläubige Menschen und keineswegs grausam.
Dass ich Drogen transportiere, ist Ausdruck der Güte
gegenüber den Gringos. Es ist sehr schwer, ohne Drogen
in den Vereinigten Staaten zurechtzukommen. Der
Druck, erfolgreich sein, sich die Anerkennung anderer
sichern zu müssen, ist für einige ungeheuer groß und so
suchen sie ... *olvido,* das Vergessen. Meine Branche unter-
scheidet sich in ihrer Bedeutung kaum von der der Alko-
holproduzenten – *el narcótico mayor en el norte. Los yanquis
necesitan sus juiski.*«

»Whiskey gehört nicht zu meinen Lieblingsdrogen«,

erwiderte ich. »Aber gegen eine Margarita hätte ich jetzt nichts einzuwenden.«

Solís lachte so herzlich, dass sein Matadoren-Zopf anfing zu zittern. *El jefe* war in aufgeräumter Stimmung, zu Witzen aufgelegt. Der Ruf seiner Bank hatte anständig gelitten, was sich auch in wirtschaftlichen Verlusten niederschlagen würde, doch Solís war optimistisch, beinahe aufgekratzt. Schließlich meinte das Leben es gut mit ihm und die Verluste würde er mit seinem Brokering zehnmal wettmachen.

»Wussten Sie, dass die amerikanischen Tabakkonzerne ihre Produkte in Länder wie Kanada schmuggeln, um die hohen Steuern zu umgehen?«, sagte er. »Mit diesem illegalen Handeln verdienen sie Abermillionen.«

»Alle sind korrupt, wollen Sie das damit sagen?«

»Korruption ist die Regel, *señor* Walkinghorse. Oder haben Sie, ein Mann mit Erfahrung, das noch nicht verstanden?«

»Ich bin nicht korrupt.«

»Dann hat sich Ihnen bisher keine entsprechende Gelegenheit geboten. Und jetzt wird es nicht mehr dazu kommen. *Pero* verabschieden Sie sich von diesem Selbstbetrug, bevor Sie ins Grab steigen. Jeder Mensch ist käuflich.«

Wir saßen in seinem Lincoln und fuhren nach Süden, Richtung Samalayuca. Wenn Victor sich ausgetobt hatte, würde man mich auf dem Friedhof der *narcotraficantes* verscharren, wo niemand mich fände.

Die Wüste um Samalayuca dient den *maquilas* als Entsorgungsgebiet für ihre hochgiftigen Stoffe – in der Hauptsache radioaktiv verseuchtes Eisen und Kobalt.

Niemand würde in einem kontaminierten Landstrich

wie diesem nach Leichen buddeln.

Victor saß am Steuer, Solís auf dem Beifahrersitz und ich hinten im Wagen, Handgelenke und Knöchel mit Klebeband gefesselt. Die Leichen von Trebeaux und Forbes hatte man, verpackt in Säcken, in den geräumigen Kofferraum verfrachtet. Bei jedem Schlagloch rumpelte es hinter mir im Kofferraum. Clara war im Haus zurückgeblieben und kümmerte sich um Jillians Leiche.

Ich blendete Solís aus und schloss die Augen. Ich war wieder mit Jillian zusammen, auf dem verschwitzten Laken im Oasis.

Ich stehe zu meinem Wort, Liebling, sagte sie.

Zu welchem Wort?

Liebe. Die Vorstellung von Liebe. Ohne die ich nicht leben kann.

Du meinst Liebe wie in Love Conquers All?

Sei nicht albern, Liebling. Nicht jetzt. Es ist mir ernst damit.

Ich bin nicht albern, ich meine es wahrhaftig so ... wahrhaftig, so wie Wahrheit.

Es gibt mehr als eine Wahrheit, sagte sie.

Du hast deinen Ehemann ermordet.

Du warst dabei, hast geholfen. Du wäschst deine Hände auch nicht in Unschuld.

Selbst im Tod multiplizieren sich deine Lügen, Jillian.

Ich nahm beinahe ihren Duft wahr, ihren Geschmack auf meiner Zunge. Meine Haut erinnerte sich an ihre Haut, meine Augen sahen ihre Augen, die tiefen Wasser dahinter. In diesen Tiefen lag ihre Wahrheit, die einzige Wahrheit, die mich interessierte. Da wollte etwas heraus aus meiner Brust. Ich würgte es hinunter. Doch ein wenig davon entwischte – eine Mischung aus Knurren und

Wimmern. Es regnete unvermindert weiter. Victor hatte die Scheibenwischer auf volle Leistung gestellt, dennoch machten die Wassermassen die Sichtverhältnisse zum Ratespiel. Wir befanden uns in der Wüste südlich von Juárez und die Wüste wurde geflutet.

» ... Geldwäsche«, sagte Solís, »wird von respektablen Männern weltweit betrieben. Selbst Ihre politischen Parteien nehmen gewaschenes Geld von anonymen Spendern an – zu denen auch ich gehöre. Das Geld findet immer einen Weg.«

»Grünes Blut«, sagte ich und dachte dabei an Zack. War Zack korrupt? Oder arbeitete er nur für ein korruptes System? Kann ein unbestechlicher Mensch für ein korruptes System arbeiten, ohne infiziert zu werden? Wohl kaum.

»Grünes Blut«, wiederholte Solís. »*Sangre verde*. Und Cibola ist die Blutbank.« Er lachte wieder in sich hinein. Ein glücklicher Mann, der sich nicht die Fesseln abstrakter Moralvorstellungen anlegen ließ. Er sei religiös, hatte Jillian gesagt. Aber wann hatte Religion auch nur einmal das Gebaren ihrer eigenen Befürworter in seine Schranken verwiesen?

Die Gräben beiderseits des Highways liefen voll Wasser, die ausgetrocknete Wüste konnte nichts aufnehmen. Weiter hinten spiegelte sich der Himmel in Seen von kurzer Lebensdauer. Victor ging vom Gas, als die Straße plötzlich in einen braunen Bach mündete. Nur zögernd fuhr er weiter. Um die Radkappen bildeten sich Strudel. Dann beschleunigte er plötzlich und rauschte hindurch. Für einen kurzen Augenblick spürte ich, wie die große Limousine ins Schwimmen geriet.

»Können Sie nachvollziehen, wenn ich sage, dass der

Stierkampf ein Sinnbild des Lebens ist, *señor* Walking-horse?«, fragte Solís.

Ich fing an, sein Verhalten zu begreifen. Indem er so ganz nebenbei mit mir sprach, zeigte er Anerkennung für meine Fähigkeit, eine Trennlinie zwischen meiner Person und den äußeren Umständen zu ziehen. Er zollte meiner Gelassenheit Respekt – in seinen Augen war ich ein Mann, der zu sterben verstand *como un hombre,* ein Mann, der auf den Stufen zum Schafott mit seinem Henker freundlich Konversation machte. Er zollte mir zu viel Respekt.

Ich blieb ihm die Antwort schuldig in der Annahme, er werde mir ohnehin die sattsam bekannte Erklärung für das ritualisierte Schlachten liefern – der Stierkampf als Demonstration der Herrschaft des Menschen über die Natur; der Tanz von Leben und Tod mit dem Stier als auserwähltes Opfer. Doch ich sollte mich irren.

»Die *corrida* zelebriert den Sieg der Korruption über die Integrität«, erklärte er und es klang wie Blasphemie aus dem Munde eines alten Matadors. Er drehte sich zu mir um, wollte sich vergewissern, dass ich überrascht war und lächelte, weil ich es war.

»Der Matador ist korrupt«, fuhr er fort«, *pero* der Stier ist es nicht. Der Mensch erzielt seine Erfolge durch Täuschung und Mut. Der Stier kennt nur den Mut, er ist rein. Er spürt nichts als den Drang, seinen Peiniger zu töten. Doch seine Hörner können den Matador nicht finden. Denn der ist hinter der *muleta* mal hier, mal dort. Der Stier kommt gegen diese Täuschung nicht an. Er sieht niemals den Dolch, den das rote Tuch verhüllt. *¿Comprende?* Täuschung des eigenen Vorteils wegen – ist das keine Definition von Korruption? Ist dann die *corrida* nicht eine *alegoría* vom ehrgeizigen Menschen und seinem Umgang mit der Welt?«

»Dann ist es also in Ordnung, zu lügen, zu betrügen und zu stehlen?«

»Das hängt von der *integridad* ab ... der Integrität des Lügners, des Betrügers und des Diebes.« Das kleine Paradoxon brachte ihn zum Lachen.

Solís hatte genug geredet, lehnte sich in seinem Sitz zurück, um ein wenig zu dösen. Meine Gedanken wanderten wieder zu Jillian. Wenn sie wirklich geplant hatte, Clive umzubringen, dann hatte sie es Trebeaux zuliebe getan. Demnach hatte sie Trebeaux geliebt, nicht mich. Das wollte ich nicht wahrhaben, meine Eitelkeit ließ es nicht zu. Doch es musste sich nicht unbedingt um Liebe gehandelt haben. Als Partner hätten Trebeaux und sie reich werden können. Es war die Sicherheit, die Wohlstand bietet, die sie so geliebt hatte. Dennoch hatte sie eingewilligt, mit mir fortzugehen. Sicherlich war zu diesem Zeitpunkt Trebeaux' Stern bereits im Sinken begriffen gewesen. Ohne Zweifel hatte Solis ihm schon früher klar gemacht, dass er Renseller, was die Bank betraf, nicht beerben konnte. Noch bevor er sich Clara gegenüber mit dem Mord an Clive gebrüstet hatte. Er sah einfach nicht aus wie ein Supergringo. Er hatte kein Format. Er wirkte billig, die Käuflichkeit stand ihm ins Gesicht geschrieben. Deshalb hatte sich Jillian für das Nächstbeste entschieden – für die Abfindung und für mich.

Warum für mich? Weil sie mich geliebt hatte. Verdammt noch mal, sie hatte mich geliebt. Genau das hatte sie getan.

Ich kann ohne dich nicht leben, sagte sie. Irgendwann werde ich einsam an der Bar sitzen, nicht mehr jung, aber auch noch nicht alt, ich werde alten Liebeslieder lauschen und jedes Mal wird ein Funke Hoffnung in mir aufglimmen, wenn ein Versicherungsvertreter in schlechtem Anzug vorbeikommt und mich anspricht. Ich bin eine der letzten Romantikerinnen, Uri.

Love conquers all, sagte ich.

Sei nicht so albern, Liebling. Ich möchte einfach, dass du weißt, wer ich bin.

Ich wusste nicht, wer sie gewesen war, und würde es nie mehr erfahren.

VIERUNDVIERZIG

Blitze durchzogen den blauschwarzen Himmel wie Adern. Es war später Nachmittag, doch nirgendwo ein Anzeichen von Tageslicht. Victor war als Fahrer nicht zu beneiden. Er fuhr bereits mit Licht, doch die Scheinwerfer illuminierten lediglich die Striche des Regens. Er beugte sich über das Lenkrad, als garantiere die Nähe zur Windschutzscheibe eine bessere Sicht.

»Ich werde in Samalayuca übernachten«, meinte Solís. »Eigentlich wollte ich weiter, nach Mexico City, aber bei diesem Wetter wäre das unklug.«

Für mich der rettende Strohhalm, nach dem ich griff. Solís unterhielt sich gern mit mir. Vielleicht ließen wir uns in Samalayuca voll laufen. Vielleicht entschied er sich dagegen, mich mit Victor dort zurückzulassen, Victors Bedürfnis nach Rache hin oder her.

»Wenn Sie würdig sterben, werde ich dafür sorgen, dass ein Priester ihr Grab segnet«, sagte er und setzte den Schlusspunkt hinter meine Wunschträume.

Victor wandte den Blick lange genug von der Straße, um mich im Rückspiegel anzusehen. Sein Lächeln verriet mir, dass ich keinerlei Chance auf einen würdevollen Abgang hatte. Ganz offensichtlich wollte er mir etwas sagen, doch die Gegenwart seines *jefe* hinderte ihn daran. Er lief an der kurzen Leine, wie alle, die für Solís arbeiteten. Solís' Manieren waren stets tadellos und dasselbe erwartete er von seinen Leuten. Clara Howlers Leine schien etwas länger zu sein als die der anderen. Und Jillian hatte sich als frei umherfliegendes Geschoss entpuppt.

»Sterben ist keine Strafe«, sagte Solís, als könne er meine Gedanken lesen. »Das Leben ist Strafe. Tod ist die Erlösung.«

»Für Sie ist das Leben nicht wirklich eine Strafe«, bemerkte ich.

Er zuckte die Achseln. Das schicksalergebene Achselzucken der Mexikaner. »*Sí.* Das ist wahr. Aber ich habe schwierige Zeiten durchlitten und, *quíen sabre*, muss es vielleicht wieder.«

Ich sagte: »Sie haben Leid verursacht«, und dachte dabei an Maggie, nicht an Moses.

»Bitte, Mr. Walkinghorse, predigen Sie keine Moral. Das passt nicht zu Ihnen.« Er drehte sich zu mir um und sah mir direkt ins Gesicht.

»Die Gringos haben uns viel von unserem Land weggenommen. Meinen Sie, dass hätte kein Leid verursacht? *Tejás, Nuevo Méjico, Arizona, California* wurden uns von Ihrer Regierung gestohlen. Und nun versorgt Mexiko *los locos* in den besetzten Territorien mit *la cocaina* und *la heroina*. Sie sind ein Volk mit einem Appetit, der nicht zu stillen ist. Sie nehmen dem Rest der Welt einfach alles. Es ist allein dieser Appetit, der Leid verursacht, nicht unsere Bereitschaft, ihn zu stillen.«

Dieser Mann würde mich töten. Im Grunde hätte mein Denken nur darum kreisen müssen, aber es war noch etwas anderes mit im Spiel. »Wenn es Ihnen das Leben erleichtert, *señor*, machen Sie so weiter und glauben Sie, was Sie glauben müssen. Um ihr Leben rechtfertigen zu können, glauben Leute das, was sie glauben müssen.«

»Es gibt keine Notwendigkeit, mich zu rechtfertigen«, erwiderte Solís. »Das Drogenproblem ist Ihr Problem, nicht meins. Mein einziges Problem ist die ... *logísticsas* ... der Transport der Produkte und die Umverteilung – das Waschen des Profits, wie die Gringos sagen. Das Produkt ist ein Produkt wie jedes andere auch und in den meisten Fällen nicht zerstörerischer. *Por ejemplo*, die vulgären, dummen Filme, die die Gringos weltweit exportieren, verderben Geschmack und Benehmen dort, wo sie gezeigt werden. Vermutlich sind diese Filme die gefährlichste Droge überhaupt. Und wenn wir hier moralische Fragen erörtern, dann sollten Sie auch über Folgendes nachdenken: Die Gringo-Kapitalisten bedienen sich billiger Arbeitskräfte in Mexiko, Guatemala, Bangladesch, China – ich nenne nur einige arme Länder –, um eure Hi-Fi-Anlagen, eure Fernseher und eure Kleidung zu produzieren. Ohne diese *barata* Arbeitskräfte würde sich die Inflationsrate im zweistelligen Bereich bewegen und eure Wirtschaftspolitik scheitern. Euer Wohlstand basiert auf Sklavenarbeit. Nun ja, aber hat Ihre Nation nicht genau so angefangen? War das nicht die Grundlage des ganz frühen Wohlstandes? Einerseits stellen Sie moralische Betrachtungen über die Freiheit an, andererseits versklaven Sie andere. Also bitte, Mr. Walkinghorse, maßen

Sie sich nicht an, mir Belehrungen in Sachen Moral zu erteilen.«

Victor hielt an. »*Boss, schauen Sie mal raus!*«, sagte er auf Spanisch. »*Die Straße ist verschwunden. Sie hat sich in einen Fluss verwandelt.*« Er stieg aus dem Wagen und verschwand in der Dunkelheit. Als er zurückkam, wirkte er verstört.

Jetzt stieg Solís aus und inspizierte gemeinsam mit Victor die Überschwemmung. Ich nutzte die Gelegenheit und setzte meine Zähne ein, um das Klebeband an meinen Handgelenken einzureißen. Als sie zum Auto zurückkehrten, hatte ich ein paar Lagen durchgenagt.

Die rechte Spur der Straße stand etwa dreißig Zentimeter unter Wasser, die linke Fahrbahnhälfte war komplett fortgespült worden. Dort, wo sich die durchgezogene Linie befinden sollte, stürzte weißes Wasser in einen Abgrund. Es sah aus wie eine Miniaturausgabe der Niagarafälle. An dieser Stelle kreuzte die Straße ein ausgetrocknetes Flussbett, nichts Außergewöhnliches für Wüstenstraßen, nur war hier der Fluss mit aller Macht zurückgekehrt. Links der Mittellinie hatte das Wasser eine Tiefe von ungefähr eineinhalb Metern, noch weiter links floss es mit der langsamen, gelassenen Strömung eines richtigen Flusses dahin. Solís dachte angestrengt nach.

»*Hol die Taschenlampe*«, wies er Victor an. Er sprach *castellano,* die kastilische Sprache, allerdings ohne das typische Lispeln. »*Ich werde den Wagen durch das flache Wasser steuern. Du weist mir den Weg mit der Taschenlampe. Stell dich etwa dorthin, wo die Straße weggespült wurde, ich orientiere mich daran und fahre rechts vorbei.*«

»*Sie müssen aber sehr zügig durchfahren, Boss*«, sagte Victor. »*Und vorsichtig lenken. Das, was von der Straße übrig ist,*

ist so breit wie der Wagen, vielleicht 'nen halben Meter breiter, und die Strömung hier auf der rechten Seite wird den Wagen nach links drücken, da müssen Sie ordentlich gegensteuern.«

»Ich weiß, wie man ein Auto fährt«, erwiderte Solís auf Englisch.

Victor war mit einem Male die Verlegenheit in Person. »*Seguro*«, sagte er, »das weiß ich doch, *jefe.*«

Solís glitt hinter das Steuer und Victor machte sich auf in die tosende Flut. Das Wasser reichte ihm nicht einmal bis zu den Knien und trotzdem hatte er Mühe, das Gleichgewicht zu halten. Er gab seinem Boss ein Zeichen mit der Taschenlampe.

Solís setzte den Wagen etwa hundert Meter zurück, drehte sich um zu mir und lächelte. Es war das Lächeln eines Matadors, das sorglose Lächeln eines Mannes, der regelmäßig sein Leben aufs Spiel setzte und Spaß daran hatte.

Er ließ den Motor aufheulen und schob den Automatikhebel in den Vorwärtsgang. Zuerst schlingerte der Wagen auf dem nassen Untergrund, dann fuhr er abrupt los.

Nach Samalayuca waren es nur noch ein paar Meilen. Das hier war meine einzige Chance. Entweder jetzt sterben oder später durch Victors Hand. Das Jetzt, als Solís im Begriff stand, einen der seltenen Fehler in seinem Leben zu begehen, schien mir die bessere Alternative zu sein.

Ich saß direkt hinter ihm. Vermutlich dachte er, ich hätte mich – besänftigt durch unseren philosophischen Diskurs – inzwischen damit abgefunden, zu sterben *como un hombre.* Doch weit gefehlt. Ich hob die zusammengebundenen Arme, warf mich nach vorn, gegen den Sitz, und legte sie ihm wie eine Schlinge um den Hals. Ein kurzer, scharfer Ruck und Solís ließ das Lenkrad los. Er versuchte sich zu befreien, krallte sich in meine Hände. Um mehr Druck ausüben zu können, stemmte er sich mit den Füßen gegen das Bodenblech. Dabei setzte er einen Fuß auf das Gaspedal. Der mächtige V8-Motor röhrte los.

Als wir auf das Wasser zufuhren, hatte der Wagen ungefähr achtzig Sachen drauf, doch niemand lenkte ihn. Ich sah noch einen verzweifelt mit der Taschenlampe winkenden Victor, danach lag er auf der Motorhaube, das Gesicht gegen die gesprungene Windschutzscheibe gepresst, die Augen angesichts des eigenen Todes weit aufgerissen, dann war er verschwunden. Unsere Fahrt endete im Tiefen, dort, wo die Straße weggespült worden war, in einem Winkel, der den Wagen zwang, sich auf die Seite zu legen. Irgendwie kam ich von Solís frei und versuchte, mein Seitenfenster zu öffnen. Doch der Motor war abgesoffen und die Elektronik für die Fensterheber außer Funktion.

Es war stockfinster. Das Auto drehte sich träge im Strom, schabte über den Grund des neu entstandenen Flusses und allmählich füllte sich der Innenraum mit Wasser. Noch lag ich mit dem Rücken an die Tür gepresst, doch dann kippte der Wagen ein zweites Mal zur Seite und ich fand mich auf der Decke des Innenraumes wieder, unter Wasser.

Hustend kam ich an die Oberfläche. Es waren vielleicht noch dreißig Zentimeter freier Raum vorhanden, Tendenz stark fallend. Ich atmete mehrere Male tief ein, tauchte unter und legte mich auf den Rücken.

»Sei explosiv, Mann«, hatte Ray Fuentes mal zu mir gesagt. Er hatte mich unterstützen wollen, als ich mir vorgenommen hatte, aus der Kniebeuge zweihundertsiebzig zu stemmen. »Beweg dich, als ob du die beschissene Hantel durchs Dach katapultieren willst.« Diesen Ratschlag im Ohr, rammte ich mit aller Kraft meine Füße gegen das Seitenfenster.

Es reichte nicht, um das Fenster genügend zu beschädigen. Also musste ich ein weiteres Mal hoch, um Luft zu holen – jetzt erwarteten mich noch um die zehn Zentimeter freier Raum. Wieder atmete ich mehrere Male tief ein und aus, dann machte ich mich an die Arbeit. Zwei weitere Tritte und das Fenster war vollständig zertrümmert.

Ich tauchte ein letztes Mal zum Atmen auf, doch der Innenraum war vollständig geflutet. In Bauchlage schlängelte ich mich durch das Fenster, die Zähne zusammengebissen, um dem selbstmörderischen Verlangen meiner Lungen zu trotzen. Schließlich ertasteten meine Füße den matschigen Boden des Flussbettes und ich konnte auftauchen in die Dunkelheit.

Mit dem Gesicht nach oben ließ ich mich in seichtes Wasser treiben. Als sich meine Absätze in den Schlamm bohrten, lag ich wie ein gestrandeter Wal auf einem sumpfigen Feld. Es kostete mich ungefähr eine Stunde, das Klebeband an meinen Handgelenken durchzubeißen, aber lediglich eine Minute, meine Knöchel zu befreien.

Keine Spur von Victor. Solís war im Wagen, davon war ich felsenfest überzeugt. Wahrscheinlich hatte ich ihm die Luftröhre zerquetscht, bevor er überhaupt die Chance gehabt hatte, zu ertrinken. Es gab keinen Hinweis auf den Lincoln, ich sah nur den Fluss, die Wüste und den Regen.

Ich gönnte mir ein paar Minuten Pause, bevor ich mich auf den Weg Richtung Norden machte.

FÜNFUNDVIERZIG

»Noch Kaffee?« Güero stand in Bademantel und Pyjama
vor mir. Es war mitten in der Nacht.

Ich nickte und er goss nach. Xochi, seine Frau, machte
mir in der Mikrowelle eine Chicken *mole* mit schwarzen
Bohnen und Maistortillas warm – Reste ihres Abend-
essens. Xochi, eine Kurzform von Xochimilco, ist Indianerin und stammt aus Chiapas. Ich hatte sie noch nie
getroffen. Eigentlich wusste ich gar nicht, dass Güero
verheiratet war. Xochi spricht kein Englisch und auch ihr
Spanisch ist nicht sonderlich gut. Sie spricht einen
Dialekt des Nahuatl, einer weit verbreiteten indianischen
Sprache. Sie ist dunkel und sehr hübsch. Ihre Haut hat
die Farbe von Kaffee mit einem Schuss Sahne, ihre
wohlgeformte Nase – die Nase der Maya – ist markant.
Xochi beobachtete mich mit unverhohlenem Interesse,
versuchte nicht nur mich einzuschätzen, sondern auch
mein Verhältnis zu Güero. Sie ist eine kompromisslose
Raucherin. Während Güero und ich uns unterhielten,
fischte sie sich eine Faro ohne Filter aus einem Päckchen
auf dem Tisch. Der blasse, rothaarige Güero ließ keinen
Zweifel aufkommen, wie stolz er auf seine Frau ist.

Anfangs hatte ich mich zu Fuß auf den Weg nach Juárez
gemacht, immer den vom Regen leer gefegten Highway
entlang. Später per Anhalter, mit einem Melonenfarmer,
der in der Stadt einen draufmachen wollte. Er fuhr einen
alten Studebacker-Pick-up, der neben einer viertel Million
Meilen den Rost von Jahrzehnten auf dem Buckel hatte
und dessen Topspeed bei siebzig lag. Zu allem Überfluss
funktionierte nur noch ein Scheibenwischer – der auf der

Beifahrerseite. Der Pick-up hatte ein Radio, das auf einen *norteña*Sender eingestellt war. Die tiefen Töne eines *guitarón* erschütterten den alten Lautsprecher, die höchsten des Akkordeons hingegen wurden verschlissen und reduzierten sich auf ein Kreischen. Ab und an forderte der Melonenfarmer, der ein rundum zufriedener Mann zu sein schien, die stürmische Nacht mit einem schrillen *ai-ai-yuh!* heraus.

Der Regen hatte etwas nachgelassen, dafür war die Temperatur gefallen. Ich war klitschnass, völlig verdreckt und zitterte. Dankenswerterweise wollte der Melonenfarmer nicht wissen, was mir widerfahren war. Derzeit reichte meine Phantasie nämlich nicht aus, um mir zu einer glaubhaften Story zu verhelfen.

Ich hatte Güeros Adresse noch im Kopf, wollte aber nicht, dass mich der Farmer dorthin fuhr. Später könnten neugierige Dritte auf die Idee verfallen, ihn zu fragen, wo er den großen Gringo abgesetzt hatte. Es gab keinen Grund, Güero in meinen Schlamassel hineinzuziehen.

Während einer längeren Rotphase sprang ich aus dem Pick-up und zeigte auf ein Restaurant an der Ecke. *»Me estoy muriendo de hambre.«* Es klang plausibel, ein hungriger Mensch, der rasch etwas essen wollte. Der Farmer kratzte sich am Kopf, zwinkerte mir zu und meinte, selbst wenn ich umfiele vor Hunger, in diesem Aufzug würde man mich nicht reinlassen. Ich sagte ihm, er solle sich keine Sorgen machen, ich ginge durch den Hintereingang. Einer meiner Freunde sei Kellner in dem Restaurant. Eine Lüge auf Spanisch kam glatter über die Lippen als eine auf Englisch. Vielleicht klang auch der spanische Tonfall nur aufrichtiger. Mein Freund könne mir ein Jackett leihen, fügte ich hinzu. Der Melonenfarmer quittierte das

mit einem Achselzucken. Ich hielt ihm einen nassen Zehn-
dollarschein hin, den er entrüstet ablehnte. »*No pedí su
dinero*«, sagte er und schüttelte störrisch den Kopf. Ich erklärte ihm, dass es beschämend für mich sei, wenn er das
Geld als Zeichen meiner Dankbarkeit ablehne. Wider-
strebend nahm er den Zehner, wir gaben uns die Hand
und beendeten so unser kleines, aber notwendiges Ritual.
Dann kurbelte er sein Fenster ganz herunter und lehnte
sich hinaus. Es hatte aufgehört zu regnen. Er deutete auf
den Himmel und ich blickte in die sternenklare Nacht.
»*Ya todo está limpio*«, sagte er. Der Regen habe alles ge-
reinigt. »*Sí*«, entgegnete ich. Zumindest bis zum nächsten Sandsturm.

Eingehüllt in eine schwarze Abgaswolke fuhr der
Farmer davon, die leiser werdenden Klänge der *norteña*-
Polka im Schlepptau.

Erst als er nicht mehr zu sehen war, machte ich mich
auf den Weg. Ich wusste, es waren nur wenige Meilen bis
zu Güeros Straße. Als ich dort eintraf, war Mitternacht
bereits vorbei. Sein Haus war nicht groß, aber es lag in
ricones de San Marcos, einem der netteren Wohnviertel von
Juárez. Es war ein Haus im Bungalow-Stil, umgeben von
einem Maschendrahtzaun. Ich holte Güero und Xochi aus
dem Bett, indem ich am verschlossenen Tor rüttelte und
minutenlang Güeros Namen rief, begleitet vom vielstim-
migen Chor der Hunde aus der Nachbarschaft. Güero
kam mit einer .44er in der Hand heraus. »Mein Gott«,
sagte er. »Mitten in der Nacht an verschlossenen Toren zu
rütteln reicht aus, um sich eine Kugel im Schädel einzu-
fangen.«

Ich hatte die Strecke zwischen der Unfallstelle und Juárez in bemerkenswerter guter Zeit bewältigt. In kürzester Zeit sollte zwischen mir und diesem Ort so viel geographischer Abstand wie möglich herrschen. Mit dem Tod eines wichtigen *traficante* und Geldwäschers in Verbindung gebracht zu werden, hieße für mich, das Interesse der falschen Leute an meiner Person zu wecken. Das wäre schädlich für meinen Seelenfrieden. Und mein Seelenfrieden stand ganz oben auf der Liste meiner Prioritäten. Sollten die Leichen von Solís und Victor auftauchen, würde man mit etwas Glück die Sache als Unfall einstufen: Sie waren bei dem Versuch, reißendes Wasser zu überqueren, ums Leben gekommen. Für die beiden toten Gringos im Kofferraum des Lincolns müssten sich die *judiciales* eine bessere Erklärung einfallen lassen. Und das würden sie mit Sicherheit. Andererseits dürfte der Tod eines Drogenbarons wohl kaum von allen als unbeabsichtigt angesehen werden. Auf beiden Seiten des Gesetzes gab es Leute, die ihre Nase in diese Angelegenheit stecken würden.

Nachdem ich gegessen hatte, stellte Güero eine Flasche *Viuda de Sanchez* auf den Tisch. Xochi zerteilte eine Limone und wir kippten ein paar Kurze der guten, alten *agave azul*. Xochi holte zwei Salzstreuer. Ich lehnte freundlich ab, obwohl es schwer war, dieser reizenden Frau etwas abzuschlagen.

Güero wollte, dass ich ihm alles erzählte. Ich sähe aus, als habe man mich durch einen Abwasserkanal gezogen, meinte er. Zu seiner eigenen Sicherheit tischte ich ihm eine Geschichte auf: Ich sei auf einer Party gewesen. Ich und ein paar andere seien schließlich in Juárez gelandet. Ich hätte die Gruppe verloren und mich verlaufen. Zu viel

Marihuana. Zudem – hier zitierte ich einen Bekannten – könnten einen die Gassen von Juárez ähnlich verwirren wie die von Madras. Dann hätte ich mich plötzlich in Boy's Town wiedergefunden, dem Rotlichtbezirk, und sei von einem Zuhälter aufgemischt worden. Als Krönung sei ich dann auch noch in den Rio gefallen. Wie ich es aus dem Labyrinth der Innenstadt zum Flussufer geschafft hatte, überließ ich Güeros Phantasie.

»Ich habe verdammt viel Glück gehabt, dass ich nicht abgesoffen bin«, schloss ich meinen Bericht ab.

Güero glaubte mir kein Wort. »Du stehst doch überhaupt nicht auf Partys«, sagte er. »Und auf Marihuana schon gar nicht. Schon vergessen?«

Xochi flüsterte ihm etwas ins Ohr. »Sie hat gesagt, du lügst. Sie kann nämlich Lügen aus der Luft greifen wie ein Vogel ein Insekt.«

»Ich denke, sie versteht kein Englisch«, sagte ich.

»Tut sie auch nicht. Es sind nicht die Worte, es ist deine Mimik, die dich verrät, der Ausdruck in deinen *yanqui*-Augen.«

»Okay. Es gab keine Party. Aber ich kann dir kein Sterbenswörtchen erzählen – zu deiner eigenen Sicherheit. Wirf in den nächsten Tagen einfach einen Blick in den *El Diario*. Die Tageszeitungen werden wegen eines gewissen Vorfalls mächtig am Rad drehen. Dann brauchst du nur noch etwas Phantasie und Kombinationsgabe. Mehr kann ich dir dazu nicht sagen.«

Er sah Xochi an, die sich eine neue Faro anzündete, sagte etwas in Nahuatl zu ihr. Sie antwortete auf Spanisch, einem Spanisch, das ich noch nie gehört hatte, geschweige denn dechiffrieren konnte.

»Sie meint, dein Gesicht spricht diesmal die Wahrheit.«

Ich füllte mein Glas nach und erhob es ihr zu Ehren. Zu Güero gewandt, sagte ich: »Du bist entweder der glücklichste Mensch auf Erden oder vom Aussterben bedroht.«

Xochi sagte etwas. Güero antwortete in Nahuatl.

»Sie sagt, dein Gesicht spricht wieder die Wahrheit«, übersetzte er.

Ich sah sie an. Mein Erstaunen musste mir ins Gesicht geschrieben stehen, denn erst lächelte sie, ein wunderschönes, offenes Lächeln, dann lachte sie los. Dieses Lachen war so ansteckend, dass erst Güero einfiel und schließlich auch ich.

Jetzt war der Bann gebrochen, die Anspannung weg, und nichts mehr konnte uns aufhalten. Güero und ich besoffen uns nach allen Regeln der Kunst, während Xochi Limonen schnitt, Faros rauchte und zuweilen kleine Kommentare in gebrochenem Spanisch abgab. Im Laufe der Nacht gönnte auch sie sich ein Gläschen, ein Gläschen Johnny Walker Red Label.

Irgendwann war ich so dicht, dass die Kette, die mein Herz einschnürte, sich lockerte und gesprengt wurde. Etwas öffnete sich in mir und setzte eine Flutwelle frei. Mitten in einer amüsanten Geschichte über das Leben im DMZ, die Güero zum Besten gab, fing ich an zu weinen und konnte nicht mehr aufhören. Dieser Verräter von einem Gefühlsausbruch zerrte an meinem Gesicht. Ich bemühte mich, es zu kontrollieren, indem ich grinste, als sei ich nicht mehr ganz bei Trost. Doch mir war klar, dass mein Benehmen dadurch nur noch grotesker wirken musste.

Dann gab ich dem nach, rutschte vom Stuhl, lag zusammengekrümmt vor Trauer auf dem Boden und gab schreckliche Laute von mir. Jillians Name kämpfte sich aus meinem Innern frei, doch ich war sicher, dass ihn keiner verstanden hatte.

Xochimilco kniete sich neben mich und berührte mein feuchtes Gesicht. Ihre stark nach Tabak duftende Hand war angenehm kühl. Sie nippte an ihrem Scotch und sagte etwas auf Nahuatl, das wie *Liebeskummer* klang.

SECHSUNDVIERZIG

Eine Woche später begannen die Gebietsstreitigkeiten. Man hatte Solís gefunden und seinen Tod offiziell der unterspülten Straße zugeschrieben. Weder Forbes noch Trebeaux noch die Plastiksäcke, in denen sie lagen, fanden Erwähnung, genauso wenig Victor oder die kriminellen Machenschaften. Der Machenschaften gab es hingegen genug, als rivalisierende Banden um die Kontrolle der *plaza* kämpften, des ehemaligen Territoriums des Exmatadors. Männer mit Maschinenpistolen verspritzten ihre Munition in einer Bar in Juárez und töteten sechs Menschen. Mehrere Angehörige angesehener Berufe – Anwälte, Ärzte, Führungskräfte – wurden enthauptet. Vor keiner Gesellschaftsschicht hatte die Korruption Halt gemacht, an die Solís so zuversichtlich geglaubt hatte.

Selbst Touristen waren ins Kreuzfeuer geraten. Die Leichen der amerikanischen Opfer wurden zusammen mit Kondolenzschreiben beider Regierungen nach Wisconsin oder New Jersey oder Missouri zurückgeschickt. Doch die Gebietsstreitigkeiten waren keine Sache für die Ewigkeit. Irgendwann würde eine Bande durch Verluste und Zermürben der anderen obsiegen und ein neuer Drogenkönig gekrönt. Das Leben an der Grenze verliefe wieder in normalen Bahnen, genau wie der Drogenhandel, der unter zeitweiliger Verknappung zu leiden hatte. Ich hielt mich in puncto Drogenkrieg durch die Lektüre von Tageszeitungen auf dem Laufenden, die beiderseits des Rio Grande erschienen. Nach wenigen Wochen wurden die gewaltsamen Auseinandersetzungen seltener und das Interesse der Presse ebbte ab.

Jillians Leichnam wurde vom Gärtner der Rensellers anlässlich seines wöchentlichen Rundgangs entdeckt. Er fand sie im Forellenbecken. Tod durch Ertrinken. Eine Zeitung mutmaßte, dass sie nach dem Tod ihres Mann keinen Lebenswillen mehr gehabt und Selbstmord begangen habe. Da weder ein Abschiedsbrief noch andere Anhaltspunkte vorlagen, die auf Selbstmord hindeuteten, befand das Büro des Coroners auf Unfalltod und schloss die Akte. Niemand machte sich die Mühe zu hinterfragen, weshalb sie nackt im Forellenbecken ihres verstorbenen Mannes schwamm.

Man hatte meinen Wagen zurück auf den Parkplatz des Baron Arms gebracht. Clara Howler, die sicher von meiner Exekution ausgegangen war, wollte jede Verbindung zwischen mir und den Rensellers kappen, da jeglicher Hinweis darauf eine neue Untersuchung hätte nach sich ziehen können. Clara wurde in der gesamten Berichterstattung mit keinem Wort erwähnt. Ich konnte mir gut vorstellen, wie sie ihren Lebenslauf unter den Kandidaten für den Posten des *jefe* verteilte. Einen Lebenslauf, der selbst dem zynischsten Herzen Kammerflimmern bescheren könnte.

Bei Cibola Savings and Loan lief der Geschäftsbetrieb die ganze Zeit weiter, als gäbe es keinerlei Verquickungen mit all den Vorkommnissen. Ein ehemaliges Mitglied des Stadtrats übernahm den Vorsitz der Bank. Wer hinter dieser Entscheidung stand, wurde nicht publik. Nach alldem, was ich inzwischen gelernt hatte, hätte es mich nicht überrascht, wenn es der Bürgermeister, der Gouverneur oder der Präsident der Vereinigten Staaten höchstpersönlich gewesen wäre. »Korruption ist die Regel«, hatte Solís, mein Lehrer, gesagt, aber ich gelobte mir, mich von nun an auf die Ausnahmen zu konzentrieren.

Die Szenen häuslichen Glücks hatten meinen kleinen Zusammenbruch in Güeros Küche provoziert. Xochi und ihn zusammen zu sehen hatte mir die Augen geöffnet. Sie hatten etwas, was mir versagt bleiben würde. Vielleicht hätten Jillian und ich die Chance gehabt, aber diese vage Chance war nun dahin.

Meine Träume wurden zu Albträumen: Jillian in meinen Armen, leblos und kalt. Ich trug sie aus dem reißenden Strom der Unterspülung. In diesem Traum war ich schuld an ihrem Tod. Mein eigener Schrei ließ mich hochfahren. *Nein! Ich war es nicht!*, doch die Unterströmung meines Traums ertränkte meine Unschuldsbekundung.

Mit der Zeit verloren die Träume an Intensität und verwässerten. Manchmal hielt ich sie in meinen Armen und sie war am Leben. Wir waren im Pool eines Motels und liebten uns. In der Regel erwachte ich aus diesen Träumen, weil ich das leere Bett neben mir nach ihr abtastete. Das waren die grausamsten Träume.

Nach ungefähr einem Monat hörte ich auf, von ihr zu träumen, was nicht hieß, dass ich nicht an sie dachte. Nur gestand ich mir endlich ein, dass dieses Glück, das

Güero und Xochi miteinander teilten, niemals an uns haften geblieben wäre. Wir beide waren aus einem anderen Holz geschnitzt. Wir beide wollten mehr, wenn auch keiner von uns jemals zu sagen vermocht hätte, was darunter zu verstehen sei.

Der Trauergottesdienst für Sam wurde in Jesajas Kirche abgehalten, einer schwarzen Baptistenkirche. Maggie, der eine oder andere Freund aus Armeetagen und ich waren die einzigen weißen Gesichter in der kleinen Trauergemeinde. Der Pfarrer hatte Sam nie kennen gelernt, doch seine Grabrede geriet zur Eloge an einen Kriegshelden, der eine bunte Familie gegründet und seine Kinder zu respektablen Bürgern erzogen hatte. Bis auf Moses, den er überhaupt nicht erwähnte, wurde jeder von uns mit begeisterten Worten gewürdigt: Zacharias, der Firmenanwalt und Kosmopolit, Zipporah, die Schuldirektorin, Jesaja, der hart arbeitende Familienvater, und ich, der Manager eines Apartmentkomplexes und ehemalige Athlet und Wettkampfchampion. Er bezeichnete mich nicht als Bodybuilder, weil die Erwähnung dieses narzisstischen Körperkults vermutlich in der Kirche nicht gut ankäme.

Moses war immer noch in La Xanadu. Um ihm dort einen weiteren Monat zu ermöglichen, hatte ich meine ganzen Reserven einsetzen müssen und war jetzt pleite. Jesaja meinte, er könne mich bei UPS als Aushilfsfahrer unterbringen. Ich versprach, darüber nachzudenken. Ich dachte auch über Güeros Angebot nach, der mich gern hinter der Bar des La Paloma sähe, seines neuen Ladens in Juárez. Ich müsste mein Spanisch ein wenig aufmöbeln, doch die Bezahlung war ordentlich, das Leben in

Mexiko billiger und vermutlich weniger deprimierend als der Kontakt mit den Elendsgestalten, die durch das Baron Arms geisterten.

Mein vernachlässigter Briefkasten quoll über, das meiste davon Ausschuss. Ich schaffte die Ladung in mein Apartment und warf sie auf den Tisch. Beim Sichten flog ein Großteil direkt in den Papierkorb. Zwischen der ganzen Werbung befand sich ein Brief von Gert. Er war ziemlich schwer, als enthielte er ein amtliches Dokument. Aber es war ein mehrseitiger Brief, abgefasst in der Handschrift eines Schulmädchens.

Ihr Stockcar-Rennfahrer Trey Stovekiss war tödlich verunglückt. »Sie waren zu viert in der Nordkurve«, schrieb sie, »und als Trey die Wand berührte und wieder herunterkam, stieg ihm ein Thunderbird aufs Dach, und dann ist ihnen ein blutiger Anfänger mit seinem Trans Am voll in die Breitseite gefahren. Treys Camaro wurde in alle Einzelteile zerlegt. Trey hatte keine Chance.«

Allein, schwanger und völlig blank, hockte Gert jetzt irgendwo in Georgia. Finanziell in der Klemme, konnte sie nicht mal mehr die Anwälte bezahlen, die mir hatten Dampf machen sollen. Sie wollte wieder nach Hause. »Ich kenne jetzt dein Problem«, schrieb sie, »und wahrscheinlich ist es das gleiche Problem, das ich habe. In Atlanta habe ich eine Therapeutin aufgesucht und die meint, dass Menschen wie du, verstehst du, Menschen, die viel über sich nachdenken, sich Gedanken über ihr Äußeres und so machen, und ich schätze, da gehöre ich auch dazu, diese Sache haben, die man Bindungsstörung nennt. Es fällt ihnen, ich meine, es fällt dir und wahrscheinlich auch mir schwer, sich auf andere einzulassen. Das fängt schon in der Kindheit an. Du wurdest von dem

Menschen im Stich gelassen, der dich zur Welt gebracht hat, von daher ist es kein Wunder, dass du so bist. Meine Kindheit verlief ganz okay, glaube ich, trotzdem hat die Therapeutin, Doktor Loftus, bei mir eine marginale Bindungsstörung diagnostiziert. Mildred. Sie möchte, dass ich sie Mildred nenne. Wenn man in der Lage ist, in Worte zu fassen, was mit einem nicht stimmt, sagt sie, ist das schon ein Riesenschritt. Ich habe mir gedacht, dass wir vielleicht wirklich nur vielleicht, die Dinge zwischen uns wieder geraderücken können. Was meinst du, Uri? Ich habe dich schlecht behandelt, aber ich habe dich nie vergessen. Liebst du mich denn noch ein kleines bisschen? Ich könnte verstehen, wenn du jetzt nein sagst, ich und schwanger, und dann auch noch mit Treys Kind, aber das Baby muss doch nun wirklich nicht die Fehler der Erwachsenen ausbaden, es hat doch ein Recht auf eine Familie, die es liebt, wo es wohlbehütet aufwächst. Mildred meint, dass Trey wahrscheinlich auch eine Bindungsstörung hatte. Das ist ein weit verbreitetes Problem. Es wäre doch eine Tragödie, wenn das Baby jetzt auch noch mit so einer Bindungsstörung aufwachsen würde. Ich weiß, das würde nicht einfach werden, aber meinst du nicht auch, dass Menschen manchmal über sich hinauswachsen sollten? In Erwartung eines Kindes, sieht die Welt ganz anders aus.«

Diesen Brief warf ich nicht weg.

Unter den Briefen waren einige mit Angeboten für Kreditkarten. Einer war von Cibola Savings and Loan. »Sehr geehrter Mr. Walkinghorse, sollten Sie noch nicht über eine Platinum Card der Cibola verfügen«, begann das Anschreiben, »möchten wir Ihnen dieses ungewöhnliche Angebot ... « Ich fing an zu lachen, doch lachen schien mir nicht angemessen. Ich ging hinaus auf den Flur und heulte wie ein verlassener Hund. Einige Mieter öffneten die Türen, um die Quelle des Lärms zu lokalisieren. Sie wussten, was die Glocke geschlagen hatte, und drängten auf keine Erklärung.

Die Luft war dank des Sturms noch immer wie reingewaschen. Sie roch nach Leben. Ich ging über die Straße, ins ehemalige DMZ, und bestellte eine Margarita. Die Eigentümerin des Piccadilly on the Rio, Mrs. Neue Geschäftspolitik, weilte noch in Belize, also feierte ich ihre Abwesenheit mit zwei laschen Drinks.

Ich bat den Barkeeper um Papier und Stift. Er suchte und kramte und gab mir schließlich eine herausgerissene Seite eines alten Quittungsblocks. Ich schrieb:

In Erwartung eines Kindes,
sieht die Welt ganz anders aus.

Endlich hatte ich verstanden, was eine Partizipialkonstruktion samt Stilblüte war, und gratulierte der Welt zu ihrer Schwangerschaft.

Den Satz wollte ich mitnehmen, wenn ich über den Rio ging, hinüber zu Güero, um bei ihm zu arbeiten. Ich wusste, Güero würde ihn zu schätzen wissen.

Zu den Übersetzern:

Frank Nowatzki wurde 1964 in Berlin geboren und absolvierte eine Ausbildung zum Verlagskaufmann. 1988 stieg er als Herausgeber und Übersetzer mit der Reihe Black Lizard ins Verlagsgeschäft ein, die später dann in Pulp Master überging. Er hält sich mit Boxen fit und lebt mit Frau und Kindern in Berlin.

Angelika Müller, geboren 1954 in Berlin, Magister in Germanistik und Politologie, zeichnet seit 1988 als Lektorin und Übersetzerin für die Reihe verantwortlich und lässt sich von Rammstein und Velvet Underground inspirieren.

Zum Verfasser des Nachworts:

Ekkehard Knörer, geboren 1971, promovierter Literaturwissenschaftler. Herausgeber des Filmmagazins Jump Cut (www.jump-cut.de) und der Krimi-Website Crime Corner (www.crime-corner.de). Lebt und arbeitet in Berlin und Konstanz.

Ein Nachwort von Ekkehard Knörer

Zu Rick DeMarinis

Der Autor Rick DeMarinis gehört zu den am besten gehüteten Geheimnissen der amerikanischen Gegenwartsliteratur. Die meisten Lexika verzeichnen seinen Namen nicht. In den Buchhandlungen wird man seine Bücher sowohl unter ›General Fiction‹ als auch unter Kriminalliteratur in der Regel vergeblich suchen. Bisher war ein einziges Buch ins Deutsche übersetzt, der Roman *The Year of the Zinc Penny*, es ist längst nur noch antiquarisch aufzutreiben. Seit 1975 hat der Autor, den vorliegenden eingeschlossen, sieben weitere Romane verfasst. Die Kritik hat ihn mit den Kultautoren Terry Southern oder Kurt Vonnegut verglichen, mit gutem Grund. Dem breiten Lesepublikum aber ist er noch immer kein Begriff.

Immerhin moderaten Ruhm, jedenfalls eine gewisse Anerkennung unter Kennern, genießt er als Autor von Kurzgeschichten. 1986 erhielt er für den Band *Under the Wheat* den nicht unbedeutenden Drue Heinz Preis. Zuletzt hat er gar ein Lehrbuch veröffentlicht, *The Art & Craft of the Short Story* (2000). Ein Lehrbuch, aus dem man nicht nur das Handwerk lernt, das einen, so man denn Talent hat, zum guten Kurzgeschichtenautor macht. Nebenbei oder, je nach Perspektive, auch hauptsächlich, lernt man auch viel über den Autor selbst, der da eine Art Autobiografie entlang seiner Schreibtechniken und Publikationsgeschichten verfasst hat. Er plaudert aus dem Nähkästchen und er vertritt die Meinung, dass das Schreiben von Romanen ein Kinderspiel ist. Die wahre Herausforderung sei die Kurzgeschichte. DeMarinis muss freilich konstatieren, dass es sich um eine Kunst handelt, für die die früher durchaus begierig danach verlangenden Zeitschriften nicht mehr viel Platz oder Geld haben.

Viele Jahre lang hat DeMarinis deshalb auf andere Weise seinen Lebensunterhalt verdient – nicht als Schriftsteller, sondern als Dozent an diversen, freilich wenig prestigeträchtigen amerikanischen Colleges. Ein Schicksal, das er mit seinem Freund James Crumley teilt oder auch mit einer ihm nicht unähnlichen, der Literatur durch sträfliches Desinteresse der Verlage inzwischen abhanden gekommenen Figur: Tom Kakonis, der ein paar der literarisch ambitioniertesten, stilistisch brillantesten Romane der amerikanischen Kriminalliteratur der 80er und 90er Jahre schrieb, dann aber nicht mehr genug Bücher verkaufte und ins Nirgendwo abtauchte.

DeMarinis aber hat immer weitergemacht und der Ignoranz von Publikum und Betrieb tapfer getrotzt. Zuletzt hat er in El Paso unterrichtet, der texanisch-mexikanischen Grenzstadt, für die diejenigen, die sie kennen, manches Adjektiv gefunden haben. Pittoresk ist nicht darunter, liebenswert auch nicht. DeMarinis hat sich inzwischen in den Ruhestand nach Missoula im schönen Bundesstaat Montana zurückgezogen, aber nicht ohne dem Universitätsmilieu noch eine bitterböse Satire hinterherzuschreiben, die bitterböse Campus Novel *A Clod of Wayward Marl* (2001). Und in *Kaputt in El Paso* findet sich eine Art verschobenes, vermutlich einen nie verwirklichten Wunsch des Autors verkörperndes Selbstporträt. Güero, der eine Kneipe besitzt und an deren Wänden Beispiele für Grammatikfehler ausstellt, hat seinen Job an der University of Texas verloren, weil er einem impertinenten Kollegen einen Fausthieb verpasste.

Fausthiebe, wenngleich der literarischen Art, sind auch die Kurzgeschichten und Romane von Rick DeMarinis. Man hat seine Texte als ›schwarze Komödien‹ bezeichnet. Komisch sind sie weiß Gott, dennoch muss man die Betonung auf *schwarz* legen. Die Lage ist so ernst, so könnte sein Credo lauten, dass ihr nur finsterster Spott beikommt. Angesichts einer solchen Weltanschauung ist der alles in allem doch durchschlagende Misserfolg des Schriftstellers vielleicht kein Zufall. Etwas anderes jedenfalls als die Sorte Pech, der der große James Crumley im kurzen Vorwort zum amerikanischen Original von *Kaputt in El Paso* ironisch die Schuld gibt: »Er hat fast so viel Pech gehabt wie ich. Verleger, die von gelangweilten Aliens entführt wurden, Agenten, die sich vor allem auf ungedeckte Schecks und Unterschlagung verstanden, Kritiker von der Intelligenz eines abgenutzten Pferdesattels.« Man muss in Wahrheit weder groß spekulieren noch an Verschwörungstheorien glauben, um festzustellen, dass einer wie DeMarinis im Establishment keine Chance hatte.

Zu ›Kaputt in El Paso‹

Man muss stattdessen einfach nur lesen, was er schreibt. Zum Beispiel eben das jüngste Werk *Kaputt in El Paso*, mit dem sich DeMarinis der Kriminalliteratur nicht nur – wie bisher immer mal wieder – nähert. Wie in allen großen Werken des Genres ist es hier der Gegenstand, der nach der Form verlangt. (Nebenbei gesagt: Eben deshalb erledigt sich bei den Meisterwerken der Kriminalliteratur ebendieser Genre-Begriff, wird hilf- und kraftlos und sagt im Grunde gar nichts mehr über den Text.) *Kaputt in El*

Paso ist nicht weniger als eine große Weltkomödie des Verbrechens, aber der bitteren Art, ein ›funferal‹, um eine von James Joyce geprägte Formel zu verwenden, die hier trifft. Ein großer Spaß, ein Lesevergnügen, aber auch eine Beerdigung, ein Abgesang, eine dem Nihilismus sich nähernde Darstellung des Lebens in der schlechtesten aller möglichen Welten.

Kaputt in El Paso lautet die prosaische, von DeMarinis mit gutem Grund autorisierte Übersetzung des poetischer zumindest klingenden Titels des Originals: *Sky Full of Sand*. Die Wahrheit über den Autor Rick DeMarinis liegt nicht dazwischen, sondern in der Juxtaposition. Brutal nämlich steht in seinen Büchern das Schöne neben dem Hässlichen. Genauer muss man sagen: Der hässlichen, der kaputten und mehr als kaputten Welt, die er beschreibt, die er sich, seinen Figuren und seinen Lesern zumutet, begegnet er mit der Kraft seiner Sprache, der Lust an der Beschreibung jener Tiefen der Existenz, die nicht einmal mehr Abgründe sind. Als Sinnbild für das schockierende Nebeneinander ohne wirkliche Vermittlung kann eine Figur des Romans stehen, die einen kurzen, aber unvergesslichen Auftritt hat. Ein Mann mit zwei Gesichtern, oder, wie man es nimmt, nur einem halben: »Über dieses Thema vergaß er alles andere und wandte mir sein Gesicht zu. Die rechte Seite seines Kopfes war völlig entstellt. Die Augenhöhle war vernäht und dort, wo ein Wangenknochen hätte sein sollen, befand sich eine konkave Wölbung. Seine rechte Schädelhälfte war kahl und flach wie ein Brett. Eine wulstige, rote Naht verlief in Form eines Hufeisens von der leeren Augenhöhle bis hin zu dem Knochen hinter seinem Ohr.«

DeMarinis macht es sich nicht so einfach, die zerstörte Hälfte des Gesichts zur Wahrheit des Ganzen zu erklären. Die andere Hälfte des Gesichts, die Uriah zunächst zu sehen kommt, ist unversehrt, ja schön. Die Wahrheit ist vielmehr, dass beides existiert, in unerklärlichem Nebeneinander, das Verkommene und Zerstörte neben dem Normalen und dem Schönen. Oder auch: Beides hängt zusammen wie die Satzteile in den Beispielen falscher Grammatik, an denen Güero so großen Spaß hat. Und wenngleich DeMarinis' primäres literarisches Interesse fraglos der schockierenden Hälfte gilt, leugnet er die andere Seite keineswegs. Nur wirklicher Trost ist aus der Existenz der Normalität nicht zu beziehen. In der Genauigkeit der Beschreibung, in der Gnadenlosigkeit und Komik zugleich, enthält DeMarinis dem Leser vielmehr die Gemütlichkeit dessen gerade vor, der mit bequemem Abstand auf Zustände blickt, über deren Abgründigkeit er sich erhebt. Die Genauigkeit von DeMarinis' Prosa mutet dem Leser etwas ganz anderes zu: Sie stößt ihn mitten hinein in den Schmutz, die Brutalität und die Kleinlichkeit der Existenzen, die kaputt sind, an Orten an der Grenze der zivilisierten Welt; in der texanisch-mexikanischen Grenzstadt, in der DeMarinis lange Jahre lebte und lehrte, nur zum Beispiel.

Kaputt in El Paso beginnt ganz unten und arbeitet sich dann nach oben. Die erste Szene beschreibt die Begegnung mit Klebstoff-Schnüfflern, über die es nur heißt: »In deinem Fall ist der Begriff Menschenrechte ein Oxymoron.« Auf dem Weg in die Beletage der Gesellschaft wird der Gestank freilich immer ärger. Was nicht wenig heißen will, wenn zu Beginn erst einmal ein Held als Ich-Erzähler installiert wird, der im wesentlichen damit beschäftigt ist, als Hausmeister und Klempner die verstopften Toiletten in einer heruntergekommenen Apartmentanlage von der Scheiße zu befreien. Was natürlich eine Angelegenheit von permanenter Vorläufigkeit bleibt. Dieser Held ist der akademisch gescheiterte Bodybuilder namens Uriah Walkinghorse, dessen Frau ihn gerade für einen Autorennfahrer mit Namen Trey Stovekiss verlassen hat, und der es als Karrieresprung begreift, im Rahmen einer sado-masochistischen Veranstaltung drohend die Axt schwingen zu dürfen. Naturgemäß bringt ihn dieser gesellschaftliche Aufstieg erst recht in Teufels Küche. Plötzlich liegt eine Leiche im Keller, es handelt sich um eine Stütze der Gesellschaft. Einer Gesellschaft, versteht sich, die korrupter nicht sein könnte.

Einer geschlossenen Gesellschaft der Geldkreisläufe, in der es zum Beispiel nur logisch erscheint, wenn der Drogenboss, der sich an den Junkies eine goldene Nase verdient, dann auch noch mit dem Bau eines privat finanzierten Gefängnisses Kohle macht, in die die Drogenhändler dann gesteckt werden. Wofür ihm die Gesellschaft, versteht sich, einst Denkmäler bauen wird. Einer Gesellschaft, die auf Sucht gebaut ist und Süchten, zwischen denen, wer den Erfolg sucht, freilich zu wählen hat. Die Sucht, die Erfolg bringt, ist in makelloser Logik eben die Sucht nach Erfolg. Hier erklärt der aus dem akademischen Betrieb expedierte Barbetreiber Güero seiner Zuhörerschaft aus Trinkern diesen Sachverhalt: »Was den Menschen betrifft, ist Abhängigkeit ein natürlicher Zustand«, erklärte er. »Jeder ist von irgendetwas abhängig. *Ihr* habt den Alkohol gewählt, *hombres*, weil es euch nicht gelungen ist, ein Suchtverhalten anzunehmen, das von der Gesellschaft belohnt wird.« Die Säufer stimmen freudig zu, worauf Güero sein Weltbild in bündigem Nihilsmus zusammenfasst: »Es ist bedeutungslos. Wie Demokrit vor gut zweitausendfünfhundert Jahren sagte, existiert nichts, nur Atome und das Leere, alles andere ist eine Frage der Auffassung.«

Die letzte Wahrheit des Romans ist das nicht. Nur eine Meinung wie andere auch − daneben steht, nicht ohne Respekt gezeichnet, etwa auch Uriahs frommer Bruder Jesaja. Und dagegen steht, wenn auch alles andere als triumphal, der Entwurf der seltsamen Familie Walkinghorse. Denn *Kaputt in El Paso* ist auch ein Gesellschaftsporträt als Familienroman − und zwar einer, der im Vergleich mit Jonathan Franzens ambitioniert verlogenen *Korrekturen* eine hervorragende, wenngleich entschieden ungepflegte Figur macht. Die Familie Walkinghorse ist eine Patchwork-Familie, wenn es je eine gab. Uriah − benannt übrigens sowohl nach dem Uria aus der Bibel, den König David in den Tod schickte, um dessen Frau vögeln zu können, und nach Charles Dickens' Widerling Uriah Heep − selbst beschreibt sie so: »Zipporah ist schwarz, genau wie Jesaja. Zacharias ist Koreaner. Bei Moses und mir ist das weniger eindeutig. Wenn ich in den Spiegel schaue, denke ich: Italiener? Sephardim? ein dunkler Ire? Slawe? Ich kann mich da nie festlegen. Moses denkt, er sei Ire, meiner Meinung nach sieht er aus wie eine Mischung aus einem französischem Trapper und einem Indianer, wären da nicht seine hellen Augen, die auf deutschen Einfluss hindeuten. Natürlich spielt das alles keine Rolle. Wir sind samt und sonders Walkinghorses, Sams und Maggies Kinder, und diese unauslöschliche Tatsache macht die Fragen nach Ethnien irrelevant.«

Keine Frage: In dieser Familie verkörpert sich die

Vision von einer (eventuell) lebbaren post-babylonischen Gemeinschaft der Rassen und Klassen. Reichlich dysfunktional ist die ethnisch und zivilisatorisch diverse, wahllos zusammenadoptierte Familie dennoch. Von blauäugiger Multi-Kulti-Trunkenheit keine Spur. Der reiche und skrupellos kapitalistische Bruder Zack hat nichts als Verachtung für den *loser* Uriah. Bruder Moses ist ein Junkie, den Uriah und der arg fromme Jesaja mit Gewalt und ohne viel Hoffnung in die Entziehungsanstalt zwingen. Und Vater Sam, der von Moses nichts wissen will und für Uriah nichts übrig hat, hält am Küchentisch Zwiesprache mit Jesus, während ein Tumor zerstörerisch sein Hirn durchwuchert.

Eine Idylle sieht anders aus. Aber mit der Wirklichkeit unserer Gegenwart hat das alles dann doch eine gewisse, auch in der satirischen Verzerrung noch erkennbare Ähnlichkeit. Rick DeMarinis schließt die Möglichkeit nicht aus, dass diese Familie, ein bizarres Abbild der Menschheit, doch etwas zusammenhält. Und sei es ein Existenz-Minimum von Menschlichkeit und Verständnis. Liebe ist ein anderes Thema, ein wichtiges übrigens in *Kaputt in El Paso*. Wie es der Roman damit hält, das zu entscheiden bleibt der Leserin und dem Leser überlassen.